러브 어필 키스

키스의 전주곡

Love appeal Kiss

러브 어필 키스

초판 1쇄 찍은 날 | 2016년 8월 26일
초판 1쇄 펴낸 날 | 2016년 9월 1일

지은이 | 김나혜
펴낸이 | 예경원

편집 | 유경화 · 안유진

펴낸곳 | 예원북스
등록번호 | 제396-2012-000132호
등록일자 | 2012. 7. 25
YRN | 제1-0158호

주소 | 경기도 고양시 일산동구 호수로 646-24 위너스21 Ⅱ 206A호 (우) 10401
전화 | 031-819-9431 팩스 | 031-817-9432
http://cafe.naver.com/yewonromance
E-mail | yewonbooks@naver.com

ISBN 979-11-5845-199-8 03810

※ 이 도서의 국립중앙도서관 출판시도서목록(CIP)은 서지정보유통지원시스템 홈페이지(http://seoji.nl.go.kr)와 국가자료공동목록시스템(http://www.nl.go.kr/kolisnet)에서 이용하실 수 있습니다.

김나혜 장편 소설

YEWONBOOKS ROMANCE STORY

러브 어필 키스

키스의 전주곡

Love appeal Kiss

예원

C • O • N • T • E • N • T • S

Love appeal Kiss

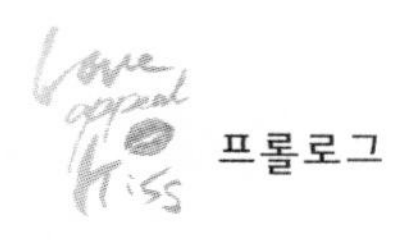

프롤로그

비가 노래를 한다. 아니, 합창연주를 한다. 시멘트 바닥에 부딪히면서, 건물을 때리면서, 우산 위로 떨어지면서 등의 갖가지 이유로 나는 각기 다른 소리들이 혼합되어 귓가를 메웠다.

여자는 건조한 얼굴로 무자비하게 바닥으로 떨어졌다가 사방으로 튀어 오르는 빗방울을 응시했다.

"어라? 비 오네."

등 뒤에 온기가 닿는가 싶더니 익숙한 목소리가 들렸다. 여자는 목소리를 따라 고개를 비스듬하게 틀어 올렸다. 여자와 눈이 마주치자 남자는 습관처럼 부드럽게 눈매를 휘어 웃었다.

"아가씨, 비 오는데 퇴근하고 막걸리 어때? 내가 특별히 자몽막걸리 사준다."

"뭐. 원한다면 같이 먹어줄게."

심드렁하니 말하는 태도에 남자가 입술을 감아 올렸다. 함께해 온 시간이 얼마인데. 남자는 여자의 심경이 꽤 흐트러진 상태라는 걸 눈치챘다.

여자는 지금 어떤 고민으로 발생한 여러 감정들을 추스르지 못하고 너부러진 상태다. 하나하나 그 감정들을 주워 정리해 고민을 털어야 하는데, 그러지 못하고 계속 감정들을 조각 조각 내 더 어지럽히고 있었다.

고민에 빠지면 한없이 파고드는 타입이다. 대부분의 고민을 해결해 준 게 자신이다.

남자는 여자의 얼굴을 빤히 쳐다보며 물었다.

"뭔데. 말해봐."

"뭐를?"

자신의 질문에 여자가 찔끔 찔리는 표정을 짓자 남자의 눈썹 끝이 위로 올라갔다. 잘못을 한 걸 딱 들켰을 때의 표정. 고민에 잘못이 포함되어 있었나 보다. 남자의 시선에 궁금증이 담겼다.

"자수해서 광명 찾자. 이 오빠가 너른 아량으로 용서해 줄게."

"너한테 용서받을 일은 아니거든?"

"그래서 말 안 해?"

여자의 입이 굳게 다물렸다. 남자는 어깨를 으쓱이고는 어젯밤 주차를 해놓은 곳을 응시했다. 다 좋은데, 이 아파트는 지하주차장이 없다고 투덜댄 남자는 여자의 손에 들린 우산을 빼 들어 펼쳤다.

"계속 혼자서 끙끙대라. 자, 그만 가자. 출근해야지."

궁금하지 않은 척하면 더 달아오르는 법. 계속 끈질기게 물어

캐내려는 것보다 이편이 더 쉽게 상대방의 이야기를 끄집어낼 수 있다는 걸 남자는 잘 알고 있었다. 하지만 여자는 남자의 그런 의도를 금세 파악했다. 남자의 방법이 통하지 않을 듯 보인다. 이번만은 쉽게 넘어가지 않겠다는 듯 여자가 남자를 흘겨봤다.

"안 가? 지각한다. 우리의 모범 비서님. 드디어 지각하는 날이 온 건가요."

눈을 가늘게 뜨고 놀림조가 가득한 말을 하는 남자의 어깨를 툭 때린 여자가 걸음을 옮겼다. 남자는 재빨리 여자의 머리 위로 우산을 씌워 비를 가렸다. 그는 여자의 속도에 맞춰 여유롭게 걸었다. 둘이 같이 써도 충분히 남을 만한 크기임에도 우산은 여자 쪽으로 기울어졌다.

여자를 먼저 차에 태우고 우산을 접어 뒷자리 바닥에 놓은 남자는 서둘러 운전석에 올라탔다. 금세 젖은 남자의 머리칼을 여자가 익숙한 손길로 탈탈 털었다.

"싫다. 갑자기 비라니. 가게 말고 포장해 와서 집에서 먹을까? 비 때문에 가게 바닥 더러울 테고, 습도도 장난 아닐 텐데."

출근을 하면서 남자는 고된 업무보다는 퇴근 뒤를 걱정했다. 여자는 그런 남자의 옆얼굴을 창을 통해 바라봤다. 창에 반사되는 남자의 얼굴은 굉장히 수려했다. 한참 그렇게 훔쳐보던 여자는 남자가 잠깐 정차를 한 사이 고개를 돌렸다.

그린 듯 아름다운 미소. 그 웃음에 홀린 여자들이 수두룩했다. 아니, 무표정으로 있어도 눈길을 끌었다. 그런데 습관적으로 늘 웃음을 달고 다니며 사람을 현혹시켰다.

순간 여자는 짜증이 치솟았다. 그녀의 미간이 파이자 남자가 의아한 시선을 보냈다. 신호가 바뀌고 다시 차를 출발시키는 순간 여자가 입을 달싹였다.

"고백받았어."

"응? 방금 뭐라고 했어?"

남자의 눈이 살짝 커졌다. 옅은 미소가 사라진 얼굴에 당혹스러움이 서렸다.

"고백받았다고."

"누구한테?"

"왜? 너는 늘 받는 그 고백, 나는 받으면 안 돼? 왜 그렇게 놀라?"

"그럼 안 놀라? 그런 기색 보이는 남자가 있다는 이야기 없었잖아."

남자의 얼굴에 서서히 불쾌감이 물들었다. 여자가 자신에게 숨기는 게 있었다는 걸 알아차린 그가 짜증이 담긴 시선으로 그녀를 흘끗 봤다.

"누군데?"

"……본부장님."

"하, 우리 본부장님?"

우리를 유독 강조하면서 비꼬는 남자의 말에 여자가 얼굴을 찌푸렸다. 그녀는 남자를 노려본 뒤 팔을 앞으로 교차해 팔짱을 꼈다. 이제 싸울 준비가 됐다는 그녀의 태도에 남자가 다시 헛웃음을 내뱉었다.

"키스도 했어."

"뭐?"

고백을 받았다는 말을 들었을 때보다 더 놀란 표정. 삽시간에 그의 얼굴이 딱딱하게 굳었다. 늘 미소를 짓고 있던 남자의 얼굴이 차갑게 식자 여자는 손끝이 떨렸다. 그리고 눈에 물기가 고였다.

"모범 비서님이 아니라, 발라당 까진 비서님이셨네."

"꼭 그렇게 말해야 해?"

"그럼? 내가 '본부장님하고 키스했어? 잘했어' 라고 해야 해?"

"왜 화를 내?"

"그럼 화 안 나게 생겼어? 전……."

"그 이야기 하지 마!"

자신의 말이 잘리자 남자가 입을 다물었다. 그는 갑갑한 표정으로 연신 여자를 돌아봤다. 운전을 하랴, 그녀를 노려보랴, 남자의 시선이 바쁘게 움직였다.

그 뒤로 회사에 도착할 때까지 두 사람은 말이 없었다. 평소보다 거칠게 주차를 한 남자는 화를 넘어서 이젠 원망스레 여자를 응시했다. 그는 안전벨트를 풀고 차에서 내리려고 잠금장치를 푸는 그녀의 팔을 잡아당겼다.

여자에게 통증을 줄 생각이 전혀 없었던 터라 차에서 내리는 행동을 저지하는 손에는 과한 힘이 실리지 않았다. 화가 났음에도 여자를 대하는 남자의 손길은 부드러웠다. 그래서 여자는 내리겠다고 고집부리지 않았다. 남자는 여자의 볼을 감싸 제 쪽으로 얼굴을 돌려 시선을 맞췄다.

"어떤 키스 했어."

질문에 대한 대답이 돌아오지 않았다. 남자는 나직이 한숨을 내쉬었다. 그는 시선을 살짝 들어 올렸다가 천천히 내렸다. 이마, 눈, 코, 그리고 입술. 이렇게 흘러내려 가는 시선은 다음에 이어질 행동이 무엇인지 암시했다.

바로 키스.

키스의 전주곡을 연주하는 그의 시선.

여자는 남자의 얼굴이 다가오자 천천히 눈을 감았다.

PART 1.

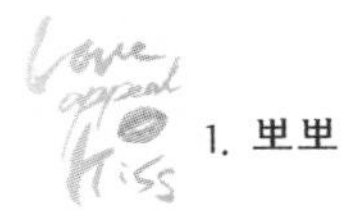

1. 뽀뽀

몇 차례 뒤척이던 남자아이가 눈을 떴다. 그러더니 자리에서 벌떡 일어나 앉아 잠기운을 떨쳐 내지 못한 몽롱한 눈으로 주위를 두리번거렸다. 목을 벅벅 긁은 남자아이는 방 안이 쥐 죽은 듯이 조용하자 시선을 내렸다.

"아직 자는 거야?"

옆에 곱게 펴진 이불이 볼록했다. 검은 머리칼과 동그란 머리 윗부분이 이불 밖으로 나와 있어 볼록한 이유가 그 안에 누군가가 있어서라는 걸 알려주었다. 남자아이는 이불 끝의 머리를 잡아 들어 올렸다. 이불 속에는 여자아이가 모로 누워 손을 곱게 얼굴 앞에 포개고 색색 잠들어 있었다.

이불을 들어 올린 지 얼마 지나지 않아 여자아이가 눈을 떴다.

"하암."

하품을 한 여자아이가 꼬물꼬물 이불 밖으로 기어나왔다. 일어나 앉아 가물가물한 눈을 반쯤 뜨고 앞에 앉아 있는 남자아이를 쳐다봤다.

"크크큭."

"웃지 마. 푸히히."

남자아이가 먼저 웃음을 터트렸다. 뒤이어 여자아이가 따라 웃었다. 아이들의 웃음소리에 방문을 슬쩍 열어본 여자가 고아한 미소를 지었다. 뭐가 그리도 좋은지 두 아이는 눈을 뜨자마자 서로를 보면서 즐거워했다.

"지성이랑 초롱이 일어났어? 잘 잤니?"

"네!"

"응!"

초롱의 모친인 민영은 낮잠을 자고 일어난 아이들에게 거실로 나와서 간식을 먹으라고 한 뒤, 문을 활짝 열고 등을 돌렸다.

"간식이다!"

"다 내 거야!"

민영이 두 걸음을 뗐을 때, 두 아이가 서로 경쟁을 하듯 그녀를 지나쳤다. 거실이 아닌 부엌으로 달려가 냉장고 문을 여는 초롱과 지성에게 민영이 엄한 얼굴을 했다.

"연초롱! 이지성!"

잠기운을 떨친 아이들은 금세 활기를 되찾았다. 민영의 찌푸려진 미간에 초롱과 지성은 냉장고 문을 닫고 거실로 달려갔다. 소파 앞에 있는 테이블에 딱 붙어 앉아 빨리 간식을 달라고 보채는 맑은 눈망울에 민영은 미소를 지을 수밖에 없었다.

민영은 냉장고에서 샌드위치와 아이들이 마실 우유를 꺼내 거실로 나왔다. 잔에 우유를 따라 두 아이의 앞에 놓아주고, 랩을 벗겨 샌드위치를 두 아이의 손에 하나씩 들려준 그녀는 청소기를 꺼내 방으로 들어갔다. 민영은 아이들이 자느라 하지 못했던 청소를 하기 위해 분주하게 움직였다.

"맛있어!"

"내 것도 맛있어!"

"내 건 엄청 맛있어!"

"내 건 엄청 엄청 맛있어!"

똑같이 만들어진 샌드위치임에도 자신이 먹고 있는 것에는 특별한 재료가 들어가기라도 했다는 듯 서로 자기 것이 더 맛있다고 주장하는 두 아이의 얼굴이 옹골졌다.

지성이 우유를 마시면 초롱이도 따라 마셨고, 초롱이 샌드위치를 크게 베어 먹으면 지성이 따라 먹었다. 손에 묻은 빵 부스러기까지 핥아 먹은 두 아이는 우유 잔을 비우고 자리에서 일어나 현관으로 향했다.

"다친다, 뛰지 마! 연초롱! 이지성! 엄마 말 들려?"

"응! 엄마!"

"네! 이모!"

아이들의 대답은 야무졌지만, 행동은 영 달랐다. 현관문을 닫자마자 두 아이는 계단을 이용해 1층으로 달렸다. 아무도 없지만 문이 잠겨 있지는 않은 지성의 집. 두 아이는 그 집으로 들어갔다. 초롱은 소꿉놀이를 할 장난감을, 지성은 장난감 칼을 챙겨 밖으로 나왔다. 정원 한쪽에는 아이들이 놀 수 있도록 작은 모래밭이 있었다. 두 아이는 그곳으로 또 달렸다.

"오늘은 엄마 아빠 놀이하자."

"어제도 했는데?"

지성의 달가워하지 않는 기색에 초롱이 처연하게 눈꼬리를 내렸다. 입술이 삐죽 앞으로 나오고, 손에 들린 삽으로 퍽퍽 모래를 찌르는 모습에 지성이 아빠에게서 배운 큰 한숨을 내쉬었다.

"하아. 딱 한 번만 하는 거야. 그다음에는 후뢰시맨 놀이하는 거야."

"두 번 하면 안 돼?"

"안 돼. 한 번이야."

마지못해 초롱이 고개를 끄덕였다. 지성은 들고 있던 장난감 칼 2개를 바닥에 놓고 초롱의 옆에 앉았다.

초롱이 삽으로 모래를 퍼서 컵에 차곡차곡 넣고, 작은 도마 위에서 플라스틱 재질의 칼을 탁탁탁 두드렸다. 지성은 두 손을 포개 귀 옆으로 가져간 뒤 눈을 감고 잠을 자는 시늉을 했다. 잠시 뒤, 지성이 눈을 뜨고 기지개를 켰다.

"여보, 일어났어요?"

"응. 여보, 잘 잤어?"

초롱이 모래가 담긴 컵을 차근차근 지성의 앞에 대령했다.

"오늘은 여보가 좋아하는 시금치 된장국이에요."

"나 그거 싫어."

시금치라는 말에 지성이 뚱하니 입술을 뺐다. 정말로 시금치 된장국이 담기기라도 한 듯 지성이 국그릇으로 추정되는 컵을 밀어냈다. 그 행동에 초롱이의 눈이 엄해졌다. 엄마가 자신을 혼낼 때 지었던 표정을 짓고, 목소리에도 힘을 실었다.

“여보가 좋아하는 거 맞아요. 우리 여보는 남자답게 시금치도 먹을 줄 알잖아요!”

“알았어, 여보. 먹을게.”

묘하게 호승심을 자극하는 말에 지성이 고개를 끄덕였다. 지성은 초롱이 준 숟가락으로 모래를 퍼 냠냠냠 밥을 먹는 시늉을 하다가 바닥으로 모래를 흘려 컵을 비워냈다.

“입맛에 맞아요?”

“응. 맛있어. 우리 여보 요리가 세상에서 가장 맛있어.”

“저녁에는 고기반찬 해놓을게요.”

지성이 크게 고개를 끄덕였다. 지성의 컵이 다 비워지자 초롱은 자리에서 일어났다. 같이 약간의 위치 이동을 하고 초롱은 지성의 목 언저리에서 손가락을 꼬물거렸다. 넥타이를 매어주는 행동이 끝나자 지성은 가방을 드는 시늉을 하고 걸음을 옮겼다.

“여보, 오늘도 힘내세요.”

“응. 돈 많이 벌어서 우리 여보 보석 사줄게.”

초롱이 좋다고 까르르 웃었다. 모래밭 경계까지 걸어가서 문을 여는 시늉을 한 지성이 볼을 내밀었다. 초롱이 쪽, 뽀뽀를 하고 손을 흔들었다.

“다녀오세요.”

초롱은 문을 닫는 시늉을 하고 뒤 돌아 허리에 손을 올렸다.

“설거지하고, 빨래하고, 청소도 하고, 집안일은 해도 해도 끝이 없어. 에휴.”

베테랑 주부가 할 법한 말을 하는 초롱의 얼굴에는 집안일을 하던 엄마가 자주 지었던 표정이 똑같이 서렸다. 후다닥 움직이며 집안일을 하는 시늉을 한 초롱은 다시 밥을 지었다. 그 모습을 멀찍이서 보고 있던 지성이 천천히 모래밭 경계로 걸어왔다.

"띵동. 띵동."

초롱은 달려가 문을 여는 액션을 취했다.

"오셨어요?"

"응. 다녀왔어."

"오늘도 많이 힘들었죠?"

"조금. 맛있는 냄새가 나는데?"

이번에는 지성이 초롱이의 볼에 뽀뽀를 했다. 서로를 보면서 환하게 웃은 두 아이는 자리를 잡고 앉았다.

"고기반찬이에요. 쌈 싸줄게요."

"상추 싫은데."

"여보! 여보는 상추를 좋아해요! 우리 여보는 멋진 남자잖아요!"

멋지다는 말에 지성이 입을 벌렸다. 저녁을 먹고 과일과 차를 마신 뒤, 잠자리에 같이 드는 것으로 소꿉놀이가 끝이 났다.

"자 끝! 한 번 했다? 이제 후뢰시맨 놀이하기!"

바닥에 두었던 장난감 칼을 가지고 와 억지로 초롱이의 손에 들려준 지성의 얼굴이 활짝 폈다. 반면 초롱이는 시큰둥한 반응을 보였다.

"후뢰시맨은 칼로 안 싸워!"

"그럼 그냥 칼싸움하자."

지성이 먼저 이얍! 소리를 내고 장난감 칼을 위에서 아래로 내리그었다. 위협적인 얼굴을 하려는 듯 두 눈이 찌푸려질 정도로 힘을 주고 입을 앙다물었다. 초롱이 따라서 장난감 칼을 허공에 휘저었다.

"내 칼을 받아랏!"

지성이 달려들자 초롱이 장난감 칼로 막아 응수했다. 탁탁탁 몇 차례 장난감 칼이 부딪혔다.

"잠깐! 타임!"

"항복해라!"

"타임이라고! 나 신발에 모래 들어갔단 말이야!"

초롱이 큰 소리로 타임을 외치고 장난감 칼을 바닥에 놓았다. 신발을 벗고 한 발로 딛고 섰는데 지성이 장난감 칼로 초롱이의 배를 찔렀다.

"내가 이겼다!"

"야! 이 멍청아! 타임이야!"

"타임이 어디 있어? 없는데? 내가 이겼는데?"

이겼다고 신나게 몸을 흔들면서 바짝 약을 올리는 지성을 보고 초롱이 씩씩거렸다. 모래를 뺀 신발에 다시 발을 넣은 초롱이 어깨를 들썩여 화났음을 표시하며 모래밭을 빠져나갔다.

"어디 가?"

"안 해!"

"뭐? 나는 소꿉놀이 끝까지 해줬잖아!"

초롱이 허리에 손을 올리고 지성을 노려봤다. 그리고는 왜 자신이 칼싸움을 안 하는지 요목조목 따지기 시작했다.

"내가 타임이라고 했지? 신발에 모래 들어가서 타임 했잖아! 타임일 때 나 찌르는 거 반칙이야! 네가 이긴 거 아니야! 반칙은 나빠! 반칙하는 너랑 안 놀아!"

제 말을 다 하고 획 돌아서서 가는 초롱에게 지성이 외쳤다.

"연초록! 너는 연초록이면서!"

초롱이 획 뒤로 돌았다. 초롱의 눈에 눈물이 고였다.

연초록. 바보나 멍청이처럼 심한 별명이 아닌데도 초롱은 그 별명이 정말 싫었다. 초록색보다 연한 색인 연초록. 초록색보다 못하다는 느낌이 드는 색. 초록색에게 지는 기분. 괜히 분했다.

"연초록 아니야!"

"연초록이래요. 연초록이래요. 얼레리 꼴레리."

지성이 검지로 자신을 가리키며 노래를 부르자 초롱은 그 자리에 주저앉아 엉엉 울었다.

마침 쓰레기를 버리기 위해 나왔던 민영은 위에서 그 모습을 보며 고개를 설레설레 저었다. 늘 반복되는 아이들의 싸움은 색다를 게 없었다. 그녀는 행여나 자신을 붙들고 자기편을 들어달라고 할까 봐 조용히 지켜만 봤다.

잠시 뒤, 우는 초롱의 앞에서 혼자 장난감 칼을 휘두르던 지성이 재미가 없는지 칼을 집어 던졌다.

"그만 울면 소꿉놀이 한 번 더 해줄게."

"……진짜?"

긴가민가하는 표정으로 훌쩍대는 초롱에게 지성이 손을 내밀었다. 언제 울었냐는 듯 초롱이 활짝 웃으며 그 손을 잡았다. 다시 사이좋게 놀기 시작하는 여섯 살의 두 아이를 보고 민영은 미소를 지었다.

❖

엄마 아빠가 또 싸우고 있었다. 눈을 비비며 나온 지성은 서로에게 목소리를 높이는 부모님을 보고 울상을 지었다.

"어떻게 당신이 그럴 수 있어요!"

"나도 몰랐어! 잠깐 보자고 하셔서 간 거야! 그 자리에 그 여자가 있다는 걸 알면 나갔겠어?"

"당신 어머니 이상해! 결혼한 아들한테 여자를 소개시키는 거, 제정신 아니셔!"

"말 가려서 해! 그게 어머니한테 할 소리야? 제정신이 아니라고?"

"내가 틀린 말했어? 맞잖아! 당신 어머니 정상 아니셔!"

"나우희!"

"지금 나한테 소리 질렀어? 내가 뭘 잘못했는데! 당신이 뭘 잘했다고 소릴 질러!"

석형은 화로 벌게진 얼굴로 제 머리를 거칠게 헝클어트렸다. 답답하다는 표정으로 아내를 보던 그는 고개를 돌리다 지성과 눈이 마주쳤다.

"엄마 아빠, 또 싸워? 나, 위에 가서 잘래."

"이지성. 지금 12시 넘었어. 방에 들어가서 자."

"다른 여자랑 있다가 12시 넘어서 집에 들어온 당신이 애한테 그런 말 할 자격 있어?"

"우희야! 그 여자랑 있었던 거 아니라니까!"

지성은 그대로 현관으로 향했다.

“이지성, 아빠가 나가지 말랬지!”

“애한테 소리는 왜 질러!”

자신 때문에 2차 싸움이 벌어지는 걸 보고 지성은 걸음을 멈췄다. 아들이 눈치를 보자 석형과 우희는 동시에 한숨을 내쉬었다. 우희가 가보라고 손을 내젓자 지성은 신발을 신고 현관문을 열고 밖으로 나갔다. 사위가 어둑했지만 지성은 겁내는 거 하나 없이 계단 쪽으로 걸어가 까치발을 했다. 계단을 밝히는 스위치를 찾아 눌러 불을 켠 뒤에 위층으로 올라갔다.

지성은 주먹을 쥐고 반투명의 두꺼운 유리문을 두드렸다. 얼마 지나지 않아 거실 불이 켜지고 누군가가 다가왔다. 반투명 유리로 그것을 보던 지성이 뒤로 물러났다.

“지성이니?”

“네.”

문이 열리고 초롱의 아빠인 상진이 들어오라고 비켜섰다. 지성은 꾸벅 인사를 한 뒤에 들어가 곧장 초롱의 방으로 향했다.

슬그머니 문을 열자 침대 위에 볼록한 이불이 눈에 들어왔다.

“또 이불 뒤집어쓰고 자네. 저 버릇 고쳐야 할 텐데.”

상진과 민영의 걱정 중 하나가 초롱이의 잠버릇이다. 실존하지 않는 것들에 대한 겁이 많은 초롱은 늘 이불 속으로 기어들어 가 잠을 잤다. 초롱이 잠들고 나면 상진이나 민영이 방으로 들어와 이불을 어깨까지 내려준다. 하지만 자다가 중간에 깬 초롱은 무서워서 또 이불 속으로 기어들어 갔고, 그게 잠버릇이 되었다.

지성이 침대 위로 올라가 눕자 상진은 방으로 들어와 초롱이 머리 위까지 덮고 있는 이불을 끌어 내렸다. 동시에 지성에게 이불을 덮어주었다.

"초롱이가 또 이불 속으로 들어가면 이렇게 내려줘야 한다."

"네."

"그래. 어서 자."

커다란 손이 다정하게 머리를 쓰다듬자 지성은 씩, 웃고는 눈을 감았다. 한데 한번 잠에서 깨서인지 쉽사리 잠이 오지 않았다. 지성은 자신이 잠들 때까지 기다려 주는 상진에게 눈을 감은 채로 이야기를 꺼냈다.

"할머니가 또 엄마 슬프게 했나 봐요."

"그래? 지성이 속상했겠네."

"초롱이 할머니처럼 착해졌으면 좋겠어요."

"할머니가?"

"네. 그리고 이모랑 아저씨처럼 엄마 아빠가 안 싸웠으면 좋겠어요."

상진은 어른처럼 근심이 가득한 한숨을 내쉬는 지성의 머리를 다시 쓰다듬었다.

지성의 모친인 우희와 자신의 아내 민영은 고등학교 때부터 절친한 사이다. 자신들이 결혼을 하고, 신혼집을 구할 때 우희와 석형이 살고 있는 집의 2층을 싸게 세를 내어주었다. 한 주소를 공유하게 되면서 남자들도 친분을 쌓았다. 비슷한 시기에 자식을 낳고서는 사이가 더 돈독해졌다. 그러다 보니 서로의 집안 사정에 대해서 잘 안다.

알아주는 집안의 막내아들인 석형은 가난한 어부의 딸 우희에게 첫눈에 반했다. 대학에서 만난 두 사람은 불같은 사랑을 했고, 집안의 반대에도 결혼을 했다. 하지만 우희는 아이를 낳았는데도 아직까지 석형의 집안에서 인정받지 못하고 있다.

차라리 석형이 집안과 연을 끊었다면 상황이 더 나았을지도 모르겠다. 아직도 막내아들을 놓지 못하는 석형의 모친은 갖가지 방법으로 우희를 괴롭혔다. 두 사람을 떼어놓기 위한 일이라면 뭐든 서슴지 않았다. 괴롭힘이 더 심해진 건지 요즘 들어 석형과 우희의 싸움이 더 잦아졌다.

상진은 조만간 석형과 술 한잔해야겠다는 생각을 하며 지성의 가슴을 토닥였다.

"지성이랑 초롱이도 다투지? 그래도 항상 같이 놀잖아. 그거랑 같은 거야."

"네. 알아요."

자신도 이제는 알 거 다 안다는 듯한 대답에 상진은 낮게 웃었다.

꼬물거리던 아이들이 기어 다니기 시작했고, 걸어 다니더니 금세 뛰어다녔다. 어린이집 등교 첫날, 가기 싫다고 울던 초롱과 애써 울음을 참던 지성의 얼굴이 지금도 눈에 선하다. 그런 애들이 벌써 초등학교에 다니고 있다.

상진은 쑥쑥 자라는 두 아이를 애틋하게 보았다. 지성이 잠들자 그는 다시 이불을 정리해 주고 방을 나섰다.

청소가 끝나고 종례를 기다리는 교실 안은 떠들썩했다. 분단 사이, 책상 사이를 뛰어다니는 남자애들과 한곳에 모여 수다를 떠는 여자애들, 엎드려 자는 애들, 게임하는 애들, 학원 숙제를 하는 애들 등등 각양각색의 아이들이 모여 있는 5학년 6반 교실 안은 산만했다.

지성은 책상 위에 엎드렸다. 잠시 그 자세로 교실 안의 소란을 외면하더니 고개를 살짝 돌렸다. 팔에 얼굴 절반을 묻고 한쪽 눈으로만 어느 곳을 응시했다. 그곳에는 초롱이 앉아 있었다.

"진짜 만져 봤어?"

"어."

"어떻게?"

"막고 서 있다가 옆으로 지나갈 때 이렇게."

남자애가 팔을 움직이며 상세하게 설명을 했다. 팔뚝으로 쓱, 가슴을 만져 봤다고 뻐기는 남자애에게 순식간에 다른 애들이 몰려들었다.

"응? 누구? 누구 거를 만졌는데?"

"연초롱."

초롱을 보고 있던 지성은 주먹을 불끈 쥐고 상체를 일으켰다. 초롱의 이름이 나온 곳으로 고개를 돌리고 무리 가운데 의기양양하게 앉아 있는 동현을 강하게 쏘아봤다.

"진짜?"

애들의 시선이 초롱에게 향했다. 여자애들 중 가장 발육이 빠른 초롱은 어깨를 앞으로 빼서 구부정하게 앉아 있었다. 모두의 시선이 자신에게로 쏠리자 초롱은 더 자세를 굽혔다.

어른들 눈에는 한참 어리지만, 성에 눈을 뜰 나이였다. 짓궂은 남자애들은 몸이 변하는 여자친구들의 가슴을 슬쩍 만지는 장난에 심취했다. 하루에 한 번은 꼭 여자애의 고함 소리가 들렸다. 그들이 가장 관심을 가지는 애는 단연 초롱이었다. 한데 남자애들을 경계하는 게 심해서 초롱에게 더러운 장난을 성공한 애가 없었다. 그런데 동현이 기어코 초롱이의 가슴을 만졌나 보다.

"어땠어?"

"정윤이나 미주하고는 달랐어. 역시 크니까……."

드르륵, 의자를 끄는 소리가 동현의 말을 잘라냈다. 동현의 큰 목소리에 소란스러웠던 교실 안이 언제부턴가 묘한 정적에 쌓였다. 여자애들은 벌레를 보듯 동현과 그 무리를 쏘아봤고, 남자애들은 동현의 말에 집중하느라 조용했다. 그 정적을 깨는 소리에 동현이 말을 하다 말고 고개를 돌렸다.

지성은 느릿하게 동현의 앞으로 걸어갔다.

"왜, 왜?"

"네 아빠도 다른 여자 가슴 만지고 다니냐? 아빠한테 배웠어?"

"뭐? 너, 뭐라고 했어!"

"네 아빠도 여자들 가슴 만지고 너처럼 좋아하냐고."

"야!"

자신과 아빠를 싸잡아 욕하는 말에 동현이 벌떡 일어났다. 남자애들이 길을 텄을 때, 지성은 그대로 발을 뻗었다.

"악! 뭐야! 왜 이러는 건데!"

뒤로 넘어진 동현이 소리를 질렀다. 지성이 다시 발을 들자 동현이 눈을 질끈 감고 손으로 방어 자세를 취했다. 그러다 어떠한 고통도 느껴지지 않자 민망한 얼굴로 손을 내렸다.

"뭐 하는 거야! 너희들 싸우니?"

갑자기 들리는 담임 선생님의 목소리에 애들은 우르르 자리를 피해 제자리에 앉았다. 선생님은 바닥에 넘어져 있는 동현과 그 앞에 서 있는 지성의 앞으로 걸어갔다. 그녀는 동현을 일으켜 세운 뒤 지성의 어깨를 쥐고 상체를 낮췄다.

"선생님이 싸우는 거냐고 물었다. 이지성, 동현이 때렸어?"

"선생님! 지성이가 갑자기 발로 찼어요!"

동현이 발로 차인 배를 감싸고 분한 얼굴로 선생님께 일러바쳤다.

"지성아, 동현이 왜 때렸어?"

지성은 입을 열지 않고 동현을 노려보기만 했다. 사나운 시선에 위협감을 느낀 동현이 찔끔한 얼굴로 뒤로 물러났다.

"동현아, 지성이 화나게 했니?"

"아니요. 저는 가만히 앉아 있었어요."

선생님의 표정이 달라졌다. 이유 없이 친구를 때린 지성을 가만두지 않겠다는 눈으로 내려 보다가 따라오라고 했다.

"저기, 선생님!"

똑 부러지는 반장의 목소리에 선생님이 고개를 돌렸다.

"그래, 반장. 반장이 본 게 있으면 말해보렴."

"동현이가 여자애들 가슴 만지고 다녀요. 지성인 우리를 대신해서 싸워준 거예요."

선생님의 눈이 커졌다. 머리가 제법 굵어졌다고 애들이 성에 관심을 가지는 걸 알고 있었지만, 반에서 이런 일이 발생하는 줄 몰랐었다. 그녀도 여자라 그 수치심이 어떠한지 잘 안다. 선생님의 얼굴이 딱딱하게 굳어지자 아이들이 상황의 심각성을 깨닫고는 눈치를 보기 시작했다.

"박동현. 너, 누가 그런 못된 짓 하래."

동현은 자신이 불리하다는 걸 알아차렸는지 고개를 푹 숙였다.

"저만 그런 거 아니에요."

저 혼자만 혼나는 게 억울한지 동현이 작게 웅얼거렸다. 그런데 그 말이 선생님을 더 화나게 만들었다. 그녀는 그냥 넘어갈 일이 아니라는 걸 깨달았다. 그녀는 지성과 동현을 자리에 앉으라고 한 뒤 교탁 앞에 섰다.

"자리 바꿔 앉자. 모두 자리에서 일어나. 첫 번째 줄부터 남자가 앉아. 누구 자리인지 상관하지 말고 앉아."

남자애들이 머뭇거리다가 선생님이 '어서' 라고 목소리를 높이자 차근차근 자리에 앉았다.

"남자들은 다 눈 감아. 눈 뜨다가 걸리면 가만 안 둘 거야."

고분고분하게 남자애들이 눈을 감는 걸 확인한 선생님은 뒷자리에 여자애들이 앉도록 했다. 그리고 종이를 잘라 나눠 주었다.

"나눠 준 종이에 동현이 같은 일을 한 애의 이름을 적어. 남자들은 눈 뜨지 마."

선불리 이름을 적지 못하는 여자애들에게 선생님은 충분한 시간을 주었다. 애들이 이름을 적고 난 뒤에 곱게 종이를 접자 선생님은 그것들을 다 거뒀다.

"이번에는 여자들이 다 눈 감아."

여자애들이 눈을 다 감은 걸 확인한 뒤에 선생님은 남자애들 눈을 뜨게 했다.

"너희들 다 반성해. 지금 이 종이를 확인해서 이름이 나온 애들은 혼나야겠지. 어떻게 할까. 부모님 학교로 오시라 할까?"

몇몇의 애들 얼굴이 사색이 되었다. 저 종이에 자신의 이름이 적혔을 거라는 걸 확신하는 몇몇의 애들을 확인한 선생님은 깊은 한숨을 내쉬었다.

"너희들 이게 잘못된 행동인지 알아, 몰라."

"……."

"알아, 몰라!"

"……알아요."

작은 목소리로 대답하는 남자애들을 힐난의 시선으로 본 선생님은 마지막 기회를 주겠다는 어투로 말했다.

"다시는 이런 일이 발생하지 않을 거라고 약속할 수 있어?"

"네."

남자애들이 재빨리 고개를 끄덕이며 대답했다.

"선생님 믿어도 돼?"

다시 크게 고개를 주억거리는 걸 확인한 선생님은 남자애들과 일일이 시선을 맞췄다.

"창피한 줄 알아. 여자를 지켜주는 게 멋진 남자야. 여자를 놀리거나 나쁜 행동을 하면 그 누구도 너희들 안 좋아해. 다음에 이런 일이 또 일어나면 부모님 부를 거야. 여자들도 그만 눈 떠."

선생님은 다시 애들에게 자신의 자리로 돌아가 앉으라고 한 뒤에 종례를 시작했다. 마지막으로 지성에게는 잠깐 남으라고 한 뒤에 종례를 마쳤다.

5학년 6반이 가장 늦게 하교를 한 탓에 복도는 조용했다. 교실에 남아 자리에 앉아 있던 지성은 선생님이 자신을 부르기를 기다렸다.

"지성아, 이리 와보렴."

부름에 자리에서 일어난 지성이 가까이 오자 선생님은 다정하게 어깨를 쥐고 눈을 맞췄다.

"지성아. 여자친구들을 보호해 준 건 정말 잘한 일이야."

지성이 뒤늦게 감사하다고 대답을 했다. 선생님은 다정하게 지성의 머리를 매만졌다.

"그래도 친구를 때리면 안 돼. 폭력은 나쁜 거야."

"네."

선생님은 미소를 짓고 잘했다고 지성의 어깨를 툭툭 두드렸다. 이 아이는 커서 멋진 남자가 될 거라는 예감에 그녀는 더 크게 웃었다.

그만 가도 좋다는 말에 지성은 가방을 메고 교실을 나섰다. 신발장에서 신발을 꺼내고 그 자리에 실내화를 넣은 지성은 터덜터덜 빈 복도를 걸었다. 1층으로 내려와 신발을 툭 내려놓고 신으면서 지성은 자신을 보고 있는 초롱이에게 시선을 주었다.

"혼났어?"

"아니."

"고마워."

"연초록 바보."

지성은 초롱이 가장 싫어하는 별명에 바보를 덧붙였다. 초롱이 입술을 말아 물고는 지성을 흘겨봤다.

신발을 다 신은 지성이 학교 건물을 나서자 초롱이 따라나섰다. 교문을 나오자 학교 바로 앞에 있는 문구점에 애들이 바글바글 모여 있는 게 보였다. 그곳을 빠르게 지나쳐 걸어나가던 지성은 애들이 보이지 않은 곳에서야 걸음 속도를 늦췄다. 그의 옆으로 걸어온 초롱이 발로 돌멩이를 찼다.

"간식 먹으러 올 거야?"

"아니."

"왜 요즘 우리 집에 안 와?"

"너희 집 이제는 재미없어."

삐쳤는지 초롱이 가방을 고쳐 메고는 달려갔다. 지성은 멀어지는 그 뒷모습을 보고 이마를 찌푸렸다.

집에 도착한 지성은 거실에 있는 커다란 가방들을 보고 신발을 벗다가 말았다. 때마침 방에서 우희가 또 다른 가방을 들고 나왔다.

"우리 미국 가려면 아직 멀었잖아."

"짐 먼저 부치는 거야."

시간이 흐를수록 석형의 모친인 임 여사는 더 교활해졌다. 그 결과, 석형과 우희의 사이를 이간질시키고 멀어지게 하는 데 성공했다. 지난 1년간 석형이 집에 들어온 횟수가 손에 꼽힌다. 집에 와도 우희와 싸우다가 나가 버렸다.

끝내 두 사람은 이혼했다. 우희는 적지 않은 위자료와 지성의 양육권을 손에 쥐었다. 한국에 있지 말라는 임 여사의 말에 그녀는 주저 않고 미국으로 떠나기로 결심했다. 지치고 지긋지긋해서 더는 임 여사의 얼굴을 보기 싫어 사라져 주기로 했다.

"아빠는?"

우희가 희미하게 웃었다. 자신들의 이혼에 지성이 큰 상처를 받았다는 걸 알고 있다. 지성의 성격이 많이 변했고, 이른 사춘기가 온 것처럼 까칠했다. 그런 아들을 보는 우희의 눈에 눈물이 스몄다.

지성은 우희가 또 울 것 같아서 가방을 내려놓고 벗다 만 신발을 도로 신었다.

"초롱이 집에서 간식 먹고 올게."

"그래. 아, 초롱이한테 말했어? 네가 말한다고 해서 아직 이야기 안 해줬나 보더라."

"지금 하러 갈 거야."

우희는 고개를 끄덕이고 남은 짐을 싸기 위해 방으로 들어갔다.

2층으로 올라온 지성은 잠겨 있지 않은 문을 열고 들어갔다. 거실에서 간식을 먹고 있던 초롱이 지성을 보고 눈을 휘둥그레 떴다.

"지성이 왔니? 앉아 있어. 이모가 바로 간식 가져다줄게."

"네."

신을 벗고 들어온 지성은 소파에 앉아 있는 초롱이의 발치에 앉았다.

"올 거면서."

지성은 초롱의 얼굴을 한 번 흘끗 보고는 TV로 시선을 돌렸다. 민영이 가져다준 요플레와 빵을 다 먹을 때까지 지성은 입을 열지 않았다. 다 먹고 한참 지난 뒤에 이야기를 꺼냈다. 여전히 초롱을 등지고서.

“나 이번 주까지만 학교 가.”

“방학은 너만 하냐? 나도 이번 주까지만 학교 간다.”

내내 정면을 주시하던 지성이 답답한 얼굴로 초롱을 돌아보았다. 그제야 지성이 다른 의미의 이야기를 한다는 걸 깨닫고 초롱은 소파에서 내려와 앉았다.

“전학 가?”

“응.”

지성의 부모님이 이혼할지도 모른다는 이야기를 들었을 때부터 불안했었다. 그리고 결국 이혼했다는 걸 얼마 전에 듣고 이런 걸 상상하기는 했었다.

“어디로? 엄마랑 이모의 고향으로?”

“아니.”

“그럼? 서울이야?”

“아니.”

“그럼 어딘데?”

팔을 잡아 흔들며 어디인지 빨리 이야기해 달라는 재촉에 지성은 한숨 쉬듯 대답을 흘렸다.

“미국.”

“……응? 미국?”

“응. 나 미국으로 가.”

“영어 쓰는 미국? 비행기 타고 가는 미국?”

“그래!”

“진짜?”

충격에 빠진 초롱의 표정에 지성이 정면으로 얼굴을 돌렸다. 초롱이 이번에는 지성의 어깨를 쥐고 흔들었다.

"왜? 미국에 아는 사람 있어?"

"몰라. 내가 어찌 알아?"

제 어깨에 올려진 손을 밀어내고 짜증을 내는 지성을 초롱은 놀란 눈으로 쳐다봤다.

"왜 화를 내?"

"아, 몰라. 나 갈 거야."

"이지성, 이 바보! 가! 가버려! 내일 당장 미국으로 가버려!"

지성이 화가 잔뜩 난 얼굴로 초롱을 노려보다가 집을 휙 나갔다. 초롱이도 분한 표정으로 씩씩거렸다.

초롱이는 그게 지성과 한 마지막 대화라는 걸 알지 못했다. 방학식 전날까지 두 사람은 화해를 하지 않았다. 방학식 날 그만 화해해야겠다고 마음먹은 초롱이 학교에서 지성을 초조하게 기다릴 때, 그는 공항에 있었다. 방학식이 끝날 때까지 지성을 기다리던 초롱은 그날 서럽게 울면서 하교를 했다.

2. 재회의 키스

비상 깜박이를 켜고 갓길에 정차한 택시에서 내린 지성은 덜컹 열리는 트렁크에서 캐리어를 가뿐하게 꺼냈다. 그가 트렁크를 닫자 택시는 미련 없이 그 자리를 떠났다.

"날씨 좋네."

하늘을 바라보는 지성의 눈이 가늘게 접히면서 휘었다. 굉장히 매력적인 눈웃음을 지은 그는 캐리어를 끌면서 걸음을 옮겼다. 휘휘, 가볍게 울리는 휘파람 소리가 그의 붉은 입술에서 흘러나왔다.

"이쯤인 것 같은데. 5, 6, 7…… 여기다! 걱정했는데 다행히 쉽게 찾았네."

손가락 사이에 끼워 들고 있던 종이에 적힌 주소를 다시 확인한 지성은 입술을 감아 올렸다. 그는 지체 없이 두 개의 계단을 올라가 대문 앞에 서서 초인종을 눌렀다.

딩동. 딩동.

단조로운 벨 소리 뒤에 중년 여인의 목소리가 스피커를 통해 흘러나왔다. 지성은 허리를 숙여 카메라에 제 얼굴을 가져갔다.

—누구세요?

"연상진, 김민영 씨 댁 맞나요?"

—네, 맞는데요. 어떻게 오셨어요?

"이모, 저예요. 이지성."

—네?

"나우희 씨 아들, 이지성이요. 기억 안 나세요? 저, 예전에 아랫집에서……."

—우희…… 지성이니?

오랜만에 듣는 친구의 이름을 중얼거리던 민영은 높아진 목소리로 다시 확인했다. 지성은 자신을 기억하는 그녀에게 인터폰을 통해 눈웃음을 지었다.

"네. 이모 저예요. 문 좀 열어주세요."

—어머! 지성아!

반가움에 다시 한 번 지성의 이름을 크게 외친 민영이 대문을 열었다. 지성은 달칵 열리는 대문을 밀고 한 발 내디뎠다. 캐리어를 번쩍 들어 안으로 들인 그는 등 뒤로 대문을 닫고 작은 정원을 가로질렀다. 느긋한 걸음걸이와 여유롭게 주위를 두리번거리는 시선에서는 장시간의 비행으로 인한 옅은 피로감이 묻어났다.

"이지성! 이게 도대체 얼마 만이니! 어머, 다 큰 것 좀 봐. 우리 지성이 맞니?"

적당한 호들갑이 섞인 반가움에 지성은 피로가 싹 가시는 기분이었다. 누군가가 이렇게 자신을 반겨주는 것에 그는 가슴이 따스해졌다. 부드러운 미소를 지으며 서 있는 장성한 그를 보며 민영은 반가워 어쩔 줄 몰라 했다.

"혼자서 여긴 어떻게 온 거야! 온다고 미리 연락을 주지 그랬어. 그런데 다음 주에 들어오는 거 아니었니? 전해 듣기로는 그랬던 것 같은데. 도대체 언제 온 거니?"

"서프라이즈. 이모 잘 있었어요? 주름 하나 안 늘고 그대로네, 우리 민영 이모."

지성이 캐리어를 쥐고 있던 손을 놓고 민영에게 두 팔을 벌렸다. 민영은 환하게 웃으며 저를 껴안는 지성의 행동에 얼떨떨했지만, 곧바로 그의 등을 감싸고 토닥토닥 두드렸다.

"어디서 이모를 놀려? 어디 보자. 우리 지성이 다 컸네. 아주 멋있게 잘 컸어. 미국에서 너 따라다니는 여자들 많았지? 어쩜 이렇게 멋있게 컸니!"

머쓱한 기색 하나 없이 지성은 여자들에게 제 순정을 지키느라 애 좀 먹었다고 능청을 부렸다. 민영은 걱정과 달리 어두운 기색 하나 없이 밝기만 한 지성을 보고 마음을 놓았다.

"여기서 이럴 게 아니라 어서 들어가자. 그런데 여기로 곧장 온 거니?"

"네. 본가에 아직 연락 안 했어요. 이모, 저 여기에 일주일만 있을게요. 그래도 되죠?"

지성은 원래 다음 주에 한국으로 들어와 아버지가 계시는 본가에서 생활을 하기로 되어 있었다. 예정보다 일찍 들어온 것도 모자라 집에 연락을 하지 않고 당분간 이곳에서 지내도 되겠느냐고 묻는 그를 보고 민영이 안쓰러운 시선을 했다.

"그럼 되지! 빨리 집으로 들어가자."

지성을 데리고 집 안으로 들어온 민영은 집 구경에 앞서 그가 지낼 방을 정리하기 위해 급히 2층으로 올라갔다. 지성은 빠르게 휘휘 두리번거린 뒤 그녀를 따라 캐리어를 들고 계단을 올랐다.

"집이 좋은데요?"

"좋기는. TV 보면 미국 집들은 다 크던데. 땅이 커서 그런가. 집도 다 크게 짓더라."

"쓸데없이 넓기만 하죠, 뭐. 저 이 방 써요? 이모, 제가 나중에 천천히 청소할게요."

작은 싱글침대만 있는 깨끗한 방을 둘러본 지성은 크게 청소할 게 없어 보이자 청소기를 가지고 오겠다는 민영을 만류했다.

"그런데 누가 쓰던 방이에요? 침대가 있네요."

"침대는 예전에 초롱이가 사용하던 거야. 더 큰 침대로 바꿔주고 쓰던 걸 이 방에 가져다 놨거든. 가끔 누가 자고 갈 때 이 방을 내어줘."

지성은 초롱이가 사용했다던 침대에 엉덩이를 붙였다. 손으로 쓱 침대를 훑은 그는 마음에 든다는 듯 고개를 끄덕였다.

"초롱이는요?"

"걔는 학교 갔지. 토요일이라 저녁 전에 올 거야."

"토요일에도 그렇게 늦게 와요?"

"어머. 너, 이곳 교육 환경 잘 모르는구나? 고3은 그래. 너도 한 8개월은 공부에만 전념해. 대학 가면 실컷 놀 수 있어. 우리 초롱이랑 좋은 대학 가야 한다?"

"와, 벌써부터 압박이. 이모 잔소리는 다음 주부터 해주세요."

부드럽게 미소를 지으며 애교를 부리는 지성의 행동에 민영이 웃음을 터트렸다.

"피곤할 텐데 쉬고 있어. 이모는 장 좀 봐올게."

"같이 가요. 제가 짐 들어드릴게요."

됐다고 손사래를 친 민영은 문을 닫고 나갔다. 그녀가 사라지자 지성은 미소를 싹 지우고 뻐근한 목을 좌우로 꺾었다. 순식간에 무력감이 찾아들자 그는 털썩 침대 위에 누웠다.

"숨이 좀 트이네. 살 것 같다."

눈을 감고 깊은 숨을 들이마시고 내쉰 지성은 가물거리는 정신에 미간을 찌푸렸다. 반쯤 잠에 빠지고 반쯤은 예민하게 주위를 감지하는 상태가 더 피로를 쌓이게 한다는 걸 알기에 그는 억지로 눈을 떴다.

몸을 일으킨 지성은 겉옷을 벗고 방을 나서서 1층으로 내려갔다. 민영이 외출을 한 것인지 집 안은 서늘한 정적에 휩싸였다. 그는 집 구경이나 할 생각으로 느긋하게 걸음을 옮겼다.

먼지가 쌓이지 않게 깨끗이 닦은 것에서 물건 하나하나 손을 탄 게 확연히 보였다. 물건들은 이 집에 사는 사람들이 얼마나 정겹고 따뜻하게 생활하고 있는지 보여주는 듯했다.

'아주 오래오래 행복하게 살았습니다.'

어릴 때 읽었던 동화의 마지막 문장은 대부분이 이랬다. 그 말은 가슴에 스며들었지만 책 속의 이야기이기 때문에 감각적으로 느껴지지 않는 아주 먼 공감이었다. 지금 그 비슷한 감상이 든다.

마치 누군가가 행복하게 살았던 집을, 오랜 시간이 지난 뒤에 유적지가 된 그 집을 견학하는 기분이다.

'그들은 이 집에서 아주 오래오래 행복하게 살았습니다.'

분명 현실에 실존하는 집에 서 있는데도 현실감이 없게 느껴진다.

지성은 자신이 어딘가로 뚝 떨어진 이방인 기분마저 들자 입매를 일그러트렸다. 그는 고개를 좌우로 흔들어 그 기분을 애써 털어내고 너털웃음을 지었다.

안방으로 추정이 되는 곳을 남겨두고 1층을 모조리 둘러본 지성은 2층으로 다시 올라갔다. 자신이 사용할 방은 이미 들어가 봤기에 그곳을 제외하고 차근차근 문을 열어봤다.

"화장실 하나. 방 2개. 하나는 내 방이니 남은 방이 연초롱 방이겠네."

초롱의 방에 들어선 지성은 순간 멈칫했다. 그는 폭격을 맞은 듯한 어수선한 방을 찬찬히 살폈다.

침대 위에는 벗어놓은 파자마가 놓여 있었고, 책상은 여러 잡다한 물건들로 너저분했다. 화장대 위에는 뚜껑을 열어놓은 스킨 로션과 바닥에는 뭉텅이로 있는 옷, 가방, 책 등이 있었다.

"어릴 때에는 정리 정돈 잘했던 것 같은데."

가지고 논 장난감을 제 손으로 치우라고 민영이 늘 잔소리를 해댔었다. 그래서 늘 놀고 난 뒤면 원래 있던 자리에 놓아두었었다. 가만 생각해 보니 자신이 장난감을 치울 때 초롱은 늘 끝까지 놀다가 마지막에 들고 있던 장난감만 정리함 안에 툭 던져 놓았던 것 같다.

'초롱인 원래부터 정리하고는 담을 쌓았었구나.'

낮게 웃은 지성은 발로 물건을 쓱 밀어내고 안으로 들어섰다.

벨 소리가 울리자 주방에서 민영의 말 상대가 되어주고 있던 지성은 한쪽 눈썹을 올렸다. 자신이 기다리고 있는 상대가 맞느냐는 시선에 민영이 시각을 확인했다. 딸이 하교를 하고 집으로 돌아올 시간이었다.

"초롱인가 보다. 네가 문 열어줄래?"

"맞는 거 아닌지 몰라요. 단 한 번도 편지를 보내지 않을 정도로 저한테 화나 있잖아요."

"섭섭해서 그랬겠지. 너 가고 얼마나 펑펑 울었는데. 관심 없는 척하면서도 네 이야기를 하면 어느새 옆으로 와 귀 쫑긋하더라."

지성은 옅은 미소를 얼굴에 걸고 거실로 나갔다. 화면에 들어찬 초롱의 옆얼굴을 확인하고 대문을 연 그는 슬렁슬렁 현관으로 향했다. 밖에서 달려오는 발소리가 들리더니 벌컥 현관문이 열렸다.

"추워! 도대체 봄은 언제 오는 거…… 누구세요?"

신을 벗던 초롱은 눈앞에 아빠의 것이라고 하기에는 굉장히 낯선 다리가 보여 시선을 올렸다. 긴 다리를 쓱 훑어 올라가고, 마찬가지로 낯선 상체를 지나 드디어 얼굴을 확인했다. 생경한 남자의 얼굴을 본 그녀는 질문을 내뱉고 작게 감탄사를 흘렸다.

작은 상처나 잡티 하나 없는 맑고 깨끗한 고운 피부, 짙은 눈썹 아래 가늘게 접힌 매력적인 눈매와 부드러운 브라운색 눈동자, 휘는 곳 없이 반듯하고 높은 콧대, 붉은 입술, 갸름한 턱선.

일순 멍해지게 만드는 남자의 수려한 외모에 초롱의 눈이 커졌다.
"안녕, 여보."
"……네?"
지성은 손을 뻗어 말끄러미 자신을 쳐다만 보고 있는 초롱의 팔을 잡아당겼다. 벗다 만 신발 때문에 엉거주춤 끌려온 그녀의 뺨에 가볍게 입술을 댄 그는 키득키득 웃었다.
"왜 이렇게 늦게 와. 기다렸잖아. 먼저 씻을래? 아니면 밥부터? 아니면…… 이 오빠 먼저?"
지성은 어릴 때 했던 소꿉놀이가 생각나 그때의 인사를 했다. 장난기가 발동해 뒤에 조금 수위가 높은 말을 덧붙였다. 그랬더니 초롱이 놀란 토끼눈으로 작게 비명을 질렀다 .
"꺅!"
TV나 영화에서 볼 때에는 낯간지러운 대사라 생각했는데, 직접 귓가에서 들은 그 대사는 오소소 소름 돋는 기묘한 감각을 일으켰다. 기겁을 하면서 뒤로 물러나던 초롱은 지성이 배를 감싸고 크게 웃자 얼굴을 붉혔다.
누군지 모르지만 자신에게 짓궂은 장난을 건 뒤, 기겁하는 반응을 보고 재밌어하는 남자에게 초롱이 씩씩거렸다. 그녀는 남자를 어깨로 밀치고 집 안으로 들어갔다.
"엄마! 엄마! 집에 이상한……."
"연초롱. 오랜만이다?"
민영을 찾던 초롱의 입술이 다물어졌다. 익숙하게 자신의 이름을 부르고 잘 알고 있다는 투의 인사를 하는 남자를 돌아본 그녀는 고개를 갸웃하면서 기억을 더듬었다.

"어…… 음……. 혹시 먼 사촌?"

"아니."

"그럼…… 잃어버린 오빠?"

"너무 멀리 간다. 너한테 오빠가 어디 있었다고."

"누구신데 절 알아요? 혹시 스토커?"

"얘가 못 하는 말이 없어!"

언제 나온 것인지 민영이 국자를 들지 않은 손으로 초롱의 어깨를 때렸다. 가방을 메고 있지 않았다면 등짝으로 쏟아졌을 손을 피하며 초롱은 지성을 손가락으로 가리켰다. 그럼 이 남자는 누구냐고 묻는 시선에 민영이 고개를 저었다.

"미국 드라마에 빠져 살더니 오랜만에 보는 친구한테 스토커라고 하고 앉았고, 쯧쯧."

"친구?"

난 이런 친구를 둔 적이 없다는 듯 빼액 올라가는 목소리에 민영이 눈살을 찌푸렸다.

"계집애가 목소리만 커가지고는. 넌 올라가서 옷 갈아입고 내려오고, 지성이는 장난 그만 쳐."

민영이 부엌으로 돌아가고 초롱은 지성을 가리키던 손가락을 위아래로 작게 흔들었다.

"설마…… 이지성? 네가?"

초롱은 다시 지성의 얼굴을 살폈다.

어렸을 때에는 자신과 비등비등했던 키가 지금은 월등하게 차이가 났다. 한참 고개를 올려야 시선이 마주친다. 계속 고개를 위로 꺾었더니 목이 조금씩 아파오기 시작했다.

'그런데 어렸을 때의 흔적이…… 뭐, 조금 남았네. 없지는 않네.'

초롱은 반달 모양으로 휜 눈매를 보고 급히 얼굴을 굳혔다. 그녀는 몸을 돌려 2층으로 올라갔다.

"연초롱. 초롱아?"

부름에 대꾸 없이 계단을 올라가는 걸 보고 지성은 표정을 쌜그러뜨렸다. 이렇게 노골적인 무시를 당할 바에는 맞는 게 더 나을 것 같다는 생각을 한 그는 성큼성큼 초롱의 뒤를 따랐다.

막 닫히는 문틈으로 손을 넣고 힘주어 당기자 문과 함께 초롱이 딸려 나왔다. 지성은 앞으로 넘어지려는 초롱의 허리를 감아 잡았다. 그의 가슴에 얼굴을 부딪친 초롱이 화들짝 놀라며 뒤로 물러났다.

"뭐야?"

"초롱아, 화났어?"

"어딜 들어와! 나가! 내 방이야! 누가 들어오래!"

메고 있던 가방으로 지성을 때리며 밀어붙이던 초롱은 가방을 빼앗기고, 그가 방 안으로 쉽게 들어오자 더 씩씩거렸다. 눈을 홉뜨고 주먹을 쥔 위협적인 태도로 다가오자 지성이 그녀의 두 손을 잡았다.

"왜 화가 난 건데?"

"네가 뭐라고 내가 화를 내?"

"네 여보야지."

질릴 정도로 소꿉놀이를 했던 걸 상기시키는 말에 초롱이 발을 동동 굴렀다. 그러다 그 발로 번갈아가며 지성의 다리를 찼다. 몇 번 맞아주던 지성은 품으로 초롱이를 끌어안았다.

"놔! 미쳤어? 놓으라고!"

"맞을 만큼 맞아줬어. 그러니 이젠 내가 화낼 차례인가?"

딱딱하게 흘러나오는 말에 초롱이가 버둥대는 걸 멈췄다.

유하던 분위기가 삽시간에 얼어붙었다. 음침하게 울리는 목소리는 상대방을 긴장 상태로 몰아넣기에 충분했다. 껴안은 걸 놓고 상체를 숙여 시선을 맞춘 지성은 간담이 서늘해질 정도로 차갑게 말했다.

"편지 한 통 없더라? 답장도 안 하고. 전화하면 안 받고. 네가 날 몇 년을 무시했는지 알아?"

차가운 말투와 눈매를 가늘게 접고 있어서 기분이 좋지 않다는 걸 감지했을 뿐, 감정이 드러나지 않는 무미건조한 얼굴에 초롱은 마른침을 삼켰다.

"잘못했지? 손들고 벌서."

목소리가 한결 가벼워진 장난스러운 말에 잠시 묘한 침묵이 흘렀다. 침묵 뒤에 분위기를 확 반전시키는 미려한 미소가 뒤따랐다. 눈웃음과 함께 위로 휘는 붉은 입술은 보고 있는 사람마저 따라 웃게 만들 정도로 보기 좋았다. 하나 초롱은 와락 얼굴을 구기고 버럭 소리를 질렀다.

"잘, 잘못은 무슨! 네가 인사도 없이 미국으로 갔잖아!"

지성은 뒤로 물러나면서 귀를 막았다. 달팽이관이 왕왕 울릴 정도로 초롱의 목소리는 날카로웠다. 그는 눈을 찡그리고 초롱을 쏘아봤다. 지성의 목소리도 덩달아 높아졌다.

"나, 미국 간다고 했을 때 미국에 아는 사람 있느냐고 물은 사람이 누군데! 빈말이라도 가지 말라고 붙잡아야 하는 거 아니야? 서운한 기색 하나 없었던 건 너다! 그래도 내가 먼저 편지 쓰고 했는데 그걸 싸그리 무시해?"

"걱정돼서 물었지! 아는 사람 없이 가는 걸까 봐! 말도 없이 갔는데 너 같으면 편지 쓰고 싶겠어? 그리고 너, 방금 뭐야! 되지도 않게 목소리를 막 깔고…… 왜 겁을 줘?"

"누가 겁먹으래?"

"누가 겁먹었대? 네 태도가 잘못됐다고 지적하는 거야! 그리고 너, 누가 마음대로 안고 뽀뽀하래? 그리고 뭐? 밥 먹을래, 씻을래, 아니면 이 오빠 먼저? 이 변태야!"

"반가워서 그랬다! 그리고 장난 좀 친 거 가지고 변태라니! 내 얼굴을 넋 놓고 본 사람이 누군데?"

"누가 넋을 놔? 아닌데? 절대 그렇지 않았는데? 절대! 절대! 네버!"

"강한 부정은 긍정이라던데. 너, 지금 찔리지?"

쉴 새 없이 서로에게 쏘아붙이는 통에 두 사람은 민영이 올라오는 걸 알아차리지 못했다. 열린 문 사이로 두 사람의 고성이 오가는 걸 고스란히 듣고 있던 민영이 배에 힘을 실었다.

"연초롱! 이지성! 누가 싸우래! 둘이 당장 무릎 꿇고 손들어! 엄마가 친구끼리 싸우는 거 아니랬지!"

민영이 들고 있던 국자를 휘두르려 하자 초롱이 재빨리 지성의 팔을 잡아당겼다. 먼저 무릎을 꿇은 초롱이 빨리 자신처럼 움직이라고 눈치를 주자 지성도 그녀처럼 무릎을 꿇었다. 초롱이 팔을 번쩍 머리 위로 올리자 그도 팔을 높이 들었다.

"연초롱! 지성이 말대로 편지랑 전화 무시한 거 잘못한 거 맞아! 사과해!"

"왜 나한테만 그래!"

"쓰읍! 엄마한테도 목소리 높이지, 지금? 아빠 오실 때까지 벌 설래?"

아침 일찍부터 동창들과 산에 간 상진은 분명 술까지 마시고 밤 늦게 올 터였다. 초롱은 입술을 삐죽이다가 턱을 지성에게 치켜들었다.

"미안."

"그게 사과야? 사과하는 것하고는. 지성이 넌 장난 그만 치고, 초롱이랑 화해해."

"네."

애들이 다시 싸울 생각이 들지 않을 정도로 잔소리를 퍼부은 민영은 밥 먹게 내려오라고 말을 한 뒤 방을 나서 1층으로 내려갔다. 계단을 밟는 소리가 끝나자 초롱은 팔을 내리고 지성의 어깨를 때렸다.

"너 때문이잖아!"

"이모 부른다."

"아, 짜증나. 이지성 나가! 내 방에 들어오지 마! 너랑 절대 말 안 해!"

"알았어. 나갈게."

지성은 순순히 자리에서 일어나 방문을 닫고 나갔다.

초롱은 뭔가 지는 기분이 들었다. 너랑은 절대 말하지 않겠다는 이야기에 티끌만치의 타격도 받지 않은 그에게 속으로 계단 내려가다 굴러 버리라는 저주를 퍼부었다.

옷을 갈아입고 내려온 초롱은 저녁을 먹고 TV를 보는 내내 침묵했다. 멀찍이 떨어져 앉아서 똑같이 TV를 보는 지성도 심드렁한 표정으로 입을 열지 않았다.

"어? 저 주세요. 제가 개킬게요."

민영이 품에 가득 마른 수건과 옷가지들을 들고 오자 지성은 자세를 바로 했다. 그녀가 바닥에 그것들을 내려놓자 그는 바닥으로 내려앉아 수건 하나를 집어 들었다. 초롱은 흘끗 그가 개키는 수건을 보다가 옷가지 사이에 섞여 있는 제 속옷을 발견했다.

"야! 손대지 마."

초롱이 재빨리 제 속옷을 추려내 등 뒤로 감췄다. 지성은 무심하게 보고 난 뒤에 마저 다른 수건을 개켰다. 관심도 없어 보이는 태도에 머쓱해진 초롱은 몸을 돌려 제 속옷을 개켰다.

"너, 좀 한다?"

지성이 개켜놓은 제 옷을 챙겨 그 사이에 속옷을 감춘 초롱은 정리하려고 그것들을 들고 일어났다. 지성은 묵묵히 마저 정리를 한 뒤 다시 소파에 올라앉았다.

"너, 길 가다 마주치면 몰라볼 정도로 좀 변했어. 키도 멀대같이 크고. 미국에서 뭘 먹었기에 이렇게 컸어?"

지성의 시선이 초롱이에게 짧게 닿았다가 떨어졌다.

"내가 말하잖아! 왜 무시해!"

"언제는 나랑 절대 말 안 한다며?"

"이지성, 왕재수! 확 대학도 재수해 버려라! 아야!"

초롱이 몸을 비꼬다가 뒤돌아봤다. 민영이 눈을 부릅뜨고 어디서 친구에게 재수하라는 말이 나오느냐고 다시 초롱이의 등을 때렸다.

"엄마 미워!"

"전 이모가 제일 좋아요."

"그래. 우리 지성이밖에 없다. 어머, 빨래 개킨 것 좀 봐."

쿵짝이 잘 맞는 지성과 민영에 하, 짧은 기함을 토하며 황당한 표정을 지은 초롱은 2층으로 쿵쿵 발소리를 내면서 올라갔다.

일주일 중, 유일하게 늦잠을 잘 수 있는 일요일. 실컷 잠을 자고 일어난 초롱은 늘 그랬듯이 비몽사몽인 상태로 방을 나와 욕실 문을 열었다. 눈을 비비며 욕실용 슬리퍼를 찾는데 보이지 않아 고개를 든 그녀는 놀라 눈을 크게 떴다.

이를 닦고 입안을 헹구던 중이었는지 지성이 초롱을 흘끗 본 뒤에 머금고 있던 물을 뱉었다. 물을 잠근 그가 목에 걸고 있던 수건으로 입가를 닦았다. 쓱, 욕실용 슬리퍼를 끌며 걸어온 그는 습관적인 눈웃음을 짓고 초롱이의 입술에 제 입술을 가져다댔다.

촉촉하고 뭉클한 부드러움이 스쳐 지나갔다. 깃털이 스치고 지나가는 듯한 아주 가벼운 접촉이었다. 가까이 다가온 통에 초점이 잡히지 않았다가 그가 멀어지자 시야가 맑아진다.

"잘 잤어?"

지성의 상큼한 미소를 보고 3초가 흐른 뒤, 초롱의 입이 슬며시 벌어졌다.

"꺅! 무슨 짓이야!"

지성의 가슴을 민 초롱은 제 입술을 손으로 가렸다.

"모닝 키스. 아, 한국 문화는 안 이렇지. 미안. 미국에서 지냈던 터라 이게 버릇이 됐나 봐."

"모닝 키스는 미국에서도 애인끼리 한다는 것쯤은 알거든? 어디서 사기를 쳐?"

안 통하네. 이런 표정으로 어깨를 으쓱인 지성은 목에 걸고 있던 수건을 초롱의 목으로 넘겨 걸어주고 손가락으로 그녀의 볼을 툭툭 두드렸다.

"씻고 나와, 여보."

"그 소리 좀! 변태! 변태 맞았어!"

뒤늦게 얼굴이 붉어진 초롱이 펄쩍펄쩍 뛰면서 지성의 뒤에 소리를 질렀다. 1층 멀리서 민영이 아침부터 누가 소리를 지르냐고, 조용히 하라는 고성이 뒤따랐다.

점심 식사 후 지성은 짧게 달콤한 낮잠을 자고 일어났다. 막 잠에서 깨 느른하게 풀린 눈으로 권태롭게 소파에 반쯤 누워 있는 그의 모습을 본 초롱이 입술을 사리물었다.

"깼으면 그만 누워 있고 일어나. 외출 준비해. 엄마가 같이 네 문제집 사오라고 했어."

"이모랑 이모부는?"

어릴 때에는 상진을 아저씨라 부르던 지성은 언제 자신이 그리 했냐는 듯 살갑게 이모부라 불렀다. 그는 어제 오랜만에 본 상진에게 능청스럽게 인사를 하고 금세 정을 쌓았다.

"모임 가셨어."

"초롱아, 아직 삐쳤어?"

지성이 이리로 와보라는 듯 손을 까딱였다. 초롱이 가까이 다가가자 그가 소파에서 다리를 내리고 바로 앉았다. 지성의 옆에 앉은 초롱은 팔짱을 끼고 적대적인 시선을 보였다.

"우리 초롱이, 오빠가 말도 없이 가서 많이 서운했구나. 이리 와. 안아줄게."

"안아주기는 무슨! 저리 가! 너, 좀 느끼해졌어. 예전에는 이러지 않았는데."

허우적거리는 팔을 잡고 지성은 기어코 초롱이를 껴안았다. 초롱은 익숙지 않은 스킨십이 당혹스러웠다. 밀어내자니 이런 포옹을 낯설어하는 촌스러운 사람이라는 취급을 받을까 봐 가만히 안겼다. 무엇보다 지성이 자연스럽게 행동하니 오기로라도 버텼다.

"초롱아, 보고 싶었어. 정말 많이 그리웠어."

쓱쓱 뒷머리를 매만지는 커다란 손에 울컥 눈물이 올라왔다. 그동안 꾹꾹 눌러왔던 서운함이 한꺼번에 터졌다.

"네가…… 네가 말도 없이 갔잖아. 네가 나빴어! 나는 너랑 화해하려고 계속 기다렸었단 말이야. 그런데 네가 안 와서……."

"미안. 그런데 내가 미웠어도 딱 한 번만이라도 편지 쓰지 그랬어. 계속 기다렸었는데. 매일 우편함 열어보고 확인했었어."

금세 기억이 희미해지는 어린 나이도 아니었었다. 초등학교 고학년, 2차 성징으로 예민했던 때, 어찌 보면 이른 사춘기를 겪을 때였다. 날카로우면서도 여렸던 감성을 가진 그때의 급작스러운 이별은 충격이었다. 지성이 언제 떠나는지 자신만 모르고 있었다는 것도 한몫했다. 어릴 때부터 붙어 지냈기에 가장 아꼈던 친구였다. 그 친구를 잃은 상실감은 말도 못하게 컸다.

시간이 지나면서 서운함과 화가 풀릴 수도 있었겠지만, 그곳에서 잘 지내고 있다는 편지를 읽으면 다시 마음이 뾰족해졌다. 진짜 사춘기가 오면서 그 가시는 더 첨예해졌었다. 사춘기가 지나갈 때까지 지성을 향한 미운 감정은 계속되었다.

사춘기가 지났을 때는 편지를 쓸 타이밍을 놓쳐 버린 뒤였다. 뭐라고 편지를 써야 할지 몰랐다. 어떤 날은 편지를 써볼까 하고 펜을 들었지만, 혼자 끙끙거리다가 다시 펜을 놓았다.

답장 한 번쯤은 써볼 걸. 지성이 그렇게 기다리고 있었는지 몰랐다.

초롱은 자신이 서운하고 화났던 만큼 지성의 마음도 좋지 않았다는 걸 알고 작은 미안함이 생겼다. 그녀는 지성의 사과에 사과를 되돌렸다.

"나도 미안해. 답장 안 한 거."

지성은 고개를 숙여 초롱이의 가녀린 어깨에 얼굴을 묻었다. 이번에는 초롱이 그의 뒷머리를 쓰다듬었다.

"어떻게 지냈어?"

"그럭저럭. 여기만큼 좋지는 않았어."

조기교육이라고 하기에는 어중간한 나이에 떠났다. 그리고 좋지 않은 일 뒤에 갑자기 한국을 떴었다. 부모님의 이혼도 충격이었을 텐데, 낯선 곳에 가서 생활하느라 고생했을 걸 생각하자 애잔함이 생겨났다.

분위기가 가라앉자 초롱은 애써 서글퍼지는 감정을 숨기고 삐죽였다.

“이상한 것만 배워왔어. 막 껴안지를 않나, 뽀뽀에, 키스에. 아, 내 첫 키스! 너 죽었어!”

단단한 옆구리를 꼬집는 손에 지성이 고개를 들었다. 홧홧하게 열이 오른 붉은 얼굴로 초롱이 어떻게든 한 대 때리려고 버둥거렸다.

“그건 키스도 아니다. 아, 베이비키스인가.”

지성은 더 펄쩍 뛰는 초롱을 피해 2층으로 올라갔다. 그를 잡으려 따라 올라간 초롱은 제 눈앞에서 쾅 닫히는 문에 목소리를 높였다.

“이지성! 너, 죽었어!”

“연초록 주제에!”

“너, 내가 그렇게 부르지 말랬지!”

초롱이 제 분에 지쳐 힘이 빠질 때까지 문을 두고 두 사람의 대치는 한동안 계속되었다.

문제집을 고르는 내내 잔소리와 걱정이 섞인 초롱의 설명이 계속되었다. 지성은 귓등으로 흘려들으며 결국에는 자신이 지금 풀고 있는 문제집을 추천할 거면서 굳이 다른 문제집들과 어쭙잖은 비교 끝에 골라주는 문제집을 차곡차곡 제 팔에 쌓아 올렸다. 팔이 묵직해지도록 쌓이는 문제집을 질린 눈으로 보던 그는 자연스레 흘러나오는 한숨에 옅은 짜증을 섞었다.

“미국이랑 진도도 차이 있을 텐데. 아니, 아예 교육 자체가 다르나? 너, 어떡할래."

"그러게. 어떡하지. 넌 반에서 5등 안에 든다며. 전교에서는 20등 안이라고?"

"엄마가 그걸 다 이야기했어?"

"어. 모의고사? 그거 성적표도 보여주셨어. 좀 하던데? 다시 봤어, 연초롱. 모르는 거 있으면 너한테 물어봐야겠다."

"어쩔 수 없이 착하고 공부 잘하는 내가 도와줘야겠네. 선생님으로 모셔라."

당당하게 어깨를 펴고 뻐기듯 하는 말에 지성은 픽, 웃음을 흘렸다. 자신의 성적 이야기에 기세등등해진 초롱은 얼추 문제집을 다 골랐는지 걸음을 옮겼다. 그때 그녀의 눈에 수2 문제집과 화학, 물리 문제집이 스쳤다.

"잠깐! 너 문과 맞지? 설마 이과야?"

"참 빨리도 묻는다. 문과 맞아."

한숨이 섞인 말에 초롱은 지성의 발을 밟았다.

"그런데 한국 온 거 집에 말 안 했다며. 진짜 집에 연락 안 할 거야? 그래도 돼?"

계산을 마치고 터덜터덜 집으로 걸어가는 도중 조심스럽게 묻는 초롱의 어깨 위로 지성의 팔이 올라왔다. 그 자세가 어색했지만 그가 태연자약하자 초롱은 그냥 내버려 뒀다.

"어. 어차피 다음 주면 갈 건데, 뭐."

"이모한테는 도착했다고 연락했지?"

"응. 새벽에."

"아 참, 이모는 잘 계셔?"

"나중에 같이 엄마 보러 갈래? 너 보면 엄청 좋아하시겠다. 수능 끝나면 가자."

"진짜? 가면 나야 좋지! 여권 없는데 신청해야겠다. 여권 사진부터 찍어야 하나?"

여권 사진을 찍을 생각에 빠진 초롱을 내려다보던 지성은 가볍게 쥐고 있던 그녀의 어깨를 힘주어 잡았다. 초롱이 비스듬히 고개를 들자 그는 시선을 맞추고 습관적으로 눈매를 휘었다.

다음 주면 자신도 바로 등교를 해야 해서 빨리 시차 적응에 돌입했다. 새벽에 잠이 들어도 초롱이 일어나는 시간에 맞춰서 일어났다. 침대 위에서 눈을 감고 꼼짝 않는 자신이 아직도 자는 줄 알았는지 초롱은 조심스럽게 문을 열고 들어와 깨웠다. 그러면 그때 일어난 듯 기지개를 켜고 침대에서 내려섰다.

이틀을 기습적으로 모닝 키스를 했더니 이제는 자신을 깨우러 방으로 들어올 때부터 입을 가렸다. 입술 말고도 키스할 신체 부위는 많다. 보란 듯이 드러난 볼에 키스를 했더니 부르르 몸을 떨면서 새빨개진 얼굴로 달려드는데, 그 반응이 꽤 재미있다.

오늘 아침에는 이젠 이 정도쯤이야 아무렇지 않다는 표정으로 자신을 흘겨봤지만, 얼굴은 여전히 붉게 달아올랐던 초롱을 떠올린 지성은 혼자 낮게 쿡쿡거리며 웃었다.

그때 청소기를 다 돌리고 저녁은 뭘 해서 먹을까 고민하던 민영은 밖을 보고 한숨을 폭 내쉬었다.

“비 오네. 지성아, 공부는 잘돼가니?”

조용하게 초롱의 방 책상에서 공부를 하라 했는데도 지성은 꼭 1층 거실 탁자에 책을 폈다. 민영은 처음에는 발소리를 죽이고 조용히 다녔는데, 꽤 집중력이 좋은지 지성이 웬만한 소음은 들리지 않다는 듯 끄떡하지 않고 공부를 하는 걸 보고 지금은 거침없이 청소기를 돌리기도 한다.

집중하면 이름을 몇 번이나 불러야 반응을 보이던 지성이 다른 생각을 하고 있었던 터라 곧장 대답했다.

“네. 비 와요? 아침에 초롱이 우산 안 가져가지 않았어요?”

“끝날 때까지 그치지 않으면 아마 이따가 데리러 오라고 전화올 거야.”

“제가 다녀올게요.”

“그럼 고맙지. 지성이가 있으니 내가 편하네.”

청소기를 끌고 사라지는 민영의 뒷모습을 보고 웃던 지성은 후드득 비가 떨어지는 밖을 응시했다.

“그치지 마라.”

그의 말을 들어주겠다고 대답을 하기라도 하는 듯이 갑자기 비가 더 거세졌다. 내리는 비를 보며 지성은 한국으로 오고 난 뒤의 짧은 나날을 되짚어봤다. 혼자 침울해 있던 것보다 웃고 있던 시간이 더 많았다는 걸 깨달은 그는 아쉬움이 섞인 말을 흘렸다.

“오늘이 마지막 밤이네.”

내일이면 본가로 가야 한다. 연락을 하지 않았지만, 이미 본가에서는 자신이 한국에 들어왔다는 걸 알고 있을 거다. 연락이 없는 게 무심함인지, 아니면 시간을 주는 배려인 것인지.

시니컬하게 입꼬리를 올린 지성은 다시 문제집으로 고개를 내렸다.

지성의 바람대로 초롱의 하교 시간이 다가올 때까지 비는 그치지 않았다. 초롱의 전화를 받은 그는 커다란 우산 하나만 가지고 그녀의 학교로 향했다. 버스로 다섯 정거장을 지나서 내린 지성은 버스 정류장에 사람들이 바글바글한 것을 보고 아연해했다.

학년별로 끝나는 시간이 조금씩 다르다더니 일찍 끝난 1학년이나 2학년인 것 같았다.

그들은 훤칠한 지성을 보고 쑥덕거렸다. 눈이 마주치자 싱긋 웃고 걸음을 옮기는 그에게 여고생들이 환호성을 내질렀다. 지성은 재미있는 경험에 기분 좋은 웃음을 터트렸다.

비 때문에 데리러 오는 가족들이 많아서인지 경비는 학교 안으로 들어가는 걸 막지 않았다. 지성은 비로 인해 진흙탕이 되어버린 넓은 운동장을 보며 걸어가다 건물 앞에서 멈춰 섰다. 그곳에는 몇몇의 아주머니들이 우산을 들고 제 자식이 나오기를 기다리고 있었다.

"3학년 2반이었나. 교실 앞에서 기다릴까."

들어갈까, 말까, 들어가도 되나, 안 되나 고민을 하는데 한두 명씩 학생들이 빠져나왔다. 그들의 가슴팍에 걸린 명찰의 색이 초롱의 것과 같은 걸 확인한 지성은 엇갈릴지도 모르니 기다리기로 했다. 대신 자신을 흘끗거리는 여학생에게 물었다.

"저기, 여기 문이 몇 개예요?"

"네? 아, 중앙이랑 좌우 끝에 총 세 개 있어요."

"아, 2반이면 어느 문으로 나올까요?"

여학생은 2반이라면 이곳으로 나올 것 같다고 했다. 지성은 부디 초롱과 엇갈리지 않기를 바라며 학생들이 내려오는 계단을 올려다봤다.

지나가는 사람들마다 다 지성을 쳐다보고 갔다. 큼직한 우산 아래 은은한 미소를 짓고 있는 그는 높은 습도로 찝찝한 빗속에서 혼자 상쾌함을 발산하고 있었다. 보기 드문 미남자의 등장에 다들 누구의 오빠인지를 궁금해했다.

5분 정도가 지나고 또 한 무리의 학생들이 계단을 내려왔다. 그 속에 섞여 있던 초롱은 곧바로 지성을 발견했다.

"어? 진짜 엄마가 아니라 이지성이 왔네."

초롱이 지성을 발견하고 손을 흔들었다. 그도 그녀를 발견하고 손을 흔들었다.

"누구야?"

"말했잖아. 소꿉친구가 미국에서 돌아왔다고. 걔야."

"잘생겼다는 말은 없었잖아! 야, 나 소개해 주라. 응?"

"나중에. 어차피 쟤 다음 주부터 우리 학교 다닐 거야."

호들갑을 떠는 친구들에게 재빨리 인사를 한 초롱은 신을 신고 지성에게 다가갔다. 그에게 진득하게 따라붙었던 시선이 자신에게 옮겨오자 그녀는 우산을 씌워주는 지성의 팔을 잡고 바쁘게 걸음을 옮겼다.

"비 젖어. 천천히 걸어. 넘어진다."

"우산 좀 내려서 얼굴 가려."

"왜?"

"네 잘난 얼굴이 시선을 끌잖아! 너, 전학 오면 절대 알은체……아, 이미 다 소문나겠네."

친구들이 벌써 소문을 내고 있을 걸 생각한 초롱은 '망했다'를 연발했다.

"뭐가 망해?"

"여자는 잘생긴 남자를 친구로 두면 인생이 고달파져. TV나 영화에서도 그랬지."

"내가 잘생겼는데 왜 네가 고달파져. 여자들이 쫓아다녀서 귀찮아지는 건 나지."

"모르면 말을 마. 근데 너, 방금 그 발언 좀 재수 없다."

지성은 익히 자신의 외모 수준을 잘 알고 있다는 것에 한술 더 떴다. 그런 지성을 아니꼽게 보던 초롱은 시선이 마주친 그가 미려한 웃음을 짓자 볼을 부풀렸다.

비가 오면 더 바글바글해지는 버스 정류장을 초롱은 짜증이 덕지덕지 묻어나는 눈으로 보다가 간절한 눈빛으로 지성을 올려다봤다.

"택시 탈까?"

"그래. 그게 낫겠다."

"그런데 나, 머니가 없어. 너, 돈 좀 있으면 꺼내봐."

껄렁한 태도로 말하는 초롱의 이마를 손가락으로 찔러 민 지성은 돈 있으니 택시 타자고 갓길로 그녀를 데리고 갔다. 비가 오는데도 거리낌 없이 우산 밖으로 손을 흔들어 택시를 잡은 지성은 초롱을 먼저 탑승하게 하고 우산을 접은 뒤 뒤이어 올라탔다.

택시를 타면서 같이 우산을 쓰고 걸어올 때와 좌우가 바뀌었다.

큰 우산을 썼음에도 지성이 초롱을 배려하면서 그의 한쪽 어깨가 젖었다. 그걸 발견한 초롱은 궂은 날씨에 데리러 와준 것에 대한 고마움과 비를 맞게 한 미안함이 들었다. 미안함이 더 크자 그녀는 일부러 퉁명스럽게 말했다.

"너, 비 젖었어. 가까이 오지 마."

"데리러 온 사람한테 야박하다?"

"나 교복이잖아. 젖으면 안 된다고."

지성은 눈을 가늘게 뜨고 초롱을 보다가 우산을 제 쪽으로 더 끌어당겼다.

차가운 비 때문에 택시 유리창에 뿌옇게 김이 서렸다. 지성은 그 창에 손가락으로 초롱의 이름을 적었다. 길고 정갈한 그의 손가락이 유려하게 움직이는 걸 본 초롱이 그를 흘겼다.

"내 이름을 왜 적어?"

"같이 택시 탄 기념?"

"그럼 너도 적어."

바짝 상체를 당긴 초롱의 행동에 지성이 시트로 몸을 푹 묻었다. 초롱의 얼굴에 지성의 숨결이 떨어졌다. 자신의 가슴에 닿는 둥근 어깨를 보던 그가 풍기는 달콤한 향에 숨을 멈췄다.

초롱은 제 이름 옆에 지성의 이름을 적은 뒤에 제자리로 물러났다. 지성이 잠깐 바짝 들었던 긴장을 푸는데 초롱이 키득키득 웃더니 다시 상체를 당겨 그의 이름에 바보를 적었다. 지성의 미간이 꿈틀거렸다. 그는 손가락으로 초롱이와 자신의 이름 사이에 하트를 그려 넣었다.

"그게 뭐야!"

"뭐긴 뭐야. 연초롱이 바보 이지성을 좋아한다는 거지. 초롱아, 내가 바보여도 좋아? 진짜 나를 좋아하는구나."

"네가 하트 그렸잖아!"

억울해하는 초롱을 보고 커다란 하트를 그려 그 안에 두 사람의 이름을 담은 그가 천연덕스럽게 네 마음에 대한 내 대답이라고, 내 마음이 더 크다고 이야기하고는 눈을 찡긋했다. 어이없어 헛숨을 흘리던 초롱은 다시 몸을 그에게 당긴 뒤 신경질적인 손놀림으로 쓱 지워냈다. 그러자 지성이 빈 곳을 찾아 '연초록 바보'를 적었다. 그걸 또 지워낸 초롱이 다른 곳에 '이지성 멍청이'를 적었다. 쓰고 지우고, 또 쓰고 지우고. 집에 도착할 때까지 두 사람은 창문을 가지고 씨름했다.

3. 키스의 종류

초롱이네 대문보다는 세 배 이상 큰 대문을 열고 들어가자 한옥을 리모델링한 저택이 고아함을 뽐내고 있었다. 지성은 마중 나온 도우미에게 캐리어와 문제집이 들어 있는 가방을 건네주고 넓은 정원을 지났다.

어릴 때 이곳에 온 횟수는 두 손가락에 꼽힐 정도로 몇 번 되지 않는다. 오면 늘 눈치를 보거나 주눅이 들어 있었다. 매섭게 노려보는 조모를 피해 구석진 곳에 조용히 숨어 있었다.

지성은 주눅을 들지도, 그렇다고 당당하지도 않는 초연한 모습으로 집 안으로 들어갔다.

"안녕하세요."

'안녕하셨어요' 또는 '저, 왔습니다' 처럼 안부를 묻거나 살가운 인사가 아닌 처음 보는 타인을 만났을 때나, 겨우 안면만 튼 사람에게 하는 인사에 석형은 당혹스러운 시선을 보냈다. 아니, 제 키보다 훌쩍 큰 낯선 아들을 보고 당황했다. 그는 뒤늦게 지성의 인사를 받았다.

"그래, 지성아. 많이…… 컸구나."

미국으로 보낸 뒤, 단 한 차례도 보지 못했다. 이혼 뒤, 1년 만에 지금의 아내와 재혼을 하면서 더 만나러 갈 수가 없었다. 새로 갖게 된 가정에 충실하라는 모친의 말을 따르느라 지성을 보러 가지 못했다. 모친과 두 번은 대립하고 싶지 않았다. 그러면 이혼한 우희나 떨어지게 된 지성을 모친이 또 괴롭힐 것 같았다.

하지만 이 모든 게 다 비겁한 변명이라는 걸 아는 석형은 차마 지성에게 얼굴을 들 수가 없었다.

지성은 석형을 지나 그의 옆에 서 있는 새어머니인 안소정과 그녀가 데리고 들어온 딸 장세민을 스치듯 보고 소파에 앉아 있는 조모 임순영을 응시했다.

"언제까지 서 있을 게냐. 앉거라."

순영의 말에 석형과 소정, 세민이 자리에 앉았다. 지성은 그들의 맞은편에 앉아 무미건조한 표정으로 테이블 언저리를 주시했다.

불편한 침묵이 흐르고 한참 만에야 지성이 먼저 입을 뗐다.

"혹시 제가 불편하시면 나가 살겠습니다. 한국에서 지내고 싶어서 온 거지, 이 집에서 지내고 싶어서 온 것은 아닙니다."

일단은 미성년자이기 때문에 혼자 집을 구하는 데 한계가 있었다. 그래서 어쩔 수 없이 이 집으로 들어온 거지, 집을 구할 수 있으면 당장이라도 나가고 싶은 게 지성의 솔직한 심정이었다.

그런 심정을 모르는 석형은 거리를 두는 지성의 말에 서운한 기색을 보였다.

"불편하다니. 넌 내 아들인데. 이 사람도 널 친아들처럼 생각한다."

오늘 처음 본 여자가 자신을 친아들로 생각한다는 말에 지성은 소정에게 시선을 옮겼다. 빤히 쳐다보는 그의 시선에 소정은 인자한 미소를 지었지만, 어색함을 감추지 못했다.

"아, 그래요. 그럼 저는 올라가서 쉬겠습니다. 이곳까지 오느라 피곤해서요."

당신들이 날 어떻게 생각하든 관심 없다는 무심한 태도에 순영이 지성을 향해 혀를 찼다. 흰자가 누리끼리하게 변했어도 눈빛은 여전히 매서웠다. 지성은 어렸을 때와는 달리 이젠 티끌만큼도 두렵지 않은 그녀의 눈빛을 마주 보면서 입술을 감아 올렸다.

"고얀 놈. 일주일 전에 귀국한 놈이 피곤은."

"설마 사람 붙여서 감시하신 건 아니죠?"

"집에 오지 않고 그 집으로 간 꿍꿍이가 뭐냐. 아직 어리구나. 그런 식으로 집안에 대한 불만을 표시하는 걸 보니."

이번에는 지성의 눈매가 휘었다. 어리숙한 반항을 하는 손자를 질책하는 말에 그는 속으로 헛웃음을 삼켰다.

"그냥 한국에 와서 가장 보고 싶은 사람들을 만나러 간 겁니다."

별다른 뜻이 없다는 듯 웃는 지성의 얼굴에 순영이 다시 혀를 찼다.

"어머니, 그만하세요. 오랜만에 보시는 손자잖아요."

석형이 순영을 말리고는 지성에게 미안한 눈길을 보냈다. 하지만 가장 보고 싶었던 사람이 가족도 아닌 초롱이네였다는 것에 섭섭한 표정을 지었다.

"오랜만에 보면 뭐 하누. 예쁜 짓을 해야 말이 곱게 나오지."

"태어난 것 자체가 마음에 들지 않으셨으니, 제가 무슨 짓을 하든 다 밉게 보이시겠죠."

"저, 저! 말본새하고는! 네 어미가 그리 가르치더냐!"

우희의 이야기가 나오자 지성의 얼굴이 삽시간에 굳어졌다. 냉기가 가득한 시선이 순영에게로 향했다. 이젠 제 숨소리만 들려도 바들바들 떨던 예전의 지성이 아니라는 걸 알아차린 그녀의 표정이 흔들렸다.

"예절을 가르쳐 주는 아버지가 없었습니다. 반쪽짜리 교육이라 제가 부족한가 보죠."

이혼하기 전부터 집에 잘 들어오지 않았고, 이혼 후에는 단 한 번도 자신을 만나러 미국에 오지 않았던 석형을 질타 어린 시선으로 본 지성은 자리에서 일어났다.

"말씀 끝났으면 올라가 보겠습니다."

지성이 2층으로 걸음을 옮기자 어딘가에 숨어 있었던 도우미가 나와 그를 따라 올라갔다.

새로 구매를 했지만 아직 개통이 되지 않은 휴대폰을 만지작거리던 지성은 학교에서 학생들이 하나둘씩 나오자 초롱을 찾기 시작했다.

"연초롱 찾아왔죠?"

"네? 아, 네."

갑자기 한 무리의 여학생이 다가와 깍깍거리며 묻자 지성은 웃음을 띠고 대답을 했다.

"초롱이 친구라면서요? 우리도 초롱이 친구인데."

"아, 그래?"

먼저 은근하게 말을 놓는 여학생에게 지성도 태연하게 말을 놓았다. 잘생긴 남자애가 웃으면서 일일이 대꾸를 해주자 여학생들은 더 신이 났다. 지성의 주변으로 여학생들이 더 몰렸다.

"다음 주부터 우리 학교에 등교한다며? 이름이 이지성 맞지?"

"응. 혹시 같은 반 되면 잘 부탁해."

여학생들에게 둘러싸여 있는 지성을 학교에서 나오던 남학생들이 발견하고 멈춰 섰다. 그들은 못마땅한 시선으로 지성을 쳐다봤다. 그 시선을 느낀 지성은 고개를 돌려 눈을 가늘게 접고 입꼬리를 올렸다. 여학생들에게 보여주었던 것처럼 근사하게, 하지만 조금 다르게 상대방을 자극하는 웃음을 보였다. 단번에 반응이 오는 듯, 한 남자애가 욕설을 내뱉고 다가왔다.

"야, 이 새……."

"교문 앞이 왜 이렇게 시끄러워? 빨리 집에 가. 고3이 왜 여기서 시간 낭비야?"

마침 퇴근을 하던 여교사 한 명이 무리 지어 있는 여학생들에게 다가가며 잔소리를 하자 남학생들은 잔뜩 짜증을 내고 사라졌다. 여학생들은 선생님을 피해 몇 걸음 옆으로 달아났을 뿐, 여전히 지성의 주위를 맴돌았다.

"안녕하세요."

선생님과 눈이 마주친 지성이 선한 미소와 함께 허리를 살짝 숙이면서 인사를 했다. 단정하고 깔끔한 인사에 선생님이 만족스러운 듯 고개를 끄덕였다.

"우리 학교 학생 오빠인가 봐요?"

"아니요! 다음 주에 우리 학교로 전학 온대요!"

"초롱이 친구래요!"

지성 대신 여학생들이 대답을 하면서 꺅꺅거렸다. 여교사는 조용히 하고 빨리 집에 가라는 눈빛을 쏘아주고는 다시 지성을 응시했다.

"초롱이라면 우리 반 아이인데. 남자친구?"

지성은 대답 없이 손을 올려 뒷목을 매만졌다. 의도적으로 멋쩍어하는 기색을 보인 그는 선생님이 알 만하다는 웃음을 지으며 다음 주에 보자고 말을 하고 멀어지자 다시 단정하게 인사를 했다.

"너희들 빨리 안 가? 평소에는 땡 하면 집으로 달려가던 애들이!"

"아이, 선생님!"

선생님이 여학생들을 내몰면서 사라지는 걸 보던 지성은 그녀들의 반대편으로 수상하게 움직이는 사람을 발견했다. 누구인지 확인한 그의 눈이 가늘게 접혔다. 지성은 조용히 걸어가 초롱의 가방을 잡아당겼다.

"어, 어, 엄마야!"

균형을 잃고 기우뚱거리던 초롱이 지성의 가슴으로 쓰러졌다. 단단하게 받치는 그의 가슴에 기대 선 초롱은 고개를 들고 하하, 어색한 미소를 지었다.

"왜 도망가?"

"도망이라니?"

아니라고 도리질을 치던 초롱은 주위를 두리번거리다 반듯하게 섰다. 다들 호기심이 가득한 눈으로 쳐다보는 걸 확인한 그녀는 가방을 놓으라고 몸을 흔들었다. 지성이 잡고 있던 가방을 놓자 그녀는 성급하게 걸음을 옮겼다. 빨리 따라오라고 손짓을 하고 걸어가는 초롱의 뒤를 지성이 따라갔다.

"앞에 가는 사람 도둑. 뒤에 가는 사람은 경찰."

"어디서 그런 촌스러운 놀이를! 재미없거든?"

그러면서도 은근슬쩍 걸음걸이를 늦추는 걸 보고 지성은 씩, 웃었다. 어느새 나란히 버스 정류장 쪽으로 향했다. 지성이 학생들이 가득한 정류장을 지나치자 초롱은 그를 냉큼 따라갔다.

"내 이름이랑 다음 주에 나 전학 오는 거 알더라?"

"애들이 계속 물어봐서 어쩔 수 없었어."

찔끔한 표정을 보고 지성이 그녀의 어깨 위에 손을 올렸다.

"전에 고달파진다는 게 이래서였구나. 잘생긴 이 오빠 때문에 초롱이가 피곤했구나."

"뭐래. 자아도취에 왕자병이니?"

미간을 찌푸린 초롱이 지성의 옆구리를 팔꿈치로 찌르고 멀어졌다.

"집까지 걸어가기엔 멀어. 다음 정류장에서 버스 타자."

"난 가봐야 해."

"어딜?"

초롱이 걸음을 멈추고 지성을 올려다봤다. 옅은 미소를 짓고 있던 그는 눈이 마주치자 눈매까지 접어 웃었다. 눈만 마주치면 웃는 저 버릇은 언제 생긴 걸까, 하는 생각을 하는 초롱에게 그가 입을 달싹였다.

"집에. 오늘 너 등교하고 난 뒤에 짐 싸 들고 들어갔어."

"아……. 아저씨 봤어?"

"어."

"어떠셔? 잘 지내셔?"

"그간 아버지 못 봤어? 이모부랑 아버지 친하셨잖아. 아, 이사하면서 자주 못 봤겠구나."

초롱이 슴벅슴벅 눈을 깜빡이고는 고개를 저었다.

우희와 지성이 미국으로 가고 얼마 지나지 않아 초롱이네는 이사를 했다. 이건 이사 간 주소로 편지를 쓴 지성도 알고 있는 일이다. 멀어진 데에는 이사라는 이유도 있지만 다른 이유가 더 컸다.

석형이 본가로 들어가 본격적으로 집안 사업을 이어받으면서 거리가 생겼다. 순식간에 석형은 멀어졌고, 그가 재혼을 했을 때에는 만나기 껄끄러운 상황이 되었다.

애초에 우희와 민영이 절친한 사이라 석형과 연이 닿았던 거다.

"잘 지내시는 것 같아. 재혼한 새어머니와도 좋아 보이시던데."

"여동생도 생겼다며."

초롱이 우물쭈물 묻다가 지성의 옷자락을 쥐었다. 재혼 가정. 더군다나 지성은 오랜 시간 미국에서 지내다가 갑자기 그 집에 들어가게 되었다. 그런 그를 걱정이 가득한 눈으로 올려다보던 초롱이 한숨을 내쉬었다.

"왜 네가 한숨을 쉬어."

"내가 뭐. 숨도 내 마음대로 못 쉬냐?"

툴툴대면서 코를 찡긋대던 초롱은 차가운 바람이 휙 지나가자 몸을 움츠렸다. 그 모습을 보고 지성이 어깨를 끌어안으려 손을 뻗었는데 그녀가 먼저 걸음을 옮겼다. 허공에서 주먹을 쥔 지성은 멀뚱히 서서 멀어지는 그녀를 응시했다. 다음 정류장을 향해 걷던 초롱은 고개를 돌려 우두커니 서 있는 지성에게 손을 흔들었다.

"빨리 와! 너도 집에 가야지!"

고요한 시선으로 초롱을 응시하던 지성은 성큼성큼 다가갔다.

학교 앞보다는 비교적 한가한 버스 정류장에서 지성은 온몸으로 바람을 막았다. 초롱은 몸을 움츠리면서 바람을 피해 지성에게 바짝 다가섰다.

"그건 뭐야? 뭐 샀어?"

"아, 휴대폰. 이건 네 거."

손에 들고 있던 쇼핑백을 건네주자 초롱이 반사적으로 받아 들고 눈을 크게 떴다.

"내 거?"

"어. 사는 김에 같이 샀어. 무슨 애가 휴대폰 하나 없냐."

"학교에 공중전화 있고, 학교 끝나면 바로 집으로 가잖아. 고3이 무슨 휴대폰이 필요하냐고 빼앗겼지. 작년까지는 있었다, 뭐."

"뭐든지 고3이면 다 이유가 되는가 보네. 이모한테 들키지 마. 이번에 빼앗기면 나도 같이 혼나는 거잖아."

초롱은 일은 자기가 벌여놓고 자신을 공범으로 끌어들이는 지성을 새초롬하니 노려봤다.

"그런데 이걸 나 준다고? 진짜? 내가 이걸 어떻게 그냥 받아."

빼는 말을 하면서도 초롱은 상자를 꺼내 기종을 확인했다. 최근에 출시된 제품인 걸 확인한 그녀가 입을 모아 오, 감탄했다.

"뭐가 예쁘다고 이걸 사주는지. 친구가 하나만 더 있었어도 안 사줬어. 심심할 때 전화 걸 테니까 잘 받아라."

널 위해서가 아니라 자신의 무료함을 달래기 위한 거라고 말을 한 지성은 멀리서 오는 버스를 발견했다.

"월요일에 개통이 될 거야. 버스 온다. 잘 가."

고개를 숙인 지성이 초롱의 이마에 입술을 댔다. 차가운 입술이 닿았다가 떨어지는 선연한 느낌에 초롱이 얼굴을 붉혔다.

"너!"

"손이 시려서 주머니에서 뺄 수가 없었어."

손으로 인사를 하는 대신 입술로 인사를 했다고, 뭐가 잘못됐냐는 천연덕스러운 표정에 초롱이 발을 동동 굴렀다.

"이마에는 연인끼리 하는 거야!"

"바보냐. 이마에 하는 키스는 우정의 키스야."

"거짓말!"

"맞아. 이마는 우정, 손은 존경, 뺨은 감사 몰라?"

"한국에서는 안 그래."

"글로벌 시대다."

글로벌은 무슨 얼어죽을 글로벌이냐고 중얼거리던 초롱은 신호가 풀리고 버스가 달려오자 발뒤꿈치를 들었다.

차가운 볼에 미지근한 입술이 닿았다가 떨어졌다. 지성의 눈이 휘둥그레지는 걸 보고 초롱은 웃음을 터트렸다. 그녀는 자신의 반격을 전혀 예상하지 못한 그에게 혀를 쏙 내밀었다.

"빰에는 감사라며? 휴대폰 고마워."

앞에 정차한 버스로 냉큼 올라타는 걸 황망하게 보던 지성은 짧은 웃음을 터트리고 고개를 설레설레 저었다. 그는 초롱이 손잡이를 잡고 서서 창문으로 자신을 내다보자 시려서 꺼내지 못하겠다던 손을 주머니에서 꺼내 가볍게 흔들었다.

❖

교복 넥타이를 매고 거울로 제 모습을 확인한 지성은 MP3를 챙겼다. 이어폰을 돌려 손가락에 감았다가 풀면서 방에서 나온 그는 세민과 마주쳤다.

"학교에서 나 보면 알은체하지 마."

피가 섞이지 않은 여동생을 무심하게 바라보던 그는 고개를 짧게 끄덕이고 내려갔다. 그도 알은체할 생각이 없었다. 성이 다른 여동생의 존재는 그도 달갑지 않았다.

"지성…… 군, 아침 먹고 가야지."

등교를 하기엔 굉장히 이른 시각이었다. 소정은 편하게 지성의 이름을 부르지 못하고 어정쩡한 호칭으로 그를 잡았다.

"원래 아침을 안 먹어요. 학교 다녀오겠습니다."

그제 집으로 들어올 때와 달리 지성은 주말 내내 조용하게 지냈다. 그리고 단정하고 예의 있는 태도를 고수했다. 첫날 조모와 아버지의 속을 뒤집었던 적이 없었다는 듯, 그는 시종일관 미소를 잃지 않으며 책잡히는 일 없이 바르게 행동했다.

"그래도. 아, 샌드위치라도 싸줄까?"

"아니요. 학교에 매점 있다고 들었어요. 허기지면 사먹을게요."
"엄마!"
어느새 내려온 세민이 소정의 허리를 감싸 안고 애교를 피웠다. 그리고는 거실에 있는 석형의 옆에 찰싹 달라붙어 아침 인사를 했다. 석형은 세민을 다정한 눈길로 봤고, 순영은 채신머리없이 뭐 하는 짓이냐고 혀를 찼지만, 그녀를 귀엽게 여기는 것 같았다.
그 모습을 감흥 없이 보던 지성의 눈에 조롱기가 스쳐 지나갔다. 그는 미미한 미소를 지으며 인사를 했다.
"다녀오겠습니다."
"아침 먹고 가라."
"괜찮습니다."
석형의 제안에도 부드럽게 거절을 한 지성은 집을 나섰다. 현관문을 나설 때 그의 귀에는 검정색 이어폰이 꽂아졌다.
지성은 택시를 잡아타고 초롱의 집으로 향했다. 전학하는 날. 다 컸지만 첫 등교하는 날에 학교를 혼자 가는 게 묘하게 기분이 좋지 않았다. 그래서 그는 초롱과 같이 등교하려고 새벽부터 일어나 준비했다.
지성은 현금으로 택시비를 지불하고 초롱이네 대문 앞에 섰다. 초인종을 누르자 그를 확인한 민영이 바로 대문을 열어주었다. 지성은 들어가면서 발치에 걸리는 신문을 챙겼다.
"저 왔어요."
"이 시간에 여길 오고. 부지런도 해라. 아침은 먹었니? 아직 안 먹었지? 밥 차리던 중이었으니까 조금만 기다려. 아 참, 초롱이는 이제 교복 갈아입을 거다."

부엌에서 나와 정신없이 이야기를 하고 들어가는 민영에게 인사를 하다 만 지성은 뒤에서 들리는 목소리에 몸을 돌렸다.

"지성이 왔니. 녀석, 교복 입은 것 좀 봐. 벌써 넥타이가 어울릴 나이가 됐네. 그거 오늘 신문이지?"

새삼 다 컸다고 지성의 어깨를 두드린 상진은 신문을 받아 들고 소파에 앉았다.

"간이 좀 짠가. 지성아, 초롱이 좀 데리고 내려올래?"

"네."

도우미들이 조용하게 움직이는 본가와 달리 초롱이네는 적은 사람만으로도 북적거리는 느낌이 나자 지성은 피식거렸다. 상진이 TV를 켜면서 소리 하나가 더해졌다.

2층으로 올라온 그는 초롱이의 방문을 두드렸다.

"연초롱. 나 들어간다?"

대답 대신 문이 벌컥 열렸다.

"아침부터 웬일이야?"

"학교 같이 가려고. 좀 치우고 살지? 그리고 로션 뚜껑 안 닫으면 굳는다."

"고3이라 그래. 작년까지는 안 이랬거든? 1, 2학년 때와 달리 한 시간이나 일찍 등교해야 해서 저런 거 신경 쓸 시간 없어. 그리고 집에 오면 공부해야 하는데 청소할 시간이 어디 있어?"

"역시 또 모든 핑계는 고3으로 이어지네."

초롱이 너도 겪어보라고 중얼대면서 가방을 챙겼다. 방으로 들어와 그녀가 열어놓은 스킨 로션 뚜껑을 닫은 지성은 눈을 감고 작은 하품을 하는 초롱을 보고 미소를 지었다.

"졸려?"

"수능만 끝나봐라. 밀린 잠 다 자고 실컷 놀 거야."

수능이라는 단어만 꺼내도 스트레스가 쌓이는지 초롱이 얼굴을 찌푸렸다. 그녀가 자연스럽게 건네주는 묵직한 가방을 받아 든 지성은 허리를 살짝 숙이고 한쪽 뺨을 내밀었다.

"고마울 때는 어디에 키스한다고?"

"이러는 거 이상한데."

"뭐가. 하나도 안 이상한데. 우리 어릴 때 소꿉놀이하면서 매번 했던 거야."

쭈뼛쭈뼛 움직이던 초롱은 이지성이 미국에서 살다 오더니 너무 이상해졌다고 중얼거리고는 볼에 스치듯 입술을 댔다가 뗐다.

1층으로 내려온 지성은 소파 위에 제 가방과 초롱의 가방을 올려둔 뒤 부엌으로 향했다. 당연하다는 듯이 초롱의 옆자리에 앉은 그는 소박하게 차려진 상을 보고 민영에게 인사했다.

"잘 먹을게요, 이모. 와, 소시지도 있네요."

"너, 어릴 때 그 소시지 좋아했잖아. 우리 집에 있을 때 해주려고 사놓고는 깜빡해 버렸다. 오늘이라도 해줘서 다행이지. 어서 많이 먹으렴."

"애냐. 아직도 소시지 같은 걸 좋아하…… 아야!"

따가운 등짝을 매만지던 초롱이 괜한 지성을 노려봤다. 밥 먹고 빨리 학교에 가라는 민영의 잔소리에 입술을 삐죽인 초롱은 식탁 밑으로 지성의 발을 찼다. 지성이 이에 지지 않고 초롱의 다리를 찼다.

마지막으로 자리에 앉으며 민영이 나직하게 경고했다.

"이지성, 연초롱. 엄마 눈에는 다 보인다."

상 밑에서 이루어진 전쟁이 들키자 이번에는 대담하게 상 위에서 이루어졌다. 서로의 젓가락이 움직이는 걸 주시하다가 반찬을 빼앗아가는 전쟁을 벌였다. 결국엔 초롱이 지성의 젓가락을 건드리면서 김치가 툭, 식탁 위로 떨어졌다.

"이지성, 연초롱! 누가 밥 먹으면서 싸우래! 둘이 무릎 꿇고 손 들어!"

"엄마! 우리가 애야? 툭하면 무릎 꿇고 손들래!"

"이게 뭘 잘했다고 엄마한테 소리를 질러!"

"잘못했습니다."

툴툴대는 초롱이와 달리 지성은 재빨리 상황 파악을 한 뒤 반성을 했다.

학교를 가는 도중 내내 묘한 신경전이 펼쳐졌다. 혼자서만 10분 가량을 손들고 벌을 선 초롱은 지성을 죽일 듯이 노려보았고, 그는 환하게 웃으면서 더 그녀의 속을 뒤집어놓았다.

"웃지 마. 웃지 말랬지."

"웃는 거 아니라니까."

"웃는 거 맞잖아!"

"원래 인상이 이래."

정류장에 도착하자 학생들 몇몇이 호기심 어린 눈으로 지성과 초롱이를 봤다. 여자는 삐쳐 있고, 남자는 슬쩍 건드리면서 달래는 듯 약 올리는 행동에 다들 웃음기를 참으며 구경했다. 뒤늦게 그 시선을 알아차린 초롱이 옆걸음질을 했다. 지성은 빤히 읽히는 그녀의 행동에 짓궂은 미소를 지었다.

“초롱아, 알았어. 오빠가 잘못했어. 오빠가 더 잘할게. 뽀뽀해 줄까? 그럼 기분 풀래?”

“미쳤어! 뭐라는 거야! 너, 조용히 안 해!”

초롱이 아니라고, 억울한 얼굴로 손을 휙휙 저으며 지성의 등짝을 때렸다.

“죽을래? 이상한 소문나면 책임질 거야? 응? 저 애 엄마랑 우리 엄마 아는 사이거든?”

지성은 초롱이 슬쩍 가리키는 여자애와 눈이 마주치자 싱긋 웃으며 손까지 흔들었다. 그의 행동에 기가 차서 펄쩍 뛰던 초롱은 버스가 도착하자 뒤도 돌아보지 않고 올라탔다.

먼저 타 있는 학생들이 제법 된 터라 서서 가야 했다. 초롱은 자신의 뒤에 서서 굳이 같은 손잡이를 잡는 지성을 흘겨봤다.

“노래 들을래?”

“됐어. 저리 가.”

“다음에는 나도 같이 손들고 벌설게.”

“치사하게 혼자만 냉큼 잘못했어요, 빌고 있어. 혼나도 같이 혼나야지!”

죽어도 같이 죽고, 살아도 같이 살아야 한다는 초롱의 말에 지성은 그래그래, 앞으로는 꼭 그러겠다며 고개를 끄덕였다. 그는 초롱의 불평이 길어지자 MP3를 꺼내 전원을 켠 뒤에 이어폰 한쪽을 그녀의 귀에 꽂았다. 다행히 불평이 그쳤다.

아는 노래인지 흥얼흥얼 흔들리는 작은 머리를 보고 지성은 손잡이를 꽉 쥐었다. 반쯤 손이 잡혀 있던 초롱이 손가락을 꼼지락거리더니 기어코 빠져나와 지성의 손을 꼬집었다.

"급정거하면 다친다."

이어폰을 끼고 있지 않은 귀에 닿는 따뜻한 입김과 작은 속삭임에 초롱이 어깨를 움츠렸다. 다른 온도의 바람이 주는 야릇한 느낌에 그녀의 얼굴이 홧홧하게 달아올랐다. 도리질을 친 초롱은 지성의 손을 밀어냈다.

"그러니까 손 좀 치워봐!"

"아직 삐쳐 있어? 좀 풀어라. 응?"

다시 고개를 숙여 귓가에 바짝 입술을 가져다 대고 소곤거리는 통에 초롱이 기겁을 했다. 귀를 손으로 막고 동그랗게 뜬 눈으로 자신을 잔뜩 경계하는 초롱의 모습에 지성이 입꼬리를 올렸다. 발개진 얼굴에 당혹스러움이 가득한 동공이 잘게 흔들렸다.

"약점 잡았다. 연초롱은 귀가 예민하구나."

"미국 물 먹더니 진짜 이상해졌어. 그냥 말하면 되지, 왜 귓속말해?"

"한쪽 귀 이어폰 꽂고 있으니 안 들릴까 싶어서 그랬지."

초롱이 몸을 틀어 지성의 한쪽 귀에 꽂아진 이어폰을 빼앗아 제 남은 귀에 꽂았다. 원천 봉쇄를 했다는 듯 의기양양한 초롱이를 보고 지성은 눈매를 가늘게 접었다.

혼자 노래를 듣는 초롱의 정수리를 내려다보던 지성은 픽, 웃고는 버스가 멈춰 서고 다시 출발할 때마다 흔들리는 그녀의 어깨를 잡아 지탱해 주었다.

다음 정류장이 그들이 내려야 할 곳이라는 걸 확인한 지성은 손을 조심스럽게 움직였다. 초롱이 방심한 틈을 타 이어폰 하나를 뺀 그가 그녀의 귀에 속살거렸다.

"초롱아, 내리자. 다 왔어."

흠칫 떨리는 어깨를 확인한 그는 키득거리며 그녀의 귀에서 남은 이어폰도 빼고 MP3 전원을 껐다.

"진짜 이지성. 너 오늘 하루 절교야!"

"도착했다고 알려줘도."

"나도 잘 알거든? 너보다 내가 잘 알거든? 너, 우리 집에 오지마. 너랑 같이 등교 안 해. 아니, 집이 반대 방향인데 왜 와?"

말을 끝낸 초롱은 지성이 조용하자 눈치를 살폈다. 미소가 사라진 얼굴은 무표정했다. 그가 말없이 버스에서 내리자 뒤늦게 정신을 차리고 따라 내린 초롱이 다리를 재게 놀렸다.

"야, 농담이야. 우리 집에 오지 말라는 거 장난이야. 이지성, 다 농담이라고."

교문으로 향하는 학생들이 한 번쯤은 지성을 되돌아봤다. 그 옆에 있는 초롱을 보고 쑥덕거리기도 하고, 궁금한 눈초리로 보기도 했다. 등교 전부터 소문이 난 전학생과 소꿉친구라는 여학생을 향한 학생들의 눈길이 끊이지 않았다.

초롱은 집중되는 이목이 부담스러웠지만, 꾹 입을 다문 지성이 더 신경 쓰였다.

"화났어? 집에 와. 매일 와도 좋아. 응? 엄마 아빠도 너 좋아하잖아."

교문을 통과할 때에 초롱은 지성의 옷자락을 쥐고 흔들었다. 그제야 그가 걸음을 멈추고 고개를 숙여 시선을 맞췄다.

"교무실이 어디야?"

"응? 3학년 교무실은 2층에."

지성이 드디어 입을 열자 초롱이 반색을 했다. 하지만 그는 대답을 듣고 또 입을 다물었다.

"이지성? 지성아?"

"오늘 하루 절교하자며. 왜 자꾸 말 걸어? 화해하자는 거야?"

초롱은 지성이 장난쳤다는 걸 깨닫고는 발을 굴렀다. 분할 때면 제자리에서 발을 동동 굴리고 주먹을 쥐고 어쩔 줄 몰라 하다가 꼭 때렸다. 그녀가 예상에서 벗어나지 않는 행동을 하자 지성은 재빨리 자리를 떴다.

전학 첫날에 벌써 탐색전이 끝났는지 여학생들이 행동을 개시했다. 고3이라 공부에만 집중을 해도 모자랄 판일 텐데, 새로 등장한 잘생긴 남학생에게 향하는 집념은 엄청났다.

"지성아, 내가 뭐 도와줄 거 없어?"

"아직은 없어. 괜찮아."

공부에 목을 매는 반장까지 제 직위를 이용해서 지성에게 여러 핑계를 대며 접근을 했다. 지성이 속한 6반은 다른 반의 여자들을 경계하기까지 했다. 그의 반 여자애들은 지성이 6반이니 6반의 남자라며 다른 반 여자들은 절대 넘봐서는 안 된다는 행동을 해서 빈축을 샀다.

지성은 그 틈에서 부드러운 미소를 잃지 않고 일일이 응대를 했다. 쉬는 시간에 매일 여자애들의 이야기에 대꾸해 주는 것에 점점 지쳐 갔는데, 일주일이 지나면서는 급기야 따로 불러 나가자 슬슬 귀찮아지고 질려가기 시작했다.

"지성아, 사귀는 사람 없으면 나랑 만날래?"

수줍게 웃는 모습은 귀엽다만, 마음에 쏙 들어오지 않았다. 무엇보다 지성은 여자라면 물리는 상태였다.

"미안. 나, 초롱이랑 만나거든."

짜증을 감추며 머리칼을 쓸어 넘기던 지성은 저도 모르게 툭 말을 내뱉고 아차 싶었다.

한적한 곳으로 불려 나올 때부터 고백받을 거라는 걸 알아차렸다. 가장 쉽게 떨궈내는 방법이 좋아하는 사람이 있다거나, 만나는 사람이 있다고 대답을 하는 것이기에 둘 중에 무엇으로 답할까 고민을 했었다. 전자를 말하면 누구냐고 귀찮게 굴 것 같아서 후자를 택했는데, 당장 생각나는 사람이 초롱이뿐이라 무심코 그녀의 이름을 말해 버렸다.

"둘이 소꿉친구라며? 너, 연정이가 초롱이랑 무슨 사이냐고 물었을 때 친구라고 했었잖아."

지성은 멋쩍은 표정을 지으며 머리를 굴렸다.

"고3이라 공부에 집중하기로 했어. 수능 보고 나면 사귈 거야. 그러니까 잠정적인 연애 상태라고 할까."

"진짜? 둘이? 어쩐지. 매일 같이 등하교 하더라."

차인 것에 대한 민망함이 올라왔는지 여학생은 어색하게 웃고는 재빠르게 사라졌다.

"난 이제 죽었다."

지성은 소문이 돌고 돌아 잔뜩 부풀려서 초롱의 귀에 들어가는 것보다 자신이 먼저 고백하는 게 나을 거라는 생각에 급히 걸음을 옮겼다.

초롱이 있는 2반으로 들어간 그는 옹기종기 모여 있는 여학생들 틈에서 그녀를 찾았다. 아니, 찾기도 전에 초롱의 짝이 그녀에게 지성이 찾아왔음을 알려주었다.

"왜?"

슬렁슬렁 다가오는 초롱의 손목을 잡은 그가 조용히 이야기했으면 좋겠다고 부탁했다. 뭔가 조심스럽고 정중한 그의 태도에 초롱은 불길함을 감지했다.

"나, 좀 바쁜데."

"수다 떨고 있었으면서 바쁘기는."

"음……. 그럼 나 빵 사줘. 바나나 우유랑."

"방금 점심 먹었잖아."

"나중에 먹을 거야. 공부하느라 머리 굴리면 금방 배고파져. 그거 사주면 시간 좀 내볼게."

"가자. 다 사줄게. 먹고 싶은 거 다."

주머니에서 지갑을 꺼내 아예 초롱의 손에 들려준 지성은 그녀가 지갑을 펼쳐 액수를 확인하고 신나하는 걸 보고 부디 뇌물이 먹히기를 바랐다.

만 원짜리 한 장을 꺼내 전투적인 태도로 매점 앞에 서서 이모를 부른 초롱은 계산을 해가면서 빵과 우유를 골랐다. 계산을 하고 남은 잔돈은 제 주머니에 쏙 챙겨 넣은 그녀가 마음이 풍요로워진 표정으로 지성의 뒤를 따랐다.

"할 말이 뭔데?"

봉지를 지성에게 건네고 빵 봉지 하나를 터서 조각을 내 입안에 넣고 오물거리던 초롱이 목이 막힌다면서 우유를 찾았다. 나중에 배고플 때 먹는다면서 왜 지금 먹는 거냐고 속으로 중얼거린 지성은 고분하게 바나나 우유 하나를 꺼내 빨대를 꽂아 대령했다.

입술로 빨대만 물고 쏙 빨아 마신 초롱이 다시 빵을 조각냈다.

"방금 전에 고백받았거든."

"연애 상담이야? 그건 나 못 하는데. 안 해봤어. 난 대학 가서 멋진 첫 연애할 거라서."

대학에 가면 정말 아름다운 사랑을 할 거라고 초롱이 제 연애 판타지를 쭉 늘어놓았다. 지성은 말도 못 꺼내보고 그녀의 연애 판타지를 들어준 뒤에 낮은 한숨을 내쉬었다. 지금 그녀의 첫 연애 판타지를 깰지도 모르는 상황이라 난처했다.

"그래서? 누구한테 고백받았는데?"

다시 지성의 이야기로 돌아온 초롱이 아래로 내려간 그의 손목을 잡아 올려 빨대를 물었다. 노란색 액체가 줄어드는 걸 보던 그가 마른침을 삼켰다. 목이 말라오자 지성은 초롱이 마시던 바나나 우유를 마셨다.

"여기저기 고백받는 게 귀찮아서 사귀는 사람 있다고 해버렸어."

"응? 사귀는 사람? 누구? 설마 너……."

"미안."

"야! 내가 너랑 사귄다는 소문 잠재우려고 얼마나 노력했는데!"

지성은 단번에 초롱이 자신에게 주먹을 뻗는 걸 보고 그녀의 손을 막았다. 다시 날아오는 주먹을 막고, 제 다리를 차려는 발을 피하자 초롱이 펄쩍 뛰었다. 때리고 싶은데 족족 다 막으니 더 열이 뻗쳐 발을 동동 구르다가 그 자리에 주저앉았다.

"너, 나한테 왜 이러는데!"

"미안. 그런데 지금 너보다 더 좋은 여자가 없어. 좋아하는 감정 없이 사귈 수는 없잖아? 그러니까 도와주라. 너한테 피해 가지 않게 할게. 나, 가뜩이나 공부 따라가느라 힘든데 매 쉬는 시간마다 불려 나가는 거 힘들어. 도와줘. 나한테 너 말고는 아무도 없다는 거 알잖아."

듣기 좋은 말을 하고, 상식적으로 설득을 하고, 나중에는 제 처지를 이해시키는 지성의 말에 초롱이 눈매를 샐그러뜨렸다.

"말만 번지르르하게 하지 마."

무릎을 접어 앉은 지성이 초롱의 머리를 쓱쓱 쓰다듬으며 미안한 기색이 담긴 상냥한 미소를 지었다.

"초롱아, 부탁할게. 응?"

지성은 간절한 표정을 지었다. 그런 그를 원망스러운 시선으로 보던 초롱은 대신 원하는 거 뭐든 들어주겠다는 말에 눈을 도그르르 굴렸다.

"……이번만이야. 이런 말도 안 되는 부탁 들어주는 거. 네가 일을 저질러 놨으니까 어쩔 수 없이 들어주는 거야. 앞으로는 어림도 없어. 처음이니까 봐주는 거야."

"응. 고마워, 초롱아."

눈매를 휜 지성이 다리를 펴고 일어나 손을 내밀었다. 그 손을 초롱이 잡자 단숨에 끌어당겨 그녀를 일으킨 그가 뺨에 감사의 키스를 했다.

4. 베이비 키스

일요일 오후. 집에서 버티다 지루함을 이기지 못해 책가방을 싸 들고 나섰다. 초롱에게 집으로 간다는 문자를 보낸 지성은 귀에 이어폰을 꽂았다. 택시를 잡기 위해 걸어가던 그는 앞에서 걸어오는 세 명의 남자를 보고 눈매를 찡그렸다.

지성은 그들을 살짝 비켜갔다. 그런데 그들 중 한 명이 그의 어깨를 잡아 세웠다. 무어라 중얼거리는 입술 모양을 본 지성은 뒤늦게 귀에서 이어폰을 뺐다.

"미안. 이거 때문에 못 들었어. 방금 뭐라고 했어?"

"우리 좀 보자고. 전학생 씨."

그동안 학교에서 마주치거나 스쳐 지나갈 때 요령껏 잘 피했는데, 하필 주말 오후에 한적한 길거리에서 딱 마주쳤다. 주위를 둘러본 지성은 피해갈 구멍은 보이지 않고, 집 근처에서 소란을 피우기 싫어 짧게 고개를 끄덕였다.

겁먹기는커녕 어디 보자는 이유 한번 들어보겠다는 태도로 순순히 그가 따라나서자 오히려 그 무리가 살짝 당황했다. 좋은 이유로 부르는 게 아니라는 걸 빤히 알 터인데도 태연하게 따라오자 헛웃음도 나왔다.

무리를 따라간 지성은 놀이터가 나오자 흥미로운 시선을 했다. 이런 곳에 놀이터가 있었다는 것이 일단 신기했는데, 바닥에 버려진 담배꽁초와 소주병, 맥주 캔을 보고 그들이 왜 이곳으로 데려왔는지를 눈치챘다.

이런 곳에 어린아이들이 올 리가 없고……. 아니, 이곳에서 논다고 하면 부모들이 뜯어말릴 것이니 인적이 드물 수밖에 없는 곳이었다.

"우리가 아직은 놀이터에서 놀 나이기는 하지."

바지 주머니에 손을 찔러 넣고 쓱 둘러보더니 눈웃음을 치며 하는 말에 다들 벙찐 표정을 했다.

"뭐라는 거야, 저 새끼가."

"계집애처럼 웃는 거 봐라."

"크. 미친놈."

지성에게 한마디씩 한 세 사람은 건들거리는 태도로 그에게 다가갔다.

"그럼 왜 여기에 데리고 온 건데?"

고개를 기울이면서 순진한 표정을 하는 지성을 보고 기가 차다는 듯 동시에 헛웃음을 켠 세 사람은 주먹을 쥐었다 펴고, 목을 꺾으면서 몸을 풀기 시작했다.

"너, 전에 나 비웃었었지?"

초롱에게 휴대폰을 가져다주러 갔을 때를 이야기하는 걸 알아차렸지만, 지성은 어깨를 으쓱이는 것으로 기억이 나지 않는다고 표시했다. 남자애가 울컥한 표정으로 주먹을 날렸다.

꽤 거칠게 오른쪽으로 홱 얼굴이 돌아갔다. 버티지 못하고 뒤로 한 발 물러날 정도로 큰 타격에 지성은 미간을 찌푸렸다. 그가 정면으로 고개를 돌릴 때, 내내 걸려 있던 미소는 흔적도 없이 사라졌다.

"이제 됐어? 그만 가도 될까."

"이 새끼가. 가기는 어딜 가. 좀 반반하게 생겼다고 여자애들 끌고 다니는 꼴을 못 봐주겠거든. 오늘 이 형님들이 네 잘난 면상 좀 손봐줄까 하는데."

그날 일이 아니더라도 자신에게 반감이 있다는 걸 깨달은 지성은 한숨을 내쉬었다. 똑같이 피 끓는 10대여도 유독 피가 더 끓어올라 샤프를 손에 쥐고 가만히 앉아 있기 힘든 족속들이 꼭 어딜 가나 있었다. 무슨 이유에서인지 지성은 늘 그런 족속들과 맞지 않았다. 여자들은 당연했고, 웬만한 남자들과도 척을 지지 않는 성격인데 예외는 늘 존재하는 법인가 보다.

"그래. 빨리 끝내자. 피해 다니는 것도 한계가 있지."

내 이럴 줄 알았다는 태도로 지성은 어깨에 메고 있던 가방을 바닥으로 떨어트렸다.

가볍게 휘어지던 눈매가 일자로 딱딱하게 굳었다. 입술에는 상대를 자극하는 조롱이 가득한 미소를 띤 지성은 자신의 도발에 곧장 반응을 보이는 그들의 장단을 맞춰주었다.

3대 1이기에 적당히 하던 남자애들은 지성이 꽤 순발력 있게 잘 피하는 것에 이어 타격이 큰 곳만 골라 때리자 긴장했다. 싸움에도 요령이 있다. 지성이 싸움에 능하다는 걸 깨달은 그들은 적당히에서 최선으로 바꿨다.

번갈아가며 쓰러지고 일어나는 걸 반복하는데 멀리서 호루라기 소리가 들렸다. 싸우는데 열중한 이들은 그 소리를 뒤늦게 감지했다. 그리고 호루라기 소리를 감지했을 때에는 이미 제복을 입은 아저씨들에게 붙들렸다.

"이 자식들이 어디서 싸움질이야! 또 너희들이야? 부모님 봐서 봐주는 것도 한두 번이지!"

정확하게 3대 1로 나눈 경찰이 지성에게는 등을 보이고 앞에 세 남학생에게 삿대질을 하면서 버럭 소리를 질렀다. 여러 차례 싸움을 하다가 경찰서에 끌려간 전적이 있는 그들은 시큰둥한 얼굴로 재수 없게 누가 신고를 한 거냐고 중얼거렸다.

"학생, 괜찮아? 학교가 어디야? 이 녀석들하고 같은 학교야?"

지성은 이제야 자신에게 관심을 가지는 한 경관을 보고 희미하게 미소를 짓다가 얼굴을 찡그렸다. 그는 입술 부근은 매만져 손가락에 묻어나는 피를 확인했다.

"같은 학교입니다."

"어쩌다가 이 녀석들한테…… 쯧쯧. 학교에서도 괴롭힘당하지?"

저들은 가해자, 넌 피해자. 자초지종을 듣지도 않고 딱 선을 긋는 경관의 태도가 지성은 고맙기보다는 불편했다. 무엇보다 경찰서에 가자고 하는 걸 보니 일이 커질 것 같았다. 계속해서 한 경관이 앞으로 학교생활에 피해 입지 않으려면 저런 애들 봐줘서는 안 된다고, 쉽게 용서를 해줘서는 안 된다고, 쟤들은 크게 혼이 나봐야 정신 차린다고 열변을 토했다.

집단 폭력에서 왕따 문제까지 확대가 되고, 몇 년 동안 그걸 당해온 취급을 받자 지성의 미간이 찌푸려졌다. 그는 경관을 지나쳐 나와 한 남자애의 어깨에 팔을 올렸다.

"죄송합니다만, 집단 폭력이 아니라, 2대 2 수 맞춰서 다퉜는데요."

"뭐?"

지성을 제외한 모두의 표정이 변했다. 남자애들은 이건 뭐야, 하는 표정으로 지성을 쳐다봤고, 경관들은 그가 거짓말을 하고 있는 거라는 의심이 가득한 시선을 했다.

"보복이 두려워서라면……."

"진짜예요. 이 녀석하고는 소꿉…… 이 아니라 죽마고우예요. 제가 저 녀석하고 의견이 엇갈려서 말다툼을 하다가 주먹이 오갔는데, 얘는 제 편을 들고, 쟤는 쟤 편을 들고. 그러다 보니 이렇게 됐습니다."

"죽마고우? 처음 보는 얼굴인데."

"미국으로 이민 갔다가 최근에 돌아왔어요. 얘랑 친구 맞아요."

물 흐르듯이 끊어지지 않고 덤덤하게 이야기를 하자 거짓말을 하는 것처럼 보이지 않았다. 지성이 정말 죄송하다고, 누군가가 잘못 알고 신고를 한 것 같은데 원래 남자애들이 싸우면서 우정을 키우는 거 아니냐고 멋쩍게 웃자 경관들은 할 말을 잃었다.

"미국에서 왔다고? 최근에?"

"네."

경관들은 처음 보는 얼굴에 고개를 끄덕였다. 원래부터 이 애들과 어울렸다면 분명 얼굴을 외우고도 남았을 거다.

"진짜 친구 맞아?"

"네. 보세요. 저희 보기보다는 크게 안 싸웠어요."

경관들은 네 남자애들의 몰골이 비등비등하다는 걸 깨달았다. 세 명에게 맞았다고 하기에는 지성이 너무 멀쩡했고, 나머지 애들도 한 명에게 맞았다고 보기에는 어려웠다. 다친 정도가 비슷한 것이 일방적인 폭력이 있었던 것 같지는 않아 믿어주기로 했다.

"이 애 말이 사실이야? 너희들 친구 맞아?"

두 명의 남자애는 얼굴을 구겼다. 지성이 어깨에 팔을 걸치고 있던 남자애가 픽 웃고는 고개를 끄덕였다. 경관들이 대답을 않는 두 명의 남자애를 의심스럽게 쳐다보는데, 픽 웃었던 남자애가 입을 열었다.

"야. 아직도 삐쳤냐? 풀어라, 새끼야."

남자애의 말에 두 남자애가 어이없는 얼굴을 하더니 마지못해 고개를 끄덕였다.

"친구끼리 왜 싸우고 그래."

"죄송합니다. 다시는 싸우지 않겠습니다."

선선히 잘못을 인정하고 허리를 숙이는 지성을 대견하게 본 경관들은 다음에는 주먹다짐하지 말고 말로 풀라는 것과 이런 곳에서 놀지 말라는 잔소리를 하고 사라졌다.

"너, 뭐냐."

"이지성."

내내 지성에게 어깨를 내어주고 있었던 남자애가 태연하게 제 이름을 말하는 그를 황당하게 쳐다봤다. 툭툭, 그의 어깨를 가볍게 두드린 지성은 가방을 놓아둔 곳으로 걸어갔다.

"야, 끝은 봐야지."

"보기는 뭘 봐. 딱 봐도 내가 이겼는데."

가방에 묻은 모래를 털털 털면서 심드렁하게 내뱉는 말에 남자애가 웃음을 터트렸다. 다른 남자애들이 불만스레 쳐다봤지만, 이미 분위기는 깨졌고 싸울 의지가 사라져서 욕만 지껄이고 말았다.

"아까 왜 그랬냐."

"경찰서 가면 내가 곤란하거든. 장단 맞춰줘서 고맙다."

"하."

너희들 생각해서가 아니라 나 때문에 연기한 건데 같이 연기해줘서 고맙다는 말에 남자애가 기가 찬 표정으로 헛웃음을 흘렸다. 그는 쓱 자신을 지나쳐 가는 지성의 어깨를 잡았다.

"네 죽마고우인 나는 류희찬. 너랑 말싸움 하다가 치고받은 애는 송경민. 그리고 네 편 안 든 애는 강용준."

"아아."

굉장히 이른 통성명을 마친 네 사람은 서로를 뚱한 눈으로 쳐다봤다. 지성은 여자들이 느끼지 못하는 남자들의 우정이 쌓이는 걸 느끼고 입술을 말아 올렸다.

"우리 한판 하러 갈 건데 같이 갈래?"

손가락을 현란하게 움직이면서 피시방에 가자는 용준의 말에 지성이 아차 한 얼굴로 주머니를 더듬었다.

"아, 휴대폰 망가졌다."

아까 희찬의 발차기에 호되게 맞았는데, 그때 휴대폰이 망가진 것 같다.

지성은 전원 버튼을 눌러보다가 켜지지 않자 희찬과 경민, 용준을 둘러봤다.

"너희들 휴대폰 있냐."

"내 거 써."

희찬이 주는 휴대폰을 받아 든 지성은 번호를 외워두었던 초롱의 휴대폰으로 전화를 걸었다.

[여보세요.]

"어, 초롱아. 난데."

초롱의 이름이 나오자 세 사람이 키득 웃었다. 학교에 두 사람이 커플이라고 파다하게 소문이 났는데 그들이라고 모를 리가 없었다.

[오고 있어? 택시 타고 온다는 애가 왜 이렇게 안 와? 너, 전화는 왜 계속 안 받아?]

초롱의 휴대폰은 발신자 표시 서비스가 되어 있지 않았다. 그래서 그녀는 지성이 남의 휴대폰으로 전화를 한 걸 몰랐다.

"아, 잠깐 일이 생겨서……."

[그래? 지금 오지? 올 때 과자 좀 사와. 아, 엄마가 저녁 뭐 먹고 싶냐고 물어본다. 당연히 고기가 먹고 싶지?]

일이 생겨서 가지 못한다고 말을 하려 하는데 초롱이 성급하게 말을 잘랐다. 지성은 엉망이 된 제 옷과 마찬가지로 엉망이 되어 있을 얼굴을 매만지며 난처한 목소리로 말했다.

"초롱아, 나 못 갈 것 같은데."

[왜?]

"……친구를 만났거든. 그보다 이게 내 휴대폰이 아니라서 빨리 끊어야 해."

[친구? 무슨 친구? 지금 걸고 있는 휴대폰이 네 게 아니야? 그럼 네 휴대폰은?]

"고장 났어. 이건 친구 거고. 자세한 건 나중에 이야기하자. 내일 학교에서 봐."

[그새 고장 났어? 그보다 친구 누구? 뭐 하려고?]

"어쩌다 보니 친구들이 생겼어. 지금 애들이랑 피시방 가려고."

다른 약속이 있으니 나중에 보자고 한 뒤에 전화를 빨리 끊으려 했는데, 이유를 잘못 택한 탓에 초롱이 난리법석을 피웠다.

[잠깐! 지금 친구랑 논다고? 피시방? 미쳤어? 고3이 주말에 노는 게 어디 있어? 엄마! 이지성 피시방 간대! 얘 대학 갈 생각 없나 봐!]

"야! 연초롱!"

득달같이 민영에게 이르는 그녀의 행동에 지성이 목소리를 높였다. 휴대폰 너머로 뭐라 뭐라 목소리가 들리더니 다시 초롱의 목소리가 들렸다.

[너, 혼자 놀게 내버려 둘 수는 없지. 빨리 와라. 엄마가 너 가만 안 둔대.]

"아, 진짜 이 웬수! 하아. 초롱아, 나 못 가."

[왜?]

딱 봐도 싸움한 티가 나는데 이 꼴로 초롱의 집에 갈 수는 없었다. 이런 모습을 보여줘 걱정 끼쳐 드리고 싶지는 않았다. 지성은 고민을 하다가 집요하게 파고들 초롱을 생각하곤 결국 가지 못하는 이유를 솔직하게 말했다.

"……다쳤어."

[뭐? 어디를 다쳐?]

"목소리 좀 낮춰라! 이모 다 듣잖아."

[너, 어디야? 병원이야? 빨리 사실대로 말해. 안 그러면 엄마한테 다 말한다.]

지성은 다 포기한 얼굴로 위치를 설명했다. 도망가지 말고 거기서 딱 기다리라고, 택시 타고 갈 테니까 나중에 택시비는 줘야 한다는 말을 마지막으로 통화가 끊겼다. 지성은 휴대폰을 희찬이에게 돌려주고 피곤한 표정을 했다.

"너, 여자친구한테 잡혀 사냐?"

여자친구라는 단어가 이제는 귀에 박혔다. 소문이 한 시간도 채 되지 않아 돌았고, 많은 아이들에게 정말 초롱이 여자친구가 맞느냐는 질문을 수없이 받았었다. 그래서인지 초롱을 제 여자친구라고 하는 것이 금세 익숙해졌다.

"그래 보이지?"

"어."

"그럼 그런가 보다. 조막만 한 애 이겨서 뭐 하겠냐."

뭔가 한탄이 섞인 말에 경민과 용준이 웃었다. 자신들과 주먹다짐을 할 때 대담하게 맞받아치고, 경관 앞에서는 차분했던 지성이 여자친구와의 전화 한 통화에 쩔쩔매는 걸 보고 그들은 크게 웃었다. 희찬도 눈을 게슴츠레 뜨고 재미있다는 듯 지성을 응시했다.

"다음에 놀자. 나 초롱이 만나야 해."

마치 오래 알고 지낸 친구에게 '이 정도쯤은 이해해 줄 수 있지?' 하는 태도로 말을 하는 지성을 보고 다들 기가 찬 웃음을 흘렸다.

"크큭. 우리 할 것도 없는데, 이지성 여자친구한테 잡히는 것 좀 보고 가자."

연초롱이 누군지 아냐고, 난 모른다고 말을 주고받던 그들은 시소와 그네에 자리를 잡고 앉았다. 지성은 곤란한 눈으로 그들을 보다가 조금 떨어져 미끄럼틀에 웅크리고 앉았다.

조금 길을 헤매다가 지성이 말한 놀이터를 찾은 초롱은 교내를 넘어 다른 학교에서도 유명한 세 남자를 보고 멈칫했다. 그리고는 미끄럼틀 끝의 머리에 다리를 굽히고 앉아 자신에게 손을 흔드는 지성을 보고 망연자실했다.

지성의 입가는 터져 있고 광대 부근은 멍이 들어 있었다. 헝클어진 머리칼에 옷은 구겨져 있어 누가 봐도 싸웠다는 걸 알 수 있었다.

자신에게 모여드는 시선에 주춤거리며 지성에게 걸어간 초롱은 작은 목소리로 속삭였다.

"조금 떨어져 있으니까 잘 달리면 잡히지 않을 것 같아."

"뭐?"

"하나 둘 셋, 하면 뛰는 거다."

"왜?"

"하나 둘……."

셋을 외치기 직전 쿡쿡 웃은 지성이 초롱의 팔을 잡았다. 힘을 주고 도망가지 못하게 하자 그녀의 얼굴이 사색이 되었다.

"연초롱 무슨 생각하냐."

"너 왜 이렇게 태연해? 빨리 도망을 가야……."

"오, 얘가 연초롱? 그 유명한? 나 본 것 같아. 어? 너, 작년에 나랑 같은 반 아니었어?"

시소를 타고 있던 용준이 언제 다가온 것인지 초롱의 어깨를 잡았다. 초롱이 화들짝 놀라자 자리에서 일어난 지성이 용준의 팔을 치우고 어깨를 감싸 안았다.

"와, 손대지 말라고 하는 것 봐."

"뭐야. 순하게 생겼는데. 이지성을 잡을 얼굴은 아닌데?"

용준과 같이 시소를 타고 있던 경민이 초롱의 얼굴을 확인한 뒤에 뭔가 실망한 기색을 내비쳤다. 혼자 그네에 앉아 있던 희찬이까지 다가와 자신을 둘러싸자 초롱이 긴장한 얼굴로 지성에게 붙어 섰다.

"저기, 지성이는 한국에 온 지 얼마 되지도 않은 애라 너희들을 잘 몰라서 뭔가 실수를 한 것 같은데, 내가 조심하라고 주의를 줄게. 그리고 같은 학교 학생을 이렇게 괴롭히면 안 되는 거야. 아니, 그러니까…… 그냥 보내줘."

순간 정적이 흘렀다.

"뭔가 기분이 좀 나쁘다? 연초롱. 너, 지금 나 감싸는 거 맞아?"

"입 다물어. 노력 중인 거 안 보여?"

무서워도 내가 널 지금 지켜주고 있는 거라고, 더 맞기 싫으면 조용히 입 다물고 있으라는 눈빛에 지성의 입가가 떨렸다.

"뭐래. 이지성처럼 골 때리는 애네."

"야, 우리 꼴은 안 보이냐? 우리 얼굴 저 녀석이 이랬거든?"

"……설마."

어디서 맞고 와서 엄한 곳에서 지금 치료비를 받아내려는 수작이냐는 말을 속으로 삼킨 초롱은 제 어깨를 감싼 팔이 파르르 떨리자 고개를 돌렸다. 웃음을 참고 있던 지성이 눈을 마주치자마자 꾹 다물고 있던 입술을 벌리고 호탕한 웃음을 내뱉었다. 지성은 초롱의 어깨에 이마를 대고 끅끅거릴 정도로 웃어댔다.

초롱은 얘가 머리를 잘못 맞아서 정신이 이상하게 된 건 아닌가, 하는 눈초리로 그를 응시했다. 그녀는 경민과 용준의 표정이 구겨지자 팔꿈치로 지성의 옆구리를 찔렀다.

"왜 웃어. 그만 웃어."

"기분 좋아서. 저 녀석들 말 안 믿는 게."

그게 무슨 헛소리냐고 모두가 자신을 이상하게 쳐다보는데도 지성은 기분 좋게 웃었다.

"그럼 쟤들 말이 맞아? 같이 싸웠어?"

"넌 내가 맞기만 했었으면 좋겠어?"

초롱은 뭐라 대답을 해야 할지 고민했다. 당연히 그건 아니지만, 희찬과 경민, 용준을 앞에 두고 쟤들에게 맞지 않고 때렸었으면 좋겠다고 대답을 할 수 없기에 입을 다무는 걸 택했다. 난처해하는 걸 본 지성이 입술을 말아 올렸다.

"우리 간다. 초롱이 불편한가 보다."

"재미없어. 그래 가라, 가."

맥이 빠진 목소리로 경민이 인사를 하고 돌아섰다. 용준도 손을 흔들고는 지성이 앉아 있었던 미끄럼틀을 역주행해 올라갔다. 희찬은 입술을 비뚜름히 올리는 것으로 인사를 대신했다.

지성의 힘에 이끌려 놀이터를 나온 초롱은 어떻게 된 것인지 물었다. 그의 이야기를 들은 초롱이 미쳤어를 연발하며 그의 팔을 때렸다. 자신은 재들한테 걸려서 돈도 빼앗기고 집단 폭행당한 줄 알고 심장이 떨어지는 줄 알았다고 호들갑을 떨던 초롱은 버럭 목소리를 높였다.

"그러게 왜 재들을 건드려!"

"재들이 먼저 나 건드렸다니까. 그리고 원래 남자들은 다 싸우면서……."

"얼굴이 그 꼴인데 우정은 무슨. 우정 두 번 쌓다가는 병원에 입원하겠다!"

어떻게 친구를 사귀어도 재들이냐고 잔소리를 퍼붓던 초롱은 약국으로 지성을 끌고 갔다.

"어떻게 오셨어요?"

친절한 약사의 환대에 초롱은 지성을 손가락으로 가리켰다. 약사가 자신의 얼굴을 보고 미간을 찌푸리자 지성은 손으로 가리면서 슬쩍 고개를 돌렸다.

"저렇게 된 인간이 셋 더 있어요. 약 좀 주세요."

"싸웠나 보구나. 하하."

어색하게 웃으면서 약사가 경찰에 신고를 해야 하는 건 아닌지 고민을 하는 것 같아 지성이 이미 경찰이 왔다 갔다는 말을 해서 약사는 물론이고 초롱이까지 기함하게 만들었다.

"이지성, 돈 줘. 계산하게."

"재들도 돈은 안 빼앗았다."

"불만이면 지금이라도 가서 돈 빼앗기고 오든가!"

지성은 초롱이 잔뜩 짜증이 난 상태라는 걸 알아차리고 조용히 계산을 마쳤다. 소독약과 연고, 대일밴드가 담긴 약국 상호가 찍힌 흰 봉투를 들고 초롱은 왔던 길을 되돌아갔다.

"어디 가."

"아까 걔들도 치료해 줘야 할 거 아니야. 네가 그랬다며. 나중에 말도 안 되는 치료비를 주라 할지도 모르니까 약이라도 발라주고 와야지. 그리고 너! 폭력이 얼마나 안 좋은데! 네 인생 말아먹을 일 있어? 다시는 싸우지 마. 알았어?"

초롱의 짜증이 걱정 때문에 비롯됐다는 걸 안 지성은 미안한 웃음을 지었다. 그는 커다란 손으로 그녀의 뒷머리를 감싸 부드럽게 쓰다듬었다.

"미안. 다시는 안 싸울게. 그러니까 그만 화내라. 응?"

"그만 웃어. 입술 찢어진 데서 계속 피 나잖아."

지성이 입매에 힘을 풀고 눈으로만 웃었다. 싸움이라고는 모른다는 순한 얼굴로 웃는 걸 본 초롱이 기가 차서 짧은 웃음을 흘렸다.

놀이터에 도착하자 다시 나타난 그들을 향해 세 쌍의 흥미로운 시선이 닿았다.

"예쁜 언니가 연고 발라준단다!"

"누가 발라준데? 그냥 연고 주러 온 거야!"

"예쁜 언니는 왜 부정 안 하는 건데?"

"악! 이지성! 짜증나, 짜증나. 저걸 어쩌면 좋지? 응?"

발을 동동 굴리는 폼이 한 대 거하게 맞을 것 같아 지성은 재빨리 걸음을 옮겼다. 지성이 벤츠에 앉자 희찬과 경민, 용준이 차례로 옆에로 와 앉았다.

“양심 있네. 연고 사오고.”

“우리 초롱이가 보기와는 달리 좀 착해.”

경민이 괜히 건들거리며 말을 했지만, 지성은 속 좋게 웃으며 대꾸했다. 보기와 달리라는 말에 뾰족해지는 초롱의 시선에 지성은 눈매를 더 휘었다.

“뭐 해? 이리 와.”

건방지게 손가락을 까딱이면서 부르는 지성을 흘겨보며 초롱은 그들 앞으로 걸어갔다.

“연고 줄 테니까 알아서들 발라.”

“거울 없는데.”

묘하게 카리스마가 느껴지는 희찬의 말에 초롱이 눈을 도그르르 굴렸다. 그녀가 원망스레 지성을 본 뒤에 소독약과 연고, 면봉을 꺼냈다.

어쩔 수 없이 애들의 얼굴에 난 상처를 소독해 주고 연고를 발라준 초롱은 치료가 끝나자 어색한 헛기침을 했다. 이제 다 했으니 그만 가자고 눈치를 준 초롱 때문에 지성은 가방을 어깨에 메고 자리에서 일어났다.

다음 날, 초롱은 왜 자신이 친구들에게 시달려야 하는지 이해하지 못했다. 아니, 그게 이지성 때문이라는 것에 조금씩 짜증이 치

밀었다.

"네 남자친구 얼굴 진짜 류희찬이 그랬어?"

"송경민하고 강용준도 같이 싸웠다며!"

"야, 잘생긴 얼굴에 멍든 거 봤어? 그보다 입술에 딱지가 있는데, 왜 그게 섹시하지?"

"희찬이도 그래!"

"그럼 지성이하고 희찬이 상처 서로 만든 거야? 뭐지? 왜 뭔가 야릇하지?"

"둘이 인사했다잖아. 서로 얼굴 괜찮냐고 걱정했대!"

지성 못지않게 인기가 많은 희찬의 상처에 대한 걱정과 두 사람이 얼마나 잘 어울렸는지를 듣던 초롱은 문제집을 덮고 책상에 엎드렸다.

그만 자신의 옆에서 떠들고 제자리로 돌아가 줬으면 하는데 갑자기 조용해졌다. 수업 시작할 때까지 떠들 것 같던 애들이 조용하자 초롱은 고개를 돌렸다.

"뭐야. 왜 왔어."

조용한 이유가 지성이 반으로 들어왔기 때문이라는 걸 알아차린 초롱의 입에서 불퉁스러운 목소리가 흘러나왔다. 지금 가장 반갑지 않은 사람이 있다면 단연코 지성이었다.

"어제 바른 연고 주라고. 입술이랑 입가에 바른 거 뭐지? 바로 딱지 생기고 좋던데."

말을 할 때마다 상처가 자극을 받는지 지성은 그 근처를 손가락으로 누르며 이야기했다. 묘하게 색기가 흘러넘치는 그의 행동에 애들이 손을 허공에 흔들면서 소리 없는 열광을 했다.

"집에 있는데. 그냥 양호실 가."

빨리 가줬으면 하는데 지성은 살짝 상체를 숙이고 자신의 얼굴을 살폈다. 그의 미간이 접히는가 싶더니 아예 다리를 접어 앉고는 제 책상에 한 손을 올리고, 그 위에 턱을 괬다.

커다란 손이 다정하게 뒷머리를 감싸고 문질렀다.

"초롱아, 어디 아파? 왜 이렇게 힘이 없어."

"꺅!"

"어머! 웬일이니!"

지성의 걱정스런 말이 끝나자마자 여기저기에서 고성이 터졌다. 그가 낮은 한숨을 내쉬자 여자애들이 난리법석을 피웠다. 초롱은 벌떡 일어나 지성의 팔을 잡아당겨 일으켜 세웠다.

"약 발라야 하지? 양호실 가자."

"이마 주름 좀 봐. 진짜 어디 아파?"

지성이 초롱의 볼을 한쪽 손으로 감싸고, 다른 손 엄지로 이마 주름을 꾹꾹 눌러 펴자 애들이 책상을 두드리고 난리가 났다. 초롱은 눈을 부릅뜨고 가만히 따라나오라는 눈짓을 했다. 하지만 그에 굴하지 않은 지성이 더 나아가 어깨를 가볍게 감싸 안자 초롱은 체념한 표정으로 양호실로 향했다.

"너, 일부러 그랬지!"

"뭘?"

"알면서 모르는 척하지 마. 애들 야단난 거 못 봤어? 일부러 그런 거잖아!"

"사귀는 사이에 그 정도는 하지 않아?"

"나 안 할래! 넌 편해졌지만, 반대로 내가 귀찮아졌다고! 잘못 생각했어."

어깨에 올려진 지성의 손을 떨궈낸 초롱이 성큼성큼 멀어져 갔다. 신경질 내는 그녀의 뒷모습을 보고 씩, 웃은 지성은 단숨에 따라잡아 뒤에서 목을 끌어안았다.

"알았어. 적당히 할게."

"지금 이게 적당이야?"

지나가던 학생이 두 사람을 보고 눈을 키웠다. 남녀공학이라 커플이 몇 있었지만, 지금 전 학년의 관심을 한껏 끌어 모으고 있는 전학생 이지성의 애정 행각은 너무 눈에 띄었다.

싫다고 버둥대는 초롱을 가볍게 제압하고 양호실 앞까지 목을 안은 채로 온 지성은 양호실 문을 열면서 놓아주었다.

"실례합니다. 연고 좀 받으러 왔는데요."

지성의 예의 바른 인사와 단정한 요청에 양호 선생님은 연고를 꺼내주고 칫솔을 들고 양호실을 나갔다. 침대에 걸터앉은 지성은 당연하다는 듯이 연고를 초롱이에게 내밀었다.

"어디 봐봐. 얼굴에 멍이 더 짙어졌는데. 집에 가서 혼 안 났어?"

"응. 모를걸?"

"모른다고?"

어제 초롱이랑 식당에서 저녁을 먹고 집에 들어갔는데 도우미들 말고는 마주치지 않았다. 아침에는 최대한 얼굴을 보이지 않고 빨리 집에서 나왔다.

요령껏 잘 피했다는 지성의 말에 퍽이나 잘했다고 궁얼거린 초롱은 면봉을 찾아 약을 짰다.

“얼굴이 이래서 어떡하지? 당분간 집에 이거 감추려면 고생하겠다.”

“집은 괜찮아. 얼굴 보기 좀 그래? 우리 반 여자애들은 거친 남자 같아서 좋다던데. 그리고 또 뭐라더라? 다친 걸 보니 모성애가 어쩌고저쩌고하면서 좋아 죽던데.”

“어이구. 그러셨어요? 그 좋아 죽던 애들한테 약 발라달라고 하지 그러셨어요.”

“여보가 질투할까 봐. 걱정하지 마. 이 오빠 바람 같은 건 절대 안 피운다.”

상처 위에 약을 바르던 면봉에 힘이 가해졌다. 초롱은 쓸데없는 소리 하지 말라고 경고를 하고 다시 약을 펴 발랐다. 조심스러운 손길에 호호 입김까지 불어주자 지성의 얼굴 근육이 꿈틀거렸다.

면봉으로 살랑살랑 간질이는 느낌이 꽤 자극적으로 다가왔다. 무엇보다 입바람을 부느라 동그랗게 말린 입술에 시선이 갔다.

“어릴 때 생각난다.”

“뭐?”

“넘어지면 네가 호, 해줬잖아. 내가 넘어지면 네가 울고. 너 우는 거 보고 내가 울고.”

결국엔 둘이 엉엉 울면서 손잡고 집으로 가면 민영과 우희가 놀라서 뛰쳐나왔다가 배를 접어 웃었다. 무릎이 까져 피를 흘리는 지성보다 더 서럽게 우는 초롱의 모습은 너무나 사랑스러웠다. 그리고 자신도 엉엉 울면서도 초롱의 눈물을 닦아주는 지성은 말도 못하게 깜찍했다. 그때 두 엄마는 우는 아이들을 달래주지는 못할망정 귀엽다고 사진으로 찍어 남겼다.

"그게 기억 나?"

"응. 어렴풋이."

"기억력도 좋다."

"그런데 연초롱 지금은 안 우네. 나, 다쳤는데 말이지."

"네가 아픈데 내가 왜 울어."

퉁명스레 말을 하고 다 발랐다고 연고 뚜껑을 닫는 초롱의 손목을 그러쥔 지성은 다른 손으로는 그녀의 뒷머리를 감쌌다. 그리고는 천천히 끌어 내려 볼에 가볍게 키스를 했다.

"감사의 인사는 볼 뽀뽀 말고 말로 하는 방법이 있거든? 연고가 볼에 묻었잖아!"

볼에 묻은 연고를 손가락으로 닦아내는 손을 다시 붙잡은 지성이 이번에는 초롱의 입술에 가볍게 키스를 했다. 쪽 닿았다가 떨어지자 화등잔만 해진 눈으로 연고가 묻은 손가락을 자신에게 겨냥하며 어버버거리는 초롱을 보고 그가 입매를 늘였다.

"무슨 짓이야! 너, 너 누가 입술에 뽀뽀하래! 하지 말랬지!"

새빨개진 얼굴로 발을 동동 굴리던 초롱이 지성을 때리려 팔을 휘두르려 했지만, 어느새 양손 다 붙들려 버둥대는 수준에 그쳤다.

"네 입술도 텄어. 그래서 약 발라준 건데. 무슨 여자애가 립글로스 하나 안 바르고 다녀. 그리고 방금 건 뽀뽀가 아니라 베이비키스."

아 다르고 어 다르다고 하지만, 어쨌든 입술끼리 부딪힌 건 똑같았다. 그리고 지금 그걸 변명이라고 하는 거냐고 방방 뛰는 초롱에게 결국 다리가 차이던 지성은 양호 선생님이 다시 돌아오자 살 수 있었다.

"약 다 발랐니?"

"네."

지성은 짧게 대답을 한 뒤, 양호 선생님이 뒤돌았을 때 초롱의 손을 제 입술 앞으로 끌어당겼다. 조금 전, 볼에 묻은 연고를 닦아냈던 손가락에 아직 연고가 묻어 있었다. 그걸 다시 제 입술에 바른 그가 붉어진 얼굴로 숨을 몰아쉬는 초롱이를 보고 눈을 찡긋했다.

"점심시간 끝나가니 어서 가보렴."

"네. 가보겠습니다."

초롱의 손안에서 잔뜩 눌려진 연고를 주물러서 다시 모양을 만들어낸 지성은 양호 선생님께 반납했다. 그는 자신을 노려보는 초롱의 손을 잡고 양호실을 나왔다.

"놔. 내 손 잡지 마."

"초롱아, 화났어?"

"그럼 화 안나? 자꾸 내 첫 키스를……."

자꾸 첫 키스를 빼앗긴다는 말이 맞지 않아 초롱이 말끝을 흐렸다.

"볼은 되고, 입술은 왜 안 돼?"

"입술에 뽀뽀, 아니, 베이비키스하는 거? 당연히 안 되지! 그건 좋아하는 사람……."

"그래. 좋아하는 사람. 나, 너 좋아하는데."

"그런 식이 아니라!"

미국에 있어도 너무 오래 있었나 보다. 우리나라 말에는 의미가 참 다양하다는 걸, 한 단어여도 사용에 따라 깊이가 다 다르다는 걸 지성은 잊었나 보다.

초롱은 답답하다는 듯 제 가슴을 때렸다.

“싫어? 화날 정도로 싫어?”

눈매가 아래로 처지고 상처받은 표정으로 자신을 보자 초롱은 가슴이 뜨끔해졌다. 이런 표정을 보자 마음이 물러지려고 했다.

싫어서라기보다는 이런 걸 아무렇지도 않은 얼굴로 하고, 자신만 당황하는 게 조금 억울하기도 하고. 나는 심장이 제멋대로 뛰고 얼굴에 열이 오르는데 너는 너무나 태연자약하고.

혼자서 막 생각을 하던 초롱은 미약하게 제 팔꿈치를 쥐고 흔드는 손길에 고개를 저었다.

“그래도 입술에 하는 건 사귀는 사람끼리 하는 거야. 진짜로 사귀는 사람끼리. 우리는 아니잖아. 나중에 진짜로 사귀게 되는 여자친구에게 해. 나도 진짜 남자친구에게 할 거야.”

순간 지성의 눈빛이 고요해졌다. 그는 입술로 진짜로 사귀는 여자친구를 중얼거리더니 수긍을 하는 듯 고개를 끄덕였다.

5. 도둑 키스

초롱의 방문을 연 지성은 볼록 솟은 이불을 보고 웃음을 삼켰다. 그는 문을 닫고 들어가 침대에 엉덩이를 내렸다. 깨지 않게 조심히 이불자락을 들춘 그는 그 안에서 곤히 잠들어 있는 초롱을 확인했다.

"숨 막히겠다, 연초롱."

초롱이 깨려는지 몸을 뒤척이자 지성은 다시 이불을 내려놓았다. 뒤척임이 잠잠해지자 그는 그 옆에 누워 눈을 감았다.

깨우러 들어왔는데, 어제 늦게까지 공부를 했는지 너무 곤하게 자고 있어서 차마 깨우지 못해 기다리던 지성은 어느새 덩달아 같이 잠이 들어버렸다. 반듯하게 자던 그가 몸을 모로 돌리고, 팔을 초롱의 몸 위에 올리고 다리까지 올려 편하게 자세를 잡았다.

"으응……."

가벼웠던 몸이 묵직하게 잠기자 이불 속에 있던 초롱이 잠에서 깼다. 무언가가 제 몸을 누르는 걸 느낀 그녀는 처음에는 가위인 줄 알고 놀라 얼어붙었다. 그러다 몸을 움직일 수 있는 게 가위는 아니라는 걸 알아차리고는 버둥댔다.

"뭐야."

뒤집어쓰고 있던 이불을 간신히 턱 아래로 내린 초롱은 곧장 마주한 얼굴에 눈을 키웠다. 눈을 지그시 감고 고른 숨을 내쉬고 있는 지성을 발견한 그녀는 터져 나오려는 고함을 간신히 삼켰다.

"깜짝이야. 얘는 언제 온 거야."

꼬물꼬물 움직여 눈을 비벼 정신을 차린 초롱은 지성의 팔을 치워내려 했다.

"왜…… 더 자."

갑자기 나직한 목소리가 들리더니 몸이 더 바짝 끌려갔다. 옴짝달싹도 하지 못하게 옥죄는 팔과 다리의 힘에 초롱은 답답한 숨을 내쉬었다. 가슴을 밀어내 조금 뒤로 물러나는데 성공했다 싶으면 도로 끌려갔다. 그리고 더 갑갑해졌다.

"아, 아우, 응…… 앗!"

어떻게든 벗어나 보겠다고 혼자 끙끙거리던 초롱은 잠에서 깨자마자 힘을 쓴 탓에 빨리 기력이 소진했다. 결국 헉헉거리며 포기했다. 그랬더니 지성의 힘이 조금씩 빠져가는 게 느껴졌다.

"뭐야, 너 일어났지?"

지성은 대답이 없었다. 그의 품 안에서 이리저리 움직이느라 헝클어진 머리카락이 얼굴을 가리자 치워낸 초롱은 고개를 모로 돌렸다. 힘없이 감긴 눈, 살짝 틈이 벌어진 입술, 색색 일정하게 내쉬는 숨. 장난치는 줄 알았던 지성은 정말 잠들어 있었다.

"무슨 잠버릇이 이래! 야, 일어나 봐. 이지성, 일어나라고!"

초롱은 팔 하나를 빼 지성의 어깨를 흔들었다. 주먹으로 콩콩 때리다가 제법 딱딱한 어깨 근육에 속으로 감탄했다. 계속 깨운 보람이 있었는지 그의 한쪽 눈이 슬쩍 떠졌다.

"일어났어? 일어났으면 팔이랑 다리 좀…… 읍!"

갑자기 얼굴이 다가오더니 순식간에 입술이 막혔다. 초롱은 눈을 동그랗게 뜨고 바짝 다가온 지성의 얼굴을 쳐다봤다. 보이는 것이라고는 다시 감긴 눈과 그 끝에 달린 긴 속눈썹, 하얀 피부가 전부였다.

촉 닿았다가 떨어졌던, 지성은 베이비키스라고 했고 자신은 뽀뽀라고 했던 것과 다른 입맞춤이었다. 더 길게 맞닿은 입술은 슬며시 비벼지기도 했다. 자신은 숨도 못 쉴 정도로 놀라 굳었는데, 지성은 낮게 숨까지 내쉬고 있었다.

초롱은 제 얼굴로 흩어지는 지성의 숨결에 두 번째로 놀랐다. 그러던 중 물컹한 무언가가 입술을 핥자 그녀는 고함을 지르며 있는 힘껏 지성을 밀쳤다.

"꺅! 무슨 짓이야!"

제 딴에는 온 힘을 다해 밀어내고, 목청껏 소리를 질렀는데 그녀의 생각과 달리 모든 게 다 미약했다. 지성은 침대로 털썩 밀려나는 수준이었고, 초롱의 고함은 방 밖을 넘지 못하는 정도의 소리였다.

"Honey…… more sleep……."

영어로 중얼거리던 지성이 다시 자신에게로 손을 뻗자 초롱은 몸을 일으켜 벽에 등을 붙였다. 손등으로 입술을 누른 그녀는 잔뜩 울상을 짓고 원망스레 지성을 노려봤다.

"이 미친…… 내 첫 키스."

이건 정말 해도 해도 너무했다. 미국에서 지내다 왔으니 이해하려고 했지만, 이건 이해 범위를 넘었다. 입술의 순결을 매번 빼앗아가는 것도 모자라 이번에는 자신을 다른 여자로 착각까지 했다.

초롱은 귀에 콕 박힌 허니라는 단어가 굉장히 불쾌했다. 지성이 미국에서 여자를 만났고, 이렇게 잠결에 키스를 하는 사이였다는 것을 알게 되자 기분이 바닥으로 곤두박질쳤다.

"이 천하의 바람둥이 같으니!"

초롱은 이번만큼은 쉽게 넘어갈 수 없다고 생각했다. 그녀는 두 발로 지성을 겨냥했다. 그리고 그를 가차 없이 차버렸다.

쿵 소리가 날 정도로 지성은 침대에서 심하게 떨어졌다. 자던 중에 기습을 당한 터라 그는 조금의 방어도 하지 못해 머리, 어깨, 등, 허리, 엉덩이, 다리 모두 바닥에 부딪쳤다.

"으윽…… 아, 아파."

계속 깨워도 일어나지 못하던 지성은 몸 전체에 가해지는 충격에 번뜩 잠에서 깼다. 그는 신음을 흘리며 상체를 일으켜 침대에 팔 하나를 올렸다. 그 자세 그대로 침대 위로 엎드린 지성은 남은 손으로 허리를 두드렸다.

"야, 연초롱! 자고 있는 사람을 왜 차!"

"이, 이, 발라당 까진 날라리!"

"그건 또 무슨 소리……."

"키스를 왜 해! 너, 내가 입술에 다시는 하지 말랬지!"

"내가 언제 키스를 했다고 그래?"

지성은 손등으로 입술을 가리고 자신을 잔뜩 경계하는 초롱을 응시했다. 자다 일어난 것치고는 흐트러진 몰골에 그는 눈을 가늘게 떴다. 헝클어진 머리카락과 붉어진 얼굴, 구겨진 잠옷을 확인한 그는 잠시 뒤 곤혹스러운 표정을 지었다.

'잘 자고 있는데 품에서 빠져나가는 게 싫어서 꽉 껴안았던 것 같기도 하다. 버둥대는 걸 잡은 것 같기는 한데…… 키스도 했나?'

"이지성 이 나쁜 놈."

득득 이를 갈면서 하는 말에 지성이 미안한 표정을 지었다.

"미안. 진짜 미안. 이게 버릇이라……. 다시는 입술에 안 할게."

버릇. 허니에 이어 버릇이라는 단어가 이번에는 가슴에 콕 박혔다.

"버릇? 너, 미국에서 어떻게 지냈어? 어떻게 하면 키스가 버릇이 돼? 이 저질!"

"그러니까 버릇이 아니라 잠결에……."

"잠결? 잠결에 키스하니? 옆에 있는 모든 사람한테?"

"아니. 초롱아……."

"허니? 허니이? 잠결에 키스하는 허니는 누굴까아?"

"……무슨 허니?"

"잠결에 키스하면서 찾은 허니는 누군데! 왜? 그 허니들이 너무 많아서 누군지 모르겠어? 너, 이런 남자였어? 이렇게 막, 막, 가볍게……."

점점 확대해석 하는 초롱을 보고 지성은 일어났다. 가까이 오지 말라고 또 발로 차자 간신히 침대 끝에 앉은 그는 차분하게 해명하려고 했다. 그런데 막상 해명하려니 막막했다. 그 허니가 누구인지를 말하자니, 아니, 특정한 인물이 아니라는 걸 말하자니 그간 미국에서의 제 생활을 이야기해야 하는데, 그건 절대 초롱에게 말하고 싶지 않았다. 그리고 초롱의 이야기가 일부는, 아니, 대부분이 거의 사실인지라 허를 찔린 지성은 순간적으로 머릿속이 새하얘졌다.

"너, 여자 몇 명 사귀었어?"

"응?"

"여자 몇 명 만났냐고! 많이 만났지? 그치? 너, 막 그 여자들이랑 침대에서 키스하고…… 잠결에…… 미쳤나 봐! 얘가 완전 탈선했네!"

"초롱아, 그러니까 내 이야기 좀 들어봐."

애초에 솔직하게 이야기할 생각이 없었으니 거짓말을 해서라도 초롱을 달래려고 했다. 그런데 그녀는 이미 그를 그런 남자로 결론 내렸는지 경멸하는 눈으로 쳐다봤다.

제 상식으로는 도저히 납득이 되지 않는 지성의 미국 사생활에 초롱은 그에게 실망했다. 미국 생활이 힘들었을 거라 애잔했었는데, 이건 뭐 어린 나이에 많은 여자들과 연애하면서 아주 잘 지내다가 온 것 같다. 실망감과 원망, 미움, 배신감 등등이 뒤범벅되어 초롱은 지성의 얼굴을 마주 보고 싶지도 않았다.

"너, 가! 가버려!"

"초롱아."

"가! 가라고! 네 얼굴 보기 싫어. 네가 이런 사람인지 몰랐어. 완전 실망이야.”

“…….”

“하, 여자애들이 귀찮게 구니까 사귀는 척해달라고? 왜? 미국에서처럼 많이 사귀지 그래? 그 좋아하는 키스도 맘껏 하고.”

“…….”

“아니, 한국에는 왜 왔대? 그냥 미국에서 허니들이랑 살지?”

“…….”

“미국으로 돌아가 버려! 진짜 실망했어, 이지성.”

“…….”

어깨를 들썩거리며 흥분해서 말을 쏟아내는 걸 조용히 듣던 지성은 느릿하게 침대에서 일어나 무표정한 얼굴로 초롱을 내려다봤다. 그는 화가 난 것 같기도 하고, 아닌 것 같기도 했다.

“이런 사람이 뭐. 연애 많이 한 게 뭐. 내가 무슨 큰 죄를 지었어?”

“도덕적이지 않잖아! 미성년자가 밝히기만 하고.”

“그래. 나 키스 좋아해. 너한테 키스한 거 미안해. 미안하다고 사과하잖아. 그런데 이렇게까지 비난받을 정도야? 너한테 실수했다고 해서 내 사생활을 이렇게 비난할 자격 있어?”

“일단은 사귀는 사이잖아.”

“가짜잖아. 너는 매번 가짜라고 하면서. 가짜로 사귀는데 왜 비난해?”

“……그러니까 누가 키스하래?”

“미안하다고. 바로 사과했잖아.”

“…….”

초롱은 말문이 막혔지만 여전히 인상을 쓴 채로 지성을 노려봤다. 자신은 친구니까 이 정도의 참견은 해도 된다는 표정이었다.

"넌, 내가 미국에서 어떻게 지냈는지 이것만으로 다 파악이 돼? 한국에 왜 왔냐고? 미국으로 돌아가라고?"

"……."

"미국에서 어떻게 지냈는지 안다면 너, 나한테 그 말 못해."

"……어떻게 지냈는데?"

아직도 여자들이랑 띵가띵가 놀았겠지, 하는 시선이었다. 지성은 나직이 한숨을 내쉬고 마른세수를 했다.

잘살아왔다고 스스로 말할 수는 없지만, 초롱의 비난이 꽤 억울했다. 자신이라고 그렇게 살고 싶었던 게 아니다. 그 상황에서 그렇게 살아갈 수밖에 없었던 걸, 고생했다는 걸 이해 못 받고 인정받지 못하는 게 억울하다. 그리고 섭섭했다. 자신에게 한국은, 아니, 이곳 초롱이네는 마지막 보루와 같았다. 가장 힘들 때 도망쳐 올 수 있는 은신처였다. 어릴 때에도 부모님이 싸우면 늘 이곳으로 와서 마음의 안정을 찾았던 것처럼, 지금도 그렇게 여겼다.

왜 왔냐고, 미국으로 돌아가라는 배척하는 말을 들을 줄은 몰랐다. 그것도 연초롱에게.

지성이 마른세수를 하고 손을 내렸을 때 뭔지 모르게 허탈한 표정이 드러났다. 이내 곧 그의 얼굴이 일그러졌다. 초롱은 그가 미국에서 많이 힘겨웠다는 게 피부에 와 닿았다. 그의 표정이, 그의 분위기가 다 말해주고 있었다.

눈만 마주치면 늘 부드러운 눈웃음을 지었던 그가 참담한 표정을 짓고 있자 초롱은 죄짓는 기분마저 들었다.

"실망했다고. 겨우 이거에 실망해서 날 안 보겠다고. 나야말로 실망이야."

초롱은 자신이 내뱉은 실망이라는 말과 지성이 내뱉은 실망이라는 말에 큰 차이가 느껴졌다. 실망의 깊이가 다른 듯했다. 그는 보다 더 본질적인 것에 실망한 것 같았다. 그게 그녀는 충격으로 와 닿았다. 실망적인 사람이라고 가슴에 낙인이 찍힌 듯 그곳에 통증이 일었다.

지성은 입술을 사리물고 자신을 보는 초롱의 눈에 눈물이 고이자 고개를 돌렸다. 자신이 상처를 준 것이라 차마 슬픔으로 얼룩지기 시작하는 그 얼굴을 볼 수 없었다.

"키스는 정말 미안해. 갈게."

그냥 그대로 뒤돌아가 버렸으면 더 마음이 나았을지도 모른다. 사과를 하고 가는 지성의 뒷모습이 문밖으로 사라지자 초롱은 무릎을 세워 얼굴을 묻었다.

1층에서 지각하겠다고, 빨리 내려오라는 엄마의 고함에 초롱은 꿋꿋하게 버티던 걸 그만두었다. 그녀는 가방을 챙겨 내려갔다.

"연초롱! 엄마가 몇 번 불렀는지 알아? 지각하고 또 내가 늦게 깨웠다고 짜증 내기만 해봐. 빨리 앉아!"

"밥 먹을 시간 없어."

"그러니까 빨리 준비해서 내려왔어야지!"

유독 일어나기 힘든 월요일 아침, 평소보다 더 일찍 일어났었다. 빠릿하게 학교 갈 준비도 마치고 기다리고 있었다. 이지성을.

"다녀올게."

"그래. 그런데 너, 지성이랑 싸웠니? 어제 지성이 돌아갈 때 표정이 안 좋던데."

"아, 몰라."

"이게 엄마가 묻는데 몰라가 뭐니? 왜 싸웠는데?"

초롱은 엄마의 질문에 대답 않고 집을 빠져나왔다. 대문 밖으로 나와 두리번거리며 주변을 살폈다. 혹시나 왔는데 집에 들어오지 않은 건 아닐까 하며 그를 찾았다. 그런데 그 어느 곳에서도 그와 비슷한 실루엣은 보이지 않았다. 초롱은 힘없이 버스 정류장으로 걸으며 어제의 일을 회상했다. 그녀는 어제 책상에 앉아 자신이 그에게 내질렀던 말을 곱씹으면서 후회했다.

왜 그런 말을 했을까. 사과를 했으니 용서해 주면 그만이었는데. 왜 오바해서 난리를 피웠을까.

자책을 하던 끝에는 지성을 향한 원망도 섞여 있었다. 그래서 초롱은 혼란스러웠다. 친구가 탈선의 길을 걸었다는 게 꽤 큰 충격일 수도 있지만, 그게 전부가 아닌 것 같았다.

제 혼란스러운 감정을 제대로 분석해 봐야 했을 텐데, 초롱은 어떻게 하면 지성과 화해를 할 수 있을지를 먼저 생각했다. 그 고민에 그녀는 어제 하루 종일 아무것도 하지 못했다.

월요일 아침, 지성이 오면 사과해야겠다고 생각했다. 3월이 다 지나가는 동안 지성은 매일 초롱의 집에 들러 그녀와 같이 등교를 했다. 그래서 초롱은 그가 올 거라 생각했다. 아니, 어쩌면 오지 않을 수도 있겠다고 반신반의했다. 어제 그렇게 가버린 지성에게

서 전화 한 통, 문자 한 통이 없었기 때문이다. 그래도 왔으면 하는 바람이 더 커서 계속 기다렸다.

결국 혼자 등교를 하는 초롱은 오늘따라 유독 붐비는 버스 안에서 이리저리 밀렸다. 어떻게든 버텨보려고 손잡이를 억세게 잡았다. 하지만 몸이 밀리는 통에 손잡이를 잡은 손이 최대로 늘어졌다. 어깨가 뻐근해지는 통증도 잠시, 급제동에 넘어질 뻔도 했다.

"하아. 이 많은 인원이 타다니."

버스에서 내린 초롱은 우르르 내리는 수많은 학생들을 보고 기가 질린 표정을 지었다. 새삼스러울 것도 없었다. 버스 문이 겨우 닫힐 정도로 학생들이 가득 탈 때도 있었다. 등하교 때의 버스 안은 전쟁터를 연상케 했다. 그 속에서 그녀도 늘 전쟁을 치렀다.

그런데 지성과 함께 등교를 하면서 편하게 왔었다. 사람들 사이에 껴 몸이 닿는 불쾌감을 느끼지 않았고, 이리저리 휩쓸리지 않았었다. 어떤 날은 여유롭게 그의 MP3로 노래를 들으며 등교하기도 했었다.

초롱은 지성 덕분에 그랬었다는 걸 깨닫고는 가슴이 답답해졌다. 힘없이 걸어가고 있는데 누군가가 그녀의 어깨를 쥐었다. 초롱은 설마 지성인가 싶어 반색하며 고개를 돌렸다.

"뭐야. 어디 아파?"

"아, 이라희, 너였어?"

"그래. 반가워해 줘서 고맙네. 그런데 왜 혼자야? 너의 낭군님은?"

지금은 반이 다르지만, 작년에 같은 반이었고 짝이었던 라희는 가장 친한 친구다. 지성이 오고 난 후로 따로 만난 적이 없었다는 걸 떠올린 초롱은 그녀의 팔에 팔짱을 꼈다.

"오랜만이네. 오늘 같이 점심 먹을까?"

"데이트 신청이야? 왜? 남자친구랑 먹지? 네 남자친구 어디 있냐고."

"원래 점심은 같이 안 먹었거든? 몰라. 학교에 있든가 오고 있든가 하겠지."

"오호, 남자친구 이야기에 짜증이라. 싸웠어? 사랑싸움?"

라희에게 이러이러해서 지성과 싸웠는데 어떻게 해야 할지 모르겠다고 의논을 하고 싶다. 하지만 가짜로 사귀고 있다는 걸 그녀에게까지 속이고 있는 상태라 조언을 구하기 껄끄러웠다. 무엇보다 라희는 연애 상담을 극도로 싫어한다. 왜냐하면…….

"헤어져. 고3이 공부해야지 무슨 연애질이야. 헤어져."

연애 알레르기가 있다고나 할까. 다정한 남녀만 보면 소름이 끼치는 특이체질이다. 그녀의 주장은 이러한데, 자신이 보기에는 그저 질투하는 것 같다. 오랫동안 짝사랑 중인 라희는 연애하는 사람들을 많이 부러워해서 그러는 것 같다.

"헤어지기 싫은가 봐? 갑자기 말이 없고."

"하아. 몰라."

"무슨 일인데?"

"내가 잘못했어."

"스톱! 무조건 내가 잘못했어, 이런 거 아니지? 그거 자존감 없고 멍청한 이들이 하는 말이야. 네가 잘못하게 만든 그 사람도 잘못인 거야. 연애에 갑과 을이 어디 있어? 평등해야지."

연애는 해본 적도 없으면서 말은 참 번지르르하다. 그런데 잘못했다는 말에 할 말은 아닌 것 같다.

초롱은 오바하는 라희를 보며 어제 자신이 저랬겠지, 싶어 눈을 찡그렸다.

"그래. 네 말대로 무조건은 아니고, 어쨌든 나도 잘못한 게 있어."

"뭔데?"

"음…… 나쁜 사람이라고 말하고……."

발라당 까진 날라리, 나쁜 놈에 도덕적이지 못하다고 했었다.

"나쁜 짓을 했어?"

"그냥 실수?"

실수라고 말하면서 초롱은 기분이 상했다. 그 실수가 기분 나빴다.

"그 애도 잘못했네, 그럼."

"내가 더 잘못했으니까 그러지. 보기 싫으니 가라고 했어."

"보기 싫으면 가라고 하지, 뭐라고 해?"

초롱은 라희에게 상담을 하지 않겠다고 다짐했다. 그녀는 말을 돌리려고 라희를 3년째 가르치고 있는, 라희가 짝사랑 중인 과외 선생님 이야기를 꺼냈다. 라희는 금세 지성이 이야기를 뒷전으로 넘겨 버리고 주말 과외를 하면서 있었던 일을 풀어놨다. 건물 안까지 수다를 떨며 들어온 두 사람은 복도에서 주말에 따로 시간 내서 보자는 인사를 하고 각자의 반으로 향했다.

소문이란 이토록 무섭다. 등교를 같이 하지 않았을 뿐인데 헤어졌다는 소문이 났다. 정말 헤어진 거냐는 친구들의 질문에 초롱은 고개를 젓기만 했다. 하지만 매일 웃던 지성이 오전 내내 잔뜩 굳어진 얼굴로 수업을 듣다가 쉬는 시간이 되면 곧장 책상에 엎드려 있었다는 이야기가 돌면서 점심시간이 돼서는 헤어졌다는 것에 무게가 실렸다.

그러다 보니 초롱이 지성에게 매달리고 있다는 이야기까지 나왔다. 사귄다는 소문이 났을 때보다 더한 관심을 받는 초롱은 따라오는 시선의 불편함을 겪고 있었다. 그 시선에 자신을 불쌍하게 여기는 게 섞여 있어서 신경질이 나기도 했다.

점심시간에 지성을 찾아가려 했는데, 친하지 않는 애들 몇몇이 자신을 주시하면서 쑥덕거리자 만나러 가지도 못했다. 자리에서 일어나면 '이지성한테 매달리러 가는 거 아니야?' 라는 말이 들렸다. 자신이 지성을 만나러 가는 것보다 그가 자신을 만나러 오는 게 더 모습이 좋을 것 같았다.

하지만 그건 제 체면을 살리는 이기적인 바람이라는 걸 알기에 초롱은 스스로가 못마땅했다. 먼저 사과할 용기도 없는 제 자신이 한심했다.

석식을 먹을 때까지 지성을 마주하지 못했다. 초롱은 빨리 사과하고 싶은 부채감에 초조해졌다. 이러다 정말 그와 사이가 틀어질까 봐 걱정이 되었다.

"어? 이지성이다."

두통약을 받으러 같이 양호실에 다녀오자는 친구를 따라갔던 초롱은 되돌아오는 길에 지성을 발견했다. 먼저 그를 발견했지만 부르지 못하고 있는데, 뒤늦게 지성을 발견한 친구가 큰 목소리로 알려주었다. 이는 지성이 돌아보게끔 하려는 의도도 있었다.

자신의 이름이 들리자 고개를 돌린 지성은 초롱이 있는 걸 보고 걸음을 멈췄다. 그는 고요한 시선으로 초롱을 응시했다. 소문대로 그는 특유의 부드러운 미소를 짓고 있지 않았다.

"나 먼저 갈게."

"응? 아니, 같이 가."

"어? 이쪽으로 온다. 빨리 화해해."

만나면 사과해야지 했던 초롱은 막상 지성과 마주치자 긴장되어 사과할 말을 잊어버렸다. 나중을 기약하고 반으로 돌아가려 했는데, 친구가 그녀를 두고 급히 자리를 떠버렸다.

뚜벅뚜벅 걸어온 지성은 그녀가 오던 방향을 응시했다. 그리고는 무심한 어조로 물었다.

"어디 다녀와?"

"아, 양호실에. 친구가 머리 아프다고 해서 같이 약 받아가지고 오던 길이야. 방금 옆에 있던 애가 지금 내 짝인데……."

"알아."

주저리주저리 하지 않아도 될 말을 늘어놓던 초롱은 지성의 말 한마디에 입을 다물었다. 우물쭈물 손가락만 꼬던 그녀는 지성의 얼굴을 흘끔 보고는 작게 말했다.

"미안해. 어제 한 말 다 미안해."

"그래."

너무 쉽게 알았다고 하자 초롱은 맥이 빠졌다. 그런데 사과를 했지만 개운하지 않았다. 초롱은 지성의 얼굴을 빤히 쳐다봤다. 그의 표정은 변함없었다.

"아직 화난 거지?"

"아니."

"화난 것 같은데?"

"아니라니까. 나도 어제는 미안했어."

어제 했던 말들이 미안하다는 말 한마디로 없었던 일이 되지 않는다는 걸 안다. 둘 다 서로에게 상처를 받았다. 하지만 정말로 다시 안 보고 살려고 했던 건 아니기에 사과를 받았다. 그럼에도 아직 풀리지 않은 마음이 있어 전과 같지 않았다.

초롱은 그게 싫었다. 빨리 그전처럼 돌아가고 싶었다.

"화난 것 같은데? 안 웃고 있잖아."

초롱이 먼저 웃어 보였다. 지성은 억지로 끌어 올리느라 바르르 떨리는 입술 끝을 보고는 픽, 하고 웃음을 흘렸다. 그의 미소에 초롱은 안도했다. 그녀는 다시 웃다가 뒤늦게 어깨에는 있는 가방을 발견했다. 그러고 보니 그가 가던 길은 학교 건물을 벗어나는 방향이었다.

"그런데 어디 가?"

"집에."

"집? 이 시간에? 야자 안 하고?"

"몸이 안 좋아서."

"어디가 아픈데? 조퇴할 정도로 아파?"

단번에 걱정스러운 눈으로 자신을 훑어 내리는 걸 보고 지성이 가볍게 대답했다.

"그냥 몸이 나른해서."

"꾀병 아니야? 야자 하기 싫어서 가는 거지? 너, 공부하고 있지?"

"응. 하고 있어."

다음 이야기를 이어가지 못하게 대답이 딱딱 떨어졌다. 초롱은 뒤늦게 그가 계속 짧게 대꾸하고 있다는 걸 인지했다. 아직 화가 안 풀린 것 같은데 계속 화났냐고 묻기도 뭐 해 초롱은 어색한 분위기를 쇄신시킬 만한 이야기를 생각했다.

"아, 그거 들었어?"

"뭐?"

'어디 다녀와?' 이후 두 번째 질문이 나왔다. 그 질문도 짧았지만 초롱은 그가 관심을 갖는 것에 의의를 두었다.

"우리 헤어졌다는 소문."

"아, 그래? 다행이네."

"응, 다행…… 뭐라고?"

뭐가 다행인 거냐는 표정에 지성은 고개를 기울였다. 그는 심드렁하니 이야기했다.

"너, 나 때문에 귀찮아졌다며. 헤어진 거 맞다고 하자. 네가 날 찬 걸로 해."

"이지성."

"더는 불편하게 안 할게."

"너, 지금 이 말 뭐야?"

"말 그대로야. 가짜 연애였으니 헤어진 게 맞다고 해도 상관없잖아. 오히려 더 낫지 않아?"

"그 말…… 진심이야?"

지성은 화를 참는 듯 내뱉는 질문에 미간을 찌푸렸다. 그는 왜 그녀가 화를 내는지 이해가 가지 않았다. 솔직히 어제도 초롱이

과하게 화를 낸다고 생각했다. 지금도 다 그녀에게 더는 폐를 끼치지 않으려고 생각해서 하는 말인데 화를 내려 하자 난제를 맞닥뜨린 것 같았다.

"화났어?"

"화난 건 내가 아니라 너지. 너 아직 화 안 풀린 거잖아."

"아니라니까."

"실망했다더니 가짜 여자친구도 싫은 거지?"

"그거 때문이 아니야."

"실망했던 건 여전하구나?"

"……너도 그렇잖아. 너, 그전처럼 나 볼 수 있어?"

가벼운 남자라고 실망하기 전의 이지성으로 볼 수 있느냐는 질문이었다. 순간 초롱은 머뭇거렸다. 아직까지도 지성의 미국 생활을 받아들이지 못했다. 그가 그것만으로 판단하지 말라고, 어떻게 지냈는지 모르면서 함부로 결론 내리지 말라고 했지만, 정작 그에 관해 이야기해 주지 않아 이해하지 못한 상태였다.

서로를 한참 응시하는데 종이 울렸다. 야간자율학습이 시작되는 종소리였다.

"그만 가. 내일 보자."

결국엔 무언가가 어긋났다. 초롱은 지금 눈앞에 있는 지성이 너무 멀리 있는 것 같았다. 고작 한 번의 싸움으로 너무 멀어진 것 같아 서글펐다.

초롱의 눈에 그렁그렁 눈물이 맺혔다. 부옇게 변하는 눈에 지성이 놀라 더 가까이 다가섰다. 그는 초롱의 뒷머리를 감싸 제 가슴으로 끌어당겼다.

"울지 마. 울리려고 한 건 아니야."

"난, 나는 화해하고 전처럼……."

"응. 알았어. 미안. 내가 속이 좁아서 그래. 잘못했어. 화해하자."

지성은 초롱의 등을 토닥거려 달랬다. 다행히 눈물을 훔친 그녀의 눈이 다시 맑아졌다.

"교실까지 데려다줄게."

지성은 초롱의 손을 잡았다. 이렇게 손을 잡고 걷는 건 어릴 때 이후 처음이었다. 아이러니하게도 두 사람은 껴안고 입을 맞추는 것보다 손을 잡는 게 늦었다. 그걸 인지한 초롱은 괜히 마음이 심란해졌다.

월요일에 지성이 초롱을 반까지 데려다준 이후로 소문은 잠잠해지는 듯했다. 그런데 둘이 계속 따로 등하교를 하자 은근히 소문이 다시 피어올랐다. 서로 집 방향이 다르니 같이 등하교하는 게 쉬운 건 아니었다. 그리고 지성이 등하교 때마다 집에 오고 데려다주는 건 그의 공부 시간을 빼앗는 것이었다. 초롱은 그 이유를 들어 친구들에게 설명을 했지만 부족한 듯했다.

헤어진 걸로 하자던 지성도 그에 관해서는 말을 하지 않았고, 초롱도 소문에 반응하지 않아서 다들 긴가민가해했다. 솔직히 가장 긴가민가하는 건 초롱이었다.

"무슨 생각해?"

초롱은 문제집 빈 공간을 끄적거리던 걸 멈추고 고개를 들었다.

지성이 그녀를 물끄러미 바라보고 있었다. 두 사람은 지금 1층 거실에 있던 탁자를 초롱의 방으로 가지고 올라와 나란히 마주 보고 앉아 공부를 하던 중이었다.

그날 이후 공부 때문에 같이 등하교를 못하겠다고 양해를 구한 사람은 지성이었다. 양해를 구한 것도 웃긴 말이지만, 어쨌든 그랬다. 그리고 그는 그전처럼 장난도 치고 전화도 하고 문자도 했다. 하지만 조금 달랐다. 선을 긋는 장난? 뭐, 이런 느낌이 들었다. 전화도 자기 전에 한 번, 문자는 쉬는 시간에 서너 번. 횟수가 줄었다.

싸웠던 게 전혀 기억나지 않는 것처럼 행동했지만 묘하게 달라져서 그가 아직 그 일을 마음속에 담아두고 있다는 걸 알았다. 그리고 초롱은 그의 미국 생활이 아주 많이 궁금해졌다. 하지만 묻지 못하고 있었다. 그 이야기를 꺼내면 이 평화마저 깨질 것 같아서.

"무슨 생각하냐고."

"지루해. 그래서 그냥 멍하니 있어."

"지루하면 이것 좀 풀어봐."

공부하기 지루하다는 사람에게 문제집을 밀어 넣는 지성을 흘겨본 초롱은 그가 샤프로 가리키는 문제를 읽었다.

"두 화자가 이야기하고자 하는 것은? 지문 다 읽었어?"

"읽었지. 답이 이 두 개 중에서 헷갈려."

언어영역을 공부하느라 지성은 곤혹스러워하고 있었다. 현대소설은 그럭저럭 공부할 만했지만, 고시(古詩)가 섞여서 문제가 출제되면 한숨부터 내쉬었다. 이해하는 것보다 암기에 중점을 두고 공부를 하는 터라 조금의 변형이 생기면 헤매기 일쑤였다.

초롱은 차근차근 설명하고 답 번호에 동그라미를 그렸다.

"어렵다. 외국어랑 수리영역은 좀 하겠는데 다른 건 영……."

한국에 와서 보는 첫 시험이다. 그 뒤에 있을 중간고사까지 준비하느라 지성은 정신없었다. 다행인 건 그의 기억력이 아주 탁월하다는 거다.

두 시간 넘게 공부했던 터라 좀 쉬려고 두 사람은 문제집을 밀어두고 자리에서 일어났다.

1층으로 내려가자 민영이 '냉장고' 한마디를 내뱉고는 장을 보고 오겠다는 듯 지갑을 흔들어 보이고 나갔다. 두 사람은 냉장고 문을 열어 민영이 만들어놓은 샌드위치를 꺼냈다.

"미국에 있을 때 이모가 만들어준 샌드위치가 많이 생각났는데."

미국 생활에 대해 물을 기회만 찾고 있던 초롱은 그가 먼저 꺼내자 그 화제를 이어갔다.

"이런 샌드위치야 뭐 간단히 만들어 먹을 수 있잖아. 팔기도 하고."

"잼이 다르잖아. 이모가 직접 담근 잼이 맛있어. 그리고 이 샌드위치는 안 팔아."

민영이 만드는 샌드위치가 조금 남다르기는 하다. 빵을 3개를 겹치는데, 빵 사이 하나에는 직접 만든 딸기잼을 바르고, 다른 빵 사이에는 으깬 계란과 그때그때 집에 있는 야채와 과일을 총총총 썰어 마요네즈와 섞어 채운다. 딸기잼과의 그 조합이 꽤 좋다.

"미국에서 주로 뭐 먹었어?"

"빵, 스테이크, 치즈가 듬뿍 들어간 거. 이것저것 많이 먹었어."

지성의 얼굴에 걸렸다가 금세 자취를 감추는 비릿한 미소를 초롱은 보지 못했다.

"그래? 미국은……."

초롱이 계속 미국 이야기를 하고 싶어한다는 걸 알아차린 지성은 남은 샌드위치를 입안에 욱여넣고 자리에서 일어났다.

집으로 돌아온 지성은 휴대폰을 확인했다. 초롱이 문자를 보내왔다. 그는 공부할 거라는 답장으로 그녀가 더는 문자를 하지 못하게 했다.

요 며칠간 지성은 초롱이 불안해한다는 걸 알아차렸다. 아니, 불안이 아니라 어쩌면 혼란일 수도 있다. 무엇이든 간에 그녀는 불안정했다. 그게 자신 때문이라는 걸 안다. 그날 싸움에 해서는 안 될 말을 해서 초롱이 자신이 미국에 있을 때를 궁금하게 만들어 버렸다.

"연초롱, 미국 이야기는 그냥 잊어버려라."

미국 생활이야 뭐 자신이 입을 다물면 그만이니 크게 신경 쓰이지 않았다. 문제는 실망이 더 컸다. 초롱이 자신에게 실망했다는 그 말이 너무 크게 자신을 흔들었다. 그리고 내쳐질 뻔했던 걸 생각하면 간담이 서늘해졌다.

지성은 그날 악몽을 꿨다. 초롱의 집에 발도 들이밀지 못하는 꿈을. 한국에 왜 왔느냐고, 다시 돌아가라는 말이 왕왕 울렸다. 그리고 힘없이 미국으로 돌아가는 꿈을 꿨다.

꿈에서 깨고 났을 때 지성은 초롱에게 버림받은 느낌이 선연해서 등골이 오싹해졌다. 애써 그 꿈을 털어버리고 등교 준비를 했다. 그런데 내내 그 꿈이 머릿속에서 반복되었다.

버림. 버림을 받는다. 가장 아끼는 이들에게 버림을 받는다는 상상에 다리가 풀려 휘청거리다 결국 꼴사납게 주저앉았다.

버림받기 싫었다. 내쳐지기 싫었다. 그래서 생각한 게 거리를 두는 거였다. 적당한 거리는 버림받거나 내쳐지지 않을 테니 말이다. 그러한 이유로 거짓 연애도 그만하자고 했다. 그런데 초롱은 막 싸우고 난 뒤라 거짓 연애를 없던 일로 하자는 게 마음에 걸렸나 보다.

어찌했든 지금 화해를 했다. 하지만 자신이 두는 거리 때문인지 뭔가 부족하다. 그리고 자신이 변한 걸 느끼는 초롱에게 미안했다. 내쳐지기 싫다는 제 욕심 때문에 신경 쓰이게 하고 계속 불편을 주고…….

우웅웅웅, 우웅웅웅.

혼자 생각을 하던 지성은 침대 위에서 진동하는 휴대폰을 집어 들었다. 복잡한 발신자 번호. 해외 전화라는 걸 확인한 그는 침을 꼴깍 삼킨 뒤 받았다.

"여보세요."

[엄마야. 혹시 자고 있었니?]

"아니. 지금 일어나기엔 이른 시간 아니야?"

[일찍 눈이 떠졌어.]

"무슨 일 있어?"

[아니. 그냥 아들 보고 싶어서. 잘 지내고 있지?]

"응. 공부가 힘들기는 한데, 잘 지내고 있어."

[친구는? 친구 많이 사귀었어?]

"그럼."

[집은? 잘…… 해주시니?]

"응. 내 걱정은 하지 마. 잘 지내고 있어. 엄마도 잘 지내고 있지?"

[응. 아주 잘 지내고 있으니까 걱정 마.]

서로가 잘 지내고 있다는 말에 안도했다. 하지만 한편으로 가슴이 묵직해졌다. 떨어져 있어야 잘 지낼 수 있는 모자 사이. 지성은 그게 안타까워 눈을 질끈 감았다.

"엄마. 수능 보고 방학하면 초롱이랑 한번 갈게."

[정말? 그래, 꼭 와. 초롱이 너무 보고 싶다.]

우희가 초롱이네 이야기를 듣고 싶어해서 지성은 이야기를 풀어갔다. 도란도란 통화를 하던 중 갑자기 뚝 끊겼다. 하지만 아무도 다시 전화를 걸지 않았다. 그렇게 통화를 끝냈다.

그만 정말 공부를 할까, 하며 자리에서 일어난 지성은 먼저 씻어야겠다는 생각에 상의를 벗었다. 벨트를 풀고 바지 지퍼를 풀려는데 똑똑, 노크 소리가 들렸다. 지성은 지퍼에서 손을 떼고 바닥에 떨어트린 상의를 집어 들었다.

"아빠가 내려오래."

들어오라는 말도 없었는데 문이 벌컥 열리더니 세민이 한 발 들어와 말했다. 그녀는 뒤늦게 지성의 모습을 보고 눈을 키웠다. 세민은 자신도 모르게 빠르게 지성의 상체를 훑었다.

떡 벌어진 어깨와 탄탄한 가슴, 선명하게 갈라진 복근과 보기 좋은 어깨 근육에 세민은 넋을 놓았다. 자신을 멍하니 보는 세민에게 보란 듯이 지성은 느릿하게 상의를 입었다. 마지막 복근이 옷 속으로 가려지자 세민이 시선을 들었다. 눈이 마주치자 지성은 눈매를 휘어 웃어 보였다. 흠칫한 세민은 얼굴이 달아오르자 쾅 소리가 날 정도로 세게 문을 닫고 사라졌다.

"예절 못 배운 건 누구도 마찬가지인 것 같네."

시니컬하게 읊조린 지성은 자신을 부른다는 석형을 찾아 방을 나서 1층으로 내려갔다.

거실에는 낯익은 사람들이 와 있었다. 지성은 큰아버지인 준형과 작은아버지인 영현에게 반듯하게 허리를 숙여 인사했다. 그리고 그 옆에 앉아 있는 작은 아버지의 외아들이자 자신의 사촌인 기성에게 가볍게 손을 올려 인사했다.

기성은 못 본 척 고개를 돌렸지만 지성은 무시당한 내색 않고 석형의 옆에 앉았다.

"그래. 한국에 왔다는 건 들었는데 이제야 얼굴을 보는구나."

큰아버지의 말에는 네까짓 게 얼마나 비싼 얼굴이라고 자신이 직접 보러 와야 하냐는 비아냥거림이 섞여 있었다. 지성은 유연하게 받아쳤다.

"고3의 생활이 이런 줄 몰랐습니다. 공부만 하느라 정신이 없었습니다."

"거짓말. 그새 여자친구도 만들었으면서."

세민이 악랄한 미소를 지으며 말했다. 다분히 의도적이었다. 학교에서 있었던 일을 미주알고주알 다 이야기하는 그녀가 내내 참고 있다가 지금 지성의 사생활을 이야기하는 건 때를 기다렸다는 거였다.

“여자친구?”

놀란 석형이 되물었다. 세민이 학교에 파다하게 소문이 다 났다고 말을 덧붙였다.

“쯧쯧. 한국 온 지 얼마나 됐다고. 그래 가지고 대학에 가겠누.”

석형은 혀를 차면서 잔뜩 못마땅함을 드러내는 모친의 눈치를 봤다. 그리고 제 형들의 고소해하는 표정에 얼굴을 굳혔다.

막내아들에게 애착이 강한 순영은 집안 사업을 석형에게 더 많이 물려주었다. 그에 형들이 크게 반발을 했었지만, 준 걸 도로 빼앗아간다는 모친의 말에 깨갱 목을 움츠렸다. 아직도 막냇동생의 것을 탐내는 그들은 자식 싸움까지 갈등을 확장하고 있었다.

안타깝게도 장남인 준형은 아들이 없었다. 딸만 넷인데, 데릴사위를 맞아 후계자로 키우고 있다. 차남인 영현은 외아들 기성에게 큰 희망을 걸고 있다. 총명한 기성은 욕심도 제법 있었던 터라 부친의 욕망을 실현시켜 줄 의지를 보이고 있다.

지금 석형이 경계하는 사람은 영현과 기성이었다. 후계 싸움까지는 생각지도 않았는데 지성이 입국하면서 마음이 달라졌다. 그는 제 옆으로 와준 아들이 자신의 힘이 되어주기를 바랐지만, 내색하지 않았다. 아직도 서먹한 부자 관계인데 제 바람대로 움직여 달라고 할 수 없었다.

지성이 계속 순영의 눈 밖에 날까 봐 석형은 초조해졌다.

“여자친구를 만난 지 얼마나 됐니?”

갑자기 제 연애가 화두가 되자 지성은 속으로 한숨을 내쉬었다. 세민을 가만두지 않겠다는 결심을 한 그는 미려한 웃음을 지었다.

"초롱이 이야기하는 것 같아요."

"초롱이?"

"네."

지성은 세민을 응시했다. 세민은 제 입으로 털어놓는 그를 비웃은 뒤 이름이 연초롱이라고 하더라, 라고 말했다.

"어머니, 초롱이 아시죠? 예전에 위층에 살았던……."

석형은 이야기를 하다가 말끝을 흐렸다. 모친이 그때의 이야기를 꺼내는 걸 지독히 싫어하기 때문이다. 더군다나 실패한 첫 결혼 생활을 그도 굳이 제 입으로 말하고 싶지 않았다.

뒤늦게 정신을 차린 석형은 둘이 오랜 친구 사이라고, 친해서 소문이 그리 난 것 같다는 걸로 일축했다. 세민은 강력한 석형의 주장에 벙긋하던 입을 다물었다.

석형에게 좋지 않은 눈초리를 받은 게 울적한지 입술을 쭉 내민 세민의 손 위로 다른 손이 겹쳐졌다. 지성은 그녀의 손등을 토닥인 뒤 사라지는 손의 자취를 좇았다. 세민이 고개를 슬쩍 돌리더니 기성과 눈을 맞추고는 수줍게 웃었다.

그 모든 상황을 홀로 우연찮게 보게 된 지성은 눈을 가늘게 떴다. 아주 흥미로운 비밀을 알게 돼버렸다.

사귀는 거 아니더라.

헤어졌다. 아니다, 싸웠는데 다시 만난다. 이 두 소문 뒤에 난 새로운 소문이었다. 사귀는 것 자체를 부인하는 소문이었다. 이 소문에 가장 뜨끔한 건 초롱이었다. 지성은 세민이 퍼트린 소문이라는 걸 단번에 알아차렸다. 여전히 두 사람은 그 소문에 침묵했다.

긴가민가하던 걸 누군가는 자신이 원하는 대로 결론을 내렸다. 그 결과 지성은 다시 불려 나가는 생활이 이어졌다.

"연초롱이랑 사귀는 거 아니지? 그럼 나랑 사귈래?"

처음에 지성은 정중하게 거절했다. 하지만 초롱이와 사귀는 것에 대한 질문은 답하지 않았다. 그는 그 질문에 대한 답은 초롱이 해야 한다고 생각했다. 사귀는 거라고 하자니 자신이 없던 일로 하자고 했던 게 걸렸고, 헤어졌다고 하자니 초롱의 심기를 거스를까 봐 입을 다물었다. 이게 한편으로는 또 초롱을 귀찮게 하는 것 같았다. 지성은 이도 저도 못하고 있었다.

"미안한데 너랑 못 사겨."

"왜? 설마 연초롱이랑 사귀는 거 사실이야?"

"그만 교실로 돌아가야겠다. 먼저 들어가."

차고 난 뒤에 먼저 몸을 돌리는 걸 여자들이 싫어한다는 걸 알기에 지성은 배려했다. 마지못해 멀어지는 여학생이 완전히 사라지자 그는 걸음을 뗐다.

"사귄다고 왜 말 안 해?"

갑자기 들리는 목소리에 지성은 소리의 근원지를 찾아 고개를 돌렸다. 모퉁이에서 한 여학생이 툭 튀어나왔다. 지성은 그녀가 누구인지 잘 알고 있었다.

"이라희?"

"어? 날 알아?"

"응. 토요일에 초롱이가 너 만난다고 하고 나갔었으니까."

"내 얼굴을 어떻게 아느냐는 질문이었는데."

"초롱이 방에 사진 있던데. 스티커 사진."

초롱이 가장 친한 친구라며 사진을 보여주었었다. 그때 표정 관리가 되지 않아 기침을 하는 척하며 손으로 얼굴 절반을 가렸다. 자신이 아닌 다른 사람을 가장 친한 친구라 칭하는 게 불쾌하고 섭섭했다. 자신에게 가장 친한 친구는 남녀 통틀어 연초롱 하난데.

여러모로 기억에 남은 라희에게 지성은 그만 교실로 돌아가야 하지 않겠느냐고 말했다.

"그런데 왜 초롱이랑 사귄다고 말 안 해?"

초롱이 라희에게 사실을 털어놓지 않은 걸 눈치챘다. 그에 지성은 마음이 조금 풀렸다.

"초롱이가 말 안 해서."

그녀도 소문을 들었을 텐데 아무런 답을 내놓지 않아서 자신도 그러고 있었다. 지성은 몰랐다. 초롱이도 그와 같은 이유로 침묵하고 있다는 걸.

"설마 이 남자는 내 남자다! 그러니 다들 저리 꺼져! 이래 주기를 바라고 있는 거야?"

제 몸을 감싸고 부르르 떠는 라희를 본 지성은 유쾌한 웃음을 터트렸다. 순간 그런 대사를 날리는 초롱을 상상했고, 정말 소름 돋는다는 듯 몸을 떠는 라희의 모습이 재미있었다.

"연초롱이 그런 타입은 아니잖아. 걔 은근히 소심해."

"소심한 게 아니라 남들 시선 많이 의식하는 거지. 아, 그게 소심한 건가?"

지성은 손목시계로 시각을 확인한 뒤, 정말 교실로 돌아가야 한다고 말했다. 두 사람은 나란히 걸음을 옮겼다.

"그런데 사귀면서 왜 사귄다고 말을 못하니! 너희들이 무슨 홍길동이니?"

잠시 생각하던 지성은 적당한 대답을 내놓았다.

"이러쿵저러쿵 남들이 떠드는 거 신경 안 써. 사귀는 거 뻔히 알면서 묻는 거 의도가 불순해서 대답하고 싶지도 않아."

뭔가 이해가 될 듯하면서도 답변이 안 되는 것 같기도 했다.

"그래도 이야기해. 네가 이야기하고 다녀야 다들 알지. 초롱이는 네 이야기 많이 하는데."

"내 이야기를 해?"

"응. 토요일에 만났을 때 절반이 네 이야기였어. 어머! 나, 네 비밀도 안다?"

"……비밀?"

"놀라기는. 농담인데."

지성은 또 한 번 유쾌한 웃음을 터트렸다.

"내일 모의고사 끝나고 초롱이랑 놀기로 했는데 너도 같이 놀자."

"야자 한다던데?"

"진짜? 아, 맞다. 3월 모의고사 보고 야자 했었지. 우리 고3인 걸 깜빡했다. 그럼 토요일."

"둘이 놀아."

"셋인데? 다른 학교에 다니는 친구도 같이 만나. 고미나라고."

처음 듣는 이름에 지성의 미간이 찌푸려졌다. 그는 자신이 모르는 초롱의 생활이 궁금해지기 시작했다. 그러면서 그녀가 왜 자신의 미국 생활을 그토록 궁금해하는지 이해했다.

"너랑 초롱이 작년에 친해진 거 아니었어?"

"맞아. 알고 봤더니 같은 중학교 출신이더라. 미나도 같은 중학교 출신. 나 미나랑 엄청 친하거든. 초롱이도 미나랑 친하더라. 그래서 셋이 잘 어울려."

"그렇구나. 그 미나라는 친구 궁금하네."

"그럼 같이 보든가. 미나도 너 궁금해하거든. 난 4반이야. 넌 6반이지? 안녕!"

자신의 반으로 쏙 들어가는 라희에게 손 흔들어 인사한 지성은 자신의 반으로 향했다.

초롱은 지성이 또 누군가에게 불려 나갔었다는 이야기를 듣고 입술을 사리물었다. 친구들이 지성에게 접근하는 여학생들이 널 무시하는 것 같아서 기분 나쁘다는 말을 하자 짜증이 솟구쳤다. 좀 안 따라나가면 안 되나? 초롱은 지성을 찾아 나섰다.

지성을 만나러 그의 반에 온 것은 처음이었다. 뒷문에 서서 그를 찾자 이목이 집중되었다.

"이지성 양호실 갔어."

"양호실? 왜?"

"몰라."

초롱은 지성의 위치를 알아내고는 걸음을 옮겼다. 화장실 앞을 지나가던 중 라희와 마주쳤다.

"어? 연초롱! 어디 가?"

"양호실."

"양호실은 왜? 아파?"

"아니. 지성이 찾으러."

"아, 그거 때문이구나? 그래. 가서 뭐라 해. 사귀면 사귄다고 말을 해야지. 고백받으면서 왜 사귄다고 말 안 해? 난 무슨 카사노바인지 알았다."

"응?"

"아까 고백받는 거 우연히 목격했거든. 너랑 사귀냐고 묻는데 대답 안 하더라. 나중에 물어보니까…… 뭐랬더라? 알면서 묻는 의도가 불순하다던가?"

라희가 고개를 갸웃했다. 초롱도 따라서 고개를 갸웃했다.

"하여튼 가서 한마디 해. 아, 우리 토요일에 보자. 모의고사 끝나고 야자 한다며. 토요일에 지성이도 데리고 나와. 내가 특별히 두 사람 닭살 행각하는 거 눈감고 참아줄게."

어서 가보라는 라희에게 고개를 끄덕여 인사한 초롱은 양호실로 향했다. 가는 내내 그녀는 지성이 고백을 받았고, 자신과 사귀느냐는 질문에 대답을 회피했다는 걸 곱씹었다.

이거 은근히 열 받네.

씩씩거리며 초롱은 양호실로 들어섰다. 원래 양호 선생님의 퇴근으로 석식 후에는 양호실 문이 잠기는데, 가끔 양호 선생님이 늦게 퇴근하시는 날에는 야자가 시작하기 전까지 문이 열려 있기도 한다. 초롱은 양호 선생님이 자리를 비운 걸 확인하고 지성이 누워 있는 침대를 찾았다.

씩씩거린 것과 달리 그녀는 조용히 걸었다. 그리고 잠든 지성의 곁에 서서는 숨소리도 죽였다.

'어디 아프나?'

곤히 잠든 걸 보자 선뜻 깨울 수가 없었다. 그냥 돌아갈까 하던 초롱은 여기 온 이유가 생각나자 그를 흘겨봤다.

"자? 이지성 자냐고."

작게 그를 깨운 초롱은 미동도 없자 손가락으로 볼을 쿡쿡 찔러 보았다. 잡티 하나 없는 매끄러운 피부가 손끝에 만져졌다. 지성의 눈썹이 꿈틀거리자 초롱은 손을 거뒀다. 어차피 야자가 시작하기 전에 일어나야 할 테니 조금 기다려 볼까 했다.

"몇 번 고백받은 거야?"

자신이 들은 것만 네 번. 가만 생각해 보니 정말 친구들 말대로 무시당했다. 그것도 네 번이나. 아니, 모르는 것까지만 하면 더 많을지도.

"넌 왜 아무 말도 안 했는데? 이게 죽을라고."

주먹을 지성의 얼굴 앞에서 휘휘 휘두른 그녀는 다시 혼잣말을 중얼거리기 시작했다.

"고백받는 게 귀찮아서 나랑 사귄다고 해놓고, 지금은 왜 말 안 해? 왜? 나 귀찮게 한 게 미안해서? 아니면 뭐, 진짜 여자친구라도 만들게?"

혼자 투덜대던 초롱은 자신이 내뱉은 말에 도리어 더 자신이 놀라 눈을 키웠다.

진짜 여자친구를 만든다면…….

하나의 가정을 두고 혼자 상상하기 시작했다. 그런데 그 상상을 시작함과 동시에 표정이 구겨졌다. 상당히 기분 나쁘고, 나쁘고, 또 나빴다. 그리고 매우 싫었다.

왜 싫은 걸까. 지성이 여자친구 사귀면 뭐. 같이 있는 시간이 줄

어드니까? 확실히 그건 싫다. 오랜만에 만났는데……. 그런데 진짜 싫은 건 그가 다른 여자의 손을 잡는 거다. 자신도 한 번밖에 잡아본 적이 없는 손을.

초롱은 이불 밖으로 나와 있는 지성의 손을 빤히 쳐다보다 그의 얼굴로 시선을 옮겼다.

'그러고 보니 진짜 뽀뽀 안 하네.'

볼에 하는 감사의 키스도 하지 않았다. 지성이 장난을 칠 때 뭔가 허전하다는 걸 느꼈는데, 이거였었나 보다. 스킨십 장난이 전혀 없었다. 아마도 조심하는 것이겠지.

초롱은 자신들이 멀어졌다는 걸 새삼 실감했다. 확실히 그 싸움 이후로 이질적인 게 있었다. 이러다가 더 멀어지는 걸, 지성에게 여자친구가 생겨 멀어지는 걸 상상한 초롱은 불현듯 깨달았다. 자신은 그를 친구가 아닌 다른 시선으로 보고 있다는 걸. 그리고 왜 그날 그토록 그에게 화가 났었는지를.

초롱은 일렁거리는 마음에 숨을 가쁘게 쉬었다. 그녀는 잠든 지성을 보며 생각했다.

'다른 여자랑 손잡지 마. 키스도 하지 마.'

초롱은 조심스럽게 지성의 손을 잡았다. 그리고 상체를 숙여 그의 입술을 훔쳤다. 나비가 꽃에 앉았다가 금세 날아가 버리듯 초롱은 지성의 입술을 살포시 훔치고 달아났다.

잠시 뒤 지성의 눈이 가늘게 뜨였다. 그는 혀를 내밀어 제 입술을 쓱 핥았다.

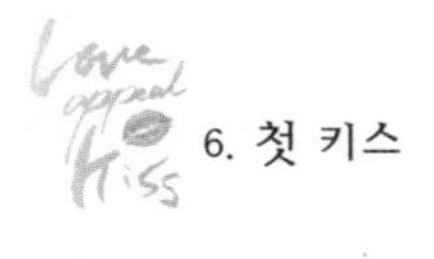

6. 첫 키스

모의고사 시험이 끝나자마자 나온 답안지를 보며 채점에 열중한 교실 안은 펜을 휘갈기는 소리가 흘러나왔다. 간간이 찍은 문제가 맞았다며 환호하는 소리와 열심히 고민하다가 답을 바꿨더니 틀렸다며 울먹거리는 소리도 뒤섞였다.

초롱도 잔뜩 인상을 쓰며 채점을 하고 있었다. 가장 못 본 것 같은 외국어영역을 마지막으로 채점하고 있었다. 꽤나 신경질적인 손놀림으로 연달아 2개의 빗금이 그려졌다. 그녀는 점수를 합산하고 한숨을 흘렸다. 그리곤 사인펜을 책상 위로 던지고 엎드렸다.

"많이 틀렸어?"

"응."

"이번 시험 진짜 어려웠대. 나는 못 푼 것도 있어."

"나도 못 푼 거 있어. 진짜 어려웠어. 이거 다 오답노트 정리해서 제출해야 하겠지?"

같은 처지라 초롱의 질문에 그녀의 짝도 울상을 지었다. 채점을 마치고 담임 선생님이 나누어 준 종이에 점수를 적어 제출한 뒤 석식 시간까지 시간이 남아 청소를 시작했다.

"어? 이지성이다."

창문 밖으로 지성이 쓰레기봉투를 들고 지나가고 있었다. 밀대로 바닥을 다 닦은 초롱은 고개를 들어 창문 밖을 보다가 지성과 눈이 마주쳤다.

어제 양호실에서 도둑 키스를 한 뒤로 지성을 피해 다녔다. 하교 때 문자로 먼저 간다고 한 뒤, 버스 정류장까지 내달렸다. 정류장에 도착하자마자 다행히 바로 온 버스를 탔다. 출발한 버스는 간발의 차로 자신을 찾는 것인지 두리번거리는 지성을 지나쳤다.

바로 전화가 왔지만 받지 않았다. 집에 가서 버스 타느라 전화 못 받았다고 문자를 하고, 자기 전에 온 전화는 씻느라 못 받았다고 나중에 답장을 보냈다. 그 뒤로 내내 지성과는 연락 두절 상태였다.

눈이 마주친 지성이 이리 나오라고 손가락을 까딱거렸다. 그를 보고 발개지는 얼굴을 푹 숙이고 초롱은 교실을 나섰다.

"왜?"

"왜는 무슨. 문자 보냈는데 못 봤어?"

"휴대폰 놓고 왔는데. 모의고사잖아."

오늘은 시험을 실전처럼 치르겠다고 핑계 삼아 휴대폰을 놓고 왔다. 그래서 지성과 연락 두절 상태였던 거다.

"점심시간에 너 찾았는데 안 보이더라?"
"공부하느라 도서관에 있었어."
정확하게는 그곳으로 도망가 있었다. 지성이 자신을 찾을 줄 알았기 때문이다.
초롱은 계속 바닥으로 시선을 두고 이야기했다. 괜히 대걸레로 바닥을 쓱쓱 닦아보기도 하고 살짝 들었다 놓으며 차박차박 소리를 내어보기도 했다. 지성은 안절부절못하는 그 모습이 신경을 건드리자 그녀의 손에서 대걸레를 빼앗았다. 그제야 초롱이 고개를 들었다.
"시험 잘 봤어?"
"어…… 뭐."
"잘 봤다는 거야, 아니라는 거야? 아니면 그럭저럭?"
내일이 시험이니 일찍 자려고 했지만 뒤척이느라 늦게 잠이 들었다. 그렇다고 해서 푹 잔 건 또 아니다. 꿈에서 자신은 양호실에 있었고, 지성의 입술을 몰래 훔쳤다. 그 꿈이 계속 반복되었는데, 마지막엔 지성이 번쩍 눈을 떴다. 그리고 잠이 깼다.
컨디션 난조에 시험 직전까지 생생한 꿈에 집중을 하지 못했다. 초롱은 그걸 지성에게 이야기할 수 없어서 질문을 돌렸다.
"넌 잘 봤어?"
"잘 봤겠어? 잠도 잘 못 잤는데."
"잠 못 잤어?"
지성은 그녀를 물끄러미 내려다보다가 몸을 돌려 걸음을 옮겼다. 그가 대걸레까지 들고 가버리는 터라 초롱은 쫄래쫄래 따라갈 수밖에 없었다. 그는 먼저 쓰레기봉투를 버리고 난 뒤 수돗가에서 대걸레를 빨기 시작했다.

"내가 할게."

"물러나. 물 튀어."

발로 꾹꾹 눌러 물기를 짠 지성은 곧장 대걸레를 가져가려는 초롱의 손을 막았다.

"왜?"

"얼굴 좀 보지?"

"시험 못 봐서 기분 안 좋아. 건드리지 마."

"그게 아니라 지금 나 피하는 거잖아."

"……내가 왜?"

흘끔 시선을 위로 올려 보더니 다시 바닥으로 고정시킨다. 지성은 초롱의 뒷머리를 감싸 부드럽게 쓰다듬었다.

"괜찮으니까 피하지 마."

"무슨 말 하는 거야. 뭐가 괜찮아?"

"어제 양호실에서."

양호실 이야기가 나오자 초롱이 기함을 하며 뒤로 물러났다. 그에 허공으로 내쳐진 손을 주먹을 꽉 쥐고 내린 지성은 눈웃음과 함께 입술을 감아 올렸다.

"너…… 안 잤어?"

"중간에 깼어."

확인을 받은 초롱의 눈망울이 이리저리 흔들렸다. 지성은 사근거리는 미소를 유지하며 입을 열었다.

"난 괜찮으니까 도망 다니지 마."

"자꾸 뭐가 괜찮다는 건데?"

"싫지 않았어. 지금 네가 나 피해 다니는 게 싫어, 난."

"싫지…… 않았다는 건 좋았다는 거야?"

기대감이 피어오르는 눈동자에 지성은 조금 난처한 미소를 지었다가 고개를 끄덕였다. 초롱은 그 짧은 난처함을 놓치지 않았다. 그녀의 붉었던 얼굴이 점점 희게 질려갔다.

"좋았다고? 왜?"

"나 키스 좋아하는 거 알잖아."

단번에 초롱의 얼굴에 상처가 걸렸다. 지성의 사근거리는 미소가 희미해져 갔다.

좋았다는 말. 네가 해서 좋았다거나, 나도 널 좋아하니 좋았다거나, 이런 말이 아닌 그저 키스를 좋아하니까. 그럼 아무나 다 해도 좋다는 뜻과 별다를 게 없었다.

초롱은 자신의 마음과 다른 게 서운하기도 했지만, 화도 났다. 키스를 너무 아무것도 아닌 것처럼 치부하는 지성에게 화가 났다.

"난 좋아하는 사람한테만 그래."

"초롱아."

"나는 좋아하는 사람한테만 그런단 말이야."

지성은 다정한 얼굴로 초롱이의 팔을 잡아끌었다.

"나도 너 좋아. 너 좋아해."

"그래서?"

"네가 좋아해 주니까 정말 좋다. 왜 싫겠어, 네가 날 좋아한다는데."

지성이 자신도 좋아한다고 했지만, 초롱은 그가 그렇다고 해서 자신과 사귈 마음은 없다는 걸 느꼈다. 자신을 좋아한다는 게 친구로서인지, 이성으로서인지 전혀 감이 잡히지 않았다.

"그래서!"

"초롱아, 난 너랑 평생 함께하고 싶어. 내가 널 얼마나 아끼는데. 정말 소중해."

"놔. 갈래."

"초롱아."

"친구로서 평생 함께하자는 거잖아! 아끼는 것도, 소중한 것도 친구로서이잖아!"

초롱이 팩 손을 뿌리치고 건물 안으로 들어갔다. 지성은 난감한 얼굴로 그녀의 뒷모습을 눈으로 좇다가 놓쳤다.

"지금 찬 거냐?"

어깨에 턱, 올라오는 손에 고개를 돌린 지성은 미간을 찌푸리고 있는 희찬을 발견했다. 그 옆으로 한 세트인 경민과 용준이 있었다.

"응?"

"여자친구 찬 거냐고. 뭐, 친구로 남자고 하면서 찬 거 아니야?"

앞에는 두 사람만 오가는 목소리였지만, 초롱이 흥분하면서 목소리가 커져 마지막 대화가 근처에 있던 사람들까지 들렸다. 초롱의 마지막 대사만 들으면 그렇게 보이기도 할 만했다.

뭐라 설명할 수가 없어 지성은 그냥 웃었다. 그걸 긍정으로 읽었는지 희찬이 고개를 설레설레 저었다. 뒤에 있던 용준이 지성을 달리 봤다는 눈으로 보다가 말했다.

"헤어지고 친구로 지내자는 거 그거 욕심이다. 절대 못 그런다."

"우린 아니야. 달라."

"다르기는? 그건 네 착각이고. 한쪽이 마음 있잖아? 그럼 같이 못 있지."

용준이 단호하게 말하며 고개를 다시 저었다. 뒤이어 경민이 제 의견을 내놓았다.

"뭐, 같이 있을 수야 있지. 다만 짝사랑하는 쪽이 힘들겠지. 그런데 방금 상황을 보아하니 끝난 것 같다?"

"끝이라니?"

"짝사랑도 상처받으면 도망가 버린다고. 방금 보니까 상처받은 것 같던데? 친구는 포기해라. 그냥 남으로 돌아서."

"포기하라고? 연초롱을? 달래야지. 어떻게 남이 돼?"

지성의 말에 용준과 경민이 황당한 표정을 지었다.

"헤어지자 해놓고 뭐 그리 신경 써? 책임질 거 아니면 다정하게 하지 마. 그런 게 더 나빠. 그리고 네가 달랜다고 정말 친구가 될 수 있을 것 같아?"

"초롱이하고 난 어렸을 때부터 친구였어."

"그 우정을 지금 네가 다 망쳤잖아. 어쩐지 소문이 이상하더라니 결국엔."

희찬이까지 초롱이와의 관계는 끝났다고 하자 지성의 얼굴이 굳어지기 시작했다.

지성은 야자가 끝나고 곧장 초롱의 반 앞으로 갔지만 그녀를 만나지 못했다. 오늘 휴대폰을 놓고 왔다고 했으니 당장 연락을 할 수가 없었다. 일단 급하게 버스 정류장으로 달려갔지만 그곳에서도 보지 못했다.

초롱의 집으로 가야 하나 고민을 하던 찰나 희찬, 경민, 용준을 또 마주쳤다. 미성년자 주제에 한잔하러 갈 건데 같이 갈 거냐고 물었다. 지성은 마다 않고 그들을 따라나섰다.

그들이 향한 곳은 싸우고 우정을 쌓았던 놀이터였다. 4월이라 밤은 조금 서늘했다. 그네와 그 옆의 미끄럼틀에 앉아서, 또는 그냥 서서 네 사람은 종이컵에 가득 따른 소주를 홀짝였다.

"그럴 거면 왜 헤어졌어?"

계속 초롱이 생각을 하고 있다는 걸 알아차린 희찬이 물었다. 늘 싱글벙글이던 녀석이 잔뜩 얼굴을 굳히고 암울한 분위기를 내고 있으니 못 알아차린 게 이상했다.

지성은 기묘하게 가라앉아 있었다. 아슬아슬한 분위기도 났고, 여린 느낌도 풍겼다. 오죽했으면 용준까지 그 분위기에 압도되어 늘 나불거리던 입을 다물고 조용히 술만 마시고 있었겠는가.

"돌이키지 못하는 상황이 올 수도 있으니까. 그리고 내가 그 애를……."

"그 애를 뭐?"

지성은 제법 서글프게 웃어 보이고는 술을 삼켰다.

"연초롱 보고 싶네."

"미친 놈. 누가 보면 네가 차인 줄 알겠다."

그런 것 같다. 제 손을 뿌리치고 간 초롱에게 버림받은 건 자신이니.

지금 지성은 초조했다. 희찬, 경민, 용준의 말대로 돼버릴까 봐. 초롱이와 함께하지 못할까 봐 노심초사하고 있었다.

"술 떨어졌다. 더 마실래?"

"……아니. 가야겠다. 내일 학교에서 보자."

마지막 한 모금을 마신 지성은 마찬가지로 다 마신 희찬의 종이컵에 제 종이컵을 끼웠다. 그는 급한 볼일이 갑자기 생각난 것처럼 가방을 챙겨 들고 큰 보폭으로 걸어나갔다.

놀이터를 나온 지성은 가까운 집이 아닌 다른 방향으로 걸음을 옮겼다. 길가로 나가 손을 뻗어 택시를 잡았다. 12시가 넘어가는 시각, 알코올 냄새가 희미하게 나는 교복 입은 그를 택시 기사가 틈틈이 룸미러를 통해 살폈다. 혹시 무슨 일이 생기는 건 아닌지 잔뜩 걱정한 얼굴이었다. 목적지에 도착하고 나서는 택시 기사는 곧장 미터기를 끄고 몸을 반쯤 돌려 손을 뻗었다. 택시비를 지불하지 않고 내릴까 봐 재촉하듯 손을 흔들었다. 지성은 그 손 위에 만 원권 지폐를 몇 장 올리고는 잔돈은 받지 않은 채 택시에서 내렸다.

지성은 저벅저벅 초롱의 집 앞까지 걸어갔다. 대문 앞에 섰지만 초인종을 누르지 못했다.

날이 흐려서 구름에 달이 가려졌다. 희미하게 반짝이고 있는 건 별보다는 인공위성일 거다. 가로등 불빛만 길을 밝히는 어둑한 밤. 조용한 어둠이 흐르는 시각. 어디선가 고양이가 앙칼지게 우는 소리가 났다.

"나보고 어떡하라고."

벽에 기대선 지성은 힘없는 나약한 목소리로 말했다. 정말 어떻게 해야 할지 모르는 처연한 표정까지 하며.

어제 누군가가 양호실로 들어올 때 문 여는 소리에 슬쩍 눈을 떴었다. 안쪽으로 들어오는 초롱이 두리번거리는 걸 보고 자는 척을 했다. 자신을 찾으러 온 것 같았다.

자는 거냐고 묻더니 볼을 쿡쿡 찌르는 손가락에 웃음을 참느라 얼굴 근육이 움직였다. 손가락이 사라지고 몇 번 고백받았는지, 왜 아무 말 안 했는지 타박을 놓는 소리에 '아, 사귄다고 이야기해도 되는 거구나' 하는 생각을 했다. 더 뭐라고 하더니 갑자기 조용해졌다. 그러더니 온기가 손에 닿았다. 그리고 입술에도 닿았다.

순간적으로 숨을 멈췄다. 그러지 않았으면 침을 꼴깍 삼켰을지도 모른다.

"좋아한다."

어제 그 도둑 키스에 초롱이 자신에게 이성으로 마음을 가졌다는 걸 알아차렸다.

'언제부터였을까.'

가장 먼저 생각한 건 그거였다. 언제부터였든 그걸 초롱이 크게 느끼게 된 게 있었을 거다. 어쩌면 변화가 그걸 증폭시켰는지 모른다. 갑자기 은근하게 거리를 뒀던 게 이 사달을 만들어냈을까. 아니, 싸움 때문이었을까. 그때 초롱이 과하게 화를 낼 때 눈치를 챘어야 했다.

그런데 그건 중요치 않았다. 중요한 건 초롱이 자신을 좋아한다는 것. 물론 자신도 초롱을 좋아한다. 가장 아끼고 있다. 초롱이와 함께하고 싶다. 하지만 그녀는 그것 이상을 원하게 될 거다. 그래서 빨리 초롱의 마음을 단념시켜야겠다는 생각을 했다. 그런데…….

"이렇게 엉망으로 만들려고 한 건 아니야."

결단코 초롱에게 상처주려고 한 건 아니다. 아무것도 아닌 듯, 가볍게 넘어가려 했던 게 상처가 될 거라는 걸 몰랐을까. 예전의 자신이라면 알았을 거다. 그런데 이상하게 초롱이 엮인 일에서는 둔해져서 거기까지 생각을 하지 못했다.

화 많이 났겠지. 애들 말대로 친구가 될 수 없는 건가?

“미안해. 내가 또 잘못했어.”

어릴 때 싸우고 다시는 같이 안 논다고 말해도 다음 날이면 초롱은 늘 제집 문을 먼저 두드렸다. 그리고는 엄마가 간식 먹으러 오라고 했다며 손을 내밀었다. 그럼 주저 않고 그 손을 잡고 올라가 신나게 웃었다.

행복한 기억에는 다 초롱이 있었다. 행복하고 싶다. 아니, 적어도 불행하고 싶지는 않다. 초롱이 있으면 그게 가능하다. 그래서 그녀와의 관계를 회복시키고 싶다.

‘어떻게든 달래야 한다.’

그 생각을 하며 지성은 한참이나 더 그곳에 머물렀다.

휴대폰이 꺼져 있는 지 며칠째고, 주말에 집에 갔을 때에는 아예 보지도 못했다. 민영은 초롱이 친구들과 공부를 한다고 나갔다고 했다. 어디로 갔는지 물었지만 그냥 독서실이라고 들었다고 어디인지는 정확하게 모른다고 했었다.

화요일이 되어서야 겨우 초롱을 붙잡았다. 어찌나 잘도 숨는지 라희의 도움을 받아야만 했다.

"너, 내 얼굴 안 볼 거야?"

"너랑 할 이야기 없어."

"초롱아, 화 많이 났어? 왜 그래. 내가 널 싫어하는 게 아니잖아."

"내가 바보인 줄 알아?"

싫어하는 게 아니라는 말이 초롱의 화를 더 부추겼다. 지성은 알고 있으면서도 더 그녀의 분노를 사는 말을 왜 내뱉는 것인지 제 입을 때리고 싶었다.

"초롱아, 계속 이러면 우리 사이만 나빠져."

"그런데?"

"절교할 거 아니잖아. 어딜 가. 이야기 좀 해."

잠깐 손을 놓자 곧장 몸을 돌리는 걸 다시 붙든 지성은 그녀의 기분이 상하지 않을 말을 골라냈다. 하지만 초롱이 더 빨랐다.

"미안한데, 난 당분간 네 얼굴 못 봐."

"……언제까지? 화 풀릴 때까지? 언제 풀리는데?"

"화 풀리는 걸로 되는지 알아? 나 지금 네 얼굴 보기 창피해!"

"난 괜찮다고 했잖아."

"내가 안 괜찮다고! 나는 너처럼 버릇, 잠결, 실수가 아니란 말이야! 왜 네가 이 말을 했을 때 화났는지 알겠어. 싫어! 다 싫어! 네가 키스한 여자들이 얼마나 있는지 모르지만 다 싫어! 키스가 별거 아니라는 게 싫어! 네가 나한테 한 것도 다 똑같다는 게 싫어!"

"똑같지 않았어."

"뭐가 다른데? 그럼 내가 한 거랑 같아? 아니잖아!"

지성의 입이 다물렸다. 그에 초롱은 더 울컥했다. 처음으로 마음을 내보였는데 계속 친구를 강요하자 마음은 삐딱해져 갔다.

"화만 내지 말고……."

"친구? 웃기고 있네. 이젠 친구도 아니야."

"……연초롱."

"앞으로는 알은체하지 마."

"초롱아, 이런 일로 우리가……."

"너한테는 이게 고작 이런 일이야?"

"그런 거 아니야. 자꾸 내 말을 오해하고 있어, 너."

"오해든 뭐든, 난 농담 아니야. 너랑 말도 섞기 싫어졌어. 반으로 찾아오지 마."

충격을 받은 지성의 얼굴에 아이러니하게도 초롱은 마음이 조금 풀렸다. 그래도 자신이 그에게 영향력을 끼치기는 하는구나, 위안을 받았다. 삐뚤어질 대로 삐뚤어진 마음, 초롱은 그대로 몸을 돌렸다.

자신에게 등을 보이는 초롱이 멀어져 가자 지성의 얼굴이 참혹하게 일그러졌다.

지성은 조금 창백하게 질린 제 얼굴을 보고 나직이 한숨을 내쉬었다. 시간이 지나면 초롱의 화가 풀릴까 해서 기다리는 중이었다.

설마 진짜 자신을 평생 안 보겠는가. 이성을 좋아하는 마음은 언젠가는 빛바래지기 마련이다. 그때를 기다려 보자.

이렇게 생각하며 기다렸지만 일주일이 지나도록 초롱의 화는 누그러지지 않는 것 같았다. 지나가다 마주치면 차가운 눈이 자신을 스쳐 지나갔다. 어떤 때는 보이지 않는 투명인간이 된 것 같기도 했다. 일주일로부터 하루가, 이틀이, 사흘이, 나흘이 더 지나고 12일째가 되자 초조함이 극에 달했다.

지성은 하루하루 날짜를 세고 있었다. 내일이면 13일째가 된다는 것에 그는 미칠 것 같았다. 몸이 갉아 먹히는 기다림. 13일. 정신이 아찔해질 정도로 두려웠다.

그는 오늘은 꼭 초롱이와 대화를 나눠야겠다고 생각한 뒤 가방을 챙겨 들었다.

1층으로 내려가던 지성은 계단 중간에 서 있던 세민과 마주쳤다. 난간에 기대서서 팔짱을 끼고 있던 세민은 그를 적개심이 가득한 눈으로 바라보고 있었다. 지성은 내려가다 말고 일부러 두 계단 위에서 내려다봤다. 아주 가소로운 것을 보듯 그의 입매가 비뚤게 올라갔다.

"친구라며? 아니던데? 왜? 할머니 눈 밖에 날까 봐 무서워서 재빨리 정리했나 봐?"

"장세민. 이 가(家)의 일에 관심이 많네?"

세민의 몸이 부르르 떨렸다. 세민의 성은 친부를 따라 장씨였다. 그게 그녀의 콤플렉스이기도 했다.

"언젠간 진짜 이 집 가족이 될 거라고!"

지성이 눈매를 곱게 휘어 웃었다.

"꼭 그러기를 바라. 아, 내 사생활은 그만 간섭했으면 하는데.

난 이 집에 관심 없거든. 사업을 잇는다거나, 유산 상속도 다 관심 없어."

"거짓말."

"내 어머니와 날 버린 이 집에 관심이 있을 것 같아?"

"뭐, 복수 때문에 온 거 아니고?"

쿡쿡. 지성의 입술 틈에서 소리가 새어 나왔다. 가당치도 않는다는 웃음이었다.

복수. 자신은 행복해지려고 온 것이지, 그런 쓸데없는 것 때문이 아니다. 뭐, 아예 없지는 않다. 그래도 자신을 건드리지 않으면 봐줄 생각이다. 일단 키는 쥐었으니, 귀찮게 굴면 가차 없이 열어서 까발릴 거다. 부디 그런 일이 일어나지 않기를 바란다. 귀찮으니까.

"1년도 안 있을 거야. 졸업하기 전에 나갈 거니까."

"……진짜야?"

"조용히 있다가 나가게 협조해라. 그게 서로가 좋지 않겠어? 너나……."

'그 녀석한테나.'

"나한테."

지성은 생각과 달리 자신을 지칭했다. 쓸데없이 입 나불거리지 말라는 말에 세민은 원하면 그래 주겠다는 듯 어깨를 으쓱였다.

1층으로 내려가자 소정이 앞을 가로막았다. 아침을 먹지 않는다고 매번 말을 해도 늘 먹고 가라고 권유했다.

"지성 군, 아침……."

"생각 없습니다."

"혹시, 어디 아프니? 얼굴색이 안 좋은데."

"아니요. 그냥 피곤한 것뿐입니다. 다녀오겠습니다."

"일기예보에서 비 온다고 했어. 우산 챙겨 가."

짧게 고개를 끄덕인 지성은 단정하게 인사를 하고 우산을 챙겨 집을 빠져나갔다. 귀에 이어폰을 꽂은 그는 초롱이 즐겨 듣던 최신가요를 들었다. 80퍼센트 이상이 팝송이었던 그의 MP3에는 이젠 절반이 넘게 최신가요와 초롱이 좋아하는 그룹의 앨범 전곡이 담겨 있다.

제법 가사가 익숙해진 댄스곡을 들으며 그는 택시에 올라탔다. 택시 창밖을 내다보는데 빗방울이 한두 방울씩 떨어지기 시작했다. 문득 초롱을 데리러 학교에 처음 갔던 날이 떠올랐다. 지성은 그날 유리창에 자신과 그녀의 이름을 적었던 것처럼 손가락으로 창문을 문질렀다. 빗방울이 또르르르 떨어지는 창문에 글자가 새겨지지 않자 그의 미간이 찌푸려졌다.

보통은 학교 앞이 아닌 골목에서 내리는데 비가 내리고 있으니 크게 눈에 띄지 않을 것 같아 지성은 교문 근처에서 내렸다. 우산을 펼쳐 들고 차박차박 걸어가며 그는 귀에 꽂은 이어폰을 뺐다.

"너! 명찰 어디 갔어!"

교문에서 선도부들과 같이 복장 불량인 학생들을 잡고 있던 학생주임 선생님이 사랑의 매로 가리키며 매섭게 외쳤다. 자신을 향한 사랑의 매에 지성은 반사적으로 고개를 숙여 가슴 부근을 살폈다. 잘 달려 있는 명찰을 확인한 그는 고개를 돌렸다. 옆에서 걷던 학생 한 명이 최대한 불쌍한 표정을 지으며 느리게 걸음을 옮겼다.

우산을 깊숙이 내려 가리는 걸 일일이 확인하느라 교문 앞은 평소보다 더 어수선했다. 지성은 그 속을 유유히 빠져나갔다.

"저기, 지성아!"

주저하다가 부른 이름에 지성은 한숨을 내쉬고 고개를 돌렸다. 그는 자신을 부른 상대방을 확인하고는 심드렁한 표정을 지었다. 초롱과 틀어진 이후로 그 누구에게든 다 이런 반응을 보였다. 배려하면서 정중하게 고백을 거절하지도 않았고, 그저 피로한 얼굴로 미안하다는 말만 돌려주었다. 이번에도 또 그렇게 거절할 생각을 하고 그는 자신을 부른 여학생을 따라갔다.

"저기, 나 알아?"

알고 있다. 학교에서 논다 하는 무리에 속해 있다는 걸 안다. 상당히 얼굴이 예쁘장해서 많은 남학생들의 선망의 대상인 여학생은 매우 착하고, 공부도 제법 하는 데다 좋은 집안까지 두루두루 갖췄다. 왜 그런 친구들과 지내는지 모르겠다는 반응이 대부분이었다.

지성은 이런 여자에 대해 잘 안다. 청초하고 나붓나붓한 겉모습과 달리 속은 영악하고 이기적인 데다 계산적이라는 걸. 그렇지 않다면 일진이라는 그 무리들이 그녀를 공주님처럼 떠받들지 않을 거다.

"나, 몰라?"

부끄럽고 민망한 미소를 짓고 있지만, 그 이면에는 자신을 모를 리가 없다는 자신감이 있었다. 지성은 고개를 끄덕이며 대답했다.

"알아. 경민이가 너 좋아해서."

송경민이 이 여학생에게 열렬히 구애를 하고 있다는 걸 다들 알고 있다. 심지어 선생님들도 알고 있다. 다른 남학생들이 이 여학생에게 접근하지 못하는 이유가 경민이 무서워서다.

지성의 대답이 불만이었는지 여학생이 볼을 부풀렸다. 의도적으로 귀엽게 보이려는 행동이었다.

"경민이는 친구야. 그런 거 말고 내 이름 아냐고."

"미안. 전학 온 지 이제 한 달이라 같은 반 아니면 잘 몰라."

알고 있다고 하면 자신에게 관심이 있다고 생각할 부류다. 지성은 적절하게 대답을 찾아 했다.

"내 이름은 지유야. 민지유."

이름을 알려주는 게 꽤 자존심 상한 것 같았다. 상황이 제가 생각했던 대로 흘러가지 않는다는 걸 느낀 지유는 짜증이 솟구쳤지만 천사 같은 미소로 그걸 가렸다. 하지만 지성이 이름을 듣고 난 뒤로 아무 말 없이 자신을 보기만 하자 그 미소가 흔들렸다.

"그러니까, 내가 널 부른 이유가 뭐냐면……."

보통 자신이 이 정도 이야기하면 남자들은 기대감에 상기된 표정으로 눈을 반짝거렸다. 하지만 지성은 여전히 고요한 표정을 고수했다. 아니, 심드렁하기까지 했다.

지유는 자신이 슬쩍 떡밥을 던져 주면 냉큼 물고 먼저 고백하는 걸 상상하고 왔는데, 지성이 전혀 그럴 기색을 보이지 않자 또 자존심에 스크래치가 났다.

"우리 고3이라 공부에 집중해야 하는 거 아는데……."

공부에 집중해야 하지만, 내가 특별히 너와 연애를 할 생각이 있다. 그걸 암시하며 지성에게 지유는 세 걸음 다가갔다. 두 사람의 우산이 부딪쳤다. 물방울이 튕기면서 지유의 팔을 적셨다. 지성은 우산을 뒤로 기울였다.

"나랑 만날래? 나, 너 좋아해."

결국엔 자신이 먼저 고백을 하게 됐지만, 지유는 가까이에서 본 지성의 외모에 '뭐, 먼저 고백을 해도 창피할 정도는 아니니까' 라고 생각하며 부끄러운 미소를 지었다.

"미안. 난 너 안 좋아해서."

지유의 얼굴에 미소가 싹 사라졌다. 면전에 대고 안 좋아한다는 말을 난생처음으로 들었다. 지유는 하, 기가 찬 웃음을 흘렸다.

"혹시 헤어진 지 얼마 안 돼서 그래? 나는 그런 거 안 따지는데."

"그것과 상관없이 널 안 좋아해서."

한 남자에게 두 번이나 안 좋아한다는 말을 들은 지유의 눈이 사납게 변했다. 감히 네가 나에게 그런 말을 했냐고, 두고 보자는 말이 턱까지 차올랐지만, 지성의 매끈한 외모에 그 말이 나오지 않았다.

"그만 갈게."

미련 없이 돌아서는 지성의 모습에 지유는 오기가 생겼다. 그녀는 지성의 앞을 가로막았다. 그리고는 제 우산을 바닥으로 던진 뒤 그의 목에 팔을 둘렀다.

지성은 제 우산 안으로 들어오더니 제 목을 끌어 내리는 지유를 건조하게 보다가 고개를 홱 틀었다. 아예 그녀의 입술이 제 볼이든, 턱이든 어디도 닿지 않도록 크게 돌렸다.

"미안한데, 초롱이가 자기 말고 다른 여자랑 키스하는 거 싫어해."

"너희 헤어진 거 아니었어? 네가 그 애 찼다며!"

"비켜. 밀어버리기 전에."

알싸함이 감도는 경고였다. 정말 자신을 밀쳐 낼 거라는 걸 느낀 지유는 지성의 목을 감싼 팔을 풀고 바닥에 던진 우산을 찾았다. 바닥에 뒹굴고 있는 우산과 같은 신세가 되기 전에 지유는 재빨리 제 우산을 집어 들었다.

지성은 지유를 한심한 눈으로 쳐다본 뒤 걸음을 옮겼다.

초롱의 반 뒷문에 서서 그녀가 왔나 확인을 했다. 아직 등교 전임을 확인한 그는 교실 안으로 들어갔다. 초롱의 자리 옆에 선 그는 손으로 그녀의 책상을 쓸어 만졌다. 아련한 그리움이 풍기는 그의 행동을 먼저 등교해 있던 학생들이 호기심이 가득한 눈으로 구경했다.

"초롱이 아직 안 왔는데."

초롱의 짝이었다. 지성은 손을 거두고 짧게 고개를 끄덕인 뒤 몸을 돌렸다.

"찾아왔었다고 전해줄까?"

"아니."

전해준다고 해도 화가 단단히 난 상태라 만나러 오지 않을 그녀다. 자신의 교실로 온 지성은 창쪽으로 고개를 돌려 비가 내리는 걸 감상했다. 가만히 보고 있는데 갑자기 가슴이 울렁거렸다. 그리고 등줄기가 스산해졌다. 기묘하게 느낌에 그는 마른침을 삼켰다.

"불길해."

갑자기 이런 느낌이 들 때가 있었다. 그냥 아주 불길한 느낌. 이런 느낌을 미국에 있을 때 자주 겪었다. 절반 정도는 그냥 기우였고, 절반은 적중했다.

지성은 이번에도 그저 기우일 거라 애써 생각을 했다.

그런데 그게 기우가 아니었음을 곧 알게 되었다.

곧 조회가 시작될 텐데 몇 명의 학생이 아직 등교를 하지 않았다. 누가 속보라고 외치면서 교실로 뛰어들어 왔다. 그런데 바로 선생님이 교실로 들어와 조용히 자리에 앉아야 했다.

"자, 조용!"

습관적으로 그 말을 한 담임은 자리를 싹 훑은 후 늘 하는 말을 했다.

"수업 시간에 딴짓하지 말고 공부 열심히 해. 고3이라는 거 명심해. 자, 반장."

인사를 하기 위해 일어난 반장은 빈자리를 본 뒤 물었다.

"선생님, 아직 안 온 애들이 있는데요?"

"버스 사고가 있었다더라. 다행히 우리 반 애들은 크게 다치지 않았어. 그래도 혹시 모르니 병원에 들렀다 온다고 하더라. 인사!"

반장이 인사를 시작하는데 갑자기 뒷문이 열렸다. 지성은 급히 자리에 앉는 남자아이의 얼굴을 보고 미간을 찌푸렸다.

"인마, 넌 왜 벌써 와. 병원은?"

"전 괜찮습니다!"

"그래도 병원에 다녀와야지."

"저는 의자에 앉아서 왔거든요. 사고 날 때 날렵하게 앞 좌석 손잡이 잡고 버텼죠."

의기양양하게 웃는 학생에게 교통사고는 후유증이 더 무서운 거라며 이상이 있으면 곧장 양호실을 가든가 조퇴하든가 하라고 말한 담임은 인사를 받고 교실을 나갔다.

사고 현장에 있었던 학생에게 곧장 다른 애들이 몰려들었다. 지성은 의자를 뒤로 끌어 민 뒤 일어나 그 학생에게 다가갔다.

“대박. 나 그 소식 듣고 왔어. 이야기 좀 해봐. 어떻게 사고 났어?”

조금 전에 속보라고 소리를 지르며 교실로 들어왔던 아이가 물었다.

“신호가 빨간불인데 계속 달려왔대. 음주운전인 것 같더라. 내려서 보니까 운전자가 도망가려는 거 근처에 있던 사람들이 붙잡고 있었어.”

다가가면서 들리는 이야기에 지성의 얼굴이 파리해졌다. 그는 간신히 목소리를 짜냈다.

“너, 160번 버스 타지 않았던가?”

“어? 어, 어.”

다가오는지도 몰랐던 지성이 근처에 서서 묻자 이야기를 풀어놓던 남학생은 얼떨떨한 얼굴로 대답했다. 그러다 ‘아’ 하며 안타까운 시선을 했다.

“그 버스에 연초롱도 타고 있었는데.”

지성의 얼굴에 핏기가 싹 빠졌다.

갑자기 내리는 비에 짜증이 확 몰려들었다. 비 오는 걸 몰라 우

산을 미처 챙기지 못했다. 버스 안이 습해지고, 꾸역꾸역 타는 승객들 중 우산을 가지고 탄 사람이 있어 찝찝함이 더해졌다.

초롱은 우산을 피해 최대한 몸을 옆으로 움직였다. 그러다 보니 손잡이를 허술하게 잡게 되었다.

버스가 또 멈췄다. 그만 태웠으면 하는데 버스 카드를 찍는 소리가 계속 났다. 버스 운전기사가 안쪽에 공간 여유가 많으니 더 들어가라고 목소리를 높여 말했다. 승객들이 짜증을 내며 안쪽으로 걸음을 옮겼다.

다음 정류장에서 내릴 생각에 초롱은 기쁘면서도 뛰어갈 게 걱정이었다.

"어, 어!"

서서히 출발하며 안으로 더 들어가라고 소리쳤던 버스 운전기사가 이상한 소리를 냈다. 승객들이 무슨 일인지 확인하기도 전에 핸들이 확 꺾였다.

"꺅!"

"으악!"

"엄마야!"

갖가지 고함이 한꺼번에 터져 나왔다. 반면 초롱은 그 어떠한 소리도 내지 못했다. 급정거에 몸이 확 앞으로 쏠리면서 손잡이를 놓쳤다. 무언가를 꽉 움켜쥐고 싶었지만 아무것도 잡히지 않았다. 그리고 오른쪽으로 넘어졌다.

급회전에 오른쪽 얼굴, 어깨와 팔, 허리와 골반, 허벅지와 다리가 버스 바닥과 같이 넘어진 사람의 몸에 부딪쳤다. 그게 끝이었다면 그나마 다행이었을 텐데 버스가 다른 차량과 부딪치면서 누군가가 초롱의 위로 또 넘어지면서 왼쪽에도 통증이 가해졌다.

이 모든 게 불과 몇 초 만에 일어난 일이었다. 그리고는 앓는 소리가 버스 안을 가득 메웠다.

그 뒤로는 너무 정신없어서 기억이 잘 나지 않았다. 119 응급차량이 왔고, 뒤이어 경찰차도 왔다. 아니, 경찰차가 먼저였는지 잘 모르겠다. 초롱이 조금 정신을 들었을 때 그녀는 응급실 침대에 앉아 있었다.

간호사가 묻는 말에 뭔가를 다 대답했다. 마지막 질문에 멍하니 대답했더니 부모님께 연락을 하겠다며 기다리라고 했다. 그런데 초롱은 간호사가 몸을 돌리자마자 고꾸라졌다.

다친 승객들이 많았단다. 119 응급차량에 모두 다 탈 수 없었단다. 다행히도 근처에 있던 택시 기사들이 너 나 할 것 없이 부상자들을 태워서 응급차량을 따라 갔단다.

가장 가까운 대학병원으로 다 실려 갔다는 이야기를 들은 지성은 곧바로 학교를 뛰쳐나갔다. 택시를 잡아타 대학병원에 도착한 그는 곧장 응급실로 향했다. 응급실로 들어가자 교복을 입은 학생들이 보였다.

지성은 빠르게 시선을 움직여 초롱을 찾았다. 그녀가 보이지 않자 지나가던 간호사를 붙들었다.

"저기요. 혹시……."

"어머, 학생도 다쳤어요?"

파리하게 질린 얼굴과 벌건 핏줄이 선 눈, 자신을 붙잡은 미약하게 떨리는 손에 간호사가 버스 사고 환자라 생각하고는 베드로 이끌려고 했다.

"아니요. 학생을 찾는데요. 연초롱이라고……."

"아, 가장 크게 다친 학생 말이죠?"

가장 크게 다친 학생. 지성은 머릿속이 아득해졌다. 그는 불안감에 온몸이 떨려왔다.

"얼마나 다쳤어요?"

"저쪽 베드에 누워 있어요. 깨우지 마세요. 지금 정신 잃었으니까. 보호자분이 오고 계시다고 하니까, 오시면 그때 진찰 마저 할 거예요."

누군가가 간호사를 애타게 찾았다. 지성은 그쪽으로 가려는 간호사를 다시 붙잡았다.

"왜 그때 진찰한다는 거죠? 지금 당장 봐주세요!"

"지금 CT촬영이 밀려 있어요. 그 학생 순서 앞으로 끼워 넣었으니까 조금만 기다려요."

"그냥 기다리라고요?"

"학생, 팔 좀……."

간호사는 바빠 죽겠는데 방해하는 지성을 팩 밀치고 빠르게 사라졌다. 다른 환자에게로 가버리는 간호사를 노려본 지성은 초롱이 있다는 베드로 향했다.

"연…… 초롱."

초롱의 상태를 확인한 지성은 다리에 힘이 풀려 볼썽사납게 엉덩방아를 찧을 뻔했다. 꺾이는 다리에 힘을 주고 침대를 짚은 그는 그대로 무릎을 꿇었다.

눈을 감고 있는 초롱의 오른쪽 광대 부근이 시퍼렇게 멍이 들어 있었다. 어디에 긁힌 것인지 이마에 생채기도 나 있었다.

지성은 조심스럽게 이불을 들췄다. 치마 아래 드러난 다리에도 멍이 가득했다.

"초롱아!"

지성이 멍해 있는데 민영의 목소리가 들렸다. 단숨에 달려온 상진과 민영은 딸의 얼굴을 보고 신음했다. 민영은 눈물을 흘렸고 상진은 딸의 머리를 조심스럽게 매만졌다.

"머리 CT촬영을 해야 한대요."

꽉 막힌 지성의 목소리를 알아들은 상진이 손을 거뒀다.

상진과 민영이 도착하자 초롱의 진찰은 빠르게 이루어졌다. 모든 진찰을 마친 초롱은 일반 병실로 옮겨졌다. 그때까지 그녀는 일어나지 못했다.

상진은 출근을 해야 했고, 민영은 며칠 입원을 해야 해서 필요한 것을 가지러 갔다. 학교로 돌아가라는 상진과 민영의 만류에도 지성은 자리를 지켰다. 지성이 자신들만큼이나 놀란 터라 학교로 가도 공부는 글렀다고 생각한 그들은 그에게 딸을 맡기고 병실을 나갔다.

"여자친군가?"

잠든 초롱을 하염없이 바라보고만 있는 지성에게 옆 베드에 앉아 있던 할머니가 물었다. 지성의 대답을 기대했던 건 아닌지 할머니는 혼잣말을 이어갔다.

"학생이 더 환자 같아. 그 간이침대에 좀 누워 있어."
"괜찮습니다."
"학생, 여기 누워 있을래?"
할머니는 운동할 시간이 되어서 여기저기 병원 내를 돌아다닐 거라며 몸을 일으켰다. 지성은 재빨리 할머니에게 다가가 부축했다. 고맙다고 인사하고 나가는 할머니를 문 앞까지 부축한 지성은 다시 제자리로 돌아와 초롱을 눈에 담았다.
2인실이었던 병실이 정적에 잠겼다. 지성은 초롱이 다친 부위를 훑어가면서 안타까운 눈빛을 했다.
초롱이 정신을 잃기 전 간호사에게 어떻게 다쳤는지를 이야기한 걸 전해 들었다. 손잡이를 놓쳤고, 사람들에게 휩쓸려 엉켜 넘어졌다고 했다. 자신 위로 누군가가 넘어졌다고 했다.
지성은 자신이 그 버스에 같이 타고 있었다면 초롱이 넘어지지 않게 붙잡아줬을 거라고, 사람들 틈에서 다치지 않게 해줄 수 있었을 거라고 생각했다. 아니, 적어도 넘어지면 제 품에 안아 보호해 줄 수 있었을 거라고 자책했다. 그 자책은 다 후회가 되었다.
왜 네 옆에 있지 않았는지.
지성은 내내 자신이 그 버스에 같이 타고 있었을 경우를 생각했다.
버스는 음주 운전자의 차량을 피하려고 핸들을 꺾었다. 하지만 워낙 음주 운전자의 차 속도가 빨라 꺾었음에도 옆으로 부딪쳤다. 버스 운전기사의 빠른 판단이 아니었으면 자칫 사망자까지 나올 뻔한 큰 사고였다. 버스 운전기사가 맞은편 골목에서 갑자기 튀어나와 역주행하는 차를 빨리 발견했다. 버스 운전기사가 속도를 늦추지 않았다면, 브레이크를 조금 더 늦게 밟았다면, 핸들을 틀지 않았다면 정면으로 더 큰 충격이 가해졌을 거다.

초롱을 잃을 뻔했다.

그 불행이 사라진 것에 지성은 안도하면서 그 불행이 일어날 뻔했다는 것에 몸속까지 소름이 돋았다.

계속 자책과 후회를 하면서 지성은 생각의 끝에 결론지었다. 앞으로는 다치지 않게 지켜주겠다고. 자신이 늘 옆에 붙어 있겠다고. 그리고 초롱이 원하는 거는 뭐든 다 해주겠다고.

초롱을 잃었을 그 끔찍한 생각을 잠깐 하면서 지성은 자신이 더 후회에 몸부림칠 거라는 걸 알았다. 초롱에게 못해준 게 한으로 남아 더 후회할 거라는 걸. 그래서 원한다면 다 들어주겠다고 결심했다.

제발 눈만 떠주라.

간절히 바라고 있는데 초롱의 눈꺼풀이 흔들렸다. 지성은 일어나 상체를 숙여 자세히 살폈다. 속눈썹이 파르르 떨리고 이내 초롱이 눈을 떴다.

몇 번 다시 감고 뜨기를 반복하던 초롱이 하품을 하며 눈을 완전히 떴다.

"……어? 네가 왜……."

"연초롱. 정신이 들어? 나 누군지 알겠어?"

"이지성. 그런데 왜 아!"

초롱은 안면에 통증이 일자 얼굴을 찌푸렸다. 그랬더니 더 아파왔다. 그녀는 도그르르 눈을 돌려 자신이 병원에 있는 걸 알아차렸다. 그리고 왜 오게 되었는지 기억해 냈다.

"초롱아."

걱정으로 물든 눈동자에 초롱이 희미하게 웃었다. 싸웠던 건 지금 잠시 잊었다. 그녀는 자신이 걱정되어 죽을 것 같은 얼굴을 보고 계속 냉기 어린 시선을 할 수 없었다.

"웃음이 나와?"

"미안."

"뭐가 미안하다고. 내가 미안해."

"응? 뭐가?"

"내가 잘못했어. 좋아해. 초롱아, 많이 좋아해. 사귀자. 우리 진짜로 사귀자."

"……갑자기 왜?"

"너 다쳤다는 소식 듣고 가슴이 무너지는 줄 알았어. 초롱아, 난…… 네가 너무 소중해 미칠 것 같아. 네 옆에 있고 싶어. 잘할게. 내가 정말 잘할게. 그러니까 우리 사귀자."

사고 때문인지 약한 두통이 일었다. 그래서 초롱은 갑작스런 지성의 고백에 더 정신이 혼미해졌다.

지성은 계속해서 좋아한다는 말을 반복했다. 자신에게 차갑게 굴지 말라고, 정말 힘들었다고. 좋아한다고.

뒤늦게 지성이 콜 버튼을 눌렀다. 초롱은 제 손을 꽉 쥐는 그의 커다란 손을 마주 잡았다.

잠시 뒤 의사가 병실로 들어왔다. 초롱에게 물어가며 몇 가지를 간단하게 검사하는 걸 보면서 지성은 그녀의 손을 더 꽉 쥐었다.

❖

초롱은 자신이 정리해 놓은 노트를 한 손에 들고 입술만 조용히 움직여 가며 달달달 외우고 있는 지성의 옆모습을 말끄러미 응시했다.

"그렇게 공부가 돼?"

"응."

"다른 데에서 편히 공부하지?"

"편해."

딱딱한 보호자용 간이침대에 엉덩이를 붙이고 왼팔을 환자 침대 위에 올려 턱을 괸, 조금은 비뚤어져 불편해 보이는 자세에 초롱이 그의 어깨를 밀어냈다.

"똑바로 앉…… 아."

제 어깨를 밀어내는 작은 손을 잡은 지성은 그대로 자신의 입술로 가져갔다. 손등에 입을 맞추자 가는 손가락이 곱아들어 간다. 그는 툭 튀어나온 손가락 관절을 깨물었다.

"내 손에 뭐 하는 거야!"

붉게 달아오른 얼굴로 초롱이 새초롬하게 흘겨봤다. 두 사람의 싸움은 휴전 상태에 들어갔다. 아니, 초롱에게는 휴전 상태였지만, 지성에게는 종전이었다.

친구로 지내자던 그는 갑자기 사귀자고 막무가내로 들이밀더니 혼자 그렇게 결론을 지었는지 다시 스킨십이 늘었다.

오늘은 아침에 눈을 떴을 때 언제 온 것인지 지성이 자신을 내려다보고 있었다. 아주 그윽하게. 그리고는 '굿모닝, 좋은 꿈꿨어?' 라고 묻고는 쪽, 입술을 맞췄다. 무슨 짓이냐고 항변할 새가 없었다. 때마침 새벽에 일어나 운동을 하고 온 옆 베드의 할머니 때문이었다. 지성은 뻔뻔하게도 아무 일도 없었다는 마냥 제 노트로 공부를 하면서 어제처럼 죽치고 앉아 있다. 민영이 챙겨준 도시락으로 점심까지 먹고 계속 자리를 지키고 있었다.

"집에 가!"

"나 가면 너 심심하잖아."

"전혀 안 심심해. 혼자 있고 싶어."

노트에서 눈을 떼지 않은 채로 대답하던 지성은 혼자 있고 싶다는 말에 고개를 들었다.

"네가 아픈데 어떻게 혼자 두고 가. 이모랑 이모부도 안 계시는데."

딸의 사고에 마음 졸였던 두 분은 오늘 아침 초롱의 외가에 일이 생겼다는 연락을 받고 그곳으로 가셨다. 지성은 너를 잘 보살펴 달라는 부탁을 받았으니 못 간다고 버텼다.

"학생. 학생 좋아 죽던데 왜 그래. 둘이 싸웠을까?"

손자, 손녀 같은 지성과 초롱이 귀여운지 옆 베드의 할머니가 웃으며 물었다.

초롱은 지성이 자신을 좋아 죽는다는 말에 눈을 동그랗게 떴다. 그녀는 자신을 보며 입술을 감아 올리고 있는 지성에게 눈을 부릅떴다.

손바닥 뒤집듯이 너무 쉽게 변해 버렸다. 그래서 초롱은 자신을 좋아한다는 지성의 말을 믿을 수 없었다. 그러면서 내심 자신이 다친 걸 보고 몰랐던 제 속마음을 이제야 깨닫게 된 건 아닐까, 하는 생각을 하며 혼자 두근거렸다.

"제가 잘못한 게 있어서 화나 있어요, 지금."

"잘못한 게 있으면 혼나야지. 싹싹 빌어. 남자는 여자 이기는 거 아니야."

"네."

지성은 손을 모아 비는 시늉을 했다. 초롱은 입술을 사리물고 그만하라는 눈짓을 했다.

"비가 그쳐서 날 좋은데 산책하고 올까? 계속 병실에만 있었잖아. 몸 굳었겠다."

넘어지면서 머리를 부딪쳤으니 베드에만 있으라고 붙잡았던 사람이 지성이다. 그래 놓고 왜 병실에만 있냐고 타박하듯 말하는 그를 흘긴 초롱은 베드 밖으로 다리를 내렸다.

슬리퍼를 그녀의 발에 걸쳐 준 지성은 손을 내밀었다. 잠시 고민하던 초롱이 그의 손을 잡고 폴짝 뛰어내렸다.

"다리 아픈 건?"

"괜찮아."

"조금만 걷고 오자. 산책하고 오면 기분이 풀릴 거야."

계속 뾰족뾰족 하는 게 답답해서 라고 생각하는 것 같았다. 초롱은 그것도 없지 않아 있어 고개를 끄덕였다. 병실을 나서면서 손을 놓으려고 했는데 지성이 더 힘주어 꽉 쥐었다. 손가락 사이를 벌려 파고들더니 깍지를 꼈다. 초롱은 유독 작아 보이는 제 손을 내려다봤다.

병원 뒷문을 나와 환자들의 편의를 위해 조성된 산책로를 걸으며 지성은 낮게 허밍했다. 어디선가 들어본 것도 같은 멜로디에 초롱이 무슨 노래인지 물었다. 자신이 즐겨 듣는 팝송이라며 제목을 알려주고 그는 허밍에서 가사를 더해 노래를 불렀다.

낮고 부드러운 목소리가 듣기 좋았다. 귀에 감미롭게 감기는 노래에 초롱은 슬쩍 고개를 들어 그를 흘끗댄 뒤 다시 내렸다. 지성은 그런 초롱을 상냥한 시선으로 내려다봤다.

평화롭고 안정감이 든다. 초조하고 겁이 났던 지난날과 너무 다르다. 따스한 햇살 아래 책을 읽다가 스르륵 잠이 드는 그런 기분 좋은 여유가 너무 달콤하다. 툴툴대는 초롱이 밉지 않고 귀엽다. 오히려 그녀의 그런 행동이 재미있고 즐겁다.

앞으로는 초롱과 다투지 않겠다고 다짐한 지성은 노래가 끝나자마자 물었다.

"왜 계속 바닥만 봐."

"바닥 안 보는데."

"정정. 왜 계속 이걸 보는 거야."

지성은 내내 초롱의 시선이 박혀 있던 잡은 손을 좌우로 움직였다. 그녀의 시선이 따라 움직이자 작게 웃음을 터트렸다.

"……남자와 여자가 친구야. 그런 두 사람이 손잡고 걸으면 이상하겠지?"

"글쎄."

"사귀지 않아도 팔짱은 낄 수 있는 것 같아."

"그래?"

"둘 중 고르게 된다면 손잡는 거보다는 팔짱을 끼는 것일 것 같아. 난 그래."

지성은 동의하듯 고개를 끄덕였다. 여자들이 자신에게 매달릴 때 팔짱을 껴서 달라붙었었지, 손을 잡으며 들러붙지는 않았었다.

"……우리 정말 사귀는 거야?"

지성은 초롱이 손을 잡는 것에 큰 의미를 두고 있다는 걸 눈치챘다. 그는 걸음을 멈추고 깍지를 끼고 있는 손을 올렸다. 초롱의 손등에 입을 맞춘 그가 질문했다.

"손에 하는 키스가 뭐라고 했는지 기억나?"

"음…… 존경?"

"그래. 그럼 이건?"

그는 맞붙은 손바닥을 뗐다. 손가락만 얽혔다. 손가락을 빼지 못하도록 힘을 준 뒤 고개를 숙였다. 촉촉한 입술이 손바닥에 꾹 눌려졌다. 지성은 거기서 멈추지 않고 입술을 비볐다.

"간지러워."

"이건 뭐냐니까?"

입술을 댄 채로 웅얼거리자 더 간지러웠다. 어깨를 움츠린 초롱은 똑같이 손이니 존경 아니겠냐고 말하며 손을 뒤로 뺐다. 하지만 빼내지 못했다. 지성이 그 자세로 눈을 위로 치떴다.

긴 눈매가 제법 색스러웠다. 초롱이 헛기침을 하며 고개를 떨구는데 그가 입술을 떼고 답을 알려주었다.

"손바닥은 좀 달라."

"뭐가, 다른데."

호흡이 떨리자 말이 중간에 짧게 끊겼다.

"손바닥은 갈구의 키스야. 당신을 원합니다. 네가 친구하고는 손을 안 잡는 것처럼, 나는 친구 손바닥에 키스 안 해."

지성은 잡고 있지 않은 손으로 그녀의 턱을 가볍게 쥐었다. 초롱의 고개를 들어 올린 그는 고개를 숙여 그녀의 입술 앞에 제 입술을 가져갔다.

"키스해도 되지?"

허락을 구하는 질문이 아닌, 하겠다고 알리는 건방진 질문이었다. 그는 대답을 듣지 않고 입술을 포갰다.

조심스럽게 입술을 비볐다. 숨을 멈춘 초롱이 못내 귀여워 지성은 더 깊게 비볐다. 잠깐 떨어졌다가 다시 붙였다. 이번에는 입술을 빨아들였다. 살짝 깨물어도 보고 혀로 입술을 따라 움직여도 봤다.

지성은 뒤로 물러나는 초롱의 등을 감싸 제게 끌어당겼다. 잡고 있던 손을 뒤로 빼서 제 허리를 감싸게 했다. 어찌할 바 모르고 있는 다른 손도 똑같이 허리로 옮겨주었다.

툭툭, 열어달라고 혀로 두드린 그는 작은 틈을 비집고 들어갔다.

따뜻한 숨결, 달짝지근한 타액, 작게 흘리는 신음이 둘 사이에서 섞였다.

키스 뒤에 지성이 초롱의 뒷덜미를 감싸고 얼굴을 바짝 붙은 채로 속삭였다.

"네가 말했던 사귀는 사이에서 하는 첫 키스."

그렇게 그는 사귀는 사이라는 걸 명백하게 결정지었다.

7. 레드 크로스 키스

어느덧 시간은 흘러 10월의 마지막 모의고사 점수가 나왔다. 이 점수가 수능 점수라고 생각하라고, 그래도 아직 시간이 남아 있으니 끝까지 최선을 다하라는 선생님의 잔소리에 학생들은 한숨만 폭폭 내쉬었다. 시험 결과가 나왔던 다른 날보다 유독 처졌다. 그 암울한 분위기는 하교할 때까지 계속되었다. 벌써부터 올해 수능 시험을 포기하고 재수할 생각을 하는 학생이 야자 시간에 엎드려 누워 자면서 더 분위기를 흐렸다.

"시험 잘 봤다고 하지 않았어?"

초롱의 반 앞에서 기다리고 있던 지성은 그녀가 나오자 손을 내밀었다. 곧장 깍지를 껴오는 작은 손을 감싸 쥐고 그는 기분이 가라앉아 있는 초롱과 눈을 맞추며 물었다. 작은 얼굴이 도리질을 쳤다.

"못 봤어?"

"수리가 3등급 나왔어."

문제가 술술 풀려서 자신 있었다. 채점을 하고 난 뒤에는 제 점수에 뿌듯했었다. 그런데 마킹 실수를 했는지 등급이 예상보다 낮았다.

"수능 때는 더 잘 볼 수 있을 거야. 원래 잘하니까."

"그게 아니야. 마킹 실수한 것 같아. 나, 어떡하지? 학교 시험 때에도 마킹 하나 잘못했었단 말이야. 이번 모의고사도 마킹 실수했어. 수능 때 엄청 떨릴 텐데 더 실수하면? 갑자기 왜 이러지? 응? 나, 분명 시험 볼 때 집중했는데."

수능이 다가오자 압박감은 더해가는데 실수까지 겹치자 초롱은 불안감이 솟구쳤다. 딱 한 번의 시험으로 제 미래가 좌지우지된다. 초롱은 재수를 할 생각이 없었다. 다시 이 생활을 일 년이나 반복할 자신이 없었다. 그래서 그녀는 원하는 학교, 원하는 학과에 들어가려면 이번 시험을 꼭 잘 치러야 했다. 물론 모든 학생들이 같은 생각일 거다.

점점 수능 시험을 실수 없이 잘 봐야 한다는, 실수하지 말아야 한다는 강박관념에 사로잡히고 있는 초롱의 손을 꽉 쥔 지성이 그녀를 달랬다.

"수능 시험 전에 액땜하는 거야."

"올해 내 운이 안 좋은 게 아닐까?"

"그전까지는 잘 봤잖아. 네가 너무 스트레스받고 있어서 그래. 지나친 스트레스가 실수를 일으킨 거야. 마음 편하게 먹어. 꼭 원하는 대학에 갈 거니까, 넌."

확신을 하는 지성의 말에 초롱의 불안감이 점점 사그라졌다. 그녀는 뒤늦게 지성에게 성적이 잘 나왔는지 물었다. 그는 짧게 고개를 끄덕이고 말았다.

"뭐야? 설마 못 봤어?"

"아니, 잘 봤어. 너 따라서 갈 거니까 걱정 마."

딱히 생각해 둔 대학이나 전공이 없다고, 지성은 초롱을 따라 대학에 가겠다고 했다. 그러지 말고 차근차근 찾아보자고 했지만, 그는 나중에 일해서 돈 벌어먹을 수 있는 전공이면 된다며 크게 관심 갖지 않았다. 그저 초롱의 성적에 최대한 맞추기 위해 공부에 전념했다.

초롱은 설렁설렁 넘어가는 지성에게 손바닥을 내보였다. 성적표를 보여달라는 무언의 표현에 그의 눈썹 끝이 일그러졌다.

"왜? 보여줘. 어서."

"지난번하고 비슷해."

"빨리!"

초롱이 채근하자 지성은 손을 놓고 어깨에 메고 있던 가방을 뒤적거려 모의고사 성적표를 그녀의 손 위에 올려두었다. 초롱은 곧바로 접어진 성적표를 펼쳐 등급부터 확인했다.

언어영역 2등급, 수리영역……1등급, 외국어영역 1등급, 사탐영역은 2, 3등급이 섞여 있다. 못 보지 않았다. 아니, 전 모의고사보다 더 잘 봤다. 특히 언어영역이 2등급인 게 놀라웠다. 처음 모의고사에서 5등급을 받았었는데 2등급까지나 올랐다. 외국어영역은 원래부터 1등급이었고, 사탐은 시험 난이도에 따라 많이 오락가락했다.

초롱의 눈에 수리영역의 등급이 박혔다.

"와아, 수리 1등급이다. 너 수학은 원래 잘했지. 좋겠다."

참 영혼이 없는 감탄이었다. 지성은 그녀의 손에서 제 성적표를 빼앗아 가방에 넣었다. 다시 또 침울해진 초롱을 본 그는 손을 잡고 성큼성큼 학교를 빠져나왔다.

"어디 가? 독서실은 저쪽이잖아."

"오늘은 스트레스 풀러 가자."

"응? 미쳤어? 수능이 곧이야! 공부할 시간이 부족해서 잠도 줄이는 판국에 어딜 가자는 거야!"

초롱은 독서실 반대 방향으로 자신을 질질 끌고 가는 지성에게 항의를 했다. 갑자기 그가 뚝 걸음을 멈추더니 인상을 쓰며 물었다.

"너, 독서실에서 공부하고 집에 가면 또 공부해?"

"그럼 안 해?"

"내가 잠자라고 했지? 수면 부족이 원인이었겠네, 너 실수한 거."

"잠은 잘 만큼 자거든?"

"전에 너 버스 안에서 갑자기 정신 잃고 쓰러졌던 거 기억 안 나? 내가 몸이 기울어지더니 주저앉는 너 받아 안고 얼마나 놀랐었는데! 또 그런 일 있기만 해봐라, 어?"

"그땐 버스 안이 너무 더워서 잠깐 빈혈이……."

"병원에서 수면 부족이라는 진단결과 받았었다."

꿀 먹은 벙어리가 된 초롱에게 지성은 엄한 눈초리를 했다. 늘 눈웃음과 함께 부드럽고 상냥한 시선을 하던 그는 초롱의 안위에 대한 문제에 있어서는 봐주는 거 없이 매섭게 보며 잔소리를 했다. 몇 마디 더 들은 초롱은 집에 가면 씻고 곧장 자겠다는 약속으로 새끼손가락을 걸고 도장을 찍었다.

"이제 독서실 가는 거지?"

"아니. 그것과 별개로 넌 스트레스 좀 풀어야 해."

"뭐? 뭐로 풀어줄 건데? 술? 아얏!"

성인이 되면 가장 궁금한 것 중에 하나가 바로 알코올의 맛이다. 그리고 막 성인이 된 대부분의 사람들이 가장 많이 하는 행동이 당당하게 술집 안으로 들어가는 거다. 초롱도 술에 대한 호기심과 기대감이 충만할 나이였다.

"술 같은 소리 하네."

이마에 가해지는 딱밤에 손으로 문지르며 원망 가득한 눈으로 지성을 노려본 초롱은 입술을 삐죽 내밀었다.

"오빠만 믿고 따라와."

분명 재미있을 거라고 하며 그가 데려간 곳은 오락실이었다. 초롱이 미성년자의 경우 22시가 지나면 출입이 제한되는 거 아니냐고 하며 질겁했다. 오락실 주인이 가게를 비우고 자주 사라진다며, 지금 없는 것 같다고 지성은 그녀를 기어코 오락실 안으로 밀어 넣었다.

"여긴 어떻게 알았대?"

"용준이가 알려주던데."

"걔네들이랑 친하게 지내지 마. 다른 학교 학생들이랑 싸움 일으킨 적도 많단 말이야."

"생각보다 나쁜 애들 아니야. 다른 학교 애들이랑 싸운 것도 다

걔네들이 먼저 시비 걸거나 우리 학교 학생들 괴롭히는 거 막다가 그랬다던데?"

"알고 봤더니 영웅이다 이거야? 그거 아니어도 담배 피고, 술도 마신다는 소문이 있어."

"담배는 안 피던데."

담배는 안 피더라도 술은 마시더라. 마치 이런 투로 들렸다. 그리고 그건 목격한 걸 전제로 하고 있었다. 그렇다는 건, 그 애들이 술을 마실 때 같이 있었다는 거다. 대체 언제?

"언제 걔들이 술 마시는 거 봤나 봐? 너도 마셨어?"

차르르르. 지성이 천 원짜리 지폐 3장을 연달아 동전으로 바꿔주는 기계에 넣자 동전이 쏟아져 나왔다. 그는 동전을 꺼내 절반을 초롱의 손에 쥐어주었다.

"무슨 게임 좋아해?"

"……술 마셨구나, 너?"

"역시 스트레스 풀 때는 철권이지."

그건 남자들이나 좋아하지, 자신은 별로라고 거절한 초롱이 도대체 언제 그 애들과 같이 술을 마신 거냐고 물었다. 지성은 그녀를 억지로 오락기 앞에 앉혀두고 동전을 넣어주었다. 맞은편으로 도망간 그는 재빨리 오락기에 동전을 넣고 캐릭터를 골랐다.

무승전패. 참담한 게임 결과에 초롱은 스트레스가 풀리기는커녕 더 쌓였다고 어깨를 씩씩거렸다. 지성은 원래 몇 번 정도는 져주려고 했는데 하다 보니 승부욕이 발동돼 저도 모르게 기술을 사용했다. 아니, 기술이 들어갈 때마다 몸을 옆으로 기울여 자신을 찌릿하게 노려보고, 어쩔 때는 한 번만 봐달라는 눈으로 보는 초롱의 반응이 귀여워서 계속 고난이도 기술을 이용해 공격했다.

"다른 거 할래."

몇 개 안 남은 동전을 초롱의 손에 쥐어준 지성은 동전을 더 바꿔왔다.

"비행기 게임할래? 저것도 재미있는데."

지성은 초롱을 데리고 다른 오락기 앞에 앉았다. 비행기 전투도 하고 테트리스도 했다. 그러다 노래방 부스를 발견했다. 좁은 그 안에 들어가 막 앉았는데 밖에서 소란이 일었다.

"이놈의 자식들! 이 시간에 교복 입은 녀석들이 왜 와!"

자리를 비웠던 오락실 주인이 돌아온 것이었다. 지성은 놀라 눈이 화등잔만 해진 초롱에게 조용히 하라고 입술 앞에 검지를 세운 뒤 밖의 동태를 살폈다.

몇몇의 교복 입은 학생이 아저씨에게 잡혀 훈계를 받고 있었다. 지성은 조심스럽게 노래방 부스 문을 열고 초롱의 손을 잡고 빠져나왔다. 초롱은 그를 따라 발소리를 죽여 아저씨의 눈을 피해 출입문 쪽으로 향했다. 그때 혼나고 있던 학생 한 명이 그런 그들을 빤히 쳐다봤다. 아저씨가 낌새를 느꼈는지 고개를 돌렸다.

"거기, 둘! 어어, 어딜 도망가!"

지성이 달리기 시작하자 초롱도 발을 재게 놀렸다. 다행히 아저씨가 쫓아오지 않았지만, 두 사람은 오락실에서 한참 멀어질 때까지 달렸다.

"헉, 헉. 그만."

숨이 찬 초롱이 달리기를 멈추고 허리를 숙였다. 무릎을 짚고 숨을 몰아쉬는 그녀의 등을 지성이 툭툭툭 두드려 주었다.

"운동 부족이네."

"네 속도를 따라가는 게 얼마나 힘든 줄 알아? 알잖아, 나 원래 달리기 못하는 거."

못 걷겠다고 하는 초롱의 등에 메어진 가방을 가지고 간 지성은 마침 보이는 아파트 단지 안으로 걸음을 옮겼다.

"집에 안 가?"

"평소에 독서실에서 공부하고 집에 들어가는 시간보다 이르잖아."

"어딜 또 가는데!"

투덜대면서도 초롱은 지성을 따라갔다. 아파트 단지 안에 있는 놀이터로 간 두 사람은 그네에 엉덩이를 붙였다. 다다탁, 탁. 초롱이 발로 땅을 구르며 그네를 타기 시작했다. 지성은 그네를 옆으로 돌려 앞뒤로 올라갔다 내려오는 그런 그녀를 구경했다. 제법 높게 올라갔는데 갑자기 그네가 덜컹거렸다. 놀란 초롱이 내려올 때 발을 바닥에 끌어 속도를 늦췄다. 점점 올라가는 높이가 낮아지고 그네가 멈췄다.

초롱은 지성을 향해 그네를 돌렸다. 서로를 보느라 두 사람의 그네 끈이 꼬아졌다.

"……이거 무너지는 거 아니야? 심장 떨어지는 줄 알았네."

"살쪘나 보네, 연초롱."

"매너 없이! 여자친구의 몸무게는 무조건 43kg으로 알고 있어야 하는 거 몰라?"

"그런 줄 알았는데, 더 나가?"

살찌냐고 한 말은 장난이었다. 제 가슴팍에 오는 키에 가느다란 팔과 다리. 몸무게가 나갈 곳이 없어 보였다. 그래서 놀라 되물었다.

여자의 자존심을 건드리는 말에 초롱이 목소리를 높였다.

"나 정도면 많이 안 나가거든? 평균이야! 너 잘못 알고 있나 보다? 여자들 보기보다 많이 나가. 그리고 연예인들이 40kg대라고 하는 거 다 거짓말이야."

"아아, 그래."

연예계 이야기는 관심이 없는 분야라 심드렁하니 대답했다. 초롱은 제 말을 믿지 않는다고 생각하고 더 분개했다.

"에잇! 살 뺄 거야! 수능만 끝나 봐. 내가 다이어트해서 살도 빼고 엄청 예뻐질 테니까."

"예뻐, 예뻐. 지금도 예뻐."

"놀리는 거지?"

"아니. 내가 보기에는 뺄 살도 없어 보이는데."

"꼭꼭 감춰뒀지. 벗은 거 보면 깜짝 놀랄걸."

"보여줘 봐, 그럼."

"지금 여기서는 안 돼…… 뭐?"

너무 여상하게 묻는 질문에 무심코 대답을 하던 초롱은 두 팔로 제 몸을 감쌌다. 땅을 짚고 있던 다리가 허공으로 조금 들리면서 그네가 반대편으로 휙 돌아갔다가 정면으로 향했다.

"안 보여줄 거다! 미쳤나 봐. 뭘 보여달래?"

"보여주고 싶어하는 것 같아서."

"전혀 아니거든?"

지성의 눈이 곱게 휘었다. 쿡쿡, 낮게 웃은 그는 그네에서 일어나 초롱의 앞에 섰다. 그는 초롱이 타고 있는 그네를 한쪽 방향으로 돌렸다. 그네 끈이 점점 꼬아졌다. 한 방향으로 천천히 돌아가는 와중에 초롱이 중얼거렸다.

"내가 다이어트 성공해서 꼭 비키니 입고야 만다."

"나는 너무 야한 건 싫어. 그리고 단색 비키니도. 패턴이 들어갔으면 좋겠어."

"왜 그걸 나한테 말하는데?"

"그럼 누구한테 말해. 네가 비키니 입은 모습을 볼 남자는 나밖에 없잖아."

사귀자고 한 뒤로 크게 변한 건 없었다. 첫 키스 이후로 베이비 키스를 간혹 하지만, 그 이상은 없었다. 고3이라 데이트를 따로 할 시간이 없었고, 한다고 해도 같이 공부를 하니 데이트 같지도 않았다. 그래서 우리가 사귀는 게 맞나 싶기도 했다. 그래서인지 지성이 이런 소유욕 발언을 하면 설렌다.

초롱이 고아하게 웃었지만, 그 미소는 얼마 가지 못했다. 지성이 꼬아질 대로 꼬아진 끈을 보더니 손을 놓고 뒤로 물러나 버렸다. 빙그르르 그네가 반대 방향으로 빠르게 돌았다. 빙빙 도는 시야에 초롱은 눈을 질끈 감았다. 다시 반대쪽으로 몇 번 돌더니 그네가 멈췄다.

"어지러워. 말없이 놓으면 어떡해!"

"대답을 안 하니까 심술 나서. 비키니 입은 모습 다른 남자한테 보여줄 거야?"

"보여주고 싶어서 보여주나? 수영장에 남자가 한 명도 없대?"

"대답 예쁘게 했으면 살 빼는 거 도와주려 했는데. 좋은 방법을 알고 있거든."

"……뭔데?"

"안 가르쳐 주지. 다른 남자한테 비키니 입은 모습 보여주고 싶어하는 여자친구가 뭐 예쁘다고. 살 더 찌라고 먹을 거 왕창 사줘야겠다."

지성이 다시 초롱의 그네를 돌렸다. 끈이 꼬아지기가 무섭게 또 빙그르르 돌아갔다.

"아니, 아니! 너한테만 보여주는 거지. 다른 남자가 보는 건 싫어!"

또 그네를 돌리는 지성의 손을 잡고 초롱이 다급하게 말했다. 그리곤 어서 그 좋은 방법을 알려달라고 이름처럼 눈을 초롱초롱 빛냈다. 지성은 그네 끈을 잡고 허리를 숙였다.

"키스에 좋은 점이 몇 가지 있거든?"

"응?"

"키스하면 다이어트에 도움이 된다?"

"……정말?"

"응. 키스하는 데 칼로리가 소모돼. 딥키스는 러닝머신을 뛴 것과 비슷한 분당 칼로리를 소모시키지. 아주 열정적인 키스일수록 열량이 많이 소모가 돼. 다이어트에 딱이지."

터무니없는 이야기가 아닐까 하는 생각이 들었지만, 굳이 반기를 들지 않았다. 초롱은 좋은 방법이라는 것에 동의하는데 더 마음을 기울였다.

"키스에 그런 장점이 있었구나."

심지어 감탄까지 했다. 지성은 웃음이 터지려는 걸 참고 다른 장점을 알려주었다.

"스트레스 호르몬을 억제시켜 정서적 안정감도 줘."

"스트레스 호르몬?"

"스트레스를 자극하는 호르몬이 있어. 그 호르몬의 생성을 억제해서 스트레스 해소를 시켜주는 거지."

"그래?"

"응. 둘 다 연초롱이 지닌 문제네? 그 두 가지를 한 번에 해결해줄 수 있는 게 키스네."

"……그러네."

지성이 초롱의 어깨에 손을 올렸다. 그녀가 고개를 들자 그가 반대로 고개를 숙였다. 그리고 입술이 닿았다.

쪽. 쪽. 쪽.

입술 중앙에, 조금 비켜가서, 입가에 연달아 닿았다가 떨어졌다. 그게 끝이었다. 지성이 멀어지는 걸 느낀 초롱이 눈을 뜨고 이게 뭐 하는 짓이냐는 듯 바라봤다. 그리고는 물었다.

"키스가 싫어졌어?"

"아니. 여전히 좋아하는데."

"그런데 왜 안 해?"

"했잖아."

"베이비키스 말고! 다이어트에 좋다는 그, 열정적인 키스! 이걸로 칼로리 소모가 돼?"

"연초롱, 밝히네."

초롱이 발로 땅을 찼다. 흙이 지성의 다리를 때리고는 바닥으로 떨어졌다. 그는 바지에 묻은 흙을 흘끗 보고는 씩, 웃었다.

“방금 건 베이비키스 말고 버드키스. 작은 새가 부리를 부딪치는 것과 비슷하다고 해서 붙여진 이름이지.”

“베이비키스랑 다를 게 없는데.”

“그 차이를 못 느꼈어? 조금 더 배워야겠네.”

초롱의 약을 올린 지성은 손목시계로 시각을 확인하더니 그만 집으로 돌아가자고 몸을 돌렸다. 초롱이 다다다 달려가 그의 앞을 막아섰다.

“내가 밝혀서 하는 말은 절대 아니고, 가르쳐 줄 거면 제대로…… 아니지. 그래, 네가 도와준다며! 다이어트 도와준다고 했잖아.”

“첫 대답이 마음에 안 들었어. 다이어트해서 예뻐진 몸매를 다른 남자가 보게 두라고? 음흉한 시선에 널 둘 바에 그냥 살 못 빼게 하고 말지.”

자신은 정말 키스를 하고 싶었던 게 아니라고, 네가 도와준다고 해서, 네 성의를 생각해서 그 도움을 받으려 했던 것뿐이라고 말하는 초롱의 얼굴이 새빨갰다. 지성은 그 모습이 귀여워 품에 폭, 안아버렸다.

수능이 끝이 났다. 당장 드는 건 홀가분함. 시험을 잘 봤는지, 못 봤는지는 워낙 긴장한 상태였기에 전혀 감이 잡히지 않았다. 점심을 제대로 먹지 못했는지라 빨리 집에 가서 밥을 먹고 실컷 잠을 자고 싶었다.

시험 감독이 거둬갔던 가방을 찾아 시계, 샤프, 수성 사인펜, 수험표를 집어넣고 낯선 교실을 나섰다. 다양한 교복의 학생들에게 뒤섞여 건물을 나오면서 초롱은 그제야 두리번거리며 학교를 구경했다.

"초롱아!"

교문 앞에 거의 다다랐을 때쯤, 엄마의 목소리가 들렸다. 초롱은 목소리를 따라 민영을 찾아낸 뒤 달려갔다. 자신을 반기는 두 팔 안으로 쏙 들어가는데 왈칵 울음이 쏟아질 것 같아 초롱은 입술을 깨물었다.

"수고했어. 장하다, 우리 딸."

시험 잘 봤느냐, 어려웠느냐, 성적은 잘 나올 것 같으냐. 이런 말이 아닌 그간의 고생을 알아주는 엄마의 말에 초롱은 응석을 부리듯 고개를 끄덕였다. 정말 힘들었다고, 너무 힘들었다고 품 안으로 파고드는 다 큰 딸을 꽉 안아주며 민영은 등을 쓸어 만져 주었다. 시험이 끝나는 시각이 정해져 있는데도 밖에서 오랫동안 기다렸는지 민영의 품은 차가웠다. 그래도 세상에서 가장 따스하게 느껴졌다.

"뭐 먹고 싶은 거 없어? 아빠가 사준다고 하셨어."

"아빠 일찍 퇴근하신대?"

"이미 퇴근하셨어."

"어디 있어?"

민영의 품에서 빠져나온 초롱은 주위를 두리번거렸다. 워낙 복잡해서 누가 누구인지 구분도 잘 가지 않았다. 시험을 못 봤다고 우는 소리가 들리기도 했고, 재수해야 할 것 같다고 부모님께 짜증을 내는 소리도 섞여 혼잡했다.

"아빠는 지성이 시험 보는 학교에 가셨어."

"아, 그래?"

반색하는 초롱의 얼굴에 활짝 미소가 걸렸다.

수능 날에도 어김없이 아침 일찍 초롱이네를 방문하는 그의 손이 빈손이었다. 점심 도시락 안 가져왔냐고 묻자 지성은 놓고 왔다며 희미하게 웃었다. 민영은 수능 본다고 긴장해서 안 하던 실수를 했느냐고 타박을 하면서 그의 도시락도 쌌다. 하지만 속으로는 집에서 아무도 그를 챙겨주지 않은 것 같아 속상해했다. 초롱도 마찬가지였다.

자신은 수능을 본다고 친척들에게 엿과 포크, 휴지 등등의 선물을 받았다. 지성이 거실에 있는 그것들을 빤히 보는 걸 보고 그에게 수능 선물 많이 받았냐고 물었다. 수능 보는데 무슨 선물을 받느냐고, 생일도 아닌데, 하며 웃어넘기는 그를 보고 많이 짠했다. 그리고 그의 집안이 원망스러웠다.

심지어 우희에게서도 전화가 없었단다. 그 누구에게도 수능을 잘 보라는 응원을 받지 못한 지성에게 초롱은 있는 힘껏 힘을 불어 넣어주었다. 갑자기 자신을 껴안고 오늘 시험을 꼭 잘 보라고 응원을 하자 지성은 당혹스러워했다. 그도 그럴 것이 상진과 민영이 있는 자리에서 껴안아서 그들이 그 모습을 다 봤기 때문이다.

고3이라는 특성상 두 사람에게 사귀는 걸 알리지 않았었다. 지성은 뒤늦게 당황한 걸 지워내고 고맙다고 말했다. 그런데 초롱에게서 벗어나자마자 더 강한 품에 안기게 되었다.

상진이 아들 같은 그를 안고 오늘 하루만 더 고생하면 된다고, 시험 잘 보라고 응원했다. 지성은 자신보다 작은 상진의 품에 안기느라 허리를 숙여야 했다. 성인 남자에게 안겨본 기억이 까마득한 지성은 초롱에게 안길 때보다 더 놀랐다. 뒤이어 민영이 그를 안고 등을 토닥거려 주었다. 그리고 그의 손에 따스한 점심 도시락을 들려주었다.

초롱은 지성이 민영의 품에 안길 때 표정이 아련해지는 걸 놓치지 않았다. 그래서 우희에게서 전화가 오지 않은 게 더 속상했다. 그녀에게 하나뿐인 아들이다. 시차가 크다는 건 알지만 그래도 시험 잘 보라고 전화 한 통화하는 데 한 시간이 걸리는 것도 아니다. 아들에게 무신경한 우희에게 초롱은 실망했다.

상진은 지성이 시험 보는 학교에 먼저 들러 그를 데려다주었다. 그래도 지성이 마음에 걸렸는지 끝나는 시간에 맞춰 그를 데리러 갔다.

초롱은 아빠의 행동에 감탄했다. 지성이 혼자 쓸쓸하게 교문을 빠져나오지 않는다는 게 기뻤다.

"아빠한테 전화해 봐."

"그래."

민영은 고개를 끄덕이며 딸의 목에 둘러진 목도리를 정돈해 준 뒤 뒤늦게 생각이 난 핫팩을 꺼내 주머니 안으로 넣어주었다.

"시험 볼 때 졸리면 안 된다고 히터기 잘 안 틀어준다며. 춥지는 않았어?"

걱정이 끊이지 않는 민영의 팔에 팔짱을 낀 초롱은 응석을 마저 이어갔다.

시험을 치를 반을 찾아 뒷문으로 들어가는데 누군가가 자신의 어깨를 붙잡았다. 고개를 돌리니 희찬이 서 있었다. 옆 반에서 시험을 보는 그는 앞문으로 들어가던 중 자신을 발견해 인사를 해왔다. 같이 점심을 먹자는 말에 고개를 끄덕였던 것 같다.

시험 감독관들이 들어오기 전까지 계속 멍한 상태였었다. 초롱과 같은 대학에 가야겠다고 다짐했던 걸 기억하지 못했다면 시험을 망쳤을지도 모른다. 사념을 떨치고 집중해 두 과목을 끝내자 점심식사 시간이 다가왔다. 그리고 약속대로 희찬이 찾아왔다. 그는 비어 있는 지성의 앞자리 의자에 앉았다.

"뭐 해. 도시락 안 가져왔어? 그럼 내 거 같이 먹자."

희찬이 책상 위에 올려두는 도시락은 혼자 먹기에는 과분한 양이었다. 지성은 챙겨왔다고 말하면서 민영이 싸준 도시락을 올렸다.

도시락을 꺼내면서 지성은 가슴이 조여드는 걸 느꼈다. 세 개의 작은 반찬통과 공기통이 있는 보온 도시락. 차근차근 열어보던 지성은 속에서 울컥 치솟아 턱에 힘을 실었다.

위에 있던 두 개의 반찬통은 배추김치와 깻잎김치, 콩자반이었다. 공기통 위에 있던 반찬통에는 자신이 좋아하는 소시지가 들어있었다. 민영이 제 도시락을 쌀 때 냉장고에서 무언가를 꺼내고 가스레인지를 켜는 소리가 들렸었다. 일부러 저 먹으라고 따로 해주신 것 같다. 혹시나 식을까 봐 따뜻하게 먹으라고 공기통 위에 올려주셨다. 마지막으로 공기통을 열자 뚜껑에서 방울방울 물기가 떨어졌다. 조금은 식었지만 아직은 따스한 밥. 한국에 와서 따뜻한 밥을 많이 먹었는데, 오늘따라 유독 이 밥이 더 따뜻했다. 아니, 가슴을 뜨겁게 데운다.

"이런 소시지 반찬 오랜만에 본다."

"……내가 어릴 때 많이 좋아했거든."

지성은 올라온 감정의 응어리를 삼키고 겨우 말했다. 그의 시선은 소시지 반찬에 머물렀다.

솔직히 말하자면 소시지 종류는 이젠 쳐다보지도 않는다. 소시지를 먹었다가 식중독이 걸린 적이 있었다. 그 뒤로 약간의 트라우마가 생겨 소시지를 못 먹는다. 그런데 이상하게도 한국에 와서 민영이 준 소시지 반찬은 보자마자 젓가락이 향했다. 트라우마를 잠재웠다. 그것 말고도 초롱의 집에 있으면 자신이 정상이라는 느낌이 든다.

갑자기 먹기 아까워졌다. 그냥 도로 싸서 가지고 갈까.

지성이 뚜껑을 집어 들고 고민을 하는데 젓가락이 소시지를 쏙 집어갔다. 놀라 크게 뜬 눈으로 지성은 희찬의 입속으로 사라지는 소시지를 망연하게 쳐다봤다.

"난 이것보다 비엔나소시지가 더 맛있던데."

우물우물 삼키고 하는 말이 몹시 얄미웠다. 지성은 눈을 치떠 희찬을 노려본 뒤에 젓가락을 빼 들었다. 그는 소시지 반찬을 두 점 집어 제 입으로 넣었다. 그리고 밥을 크게 떠 넣어 빠르게 씹었다. 씹는 와중에 그는 소시지 반찬 두 점을 젓가락으로 집어 들었다. 마치 욕심이 많은 어린이가 누군가가 먹기 전에 먼지 찜해놓는 행동이었다.

다행히도 희찬은 그 뒤로 지성의 반찬을 넘보지 않았다. 지성은 밥 한 톨 남기지 않고 다 비워냈다.

남은 시험을 다 치르고 지성은 어깨엔 가방을, 손에는 빈 도시락을 들고 털레털레 건물을 빠져나갔다. 올 때 시험을 잘 보라고 각기 학교에서 응원 나온 1, 2학년들로 요란했었던 교문 앞이 시험 본 자식을 데리러 온 부모님들로 복작거렸다. 지성은 감흥 없는 표정으로 쓱 훑어보다 누군가가 시선에 걸려 빠르게 고개를 돌렸다.

"어, 어! 지성아!"

"……이모부?"

상진이 손을 흔들었다. 지성은 얼떨떨한 얼굴로 그에게 다가갔다.

"녀석, 고생했다. 미국이랑 공부가 달라서 더 힘들었을 텐데, 수능까지 치르고 장하다."

상진은 지성이 대학에 합격한 것마냥 대견해했다. 그는 곧장 세워두었던 자동차로 지성을 데리고 갔다. 조수석에 앉아 안전벨트를 매면서도 지성은 이게 현실인가, 하는 표정이었다.

"어떻게 오셨어요."

"당연히 데리러 와야지."

당연히. 지성은 그 말이 벅차올랐다.

가족들 중 그 누구도 당연히 자신을 데리러 올 생각을 하지 않았다. 아니, 데리러 온다고 했다면 자신이 기함했을 거다. 그 집에서 제 존재는 '당연히' 가 아니다. 그런데 초롱이네에서는 제 존재가 당연하게 받아들여진다.

"감사, 합니다."

눈시울이 뜨거워져 지성은 상진을 보던 얼굴을 정면으로 향했다.

"먹고 싶은 거 없냐? 초롱인 분명 고기 먹자고 할 테니 네가 골라. 회사 회식 때 주구장창 고기 먹는데 외식 때도 고기 먹어야겠니."

"그럼…… 회 어떠세요? 전에 매운탕에 소주 한잔 드시고 싶다고 하셨잖아요. 이모도 회 좋아하시고, 초롱인 다 잘 먹으니까요."

"그래. 오늘 횟집 수족관에 있는 물고기 다 잡아 회 떠 먹자! 1인 1 물고기다!"

지성은 상진의 농담에 그제야 입꼬리를 올렸다.

초롱이 시험을 본 학교 근처에 도착했다. 쌀쌀한 날씨에 기다리고 있는 걸 본 지성은 죄송한 마음에 차에서 내렸다. 시험이 끝나고 조금 미기적대다가 나왔었는데, 더 빨리 나왔다면 조금이나마 민영과 초롱이 밖에서 덜 떨고 있었을 거라는 생각에 미안했다.

"이모, 추우셨죠."

"추운지도 몰랐어. 우리 지성이 고생 많았다. 어서 밥 먹으러 가자."

민영이 조수석에 오르자 지성은 이미 먼저 뒷좌석에 들어가 있는 초롱의 옆자리에 올라탔다. 자신을 보고 배시시 웃는 초롱의 얼굴을 본 그는 자신도 모르게 고개가 숙여졌다. 초롱이 키스하려는 그의 어깨를 툭 밀어내고는 앞좌석을 눈짓했다. 그제야 정신 차린 지성이 상진과 민영의 눈치를 봤다. 다행히도 두 사람은 뒷좌석의 상황을 전혀 눈치채지 못했다.

가는 길에 식당 예약을 한 네 사람은 룸에 앉을 수 있었다. 이른 저녁이지만 시험을 보고 나서인지 지성과 초롱은 허기가 졌다. 상진과 민영도 시험 보는 아이들 걱정에 점심을 대충 때운 터라 마찬가지로 배고픈 상태였다.

주문을 받은 아주머니가 룸을 나가기 전에 물었다.

"여기가 아들인가요? 훤칠하니 아주 잘생겼네요."

아주머니의 칭찬에 지성은 눈웃음을 지으며 고개를 끄덕여 감사함을 전했다. 아주머니의 시선에 호감이 더 가득 찼다.

"하하, 여기가 딸입니다."

"아하. 그럼 딸 남자친구?"

시선을 내리깔고 비밀스러운 미소를 짓는 초롱을 보지 못한 상진이 아니라고 손을 내저었다.

"아들 같은 녀석이죠. 아, 소주도 한 병 주세요."

"당신 차는?"

"당신이 운전해."

잠시 못마땅한 시선을 한 민영이 어쩔 수 없다는 듯 고개를 끄덕였다. 초롱은 그런 엄마에게 운전할 수 있냐고, 장롱면허 아니었냐고 물었다. 민영은 같이 모임이 있을 때 상진이 술을 마시면 간혹 운전을 했었다고 걱정 말라고, 운전을 안 한 거지, 못한 거는 아니라고 딸을 흘겨봤다. 상진이 초롱에게 네 엄마 운전 참 잘한다며 민영의 편을 들었다. 민영이 거봐라는 거만한 표정을 지었다.

세 사람은 별거 아닌 걸로 굉장히 다정한 모습을 연출했다. 그런 그들을 바라보는 지성은 짙은 소외감을 느꼈다.

아들 같은 녀석. 같은. 진짜가 아닌 그 비슷한.

지성은 자신이 이들에게 당연히 받아들여지고 있다는 게 착각이 아닐까 하는 생각이 들자 등줄기가 오싹해졌다. 그는 마른침을 꿀꺽 삼켰다. 갑자기 조바심이 일었다. 당장 끼어들지 못하면 영영 겉돌게 될 거라는 선득한 두려움을 느꼈다. 자신은 이들에게 진짜 가족이 아니니 언제든 내쳐질 수 있다는 걸 왜 망각했을까. 그는 공포심에 몸을 타고 흐르는 피가 얼어붙었다.

"……거지?"

"응?"

제 팔을 잡고 흔들며 묻는 질문을 지성은 놓쳐 버렸다. 모두의 시선이 자신에게 향해 있자 그는 곤혹스러운 미소를 지었다.

"무슨 생각해?"

"그냥. 갑자기 멍해졌어. 뭐라고?"

"이모 보러 안 가냐고. 수능 끝났으니까 미국 갈 거지? 나 데리고 가기로 했잖아."

초롱은 딸에 대한 안쓰러움과 기특함이 충만한 날, 부모님의 이해심이 하해와 같은 날인, 즉 수능 시험이 끝난 지금 상진과 민영에게 미국 여행을 허락받으려고 했다. 혼자 여행을 가겠다는 것도 아니고, 지성과 같이 그의 모친을 만나러 가는 것이니 크게 반대가 없을 거라 기대했다.

"넌 또 거길 왜 끼려고 해?"

"이모가 나 보고 싶어하신대! 엄마, 나 보내주면 안 돼? 응?"

"여권도 없는 애가!"

"있어, 있어! 엄마 나 여권 있어! 전에 학교에서 단체로 만들었어! 졸업 여행 해외로 가네 마네 했었거든."

깜찍한 거짓말을 하는 초롱을 보고 지성은 속으로 혀를 내둘렀다. 해외여행에 로망이 큰 줄 알았지만, 거짓말까지 하며 가고 싶어하는 줄은 몰랐다. 그는 딸의 말이 사실인지 거짓인지 하는 눈으로 보는 민영과 상진에게 제 특유의 부드러운 미소를 지었다.

"안타깝게도 졸업 여행 자체가 무산됐어요. 수능 전에 졸업 여행 이야기로 분위기가 어수선해지자 가지 않기로 결정 났었어요."

지성은 한 치의 거짓말도 하지 않고 있는 그대로의 사실을 말했다. 하지만 그는 그 졸업 여행이 해외여행이 아니라 제주도였다는 말은 하지 않는 것으로 초롱의 공범이 되었다. 초롱은 구렁이 같은 조력자의 도움으로 아무 탈 없이 여권 이야기를 넘어갈 수 있었다.

"미국이 무슨 옆 동네도 아니고."

"지성이랑 같이 가는 거잖아. 응? 보내주라. 나도 이모 보고 싶어. 나 수능 끝나면 여행 보내준다고 했잖아."

"가까운 일본이었지."

생각만큼 민영이 쉽게 허락해 주지 않자 초롱은 아빠를 간절하게 바라봤다. 턱 밑에 두 손을 모아 쥐고 보내주면 정말 효도하는 딸이 되겠다는 그녀의 시선에 상진이 민영의 눈치를 본 뒤 작게 고개를 끄덕였다.

곧이어 음식이 상 위에 차려졌다. 신이 나서 먹기 시작하는 초롱과 달리 지성은 물로 입안을 헹궜다. 계속해서 입안이 썼다. 그는 자신이 이곳에 있어도 되나, 눈치 없는 불청객은 아닐까 하는 기분에 사로잡혀 있었다. 그리고 그만큼 이곳에서 벗어나고 싶지 않았다.

"주말에 가까운 곳에 여행 가자. 너희들 시험 때문에 그동안 제대로 된 여행도 못 갔으니. 지성이 낚시해 봤어?"

지성은 상진의 너희들이라는 단어에 또 한 번 마른침을 삼켰다. 그는 뒤늦게 고개를 저어 대답했다.

"내가 가르쳐 주마. 겨울 낚시는 또 다른 매력이 있지. 직접 잡아서 매운탕 끓여 먹으면 캬!"

"또또 매운탕. 지성이가 낚시 좋아하겠어? 애들은 애들끼리 놀라고 하고, 낚시는 당신 혼자 해."

"여행은 원래 남자끼리, 여자끼리 시간 보내는 거지. 여행 가면 여자들끼리 논다. 매번 나만 소외됐었어. 이번에는 우리 지성이가 있으니 외롭지 않겠다."

상진은 낚시 생짜 초보인 지성에게 낚싯대와 찌에 대한 설명을 이어갔다. 민영이 그만 낚시 타령하라고, 계속 그러면 산으로 여행 가겠다는 말로 상진의 입을 다물게 했다. 마치 구경을 하듯 단절된 시선으로 그들을 보던 지성이 물었다.

"저도…… 가나요?"

"당연히 가지. 여태 뭘 들었어? 너 지금 졸리지? 엄마, 애 계속 멍한가 봐."

"시험 보느라 고생해서 그래. 이 전복 좀 먹어. 장어를 먹으러 갔어야 했나?"

"회도 먹어. 너 왜 안 먹고 있어."

지성은 전복을 제게 주는 민영과 회를 제 앞 접시에 올려주는 초롱을 번갈아 보다가 눈매를 휘어 웃었다. 상진이 자신은 누가 챙겨주나, 투덜거렸다. 지성은 소주병 뚜껑을 따서 상표를 가려 쥔 뒤 상진의 잔을 채워 드렸다. 역시 이래서 아들이 좋다고 허허 웃는 상진에게까지 고운 눈웃음을 보인 지성은 젓가락을 들었다.

거울 앞에 서서 손에 들린 세 개의 니트를 번갈아 몸에 대어본 지성은 독특한 무늬가 짜인 검정색 니트를 골랐다. 선택하지 않은 옷을 다시 옷장에 걸어둔 그는 니트 안에 입을 얇은 긴팔을 먼저 입었다. 그리고는 니트 안으로 두 팔을 집어넣고 머리를 쏙 넣었다. 목까지 올라오는 니트를 먼저 정리한 지성은 옷을 입느라 헝클어진 머리칼을 손으로 빗어 정돈했다.

"많이 길었나? 좀 잘라야겠다."

거울을 통해 제 모습을 꼼꼼히 살핀 지성은 느릿하게 손목시계도 차고, 휴대폰을 챙겼다. 코트를 손에 든 그는 방을 나서는 대신 침대에 앉았다. 급할 거 없으니 한숨 돌리고 갈 생각이었다.

이제는 모든 것에 여유가 생긴 것 같다. 내심 자신도 수능에 꽤 스트레스를 받고 있었나 보다. 중학교부터, 아니, 고등학교부터 세어도 남들보다 부족했던 준비, 거기에 몇 년 동안 접하지 못했던 과목, 하지만 똑같이 남은 시간, 낯선 학교생활. 모든 게 다 불리한 조건이었다. 그래서 심적 부담감이 적지 않았다. 바짝 자신을 조이고 앞서가고 있는 초롱을 따라가려고 무진장 달렸었다. 그나마 머리가 나쁘지 않아서 다행이었다. 시험이 끝나자 한결 나태해졌는데, 그게 썩 좋다.

지성은 가채점이 나쁘지 않았던 터라 편하게 수능 끝난 뒤의 해방감을 즐기고 있었다. 그는 잠깐 쉰 뒤에 일어나 방을 나섰다.

눈이 내린 지 3일이 지났는데도 군데군데 빙판길이었다. 그곳을 피해 걸으며 지성은 초롱이 있는 카페로 향했다. 지나치는 가게마다 유리벽에 수험표 지참 시 전 제품 할인, 수험생 한정 파격 세일 등등의 문구가 색색의 종이에 붙어 있었다. 지성은 이 문화가 퍽이나 재미있었다.

근처에서 조금 헤매다가 초롱이 말한 간판을 찾았다. 그 앞에서 기다리고 있던 그녀를 만난 지성은 곧장 영화관으로 향했다.

"저녁 안 먹어도 되겠어?"

"응. 애들이랑 이것저것 너무 많이 먹었어. 너는? 배고프지 않겠어?"

초롱이 한껏 걱정스런 얼굴로 올려다봤다. 지성은 이게 너무나 좋았다. 고작 한 끼 굶는 게 뭐 그리 큰일이라고 저리 울상인지. 언제부턴가 초롱은 사소한 것에서도 걱정하며 그를 챙기려고 했다. 누군가의 애정 어린 걱정을 받는 게, 그게 초롱이라는 게 더없이 좋은 지성은 고개를 숙여 입술이 닿는 곳에 키스를 했다.

"점심 늦게 먹어서 괜찮아."

지성은 아무 때나 얼굴 아무 곳에 키스를 자주 한다. 사귀고 난 뒤에는 어느 곳에 하든 다 애정의 키스였다. 뺨은 애정 어린 감사, 눈두덩은 애정 어린 기쁨. 모든 키스 뒤에 그는 나직하게 좋아한다고 속삭였다. 그는 의외로 좋아한다는 말에 인색하지 않았다. 초롱은 그가 키스 뒤에 좋아한다는 말을 하며 자신을 사랑스럽다는 시선으로 보면 가슴이 떨렸다.

수능이 끝나고 몇 번 데이트를 하면서 두 사람은 연인으로서 더 친밀해졌다. 초롱은 점점 시간이 지날수록 자신을 바라보는 지성의 눈빛이 더 따스해지고 그윽해지는 걸 느꼈다.

두 사람은 마실 것만 사서 상영관으로 들어갔다.

영화 중반 이후부터 키스신이 자주 등장했다. 주인공들 사이에 에로틱한 분위기가 조성이 되었는데, 관람연령제한 때문인지 자세한 장면은 나오지 않았다. 초롱은 주인공들이 키스를 할 때마다 지성을 힐끔거렸다. 그도 그럴 것이 이 영화를 추천해 준 미나가 남자친구와 몰래 키스하느라 영화가 잘 기억이 나지 않았다고 말해주었기 때문이다. 기억도 나지 않는 영화를 왜 추천해 주냐고 물었더니, 그러니까 추천해 주는 거라며 짓궂게 웃었다.

자신은 평이 좋아서 보는 거라고, 뭘 바라는 게 아니라고 미나에게 말했지만 내심 기대하고 있었다. 하지만 지성의 시선은 스크린에서 떨어질 줄 몰랐다. 음료를 마실 때에도 스크린을 주시한 채 손을 더듬어 음료 잔을 찾아마셨다.

초롱은 키스가 목적은 아니었지만, 하고는 싶었다. 어둠 속에서 둘만의 눈빛도 주고받고 싶었고, 손도 잡고 싶었고, 키스도 하고 싶었다.

수능이 끝나고 나자 공부에 소모할 에너지가 남아돌다 보니 그 나이 대의 학생들이 관심 갖는 것에 초롱도 관심을 쏟았다.

학생들의 관심은 크게 세 분류로 나뉘었다. 둘도 없을 자유를 만끽하자는 놀자파. 해외 물 좀 먹어봐야 하지 않겠느냐는 여행파. 그리고 찐한 사랑 해볼 때가 됐다는 연애파.

이미 연애 중인 초롱은 당연히 연애에 관심을 가졌다. 지성과 함께하고 싶은 게 많았는데, 거기에는 성인이 되면 할 수 있는 것도 포함이 되어 있었다. 물론 당장 하고 싶다는 게 아니었다. 그건 혼자 부끄러운 상상을 하는 것으로 족했다. 그저 자신이 어디까지는 괜찮다고 그어놓은 선, 그것에 대한 호기심이 피어올랐다. 거기에 키스가 포함되어 있을 뿐이었다.

영화가 끝날 때까지 지성은 스크린만 주시했다. 보통 남자들이 이런 기회를 더 놓치지 않는다던데, 하며 아쉬움과 뭔지 모를 섭섭함과 짜증에 초롱은 힘없이 상영관을 나섰다.

"배고파?"

"아니. 조금."

"……고프다는 거지? 뭐 좀 먹을까?"

"생각 없어."

지성은 초롱을 물끄러미 보다가 그녀의 손을 잡으려 제 손을 뻗었다. 초롱은 제 손을 잡아오는 그 손을 알아채지 못한 것처럼, 하지만 그가 손을 잡기를 피하고 있다는 걸 알아챌 수 있도록 스치며 허공으로 올렸다. 그녀의 손이 어느 한곳을 가리켰다.

"화장실 다녀올게."

"그래."

지성은 그녀가 토라졌음을 확연하게 눈치챘다. 자신이 뭘 잘못했나 고민할 것도 없었다. 그는 알고 있었다. 영화 내내 자신을 힐끔거리며 손가락을 꼬아대는 초롱을 알고 있었다. 그래서 고개를 돌리지 못했다.

어쩔 땐 초롱이 너무 예뻐서 참지 못할 때가 있었다. 그러지 않았던 초롱이 사귀고 난 뒤로 제게 애교도 피우고 이거 해달라고 조르는데, 그걸 보고 있으면 심장이 두방망이질 쳤다. 그리고 의욕이 더 앞서 나갔다. 그 이상으로 해주고 싶어진다. 아주 가끔 초롱이 먼저 뽀뽀해 달라고 하는데 마찬가지로 자신은 의욕이 앞서 머릿속으로 그 이상 상상한다.

지성도 초롱과 마찬가지였다. 그녀에게 내색하지 않았지만 새벽까지 공부에 온 에너지를 쏟았다. 그 에너지를 쏟을 곳이 없어졌으니, 그도 남자의 본능대로 다른 곳으로 흘렀다. 건장한 몸의 에너지를 고갈하려고 시간이 나는 대로 운동을 하고 있지만, 더 에너지가 충만해지는 것 같기도 해서 난처한 상태였다.

'위험하다.'

경고가 울리고 있었다. 요즘 그는 꿈에서 그녀의 옷을 벗기고 있었다.

사귀는 사이이니 당연한 건가 싶으면서도 이래도 되나 싶었다. 어떻게 자신이, 연초롱을. 어떻게 나 같은 애가. 초롱에게 넌지시 알렸던 그 이상으로 자신은 깨끗하지 않다. 그녀는 짐작하지 못할 정도로 자신은 추악하다.

화장실에서 나온 초롱이 곧장 그에게 걸어왔다. 지성이 웃으며 손을 내밀자 초롱은 눈에 담은 그 손을 외면할 수 없었는지 제 손을 올렸다.

영화관을 나온 두 사람은 초롱의 집으로 향했다. 가는 도중 편의점을 발견한 지성은 잠시 기다리라고 한 뒤 그녀의 손을 놓고 그곳으로 들어갔다. 얼마 지나지 않아 돌아온 그의 손에는 편의점 로고가 박힌 비닐봉지가 들려 있었다.

"놀이터 갈래?"
"놀이터는 왜?"
"이거 먹고 가자."
"뭔데? 가만 보면 놀이터 좋아하더라?"
"그런가? 놀이터 싫어?"
초롱은 고개를 젓고 그가 이끄는 곳으로 따라갔다.
날이 춥기도 하고 겨울이라 해가 빨리 져 어둑한 탓에 놀이터에는 사람이 없었다. 그걸 보고 지성은 다행이라고 말을 흘렸다. 그네에 나란히 앉고 그가 비닐봉지 안에서 캔을 꺼냈다. 놀랍게도 맥주였다.
"어떻게 샀어?"
"신분증 검사 안 하던데?"
"지금 단속 기간일 텐데."
수능이 끝난 시점에는 고삐 풀린 망아지 같은 녀석들 때문에 단속이 강화된다. 지성은 어깨를 으쓱이며 대학생처럼 보였나 보지, 하며 캔 뚜껑을 따서 초롱의 손에 들렸다. 구운 오징어채 하나도 그녀의 손에 쥐어준 뒤 자신의 캔을 땄다.
"나, 처음 마셔봐. 그런데 웬 술?"
"지금 아니면 소심한 연초롱 인생에 일탈이라고는 없을 거 아니야."
"차암 좋은 남자친구네. 여자친구 일탈도 챙겨주고."
"연초롱의 첫 술을 위하여, 건배."
초롱은 그를 흘기고는 캔을 부딪쳤다. 무슨 큰 결심이라도 하듯 심각한 얼굴로 캔을 보던 초롱은 입술을 대고 한 모금 들이켰다.

콜라보다 더 톡톡 목을 두드리고 맥주가 넘어갔다. 묘한 맛에 입맛을 다신 그녀는 오징어채를 질겅질겅 씹었다.

“맛없어. 그런데 시원하네.”

“취하지만 마. 집에 들어가면 빨리 2층으로 올라가고.”

“칫. 끝까지 책임져 주지도 못할 거면서 술은 왜 먹여?”

지성은 픽 웃었다.

금세 캔을 비운 지성과 달리 초롱은 야금야금 아껴 먹기라도 하듯 마시는 속도가 느렸다. 드디어 다 마신 그녀가 빈 캔을 지성에게 건넸다. 그는 캔을 도로 비닐봉지에 넣고 땅에 던져 두었다.

“그네 밀어줘.”

지성은 군말 않고 일어나 초롱의 뒤에 섰다. 커다란 손이 그녀의 등을 살포시 밀었다. 점점 그가 뒷걸음질을 치고, 그만큼 초롱은 높게 올라갔다. 한참 타던 그녀가 어지럽다고 하자 지성은 재빨리 그네 끈을 잡아 세웠다. 몇 번 덜컹 흔들리던 그네가 멈췄다.

초롱은 그를 올려다보며 사부작거리는 미소를 짓고 있었다. 영화관을 나설 때와 달리 기분이 좋아 보였다.

“왜 웃어?”

“좋으니까.”

“뭐가. 술 마신 게?”

“……아니. 너랑 있는 게.”

가슴을 울렁거리게 만드는 말이었다. 순간 멀미가 이는 것처럼 아찔했다. 그 누구도 아닌 자신과 있어서 좋다고 웃는 초롱을 보자 지성의 마음이 거세게 흔들렸다.

‘이러면 갖고 싶잖아. 못 참겠잖아.’

점점 욕심의 추가 기울어진다. 지성은 희미하게 욕심으로 물드는 눈으로 그녀를 내려다봤다. 그는 느릿하게 그녀의 얼굴을 훑었다. 이마, 눈, 코, 그리고 입술. 오랫동안 입술에 머무는 시선에 초롱은 속눈썹을 파르르 떨다가 눈을 내렸다.

커다란 손이 뒷머리를 감쌌다. 부드럽게 쓰다듬던 손이 귓불을 쓸어 만지고 턱선을 건드린다. 그리고 턱 끝을 조심스럽게 쥐고 고개를 들어 올렸다.

“우리가 본 영화. 무슨 장면이 인상 깊었어?”

“어, 응? 어…… 엔딩 장면?”

“아아. 남자가 잠든 여자의 등 뒤에 누워 안아주는 장면?”

초롱이 고개를 끄덕였다. 왠지 키스를 할 것 같은 분위기였는데 그런 질문을 하자 불만으로 입술을 씰룩거렸다.

“그러는 넌? 뭐가 인상 깊었는데?”

“키스.”

“응?”

“주인공들 키스 많이 하던데. 특히 레드 크로스 키스가 많이 나오더라.”

“……레드 뭐?”

“고개를 45도로 기울여서 입술을 교차시켜 입을 맞추는 키스가 크로스 키스야. 레드 크로스 키스는 그보다 더 진한 거. 하지만 입술의 접촉만 나누는 거니까 많이 진하지는 않지.”

“진한 거?”

지성은 설명 없이 고개를 옆으로 기울여 숙였다. 그는 초롱의 턱을 쥔 손을 살짝 틀어 그녀의 고개도 기울이게 한 뒤 입을 맞췄다. 부드럽게 비벼지는 입술은 조금 차가웠다. 지성은 잠시 멈췄다. 이게 크로스 키스라고 알려주기라도 하듯이. 잠시 뒤 그가 입술을 부드럽게 핥았다. 그리곤 가볍게 빨아들였다. 좀 더 진한 레드 크로스 키스가 시작되었다.

그의 말대로 입술의 접촉만으로 서로를 느꼈다. 영화에서 주인공들의 키스는 아름다웠다. 지금 자신들도 예쁘게 키스를 하고 있을까, 하는 생각을 하며 초롱은 그네 끈을 잡은 손에서 스르륵 힘을 뺐다.

8. 에어 클리닝 키스

1월의 미국 날씨는 서울의 겨울보다 더 추웠다. 집 안은 바깥보다 더할 나위 없이 따뜻했지만, 이상하게 한기가 느껴졌다. 아니, 지성에게 미국은 늘 추운 나라였다. 언제나 그의 마음을 시리게 했었다.

그를 받아주는 사람들이 없었던 차가운 나라. 엄마를 사랑하던 두 남자도 그는 받아주지 않았었다. 그래서 한 남자는 자신을 나락으로 떨어트렸고, 다른 한 남자는 자신만 다시 한국으로 돌려보냈다. 미국은 지성에겐 냉기가 가득한 얼음 나라였다.

지금 지성은 그 나라에서 절망감에 빠져 있었다. 이곳에서 늘 그리웠던 엄마가 죽어버렸다.

그놈의 사랑이 뭐기에. 사랑 그 하나만 없었어도 우린 조금 더 나았을 텐데. 그 빌어먹을 사랑이라는 것만 아니었어도. 도대체 사랑이 뭐길래.

지성은 허탈하게 웃으며 제 옆에 무릎을 꿇고 울고 있는 중년 백인 남성을 내려다봤다. 그의 모친의 세 번째 남편, 로든이었다.

가증스럽게도 통곡을 하는 그 남자의 목을 독기가 가득한 눈으로 응시했다. 다른 사람만 없었다면 저 남자의 목을 발로 밟아 눌러 버렸을 거라고, 바닥에 얼굴을 처박아놓고 숨통이 끊어질 때까지 지근지근 밟아주었을 거라고.

로든은 땅을 주먹으로 치면서 이제는 세상에 없는 단 하나의 존재를 끊임없이 불렀다.

『우희! 우희! 우희!』

한국말이라고는 그 간단한 '안녕' 도 잘 못하면서도 우희의 이름은 또렷하게 발음했다. 그녀를 애통하게 부르던 로든은 땅에 얼굴을 묻고 몸을 들썩거리며 어린아이처럼 엉엉 울었다.

나는 당신만을 사랑한다고. 왜 이런 날 버리고 갔냐고. 나한테 어찌 이럴 수 있느냐고.

우희를 원망하는 걸 보고 한계가 무너졌다. 지성은 거칠게 로든의 목덜미를 잡아 일으켰다.

『사랑? 젠장! 그 사랑이라는 게 조금씩 숨통을 조이다가 막판에는 심장에 칼을 꽂는 건가? 이게 사랑이라고? 이, 개자식아! 당신이 죽였잖아! 그래 놓고 왜 울고 지랄이냐고!』

지성의 분노가 정확하게 그를 관통했다. 그의 얼굴이 추악하게 일그러졌다. 하지만 그 일그러짐은 후회와 한탄이 아니었다.

너랑 무슨 상관이냐, 네가 우리의 사랑을 아느냐, 난 정말 우희를 사랑했다. 오히려 그녀가 날 사랑하지 않았다. 그녀가 날 버렸다.

로든은 뻔뻔했다. 지성은 언제나 그랬듯 이 남자는 말이 통하지 않는 벽이라는 걸 실감했다. 그는 로든의 목덜미를 내팽개쳤다.

로든은 기어가더니 우희의 뼛가루가 담긴 상자를 꽉 껴안았다. 그 미치광이에게 지성은 우희를 돌려받기 위해 다가갔지만 세 명의 장정들에게 막혔다. 지성은 발악했고, 세 남자는 차분하게 그를 제지했다. 한국에서 연락을 받고 이곳에 올 때까지 한숨도 자지 못한 지성이 먼저 떨어져 나갔다. 아니, 세 남자 중 한 명이 지성의 뒷목을 내려쳤다. 끊어지는 정신 속에 지성은 누군가가 힐난하는 소리를 들었다.

『딴 놈이랑 도망가다 죽은 더러운 여자야! 내가 그년을 조심하라 했잖아! 믿지 말랬잖아!』

지성은 픽, 웃으며 눈을 감았다.

엄마 없이 못 산다고 통곡하던 로든이 스스로 제 목숨을 버렸다. 그는 기어코 죽은 엄마를 잡겠다고 따라나섰다.

사랑하는 여자와 지옥이든 천국이든 끝까지 함께하겠다고 떠난 남자. 누구는 로맨티시스트라고, 세기의 사랑이라고 감동할지 모르겠지만, 지성은 지독할 뿐이라고 속으로 혀를 찼다. 지성은 로든에게 혐오감밖에 들지 않았다.

『내가 그 여자가 로든을 잡아먹을 줄 알았어!』

『망할 년! 더럽고 역겨운 년. 아무 남자에게나 가랑이를 벌리는 그런 년을 따라 왜!』

『로든이 불쌍해. 미련한 자식.』

오로지 로든만이 불쌍한 피해자가 되어 있었다. 지성은 그게 퍽이나 웃겼다.

먼저 바람을 피운 건 로든이다. 여기 있는 모두가 다 알고 있다. 이 모두가 다 한통속이었고, 한패였다. 앞에서 엄마를 업신여기더니 뒤에서는 더 그녀를 무시하고 멸시하고 조롱했다. 다른 인종의 피가 섞여서는 안 된다고, 후계자만 같은 백인을 낳는다면 엄마를 네 아내로 인정하겠다고, 그렇게 로든을 꼬드겼다. 로든이 자신들처럼 창백한 피부에 파란 눈을 가진 여자와 잠자리를 하게 만들었다. 로든은 정말 몰랐을까. 그게 더 엄마를 멸시하는 일이었다는 것을.

자신을 두고 다른 여자를 만나게 했던 시어머니, 그리고 그 말에 번번이 넘어갔던 전남편 석형. 우희는 첫 결혼의 실패로 트라우마가 생겼다. 또 지울 수 없는 상처를 받은 우희가 가만있었을 리가 없다. 그녀는 로든을 떠나는 걸 택했다. 평생 석형을 보고 싶지 않아 미국으로 떠나왔던 것처럼, 이번에도 먼 곳으로 떠나려고 했다.

그런데 왜 하필 두 번째 남편이었던 그 남자와 떠나려고 했는지 지성은 도통 이해할 수가 없었다. 또 그 빌어먹을 사랑 타령이었겠지. 지성은 이들이 갈구했던 사랑에 환멸감을 느꼈다.

『이 많은 재산이 어떻게 되는 거지? 우리 몫 말고 남은 몫들은 어떻게 되는 거냐고.』

『사회 환원인 걸로 알고 있어.』

『그 많은 걸 다? 그것도 우리들의 재산이야! 이 집안의 재산이라고!』

『로든한테 자식 하나만 있었다면 좋았을 텐데.』

지성의 입꼬리가 비릿하게 올라갔다. 장소가 장례식장만 아니었다면 폭소했을지도 모른다.

로든은 씨가 없었다. 아이를 갖지 못하는 몸이었다. 그의 주치의와 엄마, 자신만 알고 있는 비밀. 그것도 모르고 저들은 로든에게 후계자 타령을 했다. 로든은 저들에게 시달리는 불쌍한 엄마가 편해졌으면 하는 바람으로 저들이 원하는 여자를 품는 거라고, 모든 건 다 엄마를 위한 거였다고 자기변명을 했다. 하지만 엄마는 알았을 거다. 로든이 어차피 아이가 생길 일이 없으니까 걱정 없이 다른 여자를 안았었다는 것을. 그리 죄책감을 느끼지 않았을 거라는 걸.

로든은 죄책감 따윈 없었다. 다 우희를 탓하고 원망했다. 그러면서 마지막까지 집착했다.

『그런데 저 녀석은 왜 여기에 있는 거야?』

자신도 이곳에 있고 싶지 않았다. 로든의 죽음 따윈 아무 느낌도 없었다. 단지 엄마가 벗어나고자 했던 그의 곁을 죽어서도 머물러야 했기 때문에 어쩔 수 없이 있는 거다.

로든은 엄마의 뼛가루와 같이 묻혔다. 그 개자식이 미친 짓을 벌였다.

지성은 생각도 하기 싫은 끔찍한 일에 토악질이 올라오자 턱에 힘을 실었다. 그는 붉은 핏줄이 잔뜩 선 눈으로 장례식을 끝까지 지켜보았다.

❖

긴 진동에 지성은 고집스럽게 감고 있던 눈을 떴다. 벌써 몇 번이나 진동이 계속되고 있었다. 자신보다 더한 고집으로 끈질기게 전화하고 있는 상대방을 생각한 그가 미간을 찌푸렸다. 지금 이 시각이면 그 상대방은 자고 있어야 하기 때문이다.

지성은 한숨을 흘리고 휴대폰을 꺼냈다. 배터리가 간당간당하던 휴대폰이 꺼졌다. 어차피 받지 않으려고 했던 전화이지만, 도중에 끊겨 버리자 아쉬움과 미안함이 들었다.

"보고 싶다."

지성은 자신이 무슨 말을 흘린지 인지하지 못했다. 며칠간 쪽잠 말고는 전혀 잠을 자지 않았다. 아니, 자지 못했다. 그런 까닭에 정신은 늘 멍했다. 안개가 낀 것처럼 흐릿했다. 그는 휴대폰을 주머니에 넣고 다시 눈을 감았다.

장시간 버스를 타고 도착한 곳에 내린 지성은 어깨에 배낭을 메고 걸음을 옮겼다.

한참을 걸은 끝에야 구석진 곳에 지어진 건물이 보였다. 워낙 외진 곳이라 자가용 말고는 교통수단이 없는 그 길을 지성은 꿋꿋하게 긴 시간을 걸어 그곳에 도착했다.

외양상 건물은 그럴싸했지만, 속은 그렇지 않을 거라는 걸 지성은 예감했다. 그는 잠시 건물 앞에 서서 시간을 가진 뒤 안으로 들어섰다.

『어떻게 오셨습니까?』

체격이 좋은 중년의 여자가 데스크 앞에 선 지성에게 물었다.

『면회 왔습니다.』

『가족이 아니면 면회가 안 됩니다.』

중년의 여자는 단호했다. 지성은 한 손으로 마른세수를 하고 데스크에 손을 짚었다. 상당히 지쳐 보이는 모습에 여자가 잠시 안타까운 시선을 했지만, 금세 냉정한 얼굴로 돌아갔다.

지성은 머뭇거리다가 결국 하기 싫은 말을 억지로 꺼냈다.

『예전엔…… 가족이었습니다.』

여자는 잠시 말이 없었다. 그러더니 고개를 저었다. 어쨌든 지금은 가족이 아니기 때문이다.

지성의 긴 손가락이 탁, 탁, 데스크를 초조하게 두드렸다. 그는 어떻게든 그 남자를 만나야 했다. 엄마의 두 번째 남편인 조지를. 지성은 고민하다가 동정에 호소해 보기로 했다.

『며칠 전 엄마가 돌아가셨습니다. 부고도 알리지 못하나요? 그저…… 엄마를 기억하고 있는 사람과 이야기를 나누고 싶을 뿐입니다.』

순간 냉정한 얼굴이 흔들렸다. 지성은 놓치지 않고 말을 더 이었다.

『엄마를 잘 알았던 사람입니다. 엄마의 이야기를 듣고 싶습니다.』

여자는 어쩔 수 없다는 듯 면회 신청서를 지성의 앞에 내밀었다. 지성은 재빨리 신청서를 채우고 돌려주었다. 여자는 적힌 이름을 보고는 무언가를 검색했다.

사연이 있는 자들이 들어오는 곳이다. 그 사람들은 모두 정신이 온전치가 않다. 가끔은 누군가가 강제로 이곳에 데려오기도 한다. 아니, 대부분이 제 의지와 상관없이 오게 된다. 제정신인 사람도 이곳에 갇히는데, 이건 외부로 절대 발설이 되어서는 안 되는 비밀이다.

지성이 면회를 신청한 사람은 요주의 환자로 분류가 된 사람이었다. 그 요주의 인물이란 권력 있는 자가 이곳에 감금시킨 환자다. 이는 특히나 더 강력하게 면회가 제한이 된다.

『죄송하지만, 면회가 불가능한 위험 환자입니다.』

『그가 왜, 누구 때문에 이곳에 갇힌 줄 압니다. 제 새아버지입니다. 그리고 그 새아버지는 며칠 전 죽었습니다.』

지성은 또 죽어도 하기 싫은 이야기를 털어놨다. 아무리 두 번을 볼 일이 없는 타인이라 해도 제 추잡한 가정사를 꺼내는 건 기분이 더러웠다. 그는 거기에 또 동정을 더했다.

『새아버지도 돌아가셔서 이야기를 나눌 사람은 이 사람뿐입니다. 부탁드립니다.』

가족이었던 남자를 가둔 사람이 새아버지이고, 그도 죽었다. 여자는 잠시 고민했다.

『……잠시만 기다려 주세요.』

어딘가에 전화를 한 뒤 면회가 준비되면 안내하겠다고 했다. 대기 소파에 앉던 지성의 눈에 노트북이 들어왔다.

『이거 사용해도 됩니까?』

『네. 쓰세요.』

허락을 구한 지성은 노트북 앞에 앉았다. 초롱에게서 메일이 와 있었다. 계속 전화를 받지 않았으니 차선으로 메일을 택했을 거란 지성의 예상이 틀리지 않았다. 휴대폰이 꺼진 게 마음에 걸렸던 그는 메일 하나를 클릭했다.

위로하는 내용과 지금 어디에 있는지, 아픈 곳은 어떤지, 그리고 괜찮은지를 묻고 있었다. 마지막은 연락을 기다린다는 말이었다.

원래 계획대로라면 지성은 초롱과 우희를 만나고 있었을지도 모른다. 그는 초롱이와 자신의 미국행 비행기 티켓을 끊으려고 했었다. 그런데 그전에 한 통의 전화를 받았다. 우희의 부고를 알리는 전화를. 그 전화가 끊어지자마자 그는 정신없이 비행기 티켓을 구해 날아왔다.

갑작스런 엄마의 죽음. 오랫동안 엄마에게서 연락이 없었을 때 눈치챘었어야 했다. 그저 자신과 연락하는 걸 로든이 싫어하니까 못 하는 거겠지, 안일하게 넘겼던 게 화근이었다.

엄마의 죽음은 삭막했다. 있는 대로 욕을 먹은 엄마의 죽음. 자신만은 그럴 수 없기에, 그러지 않으려고 이곳에 찾아왔다. 부디, 엄마를…….

『따라오세요.』

의식을 일깨우는 부름에 지성은 인터넷 창을 닫았다. 그는 세상에서 가장 혐오하고 저주하는 사람의 얼굴을 마주하기 위해 안내자를 따라나섰다.

자신이 17살 가을까지 엄마가 함께 살았던 남자, 조지를 마주한 지성의 눈이 붉게 타올랐다. 자신을 지옥으로 밀어 넣었던 사람을 마주하는 그의 표정은 참혹했다.

조지는 자기밖에 모르는 이기적인 남자였다. 사랑이라는 것도 이기적으로 했다. 그런데 우희는 행복해했다. 그래서 지성은 제 불행을 꾹 참았었다. 끝내 그걸 알게 된 우희는 조지를 버렸다. 아니, 한참 뒤에 버렸다. 우희가 그를 버리는 데 시간이 꽤 걸렸었다.

지성은 죽는 날까지 보는 일이 없기를 바랐던 남자를 제 발로 직접 찾아온 걸 그의 얼굴에 걸린 미소를 보고 후회했다.

『잘 컸네. 우희의 말대로. 하기야 넌 얼굴이 반반해서 어렸을 때에도 봐줄 만했었지.』

2년 하고도 몇 개월 만에 보는 지성을 조지는 20년 만에 보는 것처럼 대했다. 즉, 그는 제 잘못을 시간이 너무 지나 희미해진 과거쯤으로 생각하고 있는 듯했다. 그렇지 않으면 이렇게 지성의 눈을 또렷하게 마주 볼 수 없었을 거다. 아니, 그는 자신이 했던 일을 죄라고 생각하지 않을지도 모르겠다. 그럴 가능성이 크다.

『그런데 혼자 왔나?』

조지는 다른 누군가가 왔기를 기대하며 문 쪽을 응시했다. 지성은 그런 그에게 이곳에 온 목적을 바로 꺼냈다.

『엄마가 왜 당신을 찾아갔습니까.』

『그걸 왜 나한테 묻지? 우희에게 직접 물어보지. 왜? 네가 아닌 날 택해서 마음이 상했나?』

조지는 지성의 상처를 들쑤시고 후벼 파는 방법을 잘 알고 있었다. 그가 이렇게 나올 거라는 걸 예상했음에도 지성은 독기가 차오름과 동시에 제 상처가 벌레에게 갉아 먹히는 듯한 통증을 느꼈다. 당장 자리를 박차고 나가고 싶은 걸 간신히 참은 그가 다시 물었다.

『누가 먼저 연락을 한 겁니까.』

조지의 입술이 비릿하게 올라갔다. 명백한 조소였다.

『누구겠어. 난 연락을 못한다는 거 알지 않나? 당연히 우희가 연락했지.』

혹시나 하는 기대감이 와르르 무너졌다. 지성은 이젠 체념 어린 얼굴로 입술을 달싹였다.

『왜죠? 왜 당신에게…….』

『그야 날 사랑하니까. 내가 그립다고 나만큼 자신을 사랑해 준 사람이 없었다고, 후회한다고 하더군. 그리고는 나에게 같이 떠나자고 했지.』

후회. 이자를 떠난 걸 후회했다는 엄마. 지성은 속이 문드러지다 못해 썩어 들어갔다. 로든과 불행해서 차선을 선택했던 거다. 단지 그뿐이었을 거다. 그렇게 지성은 스스로를 위로하려 했지만, 조지의 말에 자신은 엄마에게 버림받았다는 걸 적나라하게 깨달아야 했다. 자신을 지옥으로 밀어 넣은 남자를 용서하고 그와 떠나려 했다. 자신은 엄마에게 버림받았다는 걸 지성은 받아들여야 하는 상황에 닥쳤다.

버림받았다는 걸 받아들이면 엄마를 원망하고 증오하게 될지도 모른다. 아니, 벌써부터 분노가 차오르고 가시가 돋아나고 있었다. 하지만 지성은 엄마만은 미워하고 싶지 않았다. 자신이 그녀에게 버림받았다는 걸 인정하기 싫었다. 그렇다면 그녀를 이해해야 하는데, 이해가 되지 않았다. 이해 수준을 넘어버렸고, 더는 이해하는 것도 싫었다.

사랑. 모든 게 다 사랑 때문이다. 사랑이라서. 사랑이니까. 사랑하니까. 사랑, 사랑, 사랑! 그 빌어먹을 사랑 하나로 모든 게 다 이해받아져야 하는 게, 이해해야 하는 게 신물 난다.

우희는 단지 자신의 안위를 바랐던 거라고, 편안한 삶을 살고 싶어서였다고, 그래서 어쩔 수 없이 나락으로 떨어진 자신을 외면했던 거였다고, 할 수 없이 자신을 보내야 했던 거라고 생각하면 그는 그녀에게 연민을 갖고 미워하지 않을 수는 있을 거라고 생각했다.

사랑에 환멸감과 지리멸렬함을 느낀 지성은 사랑은 없다고 결론 내렸다. 세상이 있다고 해도 자신은 그딴 사랑 모른다고, 자신에게는 사랑 따위는 없을 거라고 다짐했다.

조금은 편안해진 마음으로 지성은 조지의 눈을 마주 봤다. 여전히 비릿한 미소를 짓고 있는 그 얼굴이 꼴 보기 싫어 지성은 꾹꾹 참아두었던 마지막 말을 꺼냈다.

『엄마는 죽었습니다.』

『……뭐?』

남자의 얼굴이 순식간에 무너졌다. 지성은 그 얼굴이 퍽이나 만족스러웠다. 점점 하얗게 질려가는 그 얼굴에 뒤틀렸던 속이 편안해졌다. 그러다 엄마의 죽음을 이용해 제 속에 품은 독을 해독시키는 자신이 경멸스러워 올라가려는 입꼬리를 내리고 얼굴을 굳혔다.

『당신이 잡혀갈 때 엄마는 죽었습니다.』

전 남자와 도망간 우희를 잡기 위해 로든은 사람을 풀었다. 조지와 우희를 얼마 가지 않아 찾아내었고, 조용히 뒤를 밟았다. 때를 기다리던 로든은 조지가 잠시 우희를 두고 어딘가를 간 사이 행동을 개시했다.

로든을 발견한 우희는 조지의 차로 그를 피해 도망갔다. 로든은 그 뒤를 쫓았다. 운전에 미숙한 그녀였으니 예견된 사고였다. 운전 미숙으로 우희는 사고를 냈고, 즉사했다. 그때 조지는 로든이 부린 사람들에게 잡혀 강제로 이곳에 끌려와 갇혔다.

『우희가…… 죽어? 우희가 죽다니! 왜! 어떻게! 우희가 어떻게 죽었다는 거야!』

지성은 말없이 자리에서 일어났다. 그는 조지에게 우희의 사망에 대한 어떠한 이야기도 해줄 생각이 없었다. 졸렬한 심술이라고 해도 좋다. 그는 미련 없이 문으로 향했다.

『거짓말이지! 우희가 죽었을 리가 없어! 로든이 시키던가? 그가 우희를 가뒀어? 꽁꽁 감추고는 죽었다고 하는 거겠지, 나를 떨치려고! 내가 속을 것 같아? 하하하! 하지만 우희는 또 그곳을 나올 거야! 날 찾아올 거라고!』

문을 열고 한 걸음 나가는 지성을 조지가 성급하게 불렀다.

『우희에게 전해! 기다린다고! 그러니 꼭 연락하라고! 어떻게든 데리러 가겠다고!』

'평생 기다려 봐, 어디.'

우희의 죽음을 믿지 않을 조지는 초조하게 그녀의 연락을 기다릴 거다. 우희의 소식을 수소문하겠지만 아무것도 알아내지 못할 거다. 로든이 죽어서도 우희를 독차지하려고 모든 걸 다 철저하게 준비했을 테니. 지금은 제 말을 믿지 않겠지만 계속 연락이 없으면 그녀가 죽었을지도 모른다는 공포심에 휩싸이겠지. 그렇게 점점 죽어가겠지.

지성은 우희의 이름을 목 놓아 부르는 조지를 뒤로하고 그곳을 빠르게 빠져나갔다.

❖

앉아서 꾸벅꾸벅 졸던 초롱은 느슨해진 손에서 휴대폰이 떨어지자 놀라서 퍼뜩 눈을 떴다.

"몇 시지?"

휴대폰으로 시각을 확인한 초롱은 여태 소식이 없는 지성 걱정에 어깨를 축 늘어트렸다.

초롱은 지성이 급히 미국으로 간 것과 우희의 사망을 상진을 통해 들었다. 간간이 연락을 주고받았던 석형이 지성이 비행기를 타는 그 시각, 우희의 소식을 전했다. 그 소식에 민영은 바닥에 철퍼덕 주저앉아 울었다. 멀리 떠난 친구가 다시는 볼 수 없는 곳으로 더 멀리 떠나 버렸다는 사실에 민영은 슬픔을 주체하지 못했다. 초롱도 민영과 함께 많이 울었다. 우희의 죽음이 슬퍼서, 지성이 많이 안쓰러워 펑펑 울었다.

어느 정도 진정이 된 뒤에 지성에게 문자를 보냈다. 비행기에서 내려 확인하면 연락 주기를 바랐다. 하지만 그에게서는 어떠한 연락도 오지 않았다.

아마도 정신이 없을 거라고, 자신에게 연락할 여유가 없을 거라고, 그러니 더 기다려 보자고 생각하면서 초롱은 그에게 위로의 문자를 계속 보냈다.

하지만 일주일이 지나도록 지성에게서 전화는커녕 문자도 오지 않았다. 며칠 뒤 상진이 석형과 통화를 했다. 석형이 지성이 지금 많이 힘들어한다고, 잠시 여행을 다니며 마음을 추스르고 있다고,

그러니 그냥 두라고 했다고 했다. 하지만 초롱은 그냥 둘 수가 없었다.

엄마의 갑작스런 죽음. 위태위태할 그를 어떻게 그냥 둘 수 있겠는가. 그냥 두란다고 손 놓고 있는 석형에게 화가 났다. 이는 상진과 민영도 마찬가지였다. 초롱은 우리 부모님도 널 걱정하고 있다고, 연락 좀 주라고 계속 문자와 메일을 보냈다.

"전화 한 번만 해주지."

지성의 마음을 헤아려 보며 기다리려고 했지만, 벌써 한 달이 훌쩍 지났다. 해가 바뀐 지 오래다. 시간이 지나도 너무 지났다. 초롱은 아무것도 손에 잡히지 않아 안절부절 가만히 있지 못했다. 처음에 걱정을 하던 상진과 민영은 시간이 지나면서 지성을 기다리는 게 자신들이 할 일이라며 너무 초조해하지 말라고 했다. 하지만 초롱은 가만히 기다리는 걸 할 수 없었다. 그런데 할 수 있는 건 고작 문자와 전화, 메일뿐이었고, 그에 마음은 더 조마조마해져 갔다.

"전화해 볼까? 이번에도 안 받으면 정말……."

제발 목소리 한 번만 들려달라고 간절하게 빌며 초롱은 전화를 걸었다. 하지만 역시나 지성의 목소리는 들리지 않았다.

정말 걱정돼서 미칠 것 같았다. 초롱은 무릎을 세워 얼굴을 묻었다. 지성의 슬픔, 그가 자신을 잊고 있는 것 같은 서러움, 그가 어디서 뭘 하는지에 대한 걱정, 제 걱정을 알아주지 않는 서운함, 그가 아픈 곳은 없는지 타는 속 등등 모든 게 뒤섞이면서 울음이 올라왔다.

혼자 훌쩍거리고 있는데 휴대폰이 울렸다. 초롱은 눈가에 맺힌 눈물을 손등으로 닦고 전화를 받았다.

"여보세요!"

[연초롱! 합격 축하해!]

라희였다.

"……고마워."

[너는 합격이고 지성이는?]

"……대기번호 34번."

[아……. 다른 곳은? 지성이 다른 곳도 넣었을 거 아니야.]

"그곳도. 그런데 다른 곳은 4번이라 합격할 것 같아."

[다행이네. 그런데 목소리가 왜 이래? 합격해서 신나하고 있을 줄 알았는데. 아직도 연락 없어? 그래서 그래?]

"응. 아직 없어. 걱정돼 죽겠어. 밥은 먹고 다니겠지?"

[너무 걱정하지 마. 마음 추스르면 돌아올 거야. 지금도 계속 문자 보내?]

"응. 메일도. 메일 하나 확인했던데 그 뒤로는 아무것도 안 봐."

[문자는 보겠지.]

"그런데 왜 연락이 없을까?"

[음……. 네가 너무 위로의 말만 해서 그러는 거 아닐까? 아직은 엄마의 죽음을 누군가와 이야기하고 싶지 않을 수도 있어. 그러면 위로받는 것도 싫을 거야.]

"그럼?"

[그냥 보고 싶다고. 사랑한다고. 기다린다고. 이렇게 보내보는 게 어때?]

지성은 엄마의 죽음을 받아들이느라 여행을 하고 있었다. 그럼 섣부른 위로를 받고 싶지 않을 수도 있겠다는 라희의 말이 일리가 있었다.

초롱은 라희와 전화를 끊고 지성에게 문자를 보냈다. 많이 보고 싶다는 말과 함께 처음으로 사랑한다고 마음을 전했다. 자신의 사랑 고백이 조금이나마 그를 웃게 해주기를 바랐다.

❖

그 말만은 하지 말지.

우희를 생각하면서 긴 여행을 하던 중이었다. 그냥 발길이 닿는 곳으로 향했다. 걸을 힘도 없으면 눈에 보이는 걸 사먹고, 계속 걸었다. 여느 때와 마찬가지로 초롱에게서 문자가 왔다. 그런데 이번은 조금 다른 문자였다.

초롱의 문자는 전부 수신을 받아 확인했다. 자신을 걱정하는 그 문자가 좋아 계속 확인했다. 제 걱정에 애타하는 걸 알지만, 아직은 아무하고도 이야기를 나누고 싶지 않았다. 지금 가장 여린 속이 다 헤집어진 상태라 입을 열면 제 모든 게 다 쏟아져 나올 것 같았다. 절대 알리고 싶지 않은 것까지 전부 다. 그래서 전화를 하지 못했다. 문자도 마찬가지였다.

그저 초롱의 걱정만으로 힘을 낼 수 있었다. 그런 문자만으로 충분했다. 그런데 초롱이 그 말을 해버렸다. 그 문자를 받은 이후로 지성은 뭔지 모를 무기력함에 빠졌다. 그 뒤로는 문자 수신도 하지 않았다.

계단에 앉아 지성은 맥주 캔을 기울였다. 그는 잔잔하게 흘러가는 강물을 보면서 홀로 술을 마시고 있었다. 강 너머와 연결하는 긴 다리 위에는 관광객들이 많이 몰려 있었다. 그 아래로 유람선이 유유히 지나갔다.

"여기가 어디더라."

뒤늦게 낯선 장소를 두리번거린 지성은 다 비운 캔과 옆에 놓아둔 가방을 들고 일어났다.

계속 초롱이 보냈던 문자가 눈앞에 아른거렸다. 갑자기 사랑한다는 문자를 보내 자신을 패닉으로 이끌었던 그녀의 얼굴도 아른아른했다.

문자를 받고 거의 2주가 지났다. 그동안 초롱은 무슨 문자를 보냈을까. 설마 또 그 말을 했을까.

지성은 주머니에서 휴대폰을 꺼내 문자함을 열었다. 마지막으로 수신한 문자가 눈에 들어오자 그는 휴대폰을 다시 주머니에 넣었다. 막 걸음을 떼던 그는 도로 멈춰 섰다. 그러고 보니 초롱의 전화가 뜸해졌다. 아니, 최근 나흘 동안에는 아예 전화가 없었다. 갑자기 얼음물을 뒤집어쓴 것처럼 그는 차갑게 굳어버렸다.

의식이 깨자 가장 먼저 느껴지는 게 두통이었다. 지끈거리는 머리에 지성은 끙, 하고 앓았다. 그는 오른손 엄지와 중지로 관자놀이를 꾹꾹 눌렀다. 통증이 조금 가시자 천천히 눈을 떴다. 초점이 잡히지 않아 몇 차례 깜빡인 뒤에야 흐릿했던 시야가 돌아왔다.

낯선 천장. 지성은 눈동자만 좌우로 굴렸다. 처음 보는 낯선 곳이었다. 그는 놀라 몸을 일으켰다. 손으로 바닥을 짚는데 푹신했다. 지성은 팔에 닿는 온기에 놀라 재빨리 고개를 돌렸다.

목덜미를 덮는 기장의 웨이브진 금발. 지성의 얼굴이 일그러졌다.

"젠장……."

설마 일 쳤나. 미친 새끼.

지성은 속으로 제 자신에게 욕을 날렸다. 어제 길을 잃은 것처럼 그 어디로도 발을 움직일 수 없었다. 문득 자신이 있는 곳이 너무 낯설게 다가왔다. 그러면서 왜 자신은 한국에 없는지에 대해 생각했다. 한동안 멍청하게 정신을 놓고 있었다. 그러다 차근차근 엄마의 죽음부터 여행까지 떠올렸다. 그리고 연락이 끊긴 초롱까지.

간신히 한 걸음 뗀 지성이 향한 곳은 술집이었다. 그는 죽은 엄마를 위해 잔 한 번 들지 않았다는 걸 알아차렸다. 아주 독한 술을 시키고 죽은 엄마를 위해 허공에 건배를 했다. 그리고 스스로를 위로하면서 엄마의 죽음으로 인한 모든 슬픔을 그만 털어내자고 결심했다.

당연히 술 한 잔에 슬픔을 다 지울 수는 없었다. 아니, 지워지지 못한다. 술은 잠시 망각이라는 선물을 줄 뿐이다. 지성은 그 잠깐일지라도 엄마의 죽음과 슬픔을 잊고 싶었다. 그리고 성공한 듯했다. 문제는 사고도 친 것 같다는 거다. 술 마시고 사고 친 적은 없지만, 아슬아슬하고 위태로웠던 터라 제 자신을 믿을 수가 없다.

긴 한숨을 내쉬던 지성은 자신이 옷을 다 단정하게 입고 있다는 걸 뒤늦게 알아차렸다. 이번에는 안도의 한숨이 흘러나왔다.

『드디어 정신을 차렸나 보네.』

지성은 움찔한 뒤 고개를 돌렸다. 이제 막 일어난 사람은……

남자였다. 남자는 금발을 손으로 쓸어 넘기면서 눈을 치떴다. 한 20대 중반쯤으로 보이는 남자는 침대 헤드에 몸을 기대고는 나른하게 기지개를 켰다.

『어떻게 된 거죠?』

『취한 외국인에게 친절을 베풀었지, 내가. 기억 안 나겠지? 취한 그쪽한테 인신매매단이 접근하는 거 내가 주워왔어. 고맙지?』

인신매매단이 접근했는지는 잘 모르지만, 분명 안전하지는 않았을 거다. 외국인, 그것도 이곳에서는 아직도 동양인을 무시하는 게 만연했다. 취한 동양인은 범죄의 표적이 된다.

지성은 그의 말을 믿는다는 의미로 고개를 끄덕였다.

『감사합니다.』

『그쪽 가방도 내가 챙겨왔어. 저쪽에. 아, 여기 휴대폰. 전화가 막 울리기에 받았어. 여자던데…… 한국인?』

초롱이라는 확신이 들었다. 지성의 얼굴이 다급해지는 걸 본 남자는 친절하게 가방을 뒤져 충전기를 찾아 충전까지 시켜준 휴대폰을 건넸다.

『말이 안 통했는지 그냥 끊어버리던데. 아, 이건 알아듣더라. 취했다는 말.』

드렁큰? 드렁큰? 이 단어를 반복하면서 리얼리를 외쳐 대던 여자는 격해진 목소리로 빠르게 뭐라 뭐라 했었다. 그게 생각난 남자는 혼자 키득거리며 웃었다.

지성은 휴대폰을 받아 들고 그동안 수신하지 않았던 문자를 다 받았다. 늘 받았던 문자들과 비슷한 내용에 간간이 다른 게 섞여 있었다. 그중에는 대학 합격 소식도 있었다. 추가 모집에 그가 합격했다는 것과 곧 오리엔테이션이 있을 거라고 알려주고 있었다. 그리고…….

「난 걱정돼 죽겠는데 너는 연락 한 번이 없고. 드디어 연락이 되는가 싶었더니 이상한 남자가 받아서 네가 술에 취했다고 하고. 너, 힘든 거 알아. 그렇다고 술에 취해서 돌아다니면 어떡해! 걱정하는 난 생각도 안 해? 너 힘든 거 아니까 기다리고 있는데, 솔직히 이런 생각도 들어. 혹시 돌아올 생각이 없는 거야? 그곳에 가니까 이곳 생각이 나지 않는 거야? 헤어지고 싶은 거지? 다시는 나, 안 보고 싶어서 연락 안 하는 거지? 그럼 그렇다고 말해. 너, 기다리는 거 피 말라서 나도 더는 못 하겠어. 안녕, 잘 지내.」

긴 문자가 여러 개로 나뉘어서 왔다. 지성은 처음에 읽고 이해가 되지 않아 다시 읽었다. 그리고는 난감한 표정으로 제 얼굴을 감쌌다.

피 마르는 기다림. 자신이 그걸 가장 잘 알면서 초롱이 그 기다림을 경험하게 했다는 것에 그는 자괴감이 들었다. 더불어 그녀가 했을 걱정과 초조함이 선연하게 와 닿았다. 그전까지는 막연하게만 느꼈었나 보다. 이렇게 초롱이 안녕이라 하며 마지막 인사를 하자 깨달았다.

이제 자신에게 남은 건 정말 연초롱 하나라는 걸 인지한 지성은 너무 늦지 않았기를 바라며 침대를 벗어났다.

『급한 일이 있어서 가야 합니다. 성함과 연락처를 알려주시면 꼭 보답하겠습니다.』

『그러든가. 내가 생명의 은인이라는 거 잊지 말고.』

남자는 사이드 테이블에 있는 쪽지에 무언가를 적어서 건넸다.

지성은 그것을 받아 들고 가방을 챙겨 급히 빠져나왔다.

건물을 나와 줄지어 서 있는 택시를 발견한 지성은 뒤늦게 뒤돌아 자신이 어디에서 잤는지 확인했다. 정신없이 나오느라 건물 내부가 어땠는지 눈에 들어오지 않았었다. 그는 근방에서 가장 유명하고 숙박비가 한두 푼이 아닌 호텔에서 하룻밤을 보냈다는 걸 알아차렸다.

솔직히 문자를 보내고 곧바로 후회를 했다. 뻔히 지성이 힘든 걸 알면서 서운한 마음에 속 좁게 굴어버렸다. 거기에 내 서운함을 알아달라고 헤어지자는 비슷한 말도 해버렸다.

초롱은 그 긴 문자를 오타도 없이 적어 보낸 제 손을 원망스럽게 응시했다.

"자, 원샷."

누군가의 외침에 초롱은 정신을 차렸다. 지금 그녀는 신입생 오리엔테이션에 참석했다. 개강 전 선배들과 동기들과 친목을 다지는 자리. 하지만 술이 아니면 친해질 수 없는 자리. 초롱은 눈을 질끈 감고 소주잔을 비웠다.

절로 인상이 써지는 소주 맛에 초롱은 급하게 안주 하나를 집어 먹었다.

"자, 그럼 소개도 끝났으니까 장기 자랑 한번 해볼까?"

본격적인 오리엔테이션이 이제 막 시작되었다.

제 몸이 제 몸이 아니었다. 반듯하게 걷는다 생각하는데 자꾸 차도 쪽으로 향했다. 결국 초롱은 혼자 가겠다는 고집을 버렸다. 그녀는 자신을 데려다주겠다는 선배와 함께 택시 뒷좌석에 올랐다.

남자 선배는 초롱을 유심히 바라봤다. 후배가 들어오기만을 기다렸던 그는 여자친구를 만들 생각에 들떠 있었다. 후배들 중에 외모가 뛰어난 애도 있었지만, 경쟁자가 너무 많았다. 그는 외모보다는 자신의 의견에 토를 달지 않고 제멋대로 다룰 수 있는 여자를 찾았다. 곧 군대도 가야 하니 군 뒷바라지도 해줄 아주 순진하고 착해빠진 여자를 눈에 불을 켜고 찾았다. 그러던 중 초롱이 그의 눈에 띄었다.

주는 술을 거절하지 못하고, 흑기사를 요청할 숫기도 없고, 장기 자랑 때에는 분위기를 가라앉혀 버려서 잔뜩 움츠러들었던 초롱이 제 입맛에 딱 맞아 보였다.

남자는 대학 생활에 대한 조언을 하면서 젠체했다. 제 잘난 체를 섞어가며 초롱을 현혹시키려 들었다. 초롱은 고개를 끄덕이며 듣고 있다는 시늉을 했지만, 술기운과 우울감에 그의 말을 그냥 흘러 넘기고 있었다.

자신을 좋아하는 여자 동기들이 참 많았다는 자랑이 끝나갈 무렵 초롱의 집 근처에 도착했다. 남자는 투자라고 생각하며 택시비를 선뜻 지불했다.

"데려다주셔서 감사합니다."

"집 앞까지 데려다줄게. 그런데 학교랑 동네가 가깝지는 않은데 자취할 생각 없어?"

"네. 부모님이 허락 안 해주세요. 1년 다녀보고 힘들면 기숙사 신청할 거예요."

"그러지 말고 자취해. 다들 한 학기도 안 지나서 자취방 구하더라."

"아니요. 저는 괜찮아요."

"내가 안 괜찮…… 크흠. 집이 못살지는 않나 봐?"

"네?"

"아니, 주택이면 전세는 아닐 거 아니야. 요즘 집값이 얼만데."

"아, 네."

초롱은 이상함을 느끼고 떨떠름하게 대답했다. 남자 선배는 계속해서 은근하게 초롱의 집안에 대해 캐물었다. 초롱은 더 이상함을 느끼고는 걸음을 빨리했다.

"저, 거의 다 왔어요. 감사합니다, 안녕히 가세요."

빨리 보내고 싶은 마음에 인사를 다 내뱉고 몸을 돌렸다. 그런데 눈치도 없는 남자 선배는 그녀의 손목을 영화의 한 장면처럼 잡아 돌려세웠다.

"초롱아, 실은 내가 오늘 널 보고 첫눈에 반했…… 어, 어, 악!"

초롱의 뒤에서 갑자기 튀어 나온 사람이 남자의 손목을 잡아 꺾어버렸다. 놀라서 어버버거리던 남자는 통증에 고함을 질렀다.

"시팔, 너 누구야!"

"……지성아?"

남자의 질문을 초롱이 대신 대답했다.

"너, 술 마셨어?"

"어? 응."

지성의 미간에 주름이 잡혔다.

"너, 누구냐니까! 이거 안 놔?"

"지성아, 학교 선배님이야!"

초롱의 만류에 지성은 손목을 꺾었던 손을 거두었다. 씩씩거리며 달려들려던 남자는 지성의 스산한 표정에 움찔했다. 소름 끼칠 정도로 차갑게 노려보는 시선에는 초롱에게 접근하면 네 명줄을 끊어주겠다는 경고가 섞여 있었다. 남자는 순진한 초롱에게 이런 고약한 남자친구가 있을 줄은 상상도 못했다. 그는 재수 옴 붙었다는 생각을 하며 재빨리 그 자리를 피했다.

"언제 왔어?"

"오늘."

"너……."

지성에게 뭐라 하려던 초롱은 그가 제 어깨에 얼굴을 묻자 입을 다물었다. 너무 오랜만에 보는 지성이 살이 쏙 빠져 있자 눈물이 날 것 같았다. 그녀는 그의 뒷머리를 쓸어 만졌다.

"괜찮아?"

"아니."

"저기, 문자 봤어? 미안. 문자 그렇게 보낸 거 미안해."

사과가 참 빨랐다. 지성은 픽, 웃고는 고개를 끄덕였다. 어깨에 얼굴을 묻고 있던 터라 그걸 느낀 초롱이 사과를 받아줘서 고맙다고 말했다.

"기다리게 해서 미안해. 시간이 많이 걸렸지? 미안."

"아니야. 그런데 이젠 괜찮…… 아니, 조금은 괜찮아졌어?"

"응. 이젠 살 것 같아, 너 보니까."

비행기 안에서 초롱의 문자를 계속 반복해서 읽으면서 엄마에 대한 생각이 많이 줄어들었다. 그 문자에 놀라 한달음에 달려왔는데, 초롱이 자신을 안아주자 정말 살 것 같았다. 조이던 숨통이 확 트였다.

"혹시 문자 다 봤어? 마지막에 보낸 것들 말고……."

초롱의 몸이 꼬아졌다. 부끄러워서 하는 행동이라는 걸 알아차린 지성은 그녀가 무슨 문자를 이야기하는지도 눈치챘다.

"키스. 키스해 줘."

"응?"

"키스해 달라고."

맥락 없는 전개에 초롱이 눈을 크게 떴다. 지성은 그녀의 어깨에서 얼굴을 떼고 비스듬히 기울인 채 입술을 맞댔다.

"숨을 불어넣어 줘. 그럼 더 살 것 같아."

입술을 맞댄 상태로 이야기를 하는 탓에 묘한 느낌이 찌르르 울렸다. 간질거리는 입술을 이로 긁는다는 게 지성의 입술도 긁어버렸다. 꽤 감각적이었는지 그가 낮게 신음하고는 그녀의 입술을 빨아들였다.

오랜만의 키스에 초롱은 빠르게 심취했다. 조금 사납게 제 입술을 깨물고 빨아들이는 지성의 목을 감싸 안고 발뒤꿈치를 들었다. 지성이 그녀의 허리에 팔을 두르고 위로 끌어 올려 단단하게 받쳐주었다. 다른 한 손이 초롱의 귓등을 만지고 귀 뒤로 넘어갔다. 느릿하게 귀를 훑어 내려온 손이 귓불을 살짝 꼬집었다.

"흐응……."

따끔함에 섞인 작은 쾌감에 초롱이 신음했다. 목덜미로 내려온 손이 뒷머리를 감쌌다. 그리고는 잠시 입술을 뗐다.

"숨 쉬어."

키스를 하면 초롱이 숨을 참는 탓에 몇 번씩 중간에 입술을 뗐었다. 이번에도 입술을 뗀 지성은 몇 번 지적했던 걸 또 말했다. 다시 시작된 키스. 하지만 여전히 초롱이 숨을 참았다.

지성은 그녀가 헐떡이기 시작하자 제 숨을 조심스럽게 불어넣어 주었다. 놀란 초롱이 그 숨을 받아 쉬더니 그의 어깨를 밀어냈다.

"뭐, 뭐 하는……."

"에어 클리닝 키스. 서로의 호흡이 오가는 거야. 너도 나한테 네 숨을 줘."

지성이 다시 입을 맞춰왔다. 그는 따라 하라는 듯 제 숨을 다시 천천히 불어 넣었다. 그리고는 딥 키스를 했다. 한참 뒤 그가 그녀의 뒷머리를 손가락으로 툭툭 두드렸다. 지금이라고 신호를 주듯이.

초롱이 코로 숨을 들이쉰 뒤 지성의 입안으로 슬쩍 흘렸다. 그가 더 달라고 빨아들이자 초롱은 숨 전부를 내어주었다. 두 사람은 한참 동안 서로의 호흡을 나누어 주었다.

한국으로 돌아온 지성은 빠르게 일상으로 복귀했다. 그는 초롱과 많은 시간을 보내려 했다. 언제나 붙어 다녔다. 그렇게 두 사람은 긴 시간을 함께했다.

PART 2.

1. 키스의 전주곡

눈을 뜨자 남자의 팔뚝이 보였다. 팔뚝을 따라간 그 끝에 섬세한 손가락이 살짝 굽어져 있었다. 초롱은 자신이 이 남자의 팔뚝을 베고 누워 있고, 지금 당장 이불을 거둬내고 움직일 수 있는 상황이 아니라는 걸 알아차렸다. 그녀는 제 허리를 감싸 안고 있는 남자에게 어제 또 넘어갔던 상황을 기억해 냈다.

"자고 갈래?"

이 한마디에 쉽게 넘어갔다. 술기운이 크게 작용했을 테고, 남자는 그 덕을 톡톡히 보았을 거다.

초롱은 짜증 섞인 한숨을 내쉬고는 제 허리에 둘러진 팔을 밀어냈다.

"으음. 더 자자."

"비켜. 출근 안 해?"

"오늘 토요일이잖아."

"아침에 중국 지사 업무팀과 회의 있어서 잠깐 출근해야 하잖아. 그래서 너 어제 술도…… 안 마셨잖아."

말을 하고 나자 초롱은 더 짜증이 올라왔다. 오랜만의 회식에서 지성은 술을 입에 대지도 않았다. 누가 따라주든지 간에 제 특유의 눈웃음을 지으며 다 받아 마시는 그가 어제는 다음 날 아침에 있을 회의를 핑계대며 부드럽게 거절했다.

말짱한 상태로 술에 취한 자신에게 자고 가라고 꼬드겼다. 왠지 술을 마다한 이유가 회의가 아닌, 이게 목적이었을지도 모른다는 생각이 들었다. 하지만 그건 제 착각이겠지. 어제 자신은 스트레스로 폭주한 상태였고, 그걸 풀고 싶어서 안달이 났었다. 술로는 부족했었다. 그래서 그의 제안을 단번에 받아들였다. 어젯밤 지성은 제대로 스트레스를 풀어주었다.

초롱은 이제껏 그랬던 것처럼 어제의 일에 대해서는 입을 다무는 걸 택했다. 지성을 타박하지도, 자책하지도 않기로 했다. 아니, 이런 것에 무뎌져 버렸다. 한두 번이 아니었다, 이런 상황이. 애매해져 버린 그들의 관계는 하루 이틀이 아니었다.

"난 씻고 다녀올 테니까 더 자. 점심 전에는 올 수 있을 거야. 해장국 사올게."

술을 마신 다음 날이면 초롱은 평소보다 한 시간에서 두 시간 더 일찍 눈을 떴다. 그리고는 메스꺼움과 두통으로 30분 정도 끙끙 앓다가 다시 자고 일어나 해장국을 찾는다.

지성은 초롱의 어깨에 다정하게 입을 맞추고 일어났다. 실오라기 하나 걸치지 않은 몸인데도 민망한 기색 하나 없이 그는 욕실로 사라졌다.

슬슬 올라오는 두통과 헛구역질에 초롱은 뒤척였다. 속은 울렁거리고, 머리는 어지러우면서 지끈거리고, 눈앞은 빙빙 돌았다.

"내가 다시는 과음하나 봐라."

늘 하는 후회와 다짐이다. 하지만 스트레스를 받으면 절제를 잃어버린다. 드문드문 필름이 끊길 때까지 술을 마신다. 어제도 어떻게 회식 장소를 빠져나왔는지 모르겠다. 지성이 '자고 갈래?' 라고 물었던 게 자신의 집 앞인지, 그의 집 앞인지도 모르겠다.

지금 지성의 집인 걸 보니 그의 집 앞에서 물었을 가능성이 큰데, 흐릿한 기억 속에 제집의 현관 비밀번호를 누르는 장면이 있어 초롱은 이곳까지 오게 된 과정이 불분명했지만 생각을 말았다. 중간중간 토막이 나 사라진 필름을 되찾기란 불가능하다는 걸 예전부터 익히 잘 알고 있었기 때문이다. 지성에게 물으면 되지만, 자신이 기억이 없을 때 교묘하게 생략해서 제게 유리하게 말을 하는 걸 알기에 그냥 알기를 포기했다.

초롱은 머리 위로 이불을 뒤집어쓰고 눈을 질끈 감았다. 그런데 감은 눈앞이 어지러웠다. 이래가지고 다시 잠이 들 수 있을까 짜증이 났다. 속으로 술 한 잔 마시지 않은 지성을 원망했다. 술 잔 좀 빼앗아주지 그랬냐고.

혼자 속으로 구시렁거리던 초롱은 어느새 서서히 다시 잠이 들었다. 그런 걸 알기라도 하는 듯 욕실 문이 소리 없이 열렸다. 발소리를 죽이고 나온 지성은 미간을 찌푸린 채 잠든 그녀를 보고 입술을 감아 올렸다.

"이따가 돌아올 때 옷 좀 챙겨와야겠네."

일이 끝나면 자주 가는 집 근처 해장국 가게에서 해장국을 포장해 오고, 바로 위층인 초롱의 집에서 그녀가 갈아입을 옷을 챙겨오는 것까지 할 일을 짧게 생각한 지성은 옷장을 열어 제 옷을 꺼냈다.

예전에는 옷장 한쪽에 초롱의 옷도 있었다. 그런데 헤어지고 난 뒤로 모든 옷이 싹 사라졌다.

초롱은 연인일 때와 아닐 때의 차이를 분명하게 두려고 했다. 사귈 때에는 서로의 집에 서로의 물건을 흘리거나 일부러 두고 편하게 생활을 했었다. 하지만 헤어지고 나면 재빠르게 제 물건을 다 챙겨 나가고, 그녀의 집에 있는 자신의 물건을 다 가져다 둔다.

하지만 이렇게 하면 뭐 하나. 딱 선이 그어지지 않는 걸. 여전히 두 사람은 손을 잡고 걷고, 키스를 하고, 가끔은 같이 잠을 잔다.

초롱과 헤어진 게 벌써 네 번째. 헤어어지고 만나는 걸 반복하고 있다. 헤어졌어도 이렇게 매일 얼굴을 볼 수 있어서 정말 다행이다.

옷을 갖춰 입은 지성은 얼굴을 가린 이불을 끌어 내렸다. 애틋한 표정으로 흘러내린 머리카락을 조심스럽게 치워주었다. 오밀조밀 앙증맞았던 이목구비는 성숙한 여인의 것으로 바뀌었다. 그는 아주 어렸을 때의 얼굴이 조금 남은 그 얼굴을 한참 내려다봤다.

초롱이 다시 눈을 뜬 이유는 부스럭거리는 소리 때문이었다. 그녀는 침대에서 일어나 곧장 욕실로 향했다. 샤워부스를 보니 씻고 싶었지만, 그보다는 당장 뱃속을 채워주지 않으면 쓰러질 것 같아 가운을 찾았다. 가운을 입고 욕실을 나오자 살짝 열린 방문 틈으로 고소한 냄새가 흘러들어 왔다.

"순댓국 사왔어?"

반색하며 나온 초롱에게 지성은 고개를 끄덕였다. 분명 곤히 자고 있었는데 식사 준비를 마치자 귀신같이 알고 나와 식탁 의자에 앉는다. 지성은 국물을 떠서 호, 불고 입안에 넣음과 동시에 감동이 가득한 표정으로 몸을 떠는 그녀를 빤히 응시했다.

"그렇게 맛있어?"

"응."

초롱이 먹는데 말시키지 말라고 손을 내저었다. 맞은편에 앉은 지성은 수저를 든 손에 턱을 괴고 순대를 골라내어 초장을 찍어먹는 초롱의 얼굴 아래를 지그시 주시했다.

먹을 생각에 급히 입고 나오느라 끈을 제대로 못 묶었나 보다. 벌어진 가운 사이로 탐스러운 가슴 둔덕이 드러났다. 여름이라 목덜미를 조심한 대신 가슴에 애정을 다 퍼부었었다. 보는 것만으로도 부드러운 촉감이 예상되는 하얀 피부에 울긋불긋 꽃이 피어 있었다.

"밥 먹고 영화 보러 갈까?"

"아니. 오후에 미나 만나기로 했어."

"아하. 라희는?"

"주말에는 친정에 애 맡기고 남편이랑 놀러 다니는 게 낙이라는데, 방해하지 말아야지."

"그럼 나는 뭐 해?"

일상을 공유했던 연인일 때의 버릇을 지성은 지금도 보였다. 초롱은 그것에 익숙했지만, 괜한 심술이 올라 눈을 홉뜨고 말했다.

"왜 나한테 물어?"

뭐 하기는. TV를 보든가, 밀린 빨래랑 청소를 하든가, 아니면 잠을 자든가. 심심하면 너 좋아하는 게임을 하든가. 할 거 많잖아.

이런 답을 예상했던 지성은 초롱의 말에 짐짓 당황했다. 그는 지금 그녀의 심기가 좋지 않다는 걸 바로 알아차렸다. 지성은 지금이 며칠인지를 떠올렸다.

그러니까, 오늘이 6월 25일. 월 초마다 겪는 여자의 날이 다가오고 있다. 호르몬 변화로 일주일 전쯤인 지금 예민할 시기다. 이럴 땐 설설 기는 게 그나마 가장 나은 방법이다.

지성의 생각대로 초롱은 그날이 다가오고 있어서 컨디션이 좋지 않았다. 거기에 그제부터 일로 스트레스를 많이 받아서 기분이 좋은 상태가 아니다. 어젯밤의 일도 그렇고.

식사가 끝나갈 때쯤이 되자 포만감에 초롱의 표정이 누그러졌다. 지성은 식사 전 떠다 놓은 물 잔을 그녀에게 밀어주며 물었다.

"미나랑 만나서 뭐 할 거야?"

"수다."

"언제 헤어지는데?"

"몰라."

"그럼 어디서 만나는데?"

"강남."

강남 어디서 만나는지 물으려다 말았다. 대답이 연속해서 두 글자로 끝나니 물어볼 의욕이 포르르 사그라졌다.

전투적으로 그릇을 다 비운 초롱과 달리 느릿하게 먹던 지성은 절반가량을 남겼다. 그는 지금 이 식사보다 다른 게 더 허기졌다. 가운 안에 아무것도 입지 않고 먹은 걸 치운다고 왔다 갔다 하는 초롱이 더 고팠다.

어제 만족할 때까지 안았다고 생각했는데, 아니었나 보다. 아니, 제 만족의 선이 계속 올라가는 것 같다. 만족했다고 생각하고 돌아서면 또 원하는 걸 보니 말이다. 제 성욕을 한없이 끌어 올리는 여자는 초롱 하나다. 초롱을 보면 안고 싶은 생각이 꽤 자주 든다. 회사에서도 마주칠 때마다 머릿속으로는 그녀의 옷 단추를 풀고 하나씩 벗겨낸다.

다시 식탁에 팔을 올려 턱을 괸 자세로 지성은 재활용할 그릇을 헹구는 초롱의 뒷모습을 구경했다. 자신의 가운을 입은 터라 늘씬한 다리가 대부분 가려졌다. 한 손에 쥐어지는 가는 발목과 툭 튀어나온 복사뼈를 눈에 담은 그가 무슨 상상을 하는지 눈을 가늘게 떴다.

"불편하지 않아? 옷이라도 갈아입지 그래?"

"응. 아, 여름휴가 일찍 다녀올까? 7월이 8월보다 낫지 않을까?"

"응? 여름휴가?"

"해외로 다녀오자. 너, 해외여행 좋아하잖아."

여름휴가를 같이 보낼 생각을 하는 지성을 초롱은 불만스러운 표정으로 바라봤다.

뭐든 자신과 함께하는 게 당연하다고 여기는 그가 잘못된 것인지, 아니면 이런 식으로 꼬시면 번번이 넘어가는 자신이 잘못된 것인지 모르겠다. 맞다. 이미 자신은 넘어갔다. 그게 싫어서 초롱은 삐뚤게 반응했다.

"이번엔 관광은 싫어."

여기저기 돌아다니며 구경하는 걸 좋아하는 초롱이 관광이 싫다고 하자 지성의 미간이 옅게 파였다. 초롱이 자신의 예상을 벗어나면 그는 가슴이 선득해졌다. 그는 그녀가 변해가는 걸 보면 안절부절못했다. 지금의 연초롱은 다시 만났던 19살의 연초롱과 많이 달라졌다. 그걸 사소한 것에서 느끼면 지성은 그녀에게 안달이 났다.

"그래. 그럼 수영장 있는 리조트로 가자."

"그런 데는 한국에도 있는데 왜 해외까지 가."

"해외여행도…… 싫어?"

"별로 안 당기는데. 그냥 너 혼자 갔다 와."

지성은 씻으러 가려는 초롱의 손목을 잡아 끌어당겼다. 억지로 자신의 허벅지 위에 그녀를 앉힌 그는 살살 어르고 달래는 목소리로 말했다. 더불어 다정하게 초롱의 머리카락을 귀 뒤로 넘겨주면서.

"경비는 내가 다 댈게. 다녀오자. 비키니도 사줄게. 면세점에서 화장품도 사줄게."

독립하면서 초롱은 할인과 면세에 눈을 떴다. 아주 달콤한 회유에 그녀는 못 이기는 척 넘어갔다.

"……그렇게 원하면 같이 가줄게. 이젠 좀 놓지?"

"싫어."

지성은 초롱을 꽉 껴안고 옆구리를 슬쩍 찔렀다. 간지럼을 잘 타는 그녀가 몸에 힘을 빼고는 가슴에 기대자 그는 안정감 있게 안아주었다. 오랜 연인이었던 두 사람은 이렇게 쉽게 연인의 분위기가 형성된다. 두 사람은 워낙 익숙해서 인지하지 못하는 그런 분위기가.

❖

딸랑. 문에 달린 종이 흔들리며 소리를 냈다. 초롱은 카페 안을 살폈다. 미나가 손을 흔들며 반기는 걸 확인한 그녀는 얼굴에 미소를 걸고 다가갔다. 맞은편에 앉자 미나가 미리 시켜두었던 커피를 앞으로 밀어주면서 물었다.

"기분 괜찮나 보네? 어제 낮에 전화했을 때만 해도 힘들어 죽겠다고 하더니."

"회식했거든. 술 왕창 마시고 털어버렸지."

"그래? 그런데 해장 잘했나 보다? 말끔한 거 보니."

미나의 어투는 묘했다. 내가 말하기 전에 네가 먼저 털어놔라, 이런 투였다. 초롱은 눈동자를 도그르르 굴린 뒤에 그녀가 생각하는 게 맞다고 인정했다.

"그래, 이지성이 해장국 사다 줬어."

"정성도 그런 정성이 없지. 헤어진 전 여친이 뭐가 예쁘다고 해장까지 챙긴다니."

"아, 몰라."

초롱이 더는 이야기하지 말자는 투로 말했다. 평소라면 해장국 정도야 친구니까 챙겨줄 수 있지 않느냐고 항변할 초롱이 화제를 돌리고 싶어하는 걸 보고 미나가 덤덤하게 물었다.

"또 잤어?"

사고 치고 엄마에게 딱 걸렸을 때의 당혹스러운 표정이 초롱의 얼굴에 걸렸다. 귀신같이 알아차리는 미나의 시선을 피해 초롱이 고개를 떨궜다.

"이쯤 되면 묻고 싶은 게 있지."

"묻지 말아줄래?"

"이지성이 그렇게 잘해? 이지성 몸을 잊지 못하겠니?"

"아, 좀! 아줌마처럼 그런 거 묻지 말라니까!"

"한 번 다녀왔는데 뭐."

대학생 때 갑자기 결혼 발표를 한 미나는 재작년에 이혼했다. 그녀는 사랑하는 여자가 새로 생긴 남편에게 먼저 쿨하게 이혼하자고 했다. 그녀의 전남편은 미안해하면서 그녀의 제안에 동의했다. 그때 미나는 완전히 남편에게서 정이 떨어졌다고 했다. 조금의 반성이라든가 가정을 지키려는 의지가 보였다면 더 나았을 거라고 했다.

그때 라희는 왜 그랬냐고, 반쯤 죽여놓지 그랬냐고, 너무 쉽게 이혼해 주지 말았어야 하는 거 아니냐고 분노했었다. 미나는 한쪽이 마음이 없는데 왜 같이 사느냐고, 감정싸움도 하기 싫었다고 차분한 얼굴로 이야기했었다.

나중에 알았지만, 미나는 고된 시집살이로 지친 상태였다. 믿을 사람이라고는 남편뿐이었는데 그가 믿음을 저버리자 미련 없이 이혼했다.

웬만해서는 미나의 이혼 이야기를 꺼내지 않는데, 본인이 저리 꺼내 버리니 난감한 적이 한두 번이 아니었다. 본인이 아무렇지 않게 이야기를 하지만, 초롱은 불편했다. 그녀가 한때는 남편을 아주 많이 사랑했던 걸 알기 때문이다.

"어쨌든 그런 거 물어보지 마."

"우리 나이가 몇인데 성에 부끄러워하니? 그보다 너희 그냥 다시 만나지그래?"

"뭘 다시 만나."

"지성이가 싫은 거 아니잖아. 싫었다면 네 번이나 만나고 헤어지는 걸 반복했겠니. 도대체 뭐가 문제야? 잠도 가끔 자는 거 보면 그게 안 맞아서는 아닌 것 같은데."

"고미나!"

"이번에는 그런 질문 아니다? 왜 이지성하고 다시 안 사귀냐고. 나는 너희들 다시 사귈 줄 알았거든. 이번에는 좀 길다? 너희 헤어진 지 1년 돼가지 않아?"

"9개월."

"그래. 그 9개월 동안 헤어졌어도 할 건 다 하고 있지."

두 사람을 비난하는 게 아니라 정말 둘이 뭐 하고 있냐는 말이었다. 초롱은 할 말이 없다는 얼굴로 제 잔을 응시했다. 그녀 스스로도 애매한 관계라는 걸 아는데, 남들 눈에는 오죽할까.

"정말 심각하게 묻는 거야. 이지성이 싫어?"

"……아니."

"그런데 왜 헤어졌어?"

헤어지는 게 더 좋으니까. 어정쩡한 사이가 불편하지만, 제 마음은 이편이 더 나으니까.

지성과 사귀면서 좀처럼 좁혀지지 않는 게 있다고 느껴졌다. 자신만 바라보고, 자신에게 다 맞춰주고, 자신만 위해주고, 모든 걸 다 해주려고 하는 지성은 완벽한 연인이었다. 하지만 그는 사랑한다는 말을 단 한 번도 하지 않았다. 그 외의 애정 섞인 말은 곧잘 하면서도 사랑한다는 말은 하지 않았다.

한 번은 사랑한다는 말을 듣고 싶다고 직접적으로 말했다. 그런데 지성은 키스를 했다. 키스에 물러지는 자신을 아니까 키스를 했을 거다. 사랑한다는 말을 하지 않는 남자. 어린 마음에 사랑받는 게 아니라고 느껴져 헤어지자고 했었다. 그게 첫 이별이었다.

이별 뒤에도 지성은 변함없이 자신을 대했다. 친구 관계에서 받는 그의 애정은 더 가슴 깊이 다가왔다.

'아, 나를 사랑하는구나.'

얼마 안 가 다시 사귀었다. 그런데 사귀고 나자 막상 또 같은 문제에서 서운함을 느꼈다. 그래서 또 헤어지고, 다시 사귀고. 그걸 반복했다.

"왜 헤어졌냐니까. 그때 권태기가 왔었어?"

"아니."

"그럼?"

"사귈 때보다 헤어졌을 때 더 사랑받는 다는 걸 느껴."

"내 손에 쥔 떡이 아닐 때 더 커 보인다, 뭐 이거야?"

"그런 게 아니야. 사귈 때에 나한테 하는 걸 보면 크게 와 닿지가 않거든? 그런데 헤어졌어도 똑같이 하는 걸 보면 애정이 더 크게 느껴져. 그래서 헤어졌을 때가 좋아."

참 아이러니하다. 지성은 늘 자신에게 잘하는데 왜 그러는지 모르겠다. 사귈 때에는 사랑한다는 말을 들어야 뭔가 완성이 되고 행복할 것 같은데, 헤어졌을 때에는 그 말을 듣지 않아도 충분히 만족스럽고 행복하다.

차라리 그가 헤어지고 조금 달라진다면, 자신에게 하는 행동이 변한다면 이러지 않았을 거다. 사귀나 헤어지나 똑같으니 문제다. 그러니 사귀면서 사랑한다는 말을 듣지 못해서 불신과 이상한 불안감에 휩싸일 바에는 헤어져서 그의 애정을 받는 게 좋다.

하지만 마음속 깊은 곳에서는 지성의 사랑한다는 말을 원하고, 기다리고 있다. 그가 사랑한다는 말을 하면 냉큼 달려가 안겨 버릴지도 모른다.

"사귈 때의 의무 같은 게 귀찮은 거야? 어차피 헤어져도 애정은 똑같으니 의무가 없는 지금의 관계가 좋다?"

"그런 게 아니라니까. 왜 이해를 못하니."

"내 눈에는 그냥 네가 심술 난 걸로만 보인다. 이지성이 불쌍해지네."

사랑한다는 말을 한 번도 듣지 못해서 그런다고 하면 미나가 이해할지도 모른다. 하지만 그건 제 자존심에 큰 스크래치를 내는 일이라 초롱은 말하기 싫었다. 다른 일에는 자존심을 세우지 않지만, 이건 달랐다. 여자로서 사랑받는 그 자존심은 절대 무너져서는 안 되는 거다.

여자로 태어나 남자에게 사랑받는 건 아주 큰 부분이다. 이건 미나도 동의할 거다. 이혼한 그녀가 그나마 지금 잘 지내고 있는 이유에는 남편이 한때는 자신을 목숨만큼 사랑했었다는 그 자부심이 있기 때문이다.

초롱은 지성이 불쌍해진다는 미나에게 입을 꾹 다물었다.

"제대로 정리해. 너도 결혼을 해야 할 거 아니야. 언제까지 이지성이랑 섹스만 할……."

"야! 고미나!"

초롱의 외침에 미나가 눈을 가늘게 접고 웃었다. 초롱은 일부러 가라앉은 분위기를 바꿔보려고 한 말이라는 걸 알겠다만, 그래도 그 화제는 좀 꺼내지 말라고 노려봤다.

미나는 어깨를 으쓱이고는 다른 화제로 넘어갔다. 최근에 데이트를 하는 남자 이야기였다. 그녀는 눈을 반짝이며 경청하는 초롱에게 아주 재미있게 제 연애담을 풀어놓기 시작했다.

결국 미나와 헤어지고 초롱은 지성을 만나기로 했다.

집으로 가는 거냐고 묻는 미나에게 지성을 만난다고 하면 또 뭐라고 할까 봐 고개를 끄덕였다. 길거리에서 손 흔들고 헤어졌다. 미나가 횡단보도를 건너갔을 때 지성이 왔다. 너무 빨리 온 그를 길 건너고 다시 인사를 하려던 미나가 발견했다. 멀리서도 오묘하게 웃는 게 보였다.

초롱은 10분 정도 걸릴 거라더니 5분도 안 돼서 온 지성의 손을 잡아끌었다. 이미 다 봤는데 뭘 도망가겠다는 건지. 곧바로 미나에게 이지성과 같이 집에 가서 뭐 할 거냐는 문자가 왔다. 갑자기 영화 보자는 연락이 와서 만난 거라고 답장했지만, 이 변명이 통하지 않을 거라는 걸 알고 있어서 민망했다.

"표 예매해 뒀는데."

"응?"

"천천히 가도 된다고. 무슨 급한 일이라도 있어?"

"아니. 그냥."

미나를 만나러 나갈 때 기분이 좀 풀린 것 같았는데 도로 가라앉아 있었다. 미나와 무슨 일이 있었나, 걱정스러운 시선으로 초롱을 내려다보던 그가 물었다.

"무슨 일 있었어?"

"아니, 없었어."

초롱은 연하게 웃으며 고개를 저었다.

영화가 끝나고 두 사람은 맥주 캔을 사 들고 근처 놀이터로 향했다. 지성은 아침에 술병으로 고생해 놓고 무슨 또 술이냐고 잔소리를 했지만, 적극적으로 말리지 않았다.

"내일 드라이브 갈까?"

자연스럽게 내일 할 일을 제안한다. 초롱은 고개를 저었다.

"그냥 집에서 푹 자고 쉴 거야."

지성은 침묵으로 그녀의 말을 받아들였다.

다음 주부터 장마라고 했던가. 공기 중에 습기가 가득한 것 같다. 비가 내릴 듯 말 듯한 날씨다.

"아, 휴가 날짜 네가 골라. 난 맞출 수 있으니까."

"응. 그런데 우리 둘이 동시에 휴가 쓰면 이상하게 보지 않을까?"

"작년이나 재작년에 이상하게 보는 사람 없었어."

심지어 작년과 재작년에는 두 사람이 사귀고 있었을 때인데, 아무도 낌새를 알아차리지 못했다.

회사 내부 규정상 한 부서에 커플이 있으면 한 명이 다른 부서로 옮겨가야 한다. 그래서 비밀로 했었다. 그게 용케 지금까지 걸리지 않고 있다.

현재 두 사람은 제온그룹의 본부장 밑에서 일을 하고 있다. 두 사람 다 비서. 하지만 하는 일이 다르다. 초롱은 정말 비서실에서 일을 하지만, 지성은 따로 마련된 사무실에서 일을 한다. 본부장이 직접 거느리는 팀이라고 볼 수 있다. 어쨌든 표면적으로 두 사람은 소속이 같다.

"그래도. 올해도 같이 휴가 쓰다가 눈치채는 사람이 생기면?"

지성은 왜 그런 걱정을 하는 거냐는 시선을 했다. 초롱은 입을 다물었다. 헤어지든 아니든, 소문나든 말든, 그에게는 다 크게 상관없어 보이는 게 참 짜증이 났다.

그네에 나란히 앉아 있는 게 싫어 초롱은 미끄럼틀로 올라갔다. 그곳에서 남은 술을 홀짝거리며 다 마셨다.

"집에 가자."

미끄럼틀 끝에 선 지성이 올려다보며 말했다. 어서 내려오라는 손짓에 초롱이 발로 미끄럼틀을 타고 쭈르르르 내려갔다. 그의 앞에 멈춘 그녀는 쪼그리고 앉은 상태에서 캔을 내밀었다. 지성이 그 캔을 받아 손목에 걸고 있던 검정 비닐봉지 안에 넣었다.

지성은 초롱을 고요하게 내려다보고 있다가 무릎을 접었다. 한쪽 무릎은 땅에, 다른 쪽은 세워서 앉은 그가 초롱의 턱을 쥐고 고개를 올렸다.

그의 시선이 이마에 떨어졌다. 그리고 눈썹, 눈, 코, 볼, 인중, 입술. 천천히 흐르면서 여기저기 다 훑은 시선이 더 아래로 내려갔다. 턱을 세우느라 드러난 가는 목덜미, 쇄골, 그 아래의 옷에 감싸인 가슴.

그의 시선은 마치 연주를 하는 것 같다. 그렇게 하나하나 그윽하게 보면서 자신의 반응을 이끌어낸다. 떨림, 긴장, 설렘, 야릇, 저릿, 현기증, 전율, 몽롱 등등. 시선으로 한껏 자신을 들뜨게 만들어놓은 뒤에야 그는 고개를 기울인다.

초롱은 그의 시선은 키스의 전주곡이란 생각을 하고는 눈을 감았다.

월요일 출근을 하자마자 스트레스지수가 팍팍 올라갔다. 초롱은 아랫입술을 쭉 내밀고 후, 하고 바람을 위로 불었다. 그렇게 이마로 흘러내린 머리카락을 치웠다.

"초롱 씨."

"네, 문 비서님."

문다예 비서는 황기우 비서실장 다음으로 가장 오랫동안 본부장님을 모셨다. 본부장을 직접 수행하는 기우가 자리에 없을 때 비서실은 그녀의 지시로 돌아간다. 그런 다예가 자신을 냉랭하게 쳐다보자 초롱은 바짝 허리를 곧추세웠다.

"비서의 기본 중 하나가 단정해야 한다는 거 모르나요?"

초롱은 민망한 표정으로 머리에 꽂아둔 볼펜을 뺐다. 어깨까지 내려오는 굵은 웨이브가 진 머리카락이 흐트러지며 떨어졌다.

"죄송합니다. 머리끈이 갑자기 끊어져서요."

"다음부터는 이런 일 없도록 하세요."

"네. 주의하겠습니다."

출근하고 얼마 지나지 않아 머리끈이 끊어졌다. 급한 대로 노란 고무줄을 찾아 묶었다. 그런데 그것도 끊어졌다. 이때 알아차렸어야 했다. 오늘 일진이 사나울 거라는 것을.

지난 주 작업했던 문서가 사라졌다. 분명 저장을 했는데 마지막 수정한 게 사라졌다. 그래서 미친 듯이 다시 작업을 시작했다. 머리를 볼펜으로 고정시켰는데, 시간이 지날수록 느슨해지더니 앞머리가 흘러내렸다. 입으로 후후 불어가며 일을 하고 있으니 다예의 눈에 안 거스를 리가 없었다.

초롱은 다예가 주는 머리끈을 두 손으로 감사하다고 받은 뒤 머리를 묶었다.

다예가 단정하게 서는 걸 보고 초롱도 자리에서 일어나 반듯하게 섰다. 유리문을 열고 들어온 사람은 본부장님이었다.

지독현 본부장.

갓 벼려놓은 칼 같은 냉정한 성격, 거침없는 말과 행동, 모든 게 다 제 아래에 있다는 오만함, 실패를 모르는 자신감으로 점철된 남자. 모든 걸 다 가지고 태어나 누려온 자라는 건 그의 분위기만 봐도 알 수가 있었다.

"오셨습니까, 본부장님."

다예의 인사에 맞춰 초롱도 허리를 숙였다가 들었다. 독현은 훌끗 두 사람을 보는 것으로 인사를 받았다.

"10분 뒤 회의."

"네, 준비하겠습니다."

딱 할 말만 하고 독현은 자신의 집무실로 들어갔다. 그를 뒤따라오던 기우가 심각한 얼굴로 다예에게 말했다.

"중국 쪽 엎어질 것 같아. 일본 쪽에 넘어간 것 같아."

"왜요? 무슨 일 있었어요? 토요일까지만 해도 회의 잘 끝났다면서요. 그럼 어떡해요?"

"본부장님이 직접 다녀오시겠대. 그런데 괜찮겠어? 인원 충당 안 될 것 같던데. 이사장님이 자기 사람을 기어코 넣으려고 하셔서 본부장님이 아예 사람 안 구하겠다고 하셨어."

힘겨루기를 하고 있는 본부장과 이사장. 당연히 사이가 좋지 않았다. 본부장에게 밀리고 있다는 생각이 들었는지 이사장은 노골적으로 그를 경계했다. 이번에 서지향 비서가 출산휴가를 냈다. 그래서 결원이 생겼는데, 이사장이 자신의 사람을 넣고 싶어서 안달했다.

이사장을 무시하고 사람을 뽑을 수 있지만, 나중에 더 귀찮아질까 봐 아예 사람을 뽑지 않기로 한 것 같다. 초롱은 제 빈 옆자리를 보고 그럼 앞으로 어떻게 되는 것인지 걱정했다. 다예 혼자서 그 많은 일을 처리하기에는 꽤 부담이 될 것이기 때문이다.

"일단 회의 준비 먼저 해야 할 것 같아요. 초롱 씨."

가서 사람들을 불러오라는 부름에 초롱은 데스크를 빠져나갔다. 본부장의 집무실 옆은 회의실이고, 그 옆에 사무실이 하나 더 있다. 본부장 직하에 있는 사람들이 그곳에서 일을 하고 있다. 초롱은 노크를 하고 문을 열었다.

"무슨 일이에요?"

무언가를 설명하던 중이었는지 보드판 앞에서 서 있던 지성이 보드마커를 흔들며 물었다. 매력적인 눈웃음을 지으며 아주 공적으로 능청스레 묻는 그에게 초롱은 똑같이 대응했다.

"본부장님 오셨어요. 대략…… 7분 뒤에 회의 시작이요."

지성을 포함해 모슬우, 손기범, 진현석이 자리에서 일어났다.

독현과 기우까지 총 6명의 남자가 회의실로 들어갔다. 초롱은 다시 자리에 앉아 하던 일을 마저 하기 시작했다. 그때 회의실 문이 벌컥 열리더니 독현이 몸을 반쯤 뺐다.

"이봐, 거기."

다예가 아닌 자신을 부르는 목소리에 초롱은 자리에서 재빨리 일어났다.

"네, 본부장님."

"인수인계 받았어?"

"무슨 인수인계 말씀하시는지……."

독현이 이마를 찌푸리더니 안쪽에 대고 뭐라 뭐라 큰소리를 냈다. 내가 인수인계하라고 말한 게 언제인데 본인은 아무것도 모르냐는 고함이었다. 초롱은 자신이 실수한 거 아닌가 걱정되어 어깨를 움츠렸다. 긴장으로 침을 꼴깍 삼키는데 독현이 고개를 돌렸다. 갑자기 눈이 마주치자 사레가 들린 그녀가 기침을 했다.

손으로 입을 막고 어깨를 들썩이는 초롱을 한심하게 본 독현은 다예에게 눈짓했다.

"인수인계하고 내일부터 바로 일시켜. 이번에는 문 비서가 가고, 다음부터는 그……."

"연초롱 비서입니다."

다예는 기침을 멈추라고 초롱을 노려보면서 독현에게 그녀의 이름을 알려주었다.

일을 한 지 3년이 지났는데도 독현은 제 비서의 이름도 제대로 몰랐다. 작년까지만 해도 독현은 해외에 있었다. 그동안 비서진들은 자리를 비운 상사를 멀리서 모셔가며 일을 했었다. 그래서 독현은 올해 초에 돌아와서야 자신이 없는 사이 뽑혀 3년 동안 일을 해온 제 비서인 초롱, 지성, 슬우, 기범을 직접 마주했다.

지성, 슬우, 기범의 경우, 사업계획서와 각종 보고서를 작성해 자신의 이름을 기입해 보냈던 터라 독현이 그들의 이름은 알고 있었다. 하지만 초롱은 독현에게 따로 보고서를 보낸 적이 없었다. 또한 독현이 돌아왔어도 그와 독대하는 일도 거의 없었다. 초롱을 부를 일이 없으니 독현은 반년이 지나도록 그녀의 이름도 외우고 있지 않았다.

독현은 철저하게 자신에게 영향을 주는 사람만 기억했다. 그는 이제는 제게 영향을 끼칠 제 사람의 이름을 기억하기 위해 입안에서 초롱의 이름을 굴렸다. 그리고는 다시 회의실 안으로 사라졌다.

"초롱 씨, 왜 안 하던 실수를 하고 그래요?"

"죄송합니다."

혼을 내는 것과 달리 다예는 초롱을 꽤 좋은 시선으로 보고 있었다. 그녀는 초롱이 마음에 들었다. 지각 한 번 한 적이 없고, 꾀를 부린 적도 없고, 주어진 일을 충실하게 하고, 힘들어도 겉으로 내색하지 않는 게 흡족했다. 그리고 말수도 적은 게 마음에 찼다. 좋은 비서감이기에 잘 키워보고 싶었다. 그래서 더 엄하게 하는 경향이 있었다.

"본부장님께서 거친 면이 있으시지만, 겁을 먹을 상대는 아니에요. 너무 주눅 들지 말아요."

"네."

"방금 들어서 알겠지만, 지향 씨가 하던 일을 인수인계 받을 거예요."

"네."

"전에 하던 일보다 더 기밀 사항이 많아요. 무슨 말인지 알죠?"

"네, 압니다."

기밀 사항이 외부로 새어나지 않게 더 입이 무거워져야 한다는 말이었다. 또한 기밀을 다룰 때에는 더 실수가 없어야 한다는 뜻이었다. 작은 실수가 큰 손실을 초래한다. 그러니 앞으로 일을 하는 데 있어서 신중하고 책임감 있게 하라는 말이었다.

지난 주 지향이 하던 일을 조금 받아서 했을 뿐인데 스트레스가 많이 쌓였었다. 그런데 이제는 다 인수인계 받아서 해야 한다는 말에 얼굴이 희게 질려갔지만, 초롱은 마음을 단단히 먹고 고개를 끄덕였다.

금요일이 되자 겉으로는 그 어떠한 동요도 없었지만, 속으로는 초롱은 울고 싶었다. 독현을 따라 중국으로 간 다예의 일까지 떠

맡아야 했다. 중국에서 계속 전화가 와 이것을 보내라, 저것을 보내라, 이것을 정리해라, 언제 다 되냐, 재촉을 했다. 더불어 한국에서는 다른 부서 직원들이 당장 독현과 연락이 닿아야 한다고 성화를 부렸다.

비서실에서 혼자 고군분투하고 있던 초롱은 톡톡, 데스크를 두드리는 소리에 고개를 들었다. 상대방의 얼굴을 확인하자마자 그녀는 참았던 눈물이 쏟아질 뻔했다.

"초롱아."

다정하게 가슴을 울리는 부름에 그렁그렁 눈물이 고였다. 지성은 손을 뻗어 그녀의 눈가를 손가락으로 쓸었다. 살포시 떨리며 감기는 그 눈두덩이에 입을 맞춰주는 대신 엄지로 쓸어 만졌다.

"도와줄 거 있으면 말해."

"아니, 없어."

지성도 지금 정신없이 바쁘다는 걸 알기에 초롱은 고개를 저었다. 나직이 한숨을 내쉰 그가 물러나자 그녀는 무슨 일로 왔느냐는 시선을 했다.

"외부에 일이 있어서 나갈 거야. 오늘도 야근해야 할 것 같아?"

"아마도? 본부장님이 업무를 마치셔야……."

오늘까지 야근을 하면 일주일 내리 야근을 하게 되는 것이다. 인수인계와 중국으로 훌쩍 넘어간 독현을 돕느라 계속 야근을 하고 있었다. 독현이 일을 끝내야 퇴근할 수 있다. 현장에 같이 있는 다예와 기우만큼 힘들기야 하겠느냐마는, 일주일의 야근은 체력의 한계를 경험하게 했다. 혼자 일을 하는 심적 부담감에 뭘 제대로 먹지 못한 것도 한몫했다.

지성도 지성대로 바빴다. 계속 외근을 하고 있었고, 아예 퇴근을 그곳에서 하기도 했다.

"그쪽 거의 다 마무리되어 간다던데, 아직도 할 일이 많아?"

"응. 마무리 정리해야 해서 더 많아. 일주일 만에 늙어 죽는 것 같아."

"퇴근할 때 전화해."

지성이 다시 손을 뻗을 때 사무실 문이 벌컥 열렸다. 누군가가 나오는 소리에 그는 자연스럽게 손을 이동해 초롱의 옆에 있는 문서를 집어 들었다.

"어? 아직 안 갔어요?"

기범이 자료를 잔뜩 들고 나왔다. 그가 나오자 사무실 문이 쾅 닫혔다. 누군가가 손이 부족한 그를 대신해 문을 열어주고 닫아주었다.

"이것 좀 확인하고 가려고요. 그거, 자료실에 반납할 겁니까?"

"네."

"같이 가죠. 어차피 내려가는 길이니."

문서를 쭉 훑어보는 시늉을 한 지성이 도로 초롱의 옆에 놓아두고 눈짓으로 인사한 뒤 기범에게 다가갔다. 자료 절반을 들어주자 기범이 살았다는 표정을 지었다.

"초롱 씨, 수고가 많아요."

"기범 씨도요."

그새 초연한 얼굴로 돌아가 도도하게 인사를 돌리는 초롱을 지성이 재미있다는 눈으로 봤다. 똑 부러지는 사회생활을 하고 싶다더니 그녀는 제법 잘해내고 있었다. 사무실 내에서 초롱의 칭찬이 가끔 나왔다. 다예도 기우에게 그녀의 칭찬을 하는 걸 들은 적이 있었다.

회사에서는 상당히 다른 모습. 지성은 그 모습을 보는 재미가 쏠쏠했다. 그녀를 따라 입사한 보람을 느끼고 있었다.

"초롱 씨, 고생하세요."

"네. 지성 씨도요."

지성 씨라는 호칭이 거리감 느껴져 듣기 좋지는 않았지만, 모르는 척 새침 떠는 모습은 너무 귀여웠다. 지성은 그녀를 향해 따스한 시선을 했다.

수고했으니 그만 퇴근하라는 연락을 받은 초롱은 번개 같은 속도로 컴퓨터를 껐다. 불을 다 끄고 비서실을 나온 초롱은 엘리베이터 버튼을 눌렀다. 막차가 끊기기 전에 빨리 집에 가야 한다는 생각을 하며 초조하게 바뀌는 숫자를 응시했다.

딩동. 소리가 울리고 엘리베이터 문이 열렸다. 초롱은 확인도 하지 않고 곧바로 안으로 들어섰다. 이 시각에 누가 이 층에서 내릴 것이라고는 상상도 하지 못했기 때문이다.

"엄마야!"

문이 열렸는데도 무언가가 제 앞을 가로막자 초롱은 놀라 기겁했다. 그녀가 짧게 고함을 외치면서 뒤로 물러나려 했지만 이미 걸음은 앞으로 나간 상태였다. 상체만 뒤로 물리는 탓에 균형을 잃어 팔을 허우적거렸다.

"깜짝이야."

듣기 좋은 저음이 들리고 단단한 팔이 허리를 받쳐 주었다. 볼

썽사납게 넘어질 뻔한 걸 잡아준 사람을 확인한 초롱이 가슴을 쓸어내렸다. 지성은 그녀를 엘리베이터 안으로 끌어들인 뒤 지하주차장 버튼을 눌렀다.

"집에 간 거 아니었어?"

"퇴근할 때 전화하라고 했잖아. 연락 없는 거 보니 아직 회사겠지 싶어서."

"빨리 집에 가자. 가서 한숨 푹 잘 거야."

"뭐 좀 먹을래?"

"아니. 잠이 더 우선이야."

스트레스를 받다 보니 잠도 설치게 되었다. 다음 날 해야 하는 일을 잠자리에서 떠올리다 보니 걱정에 잠도 오지 않았다. 마음은 회사에 있고, 몸은 침대 위에 있으니 죽을 맛이었다.

초롱은 새삼스러운 시선으로 지성을 올려다봤다. 단 며칠, 독현을 상대한 초롱은 그의 지독한 면모에 질려 버렸다. 조금만 늦어지면 전화해서 목소리부터 높였다. 낮게 욕설을 내뱉는 것까지 들었다. 그렇게 사람을 몰아붙이는데 혼이 빠져나가는 줄 알았다.

지독해서 지독현이라고 했던가. 사람 이름 가지고 장난치면 안 되는데, 누군지 몰라도 별명이랑 이름 한번 잘 지었다는 생각이 들었다.

"왜 그런 눈으로 봐?"

"본부장님은 어떤 분이셔?"

"좋은 말이 듣고 싶은 거지? 이런 좋은 점도 있으니 너무 미워하지 말자, 뭐 이런?"

눈치도 빠르지.

"나, 오늘은 '말귀 못 알아 처먹는 빌어먹을 새끼들' 이란 소리도 들었다?"

"너한테 하는 말 아닌 것 같은데. 중국 바이어들한테 하는 말이겠지."

하지만 초롱은 그 새끼들에 자신이 꼭 포함된 것 같은 기분이 들었었다.

"주말에 이모한테 갈까?"

"아, 지금 엄마가 너무 보고 싶다."

지성은 초롱의 머리를 감싸 안고 정수리에 입을 묻었다. 회사 안에서는 이러지 말라고 그녀가 몸을 흔들어 빠져나왔다.

지난 나흘간 지하철에 몸을 실었던 것과 달리 편하게 지성의 차를 타고 집에 도착한 초롱은 곧바로 샤워를 하고 잘 준비를 마쳤다. 막 자려고 불을 껐는데 초인종이 울렸다. 초롱은 다시 불을 켜고 현관 쪽으로 향했다.

확인해 볼 것도 없이 지성이었다. 이 시간에 제집에 방문을 하는 사람은 딱 한 명이었으니 말이다.

"왜?"

"갑자기 일주일 만에 늙은 것 같다는 말이 생각나서."

오후에 너무 힘든 걸 표현하며 했던 말이었다. 지성은 안으로 들어와 현관문을 닫았다. 그는 초롱을 빤히 쳐다봤다. 마치 늙은 구석이 있나 찾기라도 하듯이.

"수법이 빤하다?"

"뭐가."

"키스할 구실을 찾아서 올라온 거 눈에 다 보인다고."

지성이 제 속내를 들킨 것에 대한 너털웃음을 짓고는 초롱의 앞으로 바짝 붙어 섰다. 그의 손이 느린 박자로 움직였다. 머리선을 매만지고 이마를 스친 손가락이 눈썹을 살짝 긁었다. 손가락 등이 볼을 따라 내려갔다. 그 끝의 단단한 손톱이 슬쩍슬쩍 볼에 닿았다. 그는 손끝으로 입술을 덧그렸다. 초롱의 입술이 벌어지자 그는 그곳에서 손가락을 뗐다. 아래로 내려간 손이 턱을 쥐었다.

키스는 뺨과 턱 근육을 부드럽게 해준다. 더불어 키스를 할 때에는 30여 개의 얼굴 근육이 움직인다. 그로 인해 피부가 처지는 것을 막아준다.

지성은 키스의 장점을 하나씩 알려주면서 키스는 좋은 거니 많이 해야 한다고 꼬드겼었다. 지금 그는 키스로 노화방지를 시켜주겠다며 올라온 것이었다. 물론 목적은 키스가 컸다.

"음……. 스트레스도 많이 쌓여 보여."

"스트레스가 쌓일 때마다 키스가 필요한 건 아닌데."

"지난주에는 필요하다고 매달렸었잖아."

어떻게든 제 목적을 달성하겠다는 의지를 보였다. 자고 가라고 붙잡은 건 자신이었으면서 능청스럽게 제게 떠민다. 지난주에 했는데, 오늘이라고 못 하겠는가. 이런 식이 반복되다 보면 자연스럽게 다시 만나게 된다. 아마 지성도 느꼈을 거다. 우리가 곧 다시 시작을 할 거라는 걸. 그래서 이렇게 서슴없이 올라온 것일 거다.

이대로 다시 지성과 연애를 시작하게 되는 건가, 생각을 하는데 문득 지난주 그가 술을 마시지 않았던 게 걸렸다. 그가 그렇게 예전부터 차근차근 다시 만날 구실을 만들어온 게 아니었을까 하는 의구심이 들었다. 가만 생각해 보면 늘 이랬다. 이렇게 하나하나

다 하고 나니 결국에는 다시 사귈 수밖에 없었다.

털을 쥔 지성의 손가락이 다시 박자감 있게 움직였다. 계속 두드리면서 제 감각을 피워내니 생각이라는 걸 하기 힘겨워졌다. 오늘은 손가락으로 키스의 전주곡을 연주하는 지성의 목에 초롱은 팔을 감았다.

2. 키스가 머문 자리

아침에 눈을 떴을 때 지성은 자신이 남겨놓은 자국을 손가락으로 하나씩 만지고 있었다. 그런데 유독 가슴 부근에 있는 자국만 만져댔다. 눈매를 가늘게 접은 나른한 얼굴로 태연자약하게 가슴을 건드렸다. 긴 손가락이 야하게 가슴을 희롱하고 그의 시선도 야릇하게 내면을 희롱했다.

결국 침대를 벗어난 건 한참이 지나서다.

아침 겸 점심을 먹고 상진과 민영이 있는 곳으로 왔다. 경기도 외곽의 작은 마을. 두 사람은 초롱의 조부모님이 돌아가시고 남겨진 그 집으로 이사를 했다.

몇 해 전 민영의 몸이 갑자기 나빠져 급히 병원으로 가서 진찰을 받았다. 진찰 결과를 받은 가족들과 지성은 절망감에 빠졌다. 민영이 암 진단을 받은 것이었다. 다행히 초기라 치료만 잘하면 된다고 했지만, 상진은 아내를 잃을지도 모른다는 두려움에 휩싸였다. 그의 부친이 그랬었다. 그의 모친이 병으로 갑자기 세상을 떴다. 그의 부친은 남은 여생을 홀로 쓸쓸하게 살아갔었다. 아내를 잃은 슬픔은 자식들의 효로는 치유되지 못하는 걸 상진은 잘 알고 있었다.

아무것도 없는 자신에게 시집와 고생만 한 민영이 아프자 상진은 다 내려놓고 물 좋고 공기 좋은 곳으로 이사하려 했다. 조금 먼 지방으로 가려고 했었다. 그런데 민영이 하나뿐인 딸이 걱정된다고 고집을 부려 결국 가까운 이곳으로 왔다.

오래된 집의 상태는 썩 좋지 않아 상진과 민영은 하나씩 고쳐 가면서 살고 있었다.

"더 손볼 데는 없어요?"

"없다. 수고했다, 지성아."

지성과 상진이 목장갑을 탈탈 털면서 나왔다. 마당에 있는 평상에 누워서 책을 읽고 있던 초롱은 자리에서 일어나 앉았다.

"아빠, 시원한 물 가져다 드릴게!"

"오냐. 네 엄마는?"

"잠깐 어디 다녀온다고 나갔는데?"

"또 어디 밭일 도운다고 나간 건 아니겠지?"

밭일도 잘 못하면서 민영은 이웃의 밭일을 돕는다고 나가고는 했다. 상진은 그게 못마땅했다. 그는 아내를 찾으러 간다며 집을 나섰다. 물을 떠온 초롱은 아빠가 엄마를 찾으러 나간 걸 알고서는 웃으며 어깨를 으쓱였다. 이곳으로 오신 두 분이 더 다정해지신 게 그녀는 좋았다.

"여기, 물."

"땡큐."

단숨에 물 잔을 비운 지성은 평상 위로 드러누웠다.

"여기 참 좋다. 나중에 나이 들면 우리도 이런 곳에서 살자."

초롱은 먼 미래도 자신과 함께하는 걸 생각하는 지성을 보다가 읽던 책을 집어 들었다. 대답이 없는 그녀에게 지성은 다시 '응?' 하며 물었다.

"싫어. 난 도시에서 살 거야."

"왜?"

"여기는 없는 게 너무 많아. 난 불편해."

"도시녀였어, 연초롱."

그럼 어쩔 수 없지, 하며 아쉬운 입맛을 다신 지성은 일어나 앉아 초롱의 어깨를 감싸 안았다. 그러고는 그녀의 어깨에 턱을 올리고 읽고 있는 책을 훔쳐 보았다. 초롱이 책장을 넘기는 순간 지성이 그녀의 턱을 돌려 입을 맞췄다. 느릿하고 감각적이게 입술을 비비더니 입술을 깨물었다. 지성이 자신의 윗입술을 깨물자 초롱은 그의 아랫입술을 깨물었다.

이제는 눈치를 살피거나 기회를 엿보는 게 없다. 아주 거리낌 없이 하고 싶은 대로 키스를 했다. 역시나, 이대로 다시 사귀게 되는 건가 보다.

이웃 밭에서 민영을 찾아온 상진은 날도 더워지는데 땡볕 아래에서 일하지 말라고 한 소리 했다. 민영은 그 잔소리가 싫지 않은 표정으로 집 안으로 들어갔다. 상진은 민영이 일한 대가로 받아온 감자를 평상 위에 올려두고 아내를 따라 집 안으로 들어갔다.

아침 겸 점심 이후로 뭘 먹지 못한 지성과 초롱은 배가 고파지자 감자를 쪄 먹기로 했다. 선글라스를 쓴 지성이 열심히 장작에 불을 붙이기 시작했다. 감자를 깨끗하게 씻어온 초롱이 그의 옆으로 무릎을 접어 앉았다. 연기와 부채질을 하느라 날리는 재가 두 사람에게 달려들었다.

"눈 매워."

지성은 자신이 쓰고 있던 선글라스를 초롱에게 씌워주었다.

"그런데 아까 뭐 고친 거야?"

"선반 떨어져서 그거 고쳐 달았어. 이따가 페인트칠 좀 해."

"무슨 페인트칠?"

"강아지 집 만들어놓으셨대. 강아지 한 마리 얻어와 키우실 거라고."

"강아지를?"

"응. 이모가 강아지 좋아하시잖아. 이모가 적적하다고 하셨나 봐. 이모부가 이모 몰래."

"서프라이즈?"

지성이 비밀이라고 검지를 입에 댔다. 초롱은 아빠가 그런 이야기를 자신보다 지성에게 먼저 한 것에 입술을 비죽였지만, 한두 번이 아니라 그냥 그러고 말았다.

"감자 찌려고?"

"응. 엄마 어디 가?"

민영과 상진이 나오자 초롱이 물었다. 옆에 같이 쪼그리고 앉아 있던 지성이 그녀의 옆구리를 쿡쿡 찔렀다. 신호를 주는 것이었다. 모르는 척 더 연기하라고.

“너희 고기 좀 먹이자고 읍내에서 장 봐오자고 하시네. 먹고 싶은 거 있니?”

“고기 많이!”

“이모, 저는 소시지요.”

민영은 알았다며 집을 나섰다. 상진이 나가기 전 지성에게 잘 안 되는 윙크를 하며 신호를 주는 걸 보고 초롱은 웃음을 터트렸다. 상진과 달리 지성은 아주 멋스럽게 윙크를 되돌렸다.

“아빠가 윙크를 했어.”

“내가 가르쳐 드렸지. 이렇게 신호를 주면 우리가 준비하겠다고.”

못 말린다는 표정으로 초롱은 고개를 저었다.

감자가 쪄지는 동안 두 사람은 상진이 만들어놓은 강아지 집에 페인트칠을 했다. 그리고는 이웃집에 가서 엄마 젖을 뗀 새끼 강아지를 받아왔다. 두 사람이 민영와 상진이 오기를 기다리면서 쪄진 감자를 다 먹었을 때 그들이 왔다.

“어머, 웬 강아지야?”

“아빠 선물이래.”

“선물?”

장을 보고 온 민영은 강아지를 발견하자마자 화색이 되었다. 지성은 상진에게 데이트 잘하셨냐고 물었다. 상진이 덕분에 잘 놀다 왔다고 했다. 초롱은 부모님이 장을 보는 것치고는 시간이 오래 걸린 것에 대한 의아함이 풀렸다.

남편이 만들었다는 강아지 집을 보고 민영은 감동을 받았다. 강아지를 품에 안고 소녀처럼 좋아하는 엄마를 보자 초롱은 묘한 기분이 들었다.

저녁식사를 마치고 이웃이 도와달라고 연락이 와 그곳에 다녀온다며 나간 상진을 제외한 세 사람은 TV 앞에 앉아 드라마를 보고 있었다. 민영은 드라마보다 강아지에 더 관심이 쏠린 듯했다. 배를 보이고 벌러덩 누워 자는 새끼 강아지에게서 눈을 못 뗐다.

"엄마, 그렇게 좋아?"

"내가 강아지 키우고 싶었는데, 너희들 때문에 못 키웠잖아."

"우리 때문에? 왜?"

"초롱이 네가 강아지한테 물린 적이 있었어."

"아……."

뭔가 기억이 난 지성이 짧게 소리 내며 고개를 끄덕였다. 자신은 전혀 생각나지 않는 일에 초롱이 눈을 홉떴다.

"그때부터 네가 강아지라면 질색했어."

"내가 그랬었어?"

"말도 마라. 넌 강아지만 보면 얼어붙어 서서 얼굴이 희게 질렸어. 그러면 지성이 짧은 팔을 짝 펴서 그 앞을 가로막고 섰어. 너, 지켜준다고. 그런데 그때 지성이도 강아지 무서워했었다. 강아지가 멍! 짖으니까 놀래가지고 널 껴안고 울먹거렸었어. 그런데도 지켜준다고 짧은 다리를 허공에 차는데, 어찌나 귀엽던지."

지성은 기억이 나는지 머쓱한 표정으로 뒷목을 매만졌다.

어릴 때에는 자신은 후뢰시맨, 베트맨, 슈퍼맨이었다. 영웅 흉내를 내며 뭐든지 다 지켜주겠다고 앞섰다. 그 지키는 상대는 초롱이었다.

"넌 그게 기억나?"

"드문드문."

그때도 민영과 우희는 귀엽다며 사진기를 찾아와 사진을 찍었었다. 민영은 몇 가지 더 어린 시절 이야기를 해주었다. 그러다 요즘 어떻게 지내는 지까지 이야기가 흘렀다.

"엄마, 밭일 나가지 마. 아빠가 걱정하던데."

"네 아빠가 얼마나 극성인지 아니? 그래도 요즘 네 아빠 때문에 웃는다."

"왜?"

"로맨티시스트 다 됐다, 네 아빠가. 얼마 전에는 꽃 선물하면서 사랑한다고 하더라. 얼마 만에 들어보는 소리였는지."

"그랬어?"

"그래. 요즘 네 아빠, 잠자기 전에 꼭 사랑한다고 해. 별일이지 않니? 아주 주책이라니까."

흉을 보는 것과 달리 민영은 부끄러워하면서 좋아했다. 다시 소녀의 모습을 보이며 행복한 표정을 짓는 민영을 보던 초롱이 지성에게 시선을 옮겼다. 그는 옅게 웃고만 있었다. 그런데 왠지 모르게 그의 표정이 불편해 보였다.

일요일 아침 일찍부터 네 사람은 읍내로 나갔다. 초롱과 지성의 손에는 바구니가 들려 있었다. 그 안에는 샴푸, 린스, 바디워시, 때밀이가 담겨 있었다. 한 시간 뒤에 만나기로 하고 네 사람은 둘씩 짝지어 여탕과 남탕 안으로 들어갔다.

때를 불리려고 뜨거운 물 안으로 들어가 앉았다.

"지성이랑 밤사이 싸웠니?"

"응? 아니. 왜?"

"네 표정이 그래서. 지성이도 그렇고."

"어제저녁 이후로 엄마랑 붙어 있었는데 우리가 언제 싸워. 아니야."

아무렇지 않게 부정을 한 초롱은 손으로 물을 떠 어깨에 끼얹었다. 민영은 그런 딸의 옆얼굴을 보며 들어오기 전 보았던 초롱의 몸에 있던 자국을 떠올렸다. 초롱이 목욕탕에 가지 않겠다고 고집을 부렸던 이유가 그것이었다는 걸 알고는 조금 민망했지만, 표현하지 않았다.

딸은 다 큰 성인이고, 지성과 만난 지 오래됐으니 자연스러운 것이라고 생각했다. 그리고 딸의 사생활에 왈가왈부하는 극성스러운 엄마이고 싶지는 않아서 모르는 체했다.

민영은 두 사람이 지금 헤어진 상태라는 걸 모른다. 초롱은 몇 번의 헤어짐을 시시콜콜 다 이야기하지 않았다. 왠지 그러면 지성이 더는 자신의 부모님을 편하게 보지 못할 것 같아서 말하지 않았다. 그런 결과 이런 이야기를 감수해야 했다.

"너희들 결혼은 언제 할 거니?"

초롱은 지성이 만든 자국을 가리려 더 물 안으로 몸을 숙였다. 애매한 관계에서 몸을 섞었다는 걸 알면 엄마가 얼마나 기함할까, 하는 생각을 했다. 그리고 묘한 죄책감이 생겨나자 초롱은 엄마를 쳐다보지 못했다.

"요즘은 서른 살에 하는 것도 이르다고는 하다만, 엄마는 너희가 빨리 결혼했으면 좋겠어."

"왜?"

"사랑하는 사람과 함께하는 기쁨을 너희가 빨리 알았으면 좋겠다는 거지."

"……사랑."

"응? 뭐라고?"

초롱이 작게 속삭이는 말을 듣지 못한 민영이 물었다. 초롱은 아무것도 아니라고 고개를 흔든 뒤 뜨거워서 오래 못 있겠다고 먼저 일어나 탕을 나왔다.

지성은 빨대를 꽂은 요구르트를 제 손에 쥐어주는 상진에게 눈웃음을 지어 보였다. 어렸을 때 상진이 몇 번 목욕탕에 데리고 가면, 목욕을 하고 나와 늘 요구르트를 사주었었다. 남자들보다 씻는 게 더 오래 걸리는 민영과 초롱을 기다리는 게 지루할까 봐 이것저것 먹는 걸로 달래주었었다. 그때가 생각난 지성은 요구르트를 보며 낮게 웃었다.

"초코 우유도 사줄까?"

"이거면 충분해요."

"그래. 오늘 일찍 올라가. 내일 또 출근하려면 푹 쉬어야지."

"네, 그럴게요."

"초롱이랑 잘 지내고 있지?"

"네."

상진은 멀끔한 지성의 외모를 흐뭇하게 바라봤다. 얼굴이며, 키며, 몸매며, 성격이며 다 부족한 곳이 없어서 기특했다. 다만, 가족들과 등을 진 게 아쉬웠다. 그는 며칠 전 석형에게 왔던 연락을 떠올렸다.

자세한 건 모르지만 집안에서 석형의 입지가 점점 좁아지고 있는 듯하다. 그는 아들이 힘이 되어주었으면 좋겠다고, 그만 집으로 돌아올 수 있게 설득해 달라고 했다. 그 이면에는 제 아들을 챙겨주는 건 감사하지만, 돌려달라는 뜻이 있었다.

대학 입학과 동시에 기숙사로 독립을 하더니 지성은 집안과 연을 끊었다. 지성은 우희의 죽음으로 집안에 더 반감이 생긴 것 같았다. 우희를 먼 타지로 내몰았던 게 자신의 가족이라 석형은 그녀의 죽음에 마음이 편치 못했다. 그는 죄인의 마음으로 아들을 놓아주었었다.

그런데 지금 아들을 되찾고 싶어했다. 집안 문제도 문제이지만, 석형은 나이가 드니 자식 생각이 난다고, 지성에게 많이 미안하다고 후회하고 있었다. 속죄하는 마음으로 아들이 누려야 했던 모든 걸 지금이라도 주고 싶다고 했다.

상진은 석형의 마음을 헤아려 주고 싶지 않았다. 하지만 지성을 생각하면 앞으로 계속 친부와 척을 지는 게 안 좋을 거라 생각했다. 어쨌든 피를 나눈 가족이니까.

"지성아."

"네."

"아버지께 연락드리니?"

지성이 곤혹스러운 표정을 지었다. 이미 답을 알고 있었던 터라 상진은 고개를 끄덕였다.

"네 가족이잖니. 그래도 가족의 품이 최고란다."

네 가족. 지성의 동공이 흔들렸다. 오랜만에 초롱이네에서 배척 받는 걸 느꼈다. 그는 등골을 타고 올라오는 스산함에 빈손을 꽉 쥐었다. 손안에 땀이 차올랐다.

"저는…… 저에게는 이곳이 가족이에요. 이모부와 이모, 초롱이가 제 가족입니다."

"하하, 녀석."

상진이 기분 좋은 웃음을 터트렸다. 그러다 뒤이은 지성의 말에 웃음을 멈췄다.

"이모부, 저는…… 싫어요."

"지성아. 우린 네가 행복하기를 바라는 거다. 네가 싫다면 강요 안 해. 미안하다. 내가 생각이 짧았나 보다."

상진은 진짜 지성을 위한 게 자신이 생각한 것이 아닐지도 모른다고 뒤늦게 알아차렸다. 생각해 보니 지난 10년간 지성은 아주 잘 지냈다. 괜히 석형의 연락을 받고 뒤숭숭해져 쓸데없는 생각을 했었다고 생각한 그는 재빨리 화제를 돌렸다.

"여름에 어디를 가야 네 이모가 좋아할까?"

"온천 어떠세요? 일본 온천이요. 제가 알아봐 드릴게요."

요즘 상진은 어떻게 하면 아내를 기쁘게 할 수 있을까에 대한 생각에 빠졌다. 그는 아주 훌륭한 상담자이자 의논자인 지성에게 엄지를 세웠다.

운전하는 도중 지성은 고개를 돌려 초롱을 봤다. 계속 조용한 그녀가 신경 쓰였다. 창밖만 내다보는 옆얼굴이 무슨 생각을 하는 것인지 잠겨 있었다. 도착할 때까지 말이 없을 것 같았던 그녀가 입을 열었다.

"아까 아빠랑 무슨 이야기했어?"

"그냥."

"그냥 뭐? 엄마 이야기하는 것 같던데."

"이모부가 이모랑 데이트 가고 싶다고 하셔서 근처에 수목원이 있나 검색해서 찾아봤어. 주변에 맛집이랑."

갑자기 울컥했다. 초롱은 고개를 돌려 지성을 노려봤다.

"아빠 데이트 조언해 주니, 요즘? 강아지랑 다 네 의견이었어?"

"다 그런 건 아니야. 이모부가 이건 어떠냐고 물으시면 좋다, 다른 게 더 낫지 않을까요, 하는 의견을 덧붙이는 게 더 많아."

"꽃 주면서 사랑한다고 하는 거랑, 매일 밤 잠들기 전에 사랑한다고 말하는 건? 거기에 너는 어떤 의견을 덧붙였는데?"

지성의 이마에 주름이 졌다. 그는 어제 이 이야기가 나왔을 때 자연스럽게 초롱의 눈치를 살폈다. 분명 나중에 그걸 자신이 뒤집어쓸 것을 예견하고 있었지만, 곤혹스러웠다.

"아니. 그건 나도 어제 처음 들었어. 매일 이모에게 좋은 말을 해드리라고 했는데, 그게 그 말일 줄은 몰랐어."

초롱은 그가 아니라는데 더 화를 내지 못했다. 하지만 속이 부글부글 끓어올라 뭐든 꼬투리를 잡고 싶었다.

"아빠랑 요즘 더 친해졌더라? 뭐야? 뭐가 있지?"

단지 꼬투리를 잡으려고 한 말에 지성의 얼굴에 긴장감이 스쳤다. 순간 불안감이 들자 초롱은 운전대를 쥔 그의 팔을 잡아 흔들었다. 그녀는 무언가를 직감했다.

"초롱아, 운전 중……."

"뭔데? 그러고 보니 아빠가 갑자기 변했어. 뭔데? 응? 뭐냐니까!"

"가서 이야기하자."

"지금 이야기해."

"거의 다 왔어. 5분이면 도착해."

초롱은 좋지 않은 일이 발생했다는 걸 눈치챘다. 그녀가 이 이야기를 들을 준비를 했으면 해서 지성은 5분이라는 시간을 준 것이었다.

아파트 주차장 주차라인 안에 반듯하게 주차가 됐다. 시동을 끈 지성은 갑자기 몰려드는 피로감에 마른세수를 했다. 초롱은 이야기 들을 준비가 끝났다는 자세를 취했다.

"작년 말에 이모 병원 검사받으셨어."

"……뭐?"

전혀 몰랐던 일이다. 정기검진을 받고는 있지만, 그때마다 자신이 함께 했었다. 그래서 초롱은 지금 지성이 이야기하는 검진이 정기검진이 아니라는 걸 바로 알아차렸다.

"갑자기 쓰러지셔서 병원으로 이송됐어."

"그런데 왜 난 몰랐지? 그래서? 설마……."

"재발된 거 아니야."

"그럼? 왜 쓰러졌던 거야?"

"이것저것 다 검사를 했는데 이유를 못 찾아냈어. 다행히 금방 쾌차하셨고 퇴원하셨어. 병원에서는 몸이 약해져서 그런 것 같다고, 건강관리에 힘쓰라고 했어."

금방 나아서 퇴원했다는 말에 안심이 되었지만, 이유를 못 찾아냈다는 게 걸렸다. 지성도 그러는지 얼굴이 차갑게 굳었다.

"그 뒤로 이모가 우울증이 오셨어. 다시 아플지도 모른다는 생각을 하시면서 불안감에 떠셨나 봐."

"우울증?"

"응. 그래서 요즘에 이모부가 이모 기분 풀어드리려고 많이 노력 중이셔."

이야기를 마친 지성은 놀란 초롱을 달래기 위해 손을 뻗었다. 머리를 쓰다듬어 주려는데 초롱이 고개를 돌려 피했다. 허공에 남겨진 그의 손이 무안함을 쥐고 내려갔다.

"왜 그걸 나한테는 이야기 안 했어?"

"초롱아."

"너는 알고, 왜 나는 몰랐어? 왜?"

"그야 이모부가 네가 걱정할 걸 아니까. 본부장님이 돌아오시고 회사가 많이 바빴잖아. 너 신경 쓸까 봐."

"너는? 너는 안 바빴어? 그리고 당연히 내가 신경 써야 하는 거잖아! 네가 아니라 내가!"

지성은 초롱이 화낼 거라는 걸 예상했지만, 이렇게 말을 할 줄은 몰랐다. 그는 당혹스럽고 무색함에 입술을 달싹이다가 닫았다.

"아빠도 그래. 적어도 어제 내려갔을 때 이야기해 줬어야 하는 거 아니야? 둘이서만 쏙닥쏙닥. 엄마 일이니 나랑 의논했어야 하잖아! 기분 나빠."

이어지는 초롱의 말에 지성은 손끝이 차가워졌다. 지금 그녀가 하는 말이 자신을 따돌린 것 말고도 자신이 제 아빠를 빼앗아가서 기분이 나쁘다, 제 영역을 넘보는 네가 불쾌하다는 말도 섞여 있는 것처럼 들렸다. 지성은 전혀 그런 생각을 해보지 못했던 터라 심히 당혹스러웠다. 그러면서도 제 위치가 아닌 곳에서 설쳐서 이러는 건가 하는 생각에 가슴이 빠근하게 조여왔다.

"……미안. 내가 배려가 부족했다. 미안."

핏기가 가셔 희게 질린 얼굴. 딱딱하게 굳은 얼굴. 그리고 눈에 서린 미안함과 당혹스러움, 그리고 상처. 초롱은 놀란 자신보다 더 표정이 좋지 않은 그의 얼굴을 보고 흠칫했다. 그녀는 자신이 한 말을 곱씹어보고는 혀를 깨물었다.

아침에는 상진에게, 지금은 초롱에게 밀려나는 걸 겪은 지성은 제 표정이 갈무리가 안 되자 급히 차에서 내렸다.

초롱은 차에 기대선 뒷모습을 보면서 입술을 짓이겼다. 지성에게 상진, 민영이 어떤 존재인지 알면서 그에게 상처 주는 말을 해버렸다는 것에 자괴감에 빠졌다. 이것저것이 섞여 짜증과 심술이 났었다. 그걸 다 고스란히 지성에게 퍼부었다. 이런다고 해서 나아지는 것도 아닌데 말이다.

침착하게 이야기를 나누기 시작했다면 더 좋았을 거다. 그런데 늘 이렇게 짜증과 화부터 내게 된다. 지성은 그럴 때마다 다 받아준다. 이번에는 엄마의 일까지 섞여서 과하고 심했다. 지성도 받아줄 한계를 넘어버렸으니 저리 나가 버린 거다.

초롱은 방금 전 자신의 행동을 스스로 나무라고 자책했다. 그리고 그에게 많이 미안해했다.

한참을 죄인처럼 고개를 떨구고 앉아 있었다. 운전석에 기대서 있던 지성이 몸을 떼더니 조수석으로 걸어왔다. 달칵. 조수석 문이 열리고 그의 손이 얼굴 앞으로 뻗어졌다.

"내려."

지성도 사람인지라 연이은 타격에 마음이 쉬이 가라앉지 않았다. 초롱이 그리 느꼈다니 미안하지만, 그녀가 그렇게 느꼈다는 게 뒤늦게 화가 나기 시작했다. 그는 실로 오랜만에 화를 내고 있었다.

딱딱한 말에 초롱은 그의 손을 외면하고 차에서 내렸다. 지성은 손을 거두고 그녀가 내리자마자 차 문을 닫고 잠갔다. 그는 그녀가 따라오든 말든 먼저 앞서 걸었다.

엘리베이터 앞에 도착해 버튼을 눌렀다. 엘리베이터가 도착하고 문이 열릴 때쯤 초롱의 발소리가 들렸다. 지성은 올라타서 잠시 기다렸다. 초롱이 타자마자 문이 닫힌 엘리베이터가 위로 올라갔다.

7층. 지성이 먼저 내렸다. 그는 몇 걸음 걸어가 제 현관문 앞에 서서 기다렸다. 곧이어 8층에서 소리가 났다. 발자국 소리. 그리고 도어록을 해제하는 소리. 마지막으로 문이 열렸다가 닫히는 소리. 그 뒤에야 그는 나직이 한숨을 내쉬며 제집으로 들어갔다.

중간까지도 읽지 않은 시점에서 한숨이 흘러나왔다. 짜증이 가득한 손으로 볼펜을 집어 든다. 서류에 끄적이다가 성질을 참지 못하고 결국 볼펜과 서류를 책상 위로 던졌다.

"인수인계 받은 거 맞아?"

신경질적인 질문에 초롱은 얼굴을 들지 못했다. 인수인계를 받고 이런 소리를 듣는 것은 제 자질의 문제다. 그녀는 자신의 무능력함에 얼굴이 달아오르는 걸 느꼈다.

"죄송합니다."

"지금 장난해? 내가 왜 봤던 걸 다시 봐야 해?"

독현의 말에 아래를 향하고 있던 초롱이 시선을 들었다. 그녀는 그가 한 말을 이해하지 못해 눈을 굴렸다. 퍽이나 귀여운 그 모습을 보던 독현이 답답하다는 듯 얼굴을 구겼다.

"지금 7월이야. 작년 거 말고 올해 상반기 걸 토대로 해오라고!"

"아……. 죄송합니다. 다시 해오겠습니다."

독현은 귀찮으니 어서 꺼지라는 투로 손을 내저었다. 내내 펴질지 모르는 그의 표정에 초롱은 잔뜩 주눅이 든 얼굴로 서류를 집어가려 손을 뻗었다. 그때 탁, 독현이 그녀의 손을 쳐냈다. 놀라서 찔끔 손을 거둬가는 그녀에게 이 쓰레기는 왜 또 주워가려 하냐는 눈으로 노려보았다. 초롱은 재빨리 묵례한 뒤 독현의 집무실을 나섰다.

초롱이 나가고 독현은 다시 그녀가 놓고 간 서류를 들었다.

작년의 자료이니 분명 알고 있는 것이었다. 그런데 정리를 한 것이나 그 외에 더 추가가 된 부분이 있어서 흥미로웠다. 당장 자신이 필요한 서류가 아니지만 그는 눈으로 빠르게 읽어 내려갔다.

"성실하네."

보고서를 보면 그 사람의 성향이 파악이 된다. 설렁설렁 그저 형식만 갖추느냐, 온갖 사족을 빽빽하게 집어넣어 양으로 승부를 하느냐, 핵심만 집어내느냐. 아주 다양한 성격의 보고서를 봐왔다. 성향뿐만 아니라 심지어 다른 사람이 작성한 걸 제 이름을 기입해 냈다는 것도 알아차릴 수 있다.

초롱이 작성한 보고서는 독현의 입맛에 딱 맞았다. 사족을 다 빼고 핵심만, 그리고 어디에서 가져온 자료인지, 기존에 보고되었던 것과 현 상황이 얼마나 차이가 나는지도 담겨 있었다. 기본을 지키면서 내용이 충실했다.

"다행이네. 서 비서 그만둔다고 했는데."

지금 초롱을 밀어붙이는 이유는 인원 충당을 하지 않는 것 때문만이 아니었다. 출산휴가를 받아간 서지향이 복귀하지 않을 예정이라 초롱을 어쩔 수 없이 키우려고 한 것이었다. 바로 사직서를 낸다는 걸 보류시켰다. 출산휴가, 육아휴가 다 줄 테니 그 기간 동안에 나오는 월급 꼬박꼬박 다 받아간 다음에 그만두라고 했다.

독현은 멍청하게 제 권리를 챙기지 못하는 사람을 싫어한다. 그런 이를 보면 답답하고 짜증이 난다. 그나마 서지향이 제 아래에서 고생한 걸 아니까 챙겨준 것이었다.

"키울 만하겠네."

소위 몇 번 더 뺑이를 돌리고 나면 빠르게 일을 배울 게 눈에 보여 독현은 만족스러운 얼굴로 입술을 끌어 올렸다.

오늘만 3번을 독현에게 큰소리를 들은 초롱은 하얗게 질린 얼굴로 서류 작업을 계속 진행하고 있었다. 고생해서 작성해 간 거니 확인하고 지적을 해주면 좋으련만, 제대로 읽어보지도 않고 던지고는 자꾸 다른 일을 시켰다.

초롱은 자신이 독현에게 찍혀도 단단히 찍혔다는 걸 느꼈다.

"초롱 씨, 무슨 일 있어요?"

나직한 목소리의 질문에 초롱이 컴퓨터 화면에서 시선을 떼고 고개를 들었다. 사무실에서 나온 기범이 걱정이 가득한 얼굴로 묻고 있었다.

"아니요. 왜요?"

"안색이 안 좋아서요. 그럼 어디 아파요?"

"우리 연 비서님, 어디 아프시나?"

툭 튀어나온 슬우도 걱정하는 얼굴로 물었다. 사무실에서 남자들의 얼굴만 보고 일하는 이들에게는 문밖에 있는 비서님들의 얼굴을 보면서 한마디 이야기 나누는 게 활력소나 다름없었다. 20대 초반부터 일을 해서 일찍이 사회물을 먹어 범접하지 못하는 카리스마가 있는 다예보다는 초롱에게 더 관심이 있었다. 물론 그 관심은 여자로서의 관심이 아니라 동료로서의 관심이다.

"괜찮아요. 걱정해 주셔서 감사합니다."

두 사람 뒤에 지성이 서 있었다. 오늘 아침에 평소 때처럼 그의 차를 타고 출근했다. 하지만 분위기는 달랐다. 회사 근처 골목에 내려줄 때까지 그는 굳게 입을 다물었다. 최근 들어 퇴근 시간이 달라 같이 퇴근하는 일이 거의 없었다. 그러니 아침에 출근할 때 사과를 했어야 했다. 하지만 시리게 굳은 얼굴을 보자 쉬이 사과가 나오지 않았다.

초롱은 지성을 말끄러미 응시했다. 그는 묵묵히 그녀의 시선을 받다가 몸을 돌려 본부장실 문을 두드린 뒤 안으로 사라졌다.

"쉬엄쉬엄해요."

"고생해요, 초롱 씨."

"네. 수고하세요."

슬우와 기범이 사라지고 초롱은 다시 서류 작업에 몰두하려 했다. 그런데 몸 안에서 갑자기 울컥 쏟아지는 게 느껴졌다. 그리고 불쾌감이 치솟았다.

오늘 아침 시작된 생리에 컨디션이 바닥으로 떨어졌다. 이틀 동안은 생리통이 심하다. 몸은 축 처지고, 본부장은 쥐 잡듯이 잡고, 지성이 신경 쓰이고. 이대로 땅으로 꺼져 버렸으면 했다.

잠시 뒤 독현과 지성이 나왔다. 초롱은 자리에서 일어나 묵례했다.

"수고."

독현이 짧게 말을 남기고는 유리문을 열고 나갔다. 초롱은 본부장의 말보다는 뒤따라 나온 지성에게 신경을 두었다. 그는 들고 있던 결재 서류를 초롱에게 건넸다.

"마무리된 거니 보관 바랍니다."

"……네."

아무도 없을 때에는 슬쩍 말을 놓던 지성이 딱딱하게 나오자 초롱은 터져 나오려는 한숨을 억지로 삼켰다. 늘 싱글싱글 웃는 얼굴이라 공적으로 대할 때 이처럼 단절감이 느껴지지도 않았다. 초롱은 아무도 없는 틈을 타 사과를 하려고 했다. 그런데 지성이 더 빨랐다.

"문 비서님은 어디 가셨습니까?"

"본부장님께서 시키신 일이 있으셔서 외근 나가셨어…… 요."

지성은 적요한 눈으로 초롱을 응시했다. 파리하게 질린 얼굴색이 딱 보아도 아파 보였다. 독현에게 시달린 것과는 별개로 그녀는 지금 안 좋아 보였다. 그는 오늘 날짜를 떠올리고는 눈을 지그시 내리깔았다.

"약은?"

"응? 아, 먹었어."

대답을 들은 지성은 몸을 돌려 사무실 안으로 사라졌다. 화가 났어도 제 몸 상태를 걱정해 주는 게 고마우면서 안도가 되었다. 초롱은 털썩 의자에 앉고는 오늘 늦게 퇴근하더라도 꼭 사과를 해야겠다고 마음먹었다.

외근 나갔던 다예에게서 그곳에서 바로 퇴근한다고 연락이 왔다. 초롱은 혼자 자리를 지키며 독현을 기다리고 있었다. 저녁 9시. 그가 하라고 한 일은 진즉에 끝났었다. 빨리 검토받고 가고 싶은데 독현이 오지 않아서 초롱은 지루한 기다림을 계속하고 있었다.

5분, 10분. 째깍째깍 소리 없는 시간이 흘러가고 있었다. 계속 앉아 있으니 아랫배와 허리는 끊어질 듯이 아파왔다. 어서 집에 가서 누워서 쉬고 싶었다. 독현에게 전화를 할까, 말까 수십 번 했던 고민을 또 했다.

멀리서 엘리베이터 문이 열리는 소리가 들렸다. 초롱은 기대하는 눈으로 문 쪽을 응시했다. 유리문 너머로 독현이 모습을 드러냈다.

"그래서. 다른 건? 다른 루트를 알아…… 봐. 그래. 나중에 통화해."

휴대폰을 주머니에 넣은 그가 자리에서 일어난 초롱의 앞에 삐딱하게 섰다. 시선도 삐딱하게 처리한 그가 입술을 비뚜름하게 올렸다. 남이 하면 재수 없을 행동이 그가 하자 묘한 위압감이 느껴졌다.

"연 비서, 이 시간까지 뭐 해?"

"본부장님이 오시길 기다렸습니다."

"날?"

"네. 지시하신 일 다 마무리가 되어서요."

"그런데?"

그런데라니. 참 할 말 없게 만들어 버리는 독현 때문에 초롱의 눈이 또 도그르르 굴렀다.

"설마 멍청하게 그거 검토받겠다고 남아 있었던 건 아니지?"

초롱의 표정이 동요했다. 멍청하다는 걸 확인시켜 주는 그 표정에 독현이 얼굴을 와작 일그러트렸다.

"왜? 내일 출근 때까지 기다리려고 했어?"

"아니요."

"그럼 갔어야지! 내일 아침에 들고 들어오면 될 거 아니야!"

버럭 지르는 소리에 초롱은 위축되었다. 그녀가 티가 날 정도로 어깨를 움찔거리자 독현은 신경질이 가득한 손놀림으로 제 머리를 헝클어트렸다. 그는 당장 쓰러질 것 같은 얼굴로 제 앞에 서 있는 여자가 참으로 한심스러웠다.

"퇴근한 사람을 왜 기다려! 제정신이야?"

"……네? 퇴근하신다는 말씀 없으셨는데요."

조심스럽게 항변하는 말에 독현의 얼굴은 펴질 줄 몰랐다. 그는 소리를 더 내지르려다가 초롱의 안색을 보고 꾹 눌러 참았다.

"수고하라고 인사하고 갔잖아. 그게 퇴근 인사인 거 몰라?"

초롱은 그때 지성에게 신경 쓰느라 독현이 무슨 말을 하고 가는지 귀담아듣지 않았었다.

"죄송합니다. 못…… 들었습니다."

"이봐. 연초…… 뭐였지? 색깔이었는데. 연초록 씨?"

"연초롱입니다."

제 이름 하나 잘못 불렀다고 눈썹을 구기는 걸 보고 독현은 헛숨을 내쉬었다.

"그래, 연초록 씨. 이 회사에 뭐 뼈를 묻을 건가?"

"아니…… 네."

"대답하고는. 나도 안 묻는 뼈를 왜 그쪽이 묻어? 이 회사 망하면 같이 매장당하게?"

지독현은 사주의 조카다. 그런 그의 입에서 시니컬하게 나온 질문에 초롱은 지금 자신이 시험에 빠진 건가, 깊은 고민이 들었다. 그런 그녀의 표정을 읽은 독현이 픽, 조소를 흘렸다.

"뼈 묻고 싶어 하는 것 같은데, 그리해 줄까? 무덤이라 생각해. 죽을 때까지 이곳에 있다가 묻혀. 퇴근을 왜 해? 그냥 여기서 살지?"

무슨 그리 식겁할 말을. 초롱은 재빨리 고개를 절레절레 저었다.

"놓고 간 게 있어서 와봤기 망정이지. 빨리 퇴근해!"

"네, 본부장님. 그럼…… 들어가 보겠습니다."

주섬주섬 챙기는 걸 본 독현은 제 집무실로 들어갔다. 초롱이 불을 다 꺼야 하나 말아야 하나 고민할 때 독현이 나왔다. 그녀를 보지도 않고 탁탁탁, 모든 스위치를 눌러 불을 끈 그가 유리문을 열고 나갔다. 초롱은 재빨리 그의 뒤를 따랐다.

"아, 내일모레 중국 갈 거야."

"네. 스케줄 조정해 놓겠습니다."

"연 비서도 간다고."

"저 말씀이신가요?"

"참고로 나는 되묻는 거 딱 싫어."

초롱은 속으로 누군들 그런 걸 좋아하겠느냐고 궁얼거렸다. 1층 문이 열리고 초롱은 묵례한 뒤 내리려고 했다. 그런데 뒤에서 가방끈을 잡아당기는 힘에 어어, 거리다 다시 닫히는 엘리베이터 문을 봐야 했다.

"집이 어디야."

"왜요?"

"되묻지 말랬지."

"이건 되묻는 거 아닌데요. 왜 물으시는지."

"난 내 질문에 질문하는 것도 딱 질색이야."

갑 중의 갑이다 이거지. 다 제게 맞추라는 오만한 남자를 올려다보던 초롱은 순순히 제가 사는 동네를 말했다. 독현은 '가는 길이니 돌아갈 일은 없겠네' 라며 지하주차장에서 내렸다. 물론 초롱의 가방끈을 쥔 채로.

독현에게 질질 끌려가 그의 차 조수석에 오른 초롱은 긴장감에 허리를 곧추세웠다.

"유치원 안 나왔어?"

"네? 나왔는데요. 대학까지 나왔습니다."

"갑자기 자랑질은. 나도 대학 나왔어. 안전벨트 매라고!"

유치원 안 나왔냐는 질문이 언제부터 안전벨트를 매라는 말이었단 말인가. 초롱은 냉큼 안전벨트를 채우고 눈치를 봤다. 상사의 차를, 본부장의 차를 얻어 타게 될 줄은 꿈에도 몰랐던 초롱은 숨소리를 죽였다. 왠지 이 차 안에서는 숨도 조심스럽게 쉬어야 할 것 같았다.

독현은 운전 중에 블루투스 이어셋을 끼고 통화를 했다. 일에 관련된 내용이라 초롱은 방해되지 않게 조용히 창밖만 내다봤다.

"그래? 알았어. 방향이 어느 쪽이야?"

신호에 멈춰 선 독현은 통화를 끝내자마자 초롱에게 물었다. 동네까지는 잘 왔으나, 아파트까지는 그녀의 안내가 필요했다. 그런데 초롱이 그의 질문을 싸그리 무시했다. 창에서 눈을 떼지 못하는 걸 보고 무슨 구경거리라도 있나 그 방향을 본 독현은 별게 없자 이맛살을 구겼다.

"연 비서, 방향이 어디냐고. 아파서 기절한 거 아니면 대답하지?"

"네? 아, 다음 블록에서 우회전이요. 그런데 기절이요?"

독현은 말없이 운전에 집중했다. 간간이 초롱의 안내를 받아 아파트 입구에서 차를 세웠다. 감사함에 몸 둘 바 몰라 하며 연이어 인사하는 초롱에게 그는 혀를 찼다.

"약 먹고 자. 그리고 다음부터 아프면 병원에 다녀오든가, 조퇴를 하든가 해. 픽 쓰러져서 누굴 고생시키려고."

누가 들으면 자신이 언제 한 번 쓰러져서 크게 고생한 사람이 있었던 줄 알겠다. 그리고 그 고생한 사람이 본부장 본인이고.

초롱은 떨떠름한 얼굴로 주의하겠다고 말한 뒤 차에서 내렸다.

그녀가 내리자마자 차는 총알처럼 튀어나갔다.

"와. 나 벤츠 타봤네."

뒤늦은 고가 외제차 탑승 소감을 꺼낸 그녀는 터덜터덜 걸어갔다.

집으로 돌아와 씻고 나온 초롱은 거실을 세 차례 왔다 갔다 했다. 그리고는 결심 어린 얼굴로 현관문을 열고 나갔다. 몇 개 안 되는 계단을 내려가자 지성의 집 앞에 도착했다. 초인종 위로 손을 올렸다 내리기를 반복한 끝에 꾹 눌렀다.

누구인지 확인하지 않고 지성이 현관문을 열었다. 안으로 들일 생각이 없다는 듯 스토퍼로 현관문을 고정시켰다. 웃음이 사라져 메마른 얼굴로 그는 주머니에 두 손을 찔러 넣고 느른하게 벽에 한쪽 어깨를 기댔다.

"미안해. 어제 내가 말이 심했어."

"……."

"엄마 아빠가 너한테 많이 의지하시는 거 알아. 나도 너한테 의지하고 있고. 그런데도 그런 말 해서 미안해. 잘못했어."

"……."

"나보다 더 엄마 아빠 신경 써드리는 거 정말 고마운 일인데, 감사하지는 못할망정 미운 말 해서 미안해."

"……고마워하지 마. 당연한 거야."

"아, 응. 그런 뜻이 아니라……."

절대 밀어내거나 선을 그으려고 하는 말이 아니라는 걸 말하고 싶은데, 그러면 또 그걸 생각하고 있었다고 오해를 살까 봐 초롱은 결국 우물우물 입을 다물었다. 지성은 고개를 모로 기울인 뒤 눈을 지그시 감았다가 떴다. 알아들었으니 더는 말하지 않아도 된다는 뜻이었다.

이대로 가기는 상당히 찝찝했다. 초롱은 조심스럽게 물었다.

"들어가도 돼?"

"들어와."

말을 하면서 지성은 초롱의 팔을 잡아 안으로 끌었다. 그의 몸을 스치고 들어간 초롱은 신을 벗고 거실로 올라섰다. 거실 소파로 간 그녀는 소파 앞에 놓인 물건을 발견하고 부옇게 눈이 흐려졌다. 소파 앞에는 족욕기가 있었다.

"좀 쉬었다 가."

자신이 올 것을 알고 미리 준비를 해둔 지성에게 초롱은 고마운 눈빛을 보냈다. 원래는 그러지 않았는데 언제부턴가 생리를 하면 생리통이 심해지고 수족냉증이 왔다. 스트레스 때문이라고, 마음을 편히 먹으라고 했다. 지성은 민영이 아픈 후로 체질이 변한 것 같다고 했었다. 초롱은 그의 말에 수긍했다.

초롱이 소파에 앉아 족욕기에 두 발을 넣었다. 조금 뜨겁게 느껴지는 온도의 물에 발을 담갔다. 부엌으로 들어갔다 나오는 지성의 손에는 큼직한 황토 찜질팩이 들려 있었다. 그는 수건으로 한 번 감싼 뒤에 초롱의 배에 올려주었다. 뜨끈한 온기가 아랫배를 감싸자 살 것 같았다. 그녀는 그대로 소파에 편히 기대앉았다.

어색할 정도로 둘 다 말이 없었다. 초롱은 자신이 뭐 잘한 게 있다고 지성에게 이런 정성을 받나 제 자신을 책망했다.

지성이 어느새 TV를 켜놓았다. 챙겨 보는 프로그램이 없는 터라 그는 영화 채널에서 리모컨 조작을 멈췄다. 영화에서 공항 장면이 나오자 초롱이 문득 생각난 걸 흘렸다.

"아, 나 모레 출장 가."

"무슨 출장? 중국?"

"응. 본부장님이랑."

"그거 나도 가."

"그래? 그렇구나. 같이 가는 거였구나. 난 출장 소식 조금 전에야 들었는데."

"그런데 모레면 나보다 하루 먼저 가네. 난 목요일 비행기거든. 수요일까지 작성해서 넘겨야 하는 보고서가 있어서."

어쨌든 처음으로 같이 출장을 가는 거다. 3년을 넘게 같은 회사에 다니면서, 같은 부서이면서 출장 한 번 같이 간 적이 없었다. 출장이 제법 있었던 지성과 달리 자신은 어쩌다 하는 외근이 전부였다. 연수나 회사 행사 말고는 업무 시간에 어디를 같이 가는 건 처음이다.

새삼스러운 생각이지만, 그 긴 시간 동안 자신들의 만남과 헤어짐이 단 한 번도 걸리지 않은 게 신기하다. 같이 출퇴근을 할 때 회사 근처 골목에서 헤어지고 만나며 조심했다고 해도 작은 소문조차 나지 않았다. 심지어 가끔 아주 늦게 퇴근할 때는 생각 없이 지하주차장에서 지성의 차를 탄 적이 있었는데도 말이다.

"어떻게 한 번도 안 걸리지."

"뭐가?"

"아, 아니. 별거 아니야."

"팩 줘. 데워줄게."

초롱의 배 위로 손을 올려 팩의 온도를 확인한 그가 그걸 가져갔다. 금세 다시 데워온 팩이 배 위로 올라오자 뭉근한 생리통이 점점 가라앉는 게 느껴지면서 몸이 더 풀리기 시작했다. 그리고는 슬슬 잠이 왔다.

"졸려. 어떡하지?"

"자."

간단하게 해결책을 내어준 지성은 다시 영화 감상을 이어갔다. 집에 가서 자야 하는데, 라고 짧게 생각하던 초롱의 눈이 몇 번 깜빡이더니 완전히 감겼다. 배 위에 올려져 있던 손이 툭, 소파 위로 떨어졌다. 그에 팩이 느슨하게 흘러내렸다. 지성은 TV에서 눈을 떼지 않았음에도 그걸 알아차리고 손을 뻗어 잡았다.

족욕 시간 20분 동안 지성은 황토 찜질팩을 4번 데웠다. 마지막으로 또 팩을 데워온 그는 족욕기를 끄고 초롱의 발을 꺼내 수건으로 물기를 닦아주었다. 그리고 조심스럽게 안아서 침실로 향했다.

"으음……."

몸이 들리고 이동하는 걸 느낀 초롱이 눈을 슬쩍 떴다. 자신을 안고 가는 지성의 어깨에 얼굴을 묻었다. 침실로 들어가 침대 위에 내려놓자 초롱이 뒤척이더니 편한 자세를 취했다. 지성은 팩을 좋게 올려주고 침대 위에 앉았다.

잠이 들 줄 알았던 초롱이 눈을 떴다.

"그냥 자."

초롱이 침대 위를 손으로 더듬더니 지성의 손을 찾았다. 그 손으로 침대를 짚고 있던 지성이 손에 힘을 뺐다. 초롱이 힘이 빠진 그 손을 잡아당겨 제 입술 위로 올렸다.

쪽, 손등에 입술이 닿았다. 그리고 손가락 관절에, 손가락에, 손톱에 닿았다. 그녀의 입술이 지나간 자리에 묘한 열기가 피어올랐다.

지성은 손을 거두었다. 그는 그녀의 어깨 옆으로 양손을 짚은 뒤 상체를 숙였다. 얼굴을 가까이 내리자 초롱이 목을 들더니 볼에 입술을 댔다. 지성은 가만히 숨을 죽였다.

볼에 세 번, 눈가에 두 번, 미간에, 콧날에, 다시 볼에, 턱에 그리고 입술에 키스를 했다. 키스가 머문 자리의 근육이 따로 움직이는 것 같다. 그곳이 두근두근 뛰어대는 것 같다. 초롱의 입술이 닿은 곳은 늘 그랬다. 두근거렸다. 잠자고 일어나면 입술이 두근거릴 때가 있다. 그러면 그녀가 혹시 잠든 사이에 입을 맞췄나 싶었다. 물어보면 그녀는 어떻게 알았냐고 눈을 동그랗게 떴다.

"두근거려."

"응?"

"지금 두근거린다고."

여자의 마음을 뒤흔드는 말이었다. 정말 사소한 말이지만, 여자의 심장을 뛰게 하고 몸을 떨리게 하는 말이었다. 초롱은 지성이 이런 감미로운 말을 하면 미칠 것 같았다.

그는 이렇게 고혹적인 얼굴로 자신을 야릇하게 만든다. 단 한마디의 말로 잡고 있던 의식을 잠재우고 본능을 끌어낸다. 그래서 정말 얄밉다.

초롱은 지성의 목을 감쌌다. 그리고 그의 말만큼이나 감미로운 키스를 했다.

키스는 엔도르핀을 만들어 통증을 완화시키는 효과가 있다고 했다. 이는 소량의 모르핀 주사와 비슷한 효과라고 했다. 그야말로 천연 치료제라 할 수 있었다.

키스 덕분인지 초롱은 아랫배에 콕콕 가해지던 통증이 사라지는 걸 느꼈다.

3. 키스가 스친 자리

내린다고 했던 비가 하필 출장 가는 날 쏟아졌다. 하늘이 뚫렸는지 앞이 제대로 보이지 않을 정도로 쏟아졌다. 덕분에 차가 꽉 막혔다. 어디 사고가 난 건지 차는 거북이처럼 기어갔다.

“장마가 아니라 태풍인가 봐요.”

초롱은 운전하느라 고생 중인 운전기사에게 말했다. 그런데 대답은 엉뚱한 곳에서 들려왔다. 내내 눈을 감고 있던 독현의 목소리였다.

“장마야.”

“아, 네.”

독선적인 남자가 그렇다 하면 그런 거다. 초롱은 조용히 몸을 뒤로 물렸다.

원래 기우도 같이 가기로 했는데 갑자기 집안에 일이 생기면서 며칠 휴가를 써야만 했다. 그 결과 지금 독현과 초롱만 출장길에 올랐다.

오늘은 도착하는 대로 파티에 참석해야 한다고 했다. 그런데 지금 비행기를 놓칠지도 모르는 상황에 닥쳤다. 초롱은 시간이 흐를수록 점점 초조해졌다.

"비행기 놓치면 어떡하죠?"

"다음 거 타면 돼."

"아, 네. 그런데 비행기가 없으면요? 비가 이렇게 오는데 비행기 뜨나요?"

"원래 생각이 부정적인가? 아니면 걱정과다증, 뭐 이런 건가?"

정말 말 한번 정 떨어지게 한다. 누구나 다 비행기를 놓칠지 모르는 아슬아슬한 상황에 이런 생각을 할 텐데 유난을 떠는 취급을 받으니 초롱은 마음이 상해 입을 닫았다.

밖에 내리는 비와 습기, 차 내부와 밖의 온도 차이 때문에 창문에 김이 서렸다. 초롱은 아무 생각 없이 손가락으로 글자를 썼다.

본부장님, 중국 출장, 장마, 키스, 엄마, 아빠, 지성.

그저 머릿속에 떠오르는 단어를 다 적었다. 무료함을 달래고자 하는 거지만 굳이 재미를 찾으려고 하는 일이 아니어서 반쯤은 무의식이었다. 공간이 꽉 차자 초롱은 저도 모르게 몸을 앞으로 빼 남은 공간에 낙서를 했다.

초롱이 움직이는 걸 느낀 독현은 이번에는 또 왜, 좀 조용히 좀 가지, 하는 생각에 눈을 슬쩍 떴다. 그는 그녀가 하는 행동을 기가 찬 얼굴로 봤다. 상사 옆에서 창문에 장난질이나 하고 앉아 있는, 어찌 보면 천진난만한 제 비서를 보고 그는 헛숨을 흘렸다.

독현은 그녀가 적은 단어를 눈으로 읽었다. 본부장님과 중국 출장에서 자신과 출장을 가기 싫다는 마음이 실려 있는 건가, 하며 눈을 가늘게 떴다. 장마. 지금 비가 오니까. 엄마와 아빠는 보고 싶다는 걸까. 그리고 키스에서 독현은 초롱을 신기한 생명체를 보듯 했다. 아니, 지금 왜 키스를 생각하고 있는지 조금 한심하기도 했다.

"아직 멀었어?"

"아직……."

제 목소리에 두 사람이 화들짝 놀랐다. 초롱은 손바닥으로 창문을 쓱 지웠고, 운전기사는 지금의 교통 상황이 제 잘못인 거마냥 기가 죽은 목소리로 대답했다.

늦어도 그만인 것처럼 굴더니 5분도 안 지나 아직 멀었냐고 호통치는 독현을 슬쩍 곁눈질한 초롱은 다시 무료함에 딴생각에 빠졌다.

다행히도 차는 속도를 점점 냈다. 여유롭지도, 빠듯하지도 않은 시각에 공항에 도착했다. 독현은 트렁크에서 제 짐과 초롱의 짐을 꺼냈다. 옆에서 안절부절못하는 운전기사에게 뒤에 차 밀리는 거 안 보이냐고, 빨리 차 빼서 가라고 윽박지른 독현은 제 짐을 끌고 안으로 들어갔다. 초롱은 운전기사에 인사를 한 뒤 급히 따라갔다.

짐을 부치고 티켓팅을 하자마자 곧바로 출국 게이트로 들어왔다. 초롱은 독현의 눈치를 보다가 물었다.

"딱 5분만 어디 좀 다녀와도 될까요?"

"왜. 면세점이라도 들르게? 업무 시간에?"

"설마요. 화장실이요."

찔끔한 표정으로 앙큼하게 아닌 체하는 게 독현은 재미있었다. 그는 그러라고 한 뒤 비행기 탑승 게이트가 아닌 면세점 방향으로 걸어갔다. 초롱이 재빨리 그의 옆에 붙었다.

"어디 가세요?"

"면세점."

"업무 시간이라고 하셨잖아요."

"난 업무 시간에 면세점 들를 거냐고 물었지, 가지 말라고는 안 했는데."

눈을 부릅뜨고 신경질적인 목소리로 묻는데, 그걸 다녀오라는 소리로 누가 듣겠는가. 초롱은 무서운 것에 더해 아주 얄미움까지 덕지덕지 다 갖춘 상사를 몰래 흘겨봤다. 그래도 다행히 독현은 화장실 안 가고 뭐 하냐는 타박까지는 하지 않았다. 그래서 그녀는 면세점 안에 발을 들일 수 있었다.

기초 화장품을 사고 기분 좋은 얼굴로 비행기를 타러 가는 초롱을 보고 독현은 문득 누군가가 떠올라 웃음을 지었다. 면세점에서 물건을 사주면 그의 여동생도 초롱처럼 좋아했었다. 그 생각을 한 독현의 얼굴이 흐려졌다.

❖

아침부터 쏟아지는 비에 도저히 초롱을 골목에 내려줄 수가 없었다. 비가 많이 오거나 눈이 많이 올 때에는 몇 번 그냥 회사 건물 주차장까지 같이 출근한 적이 있었다. 오늘도 그렇게 출근을 했다.

"오늘 초롱 씨랑 같이 출근했죠?"

슬우가 옆으로 오더니 슬쩍 물었다. 아무도 없는 걸 확인하고 차에서 내렸는데 슬우가 어디선가 보고 있었나 보다. 드디어 걸리는 건가. 하기야 3년이 넘게 안 걸린 게 정말 신기한 일이었다.

"네."

지성은 일부러 머쓱한 표정과 함께 뒷목을 매만졌다. 아주 오래전, 비 오는 날 초롱을 데리러 학교에 갔을 때 그녀의 담임 선생님 앞에서 한 행동과 똑같았다. 솔직히 그는 초롱과의 관계를 숨기고 싶지 않았다. 몇 번 헤어지기도 했고, 지금도 헤어진 상태이지만 오랜 연인이니 굳이 숨길 필요가 없다고 생각했다. 그런데 이 회사가 사내 연애에 야박하다는 것 때문에 어쩔 수 없이 입을 닫은 거였다.

"언제부터였어요?"

지성은 눈을 휘어 웃는 걸로 대답했다. 그 미소에 슬우가 입술을 모아 오, 감탄했다.

"비밀 지켜 드릴 테니 나중에 술 한잔 사줘요."

"한 잔 가지고 되겠어요?"

슬우가 끌끌 웃으며 멀어졌다. 지성은 다시 발표 자료를 정리했다. 그때 문자 하나가 도착했다. 별생각 없이 문자를 확인한 지성은 내용을 보고 얼굴을 굳혔다.

석형에게서 온 문자였다. 한 번 봤으면 한다는 문자를 보자 지성은 상진이 왜 자신에게 그런 이야기를 하게 됐는지 맥락을 읽어냈다.

무슨 일 때문에 보자고 하는 것인지는 알아야 했다. 알고 가야

덜 휘둘릴 테니까 말이다. 물론 휘둘려 줄 생각이 없지만, 알고 가는 게 속이 편하다. 그는 어디론가 문자를 넣었다.

다시 일을 시작할까 하는데 초롱에게서 문자가 왔다. 이제 비행기를 탄다고. 면세점에서 기초 화장품 샀는데 눈치 보여 죽는 줄 알았다며 우는 이모티콘을 보내왔다.

지성의 굳어졌던 얼굴 근육이 초롱의 문자를 읽으면서 부드럽게 풀렸다.

❖

중국에 도착한 두 사람은 곧장 호텔로 가 체크인을 했다. 초롱은 그가 건네주는 키를 받아 들고 룸으로 향했다. 두 사람의 룸은 바로 옆이었다. 독현이 다른 층의 더 좋은 방을 쓸 줄 알았던 초롱은 바로 옆방이라는 게 불편했다.

서로의 룸 앞에 나란히 서서 초롱은 어색한 얼굴로 고개를 숙여 인사한 뒤 룸 키로 문을 열고 들어갔다.

초롱이 들어가는 걸 확인하고 독현도 제 룸으로 들어갔다.

초롱을 데리고 왔지만, 막상 같이할 일이 없었다. 당장은 그녀가 자신을 케어하기는 힘들 거다. 기우 옆에서 좀 배우고, 실무를 익히게 하려고 데리고 왔다. 그런데 뭐, 가르칠 사람이 안 와버렸으니 말짱 꽝이다.

놀고먹는 꼴은 보기 싫어서 굳이 지금 하지 않아도 될 일을 안겨주기는 했다. 그나저나 내일이 걱정이다. 자신도 자신이지만, 비서가 만만하게 보이면 계약하는 자리에서 불이익이 발생한다.

내일 제 밑에 있는 직원이 와서 같이 회의에 참석을 하기는 할 테지만, 비서도 대동하고 들어가야 한다. 그냥 비서 없이 회의를 진행해 버릴까, 하는 생각도 잠시 했지만, 그건 또 그거대로 불편하다.

"문 비서 데리고 올걸."

작은 후회를 한 독현은 소파에 앉아 테이블 위에 꺼내놓은 노트북을 켰다. 할 일이 산더미였다. 금세 일에 빠져든 그는 시간 가는 줄 모르고 숱한 서류들을 검토했다.

목과 어깨가 뻐근해져 고개를 든 독현은 시각을 확인했다. 어느새 슬슬 파티에 참석해야 하는 시간이 다가왔다. 자리에서 일어난 그는 목과 어깨를 돌려가며 굳은 근육을 풀었다. 욕실로 들어가 씻고 나와 옷을 갈아입던 중 그는 문득 제 비서가 떠올랐다.

"연락 한 번 없네."

아무리 그래도 알아서 파티에 간다고 했더니, 아예 잠수를 타?

괘씸함이 들어 휴대폰을 찾아 든 그의 입술이 일그러졌다. 부재중이 와 있었다. 연 비서였다. 씻고 있던 사이 전화를 했나 보다. 괜한 무안함에 독현은 작게 혀를 찼다.

파티에 참석할 준비를 마친 그는 룸을 나섰다. 벌컥 문을 열고 나오던 그는 헉, 숨을 들이켜는 소리에 걸음을 멈췄다. 문을 열 때 그 앞에 있었는지 문 뒤에서 초롱을 발견했다.

"뭐 해?"

"전화를 안 받으셔서 혹시나 잠드신 건 아닌가 해서요."

"부재중 남긴 게 언젠데 이제야?"

괜한 트집이었다. 초롱의 눈이 또 도그르르 굴러간다. 독현은 왜 그 행동이 제 머릿속에 각인이 된 건지 생각을 하던 그는 여동생이 또 떠올랐다.

여동생의 커다란 눈은 호기심에 여기저기 잘도 굴러다녔다. 초롱의 눈이 크다는 건 아니다. 그녀는 지극히 평범한 이목구비를 가지고 있어서 제 여동생과 외모가 판이하게 달랐다. 그저 행동이 닮았다.

"부재중 남기자마자 와서 초인종 눌렀는데요."

억울한지 미간이 좁혀 들어갔다. 독현은 그것도 듣지 못했다. 씻을 때 물소리가 그렇게 컸나, 잠시 생각하던 그는 또 드는 작은 무안함에 얼굴을 찌푸렸다.

"그런데 왜 잠자고 있을 거라 생각했어? 혹시 연 비서 잤어?"

트집을 잡고자 하면 한도 끝도 없었다. 초롱의 시선이 슬쩍 내려갔다. 그녀를 무안하게 만들어서 제 무안함을 날려 버린 독현은 내일 일찍 보자고 한 뒤 몸을 돌렸다.

파티 장소는 바로 이 호텔의 연회장이었다. 그는 초대장을 보인 뒤 얼굴에 미소를 걸고 들어갔다.

파티는 제게 이익이 될 사람을 찾아 탐색하는 자들로 수두룩했다. 독현은 자신도 그중 하나라는 생각에 입안이 썼다. 오로지 이익만 좇는 게 전부가 되어버리는 시간. 독현도 그 시간에 충실하게 회사의 개 노릇을 해야 했다.

눈치 싸움이 2시간이 흘렀다. 캐낸 정보는 머릿속에 차곡차곡 정리를 하고, 더 알아볼 필요가 있는 정보도 따로 차곡차곡 저장했다. 그러면서 무심코 자신이 흘린 정보가 없는지 제가 한 말을 곱씹었다.

겉으로는 편한 얼굴로, 상대방에게 호의가 가득한 얼굴로 이야기를 나누고 있지만, 머릿속은 복잡했다. 다 귀찮은데 이쯤 돌아갈까 하던 찰나 누군가가 파티장으로 들어오는 걸 발견했다. 그 상대방이 누구인지 확인한 독현의 입매가 비틀렸다. 그는 지체 없이 이야기를 나누던 사람들에게 양해를 구하고 자리를 떴다.

마주치는 일 없게 빙 돌아서 파티장을 나왔는데, 자신을 발견한 것인지 높은 목소리가 이름을 불렀다.

"독현 씨!"

급격히 피로한 얼굴로 그는 돌아섰다. 집요한 시선을 제게서 떼지 않고 다가오는 여자에게 독현은 사나운 눈빛을 했다.

오밀조밀한 이목구비는 화려했다. 모양 좋게 다듬어놓은 눈썹, 눈을 감았다가 뜰 때마다 파드득거리는 긴 속눈썹, 오뚝한 코에 붉은 입술, 그리고 투명하리만치 새하얀 피부.

한때는 저 외모에 열광해 있는 거 없는 거 다 퍼주었었다. 그리고 고갈이 돼버렸다. 자신을 바싹 말라비틀어지게 한 여자가 탐스러운 미소를 지으며 나붓하게 다가오자 독현은 입안이 비릿해졌다. 저 가증스러운 모습이 핏물처럼 역겨웠다.

"뭐야."

"왜 내 연락을 피해?"

"머리 없어? 생각이란 걸 해봐. 내가 왜 네 연락을 안 받는지."

"독현 씨……."

상처받은 얼굴로 어룽거리는 눈을 본 그는 성마르게 얼굴을 쓸어 만지고는 몸을 돌렸다. 이야기를 해봤자 자신만 피곤하지 싶어서 빨리 최대한 멀리 떨어지고 싶었다. 성큼성큼 한 발 내딛는 남자를 따라가는 구두 소리가 또각또각 요란하게 울렸다. 걸음을 따라잡기 힘들었는지 뒤에서 숨차 하는 소리도 들렸다. 제 걸음을 느리게 만들려고 일부러 내는 소리라는 걸 알기에 독현은 더 걸음을 빨리했다.

"독현 씨!"

사방팔방 이름을 소문내 줄 작정인지 목소리가 꽤 컸다. 그럼에도 독현은 자신이 독현이 아니라는 듯 무심하게 걸어갔다. 파티장에서 한참 멀어지고 그는 중앙에 있는 원형으로 돌아가는 계단을 내려갔다. 위에서 불만이 가득한 목소리가 들려왔다.

층을 내려가 무작정 걸었다. 이쯤이면 그만 쫓아오겠지 했는데도 여자는 끈질기게 따라왔다. 독현은 긴 복도를 지나 엘리베이터 앞까지 도망쳤다. 엘리베이터 버튼을 연달아 누르는 그의 얼굴에는 지금 저 여자를 피하고 싶다는 기색이 만연했다.

"야! 지독현!"

악에 받친 부름과 동시에 등에 무언가가 날아와 부딪쳤다. 독현은 고개를 뒤로 돌려 바닥에 떨어진 클러치 백을 보고 시선을 사납게 떴다.

"맞을래?"

독현에게 맞아본 적이 없지만, 정말 때릴 것 같은 기세에 여자가 주춤 뒤로 물러났다. 그는 떨어진 클러치 백을 여자의 앞으로 발로 툭 찼다. 자신이 발에 차인 듯 모멸감에 휩싸인 얼굴로 여자는 가방을 주워 들었다.

"독현 씨."

인주는 애타는 목소리로 독현을 불렀다.

"도대체 왜. 뭐, 지금 남편이랑 이혼하고 나랑 살게? 네 애 버리고 나한테 오게?"

"……."

"뭘 하고 싶어서 나한테 이러는 건데."

딩동. 상당히 심각한 분위기를 단번에 깨트리는 소리가 났다. 두 사람의 시선이 반사적으로 소리가 나는 곳으로 향했다. 엘리베이터 문이 열리고 그 안에 타고 있던 사람이 두 사람의 시선을 받고 움찔했다. 스르륵 닫히는 엘리베이터 문 사이로 독현의 발이 들어갔다. 센서가 작동하면서 문이 다시 열렸다.

"왜 이제 내려와?"

"네?"

"빨리 내려."

초롱은 독현의 명령에 엘리베이터에서 내렸다. 그리고는 자신을 쏘아보는 여자에게 의아한 시선을 했다.

"누구야? 누구예요?"

독현이든 초롱이든 아무나 빨리 대답을 해보라는 말이었다. 독현은 인주에게 보면 모르겠느냐는 시선을 했다. 그의 옆에 서서 인주를 보고 있던 초롱은 그 시선을 보지 못했다. 그래서 대답을 하지 않는 독현을 대신해 입을 열었다.

"비서인데요."

초롱의 말에 독현의 고개가 빠르게 돌아갔다. 분위기 한번 못 읽냐고 한심하게 보며 속으로 혀를 찼다.

"내 비서 겸 애인. 보다시피 비밀 연애 중이니까 어디 가서 소문내지 마."

두 여자의 동공이 동시에 흔들렸다. 독현은 초롱이 쓸데없는 말을 해서 판을 깨기 전에 더 말을 이었다.

"이 여자한테는 우리 사이 밝히는 게 나아. 긴장하지 마. 소문날 일 없으니까."

"……아, 네."

독현은 이번에는 초롱이 분위기를 읽은 것 같아 시선을 거두고 인주를 봤다.

"당신, 여자가 있었구나."

"그래."

순간 인주의 얼굴이 풀리더니 환하게 미소를 지었다. 그녀는 홀가분해 보였다. 내내 가슴에 묵직하게 갖고 있던 걸 떼어낸 듯 가벼워 보였다. 그에 독현은 볼 안쪽 살을 깨물면서 무표정을 고수했다. 정말 비릿한 피가 입안에 감돌자 구역질이 치솟았지만, 꾹 참아냈다.

"미안해. 이제야 이 말을 할 수 있게 됐다. 나 혼자 잘살면서 당신에게 사과하고 싶지 않았어. 당신도 행복할 때 사과하고 싶었어."

'왜? 그러면 쉽게 용서해 줄 것 같아서?'

순간 떠오른 생각을 뱉어내고 싶었지만, 이마저도 귀찮아서 말았다. 인주와 관련된 건 모두 귀찮았다. 그녀 자체가 이렇게 싫증이 날 줄은 몇 년 전의 자신은 까마득하게 몰랐을 거다.

"잘 지내. 만나서 반가웠어요."

독현은 초롱에게 인사를 건네는 인주에게 눈빛으로 일갈했다. 그는 초롱의 손목을 잡고 몸을 돌렸다. 아직 그 층에 머물러 있는 엘리베이터 버튼을 누르고 올라탔다.

"누구예요?"

문이 닫히자마자 들리는 질문에 독현이 관자놀이를 꾹꾹 눌렀다.

"애 딸린 유부녀."

"……불륜?"

무심코 생각나는 단어를 중얼거렸다가 독현의 따가운 시선을 얻은 초롱은 한 걸음 옆으로 떨어졌다.

"유부녀 되기 전에 만났었으니까 불륜은 아니겠지?"

"네. 죄송합니다."

"죄송할 짓을 왜 해?"

그렇게 물으면 참 할 말이 없어진다. 초롱은 화제를 돌렸다.

"파티는 어떠셨어요?"

"저 여자가 쫓아와서 도망 나왔어."

"아, 네."

이쯤 되면 입을 다무는 게 현명한 선택이다. 초롱은 독현과 조금 전의 여자 사이가 궁금했지만, 모르는 게 약일 거라는 예감이 들어 아예 생각을 지워냈다.

"어디 가던 길이었어?"

"배가 고파서요."

"룸서비스 시켜먹지 그래? 체크아웃 때 한꺼번에 정산하게."

"시켜먹어도 되나요?"

"어차피 나가서 사먹는 것도 출장비로 청구할 거 아니야."

초롱의 입이 모아지면서 오, 낮게 울렸다. 독현은 그녀가 제 사비로 사먹으려고 했다는 걸 알고서는 황당한 눈을 했다. 설마하니 출장인데 밥값 처리 하나 안 해줄까.

"그래. 연 비서는 한 일 없으니 그냥 연 비서 돈으로 사먹어."

"시키신 일 다 했습니다."

9시가 다 되어가는 시각. 그러니까 시킨 일을 하느라 저녁을 걸렀다는 뜻이다. 독현은 악덕 상사가 된 기분에 미간을 접었다. 성격적으로 좋은 상사가 아니라는 걸 스스로가 안다만, 직원이 당연히 누려야 하는 복지까지 침해하는 상사는 절대 아니었다.

일은 잘하는 것 같은데 비서로서 필요한 눈치는 조금 없는 것 같다. 그러고 보니 문 비서가 연 비서를 칭찬할 때 눈치 칭찬은 없었다. 그리고 말수 적은 건 아닌 것 같은데. 수다스러운 건 아니지만 은근히 제게 말대꾸하는 게 있다.

독현은 자신이 한 비꼼이 섞인 질문에 순순히 대답을 한 것도 말대꾸로 치부해 버렸다.

사람의 평가라는 게 원래 주관적이라 어떻게 보느냐에 따라 다르다는 걸 알기에 독현은 그냥 넘어갔다. 그래도 일은 제 입맛에 맞게 곧잘 하니 그만하면 됐지, 싶었다. 비서 자질이야 자신을 따라다니다 보면 늘기 싫어도 늘게 될 거라 생각했다.

"뭐 먹을래."

"둘러보고 결정하려고 했는데요."

"룸서비스."

"그럼 가서 메뉴 보고요."

"어차피 늦어서 되는 메뉴 몇 없을 것 같다."

엘리베이터에서 내린 독현은 제 룸 앞으로 걸어왔다. 당연히 따라올 줄 알았던 초롱이 자신의 룸으로 들어가려고 하는 걸 보고 나직이 한숨을 내쉬었다.

"같이 먹자고. 연 비서, 나 눈치 없는 것도 딱 별로야."

이렇게 딱 싫어하는 것투성인데, 이러다 잘리는 건 아닌지 걱정이 되었다. 초롱은 냉큼 독현에게 실례한다는 말을 하고 그가 열어주는 문 안으로 들어갔다.

아주 불편한 늦은 저녁식사가 예견되었다.

아침 일찍 기우의 연락을 받은 초롱은 주의사항을 전해 들었다. 협상과 계약이 오가는 자리에서 절대 실수하면 안 된다는 당부에 그녀는 처음으로 비서로서 막중한 책임감을 느꼈다.

중국 바이어들은 자꾸 일본이 제시한 조건을 들먹거리면서 독현의 신경을 건드리고 있었다. 원래 성격대로라면 한바탕 버럭 소리를 내질렀을 것 같은데, 그는 진중한 표정을 고수했다. 확신에 찬 어조에서는 실패란 없을 거라는 신뢰감이 느껴졌다.

은근슬쩍 일본의 이야기를 피해가는 독현에게 조금씩 휘둘리고 있었다. 그걸 느꼈는지 중국 바이어들은 불편한 기색을 내보이고 있었다. 독현을 중국으로 벌써 두 차례 불러들인 만큼, 자신들이 분위기를 주도해 나갈 줄 알았는데 그러지를 못하자 심기가 불편해지는 듯했다. 그에 점점 분위기는 가라앉았다.

식사 후에 다시 이야기를 하자는 말로 긴 회의가 끝났다.

회의실에서 나오자 묵직하고 갑갑했던 공기와는 차원이 다른 상쾌한 공기에 숨통이 트였다. 심호흡을 하며 나온 초롱은 반가운 얼굴을 발견했다. 언제 날아온 것인지 지성이 복도에 서 있었다. 그는 독현에게 인사를 한 뒤 초롱에게 눈인사를 했다.

그래도 멀리서 날아온 손님이기에 중국 바이어들이 독현을 접대하겠다고 나섰다. 비서들이 낄 자리가 아닌지라 건물 입구에서 그들을 배웅한 초롱과 지성은 따로 식당을 찾아 나섰다.

"오늘 내로 계약서 작성할 수 있을까 싶던데."

"하겠지. 내일 아침 비행기로 돌아가는데."

초롱의 앞에 수저를 놓아준 지성은 그 일에는 관심이 없다는 듯 심드렁했다. 오후에 같이 회의에 들어갈 그가 그러자 초롱은 조금 걱정이 되는 눈치인 것 같았다. 그런 그녀의 눈치를 읽은 지성은 걱정하지 말라는 듯 눈을 지그시 감았다가 떴다.

"몸은 어때?"

"응?"

"몸 어떠냐고. 불편하지 않아?"

생리 중에 출장길에 올랐다. 생리통이 있거나 몸이 불편하지는 않으냐는 질문이었다. 초롱의 얼굴이 화르르 달아올랐다. 똑같은 질문을 지성이 다른 상황에서 물어본 적이 몇 번 있었기 때문이다.

"괜찮아. 알잖아. 이틀 정도 지나면 안 아픈 거."

"그래."

세심한 질문에 감동해야 하는 건지, 아니면 조금 민망해야 하는 건지 모르겠다. 그의 이런 면에 익숙해졌으면서도 가끔은 부끄럽고 심장이 두방망이질 친다.

초롱은 지성의 눈을 마주치지 못하고 고개를 숙였다.

초롱은 지성의 처음 보는 모습에 넋을 놨다. 그는 독현을 도와 중국 바이어들을 손안에서 제대로 굴리고 있었다.

지성은 분위기를 유하게 만드는 재주가 타고났다. 사람들의 호감을 잘 이끌어낸다. 그의 잘생긴 외모 덕분만은 아니다. 처음엔 남자들은 모두 그의 외모에 본능적인 경계심을 보이니 말이다. 하지만 그와 몇 번 대화를 나누면 그들도 경계심을 누그러트리게 된다.

독현은 자신만만하게 자신들의 기술력을 다시 한 번 설명했고, 지성은 싱글싱글 웃는 낯으로 분위기를 풀더니 입으로는 거침없이 일본 경쟁사의 허점을 낱낱이 밝혔다. 두 사람의 죽이 아주 잘 맞았다. 결국 독현의 손에는 도장이 찍힌 계약서가 들렸다.

"징글징글하군."

계약을 마친 독현의 입에서 흘러나온 말이었다. 중국 바이어들과 헤어지자 그는 젠틀했던 모습을 던져 버렸다.

"수고하셨습니다, 본부장님."

"수고하셨습니다."

"연 비서랑, 이 비서도. 호텔로 가지."

아침 일찍부터 고생을 했던 터라 독현은 당장 가서 쉬고 싶었다. 몇 시간이나 같은 말을 반복하는 건 체력적으로 힘든 것보다는 짜증 때문에 정신적으로 지쳤다.

호텔로 돌아온 세 사람은 각자의 룸에서 쉬다가 저녁은 알아서 먹고 내일 체크아웃할 때 보기로 했다. 같은 층에 남아 있는 방이 없어 지성은 아래층으로 체크인을 했다. 그는 엘리베이터에서 내리기 전 초롱에게 슬쩍 신호를 보냈다. 자신의 룸으로 오라고.

로비에 맡겨두었다가 찾은 제 캐리어를 끌고 가는 지성의 뒷모습이 닫히는 엘리베이터 문 사이로 사라졌다. 독현과 좁은 곳에 단둘만 남았다.

"오늘 정말 수고 많으셨어요, 본부장님."

"연 비서도. 아 참, 계약서 잃어버리지 말고. 잃어버리면 두고 갈 거야."

"……네."

전쟁이 나도 이것만은 꼭 챙기겠다는 의지가 가득한 얼굴로 계약서를 품에 꼭 안는 모습을 보고 독현이 픽, 웃었다. 두 사람은 엘리베이터에서 내려 각자의 룸 앞에 섰다.

"그럼, 푹 쉬세요. 내일 뵙겠습니다."

"응. 연 비서도."

초롱은 독현이 먼저 들어가는 걸 확인한 뒤 제 룸으로 들어갔다. 서류를 잘 챙겨놓고 그녀는 곧바로 나와 지성의 룸으로 향했다.

룸 앞에 선 초롱은 초인종을 누르려다 멈칫했다.

호텔. 룸 안에는 남자가 자신을 기다리고 있다.

오래전, 지금과 같은 상황을 겪었었다. 그땐 손끝이 떨리고, 호흡도 불안정하고, 심장은 발끝에서 머리끝까지 널뛰면서 요동쳤었다. 좀처럼 진정이 되지 않아 초인종을 누르는데 한참이 걸렸다. 어떤 커플이 엘리베이터에서 내려 복도를 걸어오자 놀라서 엉겁결에 초인종을 눌렀다.

초인종이 울리자마자 문이 벌컥 열렸었다. 은은하게 웃고 있지만, 긴장으로 물든 표정으로 지성은 손을 내밀었었다.

네가 오기 전부터 문 앞에서 기다렸었다고, 혹시라도 초인종이 울리지 않을까 봐 초조했었다고, 이렇게 와주어서 고맙다고 말을 했었다.

그의 손을 잡았을 때 강한 악력에 약한 신음이 흘렀다. 몸이 룸 안으로 끌려들어 감과 동시에 그의 품에 갇히고, 입술이 그의 입술에 막혔다. 그게 그와 보낸 첫날밤이었다. 와인이며 케이크며 욕조와 침대에 뿌려진 장미 꽃잎이며 꽃다발 등등, 그가 정성껏 준비한 모든 것들은 다음 날 아침이 되어서야 눈에 들어왔었다.

그때를 생각하며 부끄러운 미소를 지은 초롱은 초인종을 눌렀다.

"왔어?"

"깜짝이야. 문 앞에 있었어?"

"응."

초인종을 누르자마자 문이 벌컥 열리고 지성이 몸을 반쯤 밖으로 뺐다. 그는 그때처럼 손을 내밀었다.

"우리 이거…… 두 번째다. 내가 호텔 룸 문 앞에서 너 기다리는 거. 혹시 기억나?"

초롱은 자신처럼 그날을 기억하는 지성에게 수줍게 고개를 끄덕이며 그의 손을 잡았다. 지성은 강하게 끌어당겨 초롱을 품에 안았다. 등 뒤에서 문이 쾅 닫히자 초롱의 몸이 움찔했다.

지성은 예감이 왔다. 오늘 자신과 초롱이 다시 시작하게 될 것 같다는. 그는 초롱을 품에서 놓고 안으로 안내했다.

"좀 씻고 나올게 기다릴래? 옷 편한 걸로 갈아입고 오지 그랬어?"

"아, 그 생각을 못했네."

"지금 가서 갈아입고 올래?"

"아니. 괜찮아."

"그럼 내 옷 줄까?"

와이셔츠 단추를 풀면서 지성은 열어놓은 캐리어 안을 뒤적거렸다. 자신에게 줄 옷을 찾는다는 걸 알고 초롱은 괜찮다고 그를 말렸다. 나중에 불편하면 옷 줄 테니 말하라고 한 그는 옆에 빼놓은 갈아입을 옷을 챙겨 들고 욕실로 들어갔다. 물소리가 들리자 괜히 안절부절못하던 초롱은 소파에 앉아 깊이 심호흡을 했다.

씻고 나온 지성은 갑자기 한국에서 요청한 자료 때문에 노트북을 붙잡고 있어야했다. 초롱은 신경 쓰지 말고 일하라고 한 뒤에 소파에 앉아 그가 가져온 책을 펼쳤다. 한참 일에 몰두한 지성이 저녁때를 놓칠 뻔한 걸 깨닫고 급히 밖에서 저녁거리를 포장해 왔다. 저녁을 먹고 포만감에 졸음이 쏟아졌다. 지성의 침대에서 잠깐 졸던 초롱은 휴대폰 벨 소리에 눈을 떴다.

"지성아, 전화 와. 이지성!"

연이은 부름에 대답이 없자 초롱은 몸을 일으켰다. 그녀는 소리를 찾아 거실로 나왔다. 테이블 위에는 그가 작업 중이던 문서가 띄워진 노트북과 서류들이 있었다. 그리고 그 옆에 불빛을 내며 울리는 휴대폰도 있었다.

벨 소리가 끊기기 전 초롱은 발신자를 확인하고 전화를 받았다.

"여보세요."

[이지성 씨 전화 아닙니까?]

"맞는데…… 나 초롱이야. 연초롱."

[아. 오랜만이다.]

발신자가 류희찬이라고 떠서 혹시나 했는데, 그 류희찬이 맞았다. 전공은 다르지만 같은 대학교를 다녀서 지나가다가 몇 번 마주친 적이 있었다. 대학 졸업하고 나서는 그 스치는 만남도 없었다. 지성이 희찬 이야기를 하지 않았던 터라 초롱은 두 사람이 계속 연락을 주고받는지 몰랐다. 왠지 그녀는 기분이 조금 가라앉았다.

"응. 오랜만이네."

[그래. 지성이는?]

"글쎄. 모르겠어. 잠깐 어디 갔나 봐."

주위를 두리번거리며 초롱은 지성의 기척을 찾았다. 아무래도 룸 밖으로 나간 것 같다.

"돌아오면 연락하라고 할까?"

[아니. 이 말만 전해줘. 알아보니까 네가 예상한 게 맞았다고.]

"응? 뭘 알아봐?"

[뭐긴 뭐야, 지성이 아버지 일. 이기성이 손쓴 거 맞다고 전해주고, 더 알아볼 거 있으면 또 연락하라고 전해줘. 끊는다.]

제 용건이 끝나자 바로 전화를 끊어버린 희찬의 행동에 황당해할 정신이 없었다. 초롱은 그가 한 말을 이해하느라 정신이 멍해졌다.

본가를 나온 뒤로 지성은 아버지와 친가에 대한 이야기를 하지 않았다. 가끔 아버지와 연락하는지 물으려고 하면 그는 능숙하게 말을 돌렸다. 아예 친가에 대한 관심을 끊어버린 듯했다. 그런 그가 희찬에게 아버지의 일을 알아봐 달라고 부탁했다니…….

자신에게는 그 어떠한 내색도, 한마디도 없었으면서 희찬에게는 친가 이야기를 했다.

초롱은 지성이 혹시 본가로 돌아가 아버지를 도우려 하나 싶었다. 그래서 아버지 일을 알아봐 달라고 부탁한 것일지도 모른다는 생각을 했다. 그가 무슨 이유로 아버지 일을 알아봤든, 그녀는 그걸 자신에게는 일언반구도 하지 않았다는 게, 희찬은 알고 있었다는 게 섭섭했다. 그리고 화가 났다.

"어? 언제 일어났어."

혼자 생각에 잠겨 있느라 초롱은 지성이 돌아온 지도 몰랐다. 자신을 끌어안는 손길에 정신이 든 그녀는 그의 손을 밀어내고 마주 섰다.

"전화 왔었어."

"그래? 누구?"

"류희찬."

순간 지성의 얼굴에 난감한 기색이 스쳐 지나갔다. 그는 곤란한 미소를 지은 뒤 초롱의 손에 들린 제 휴대폰을 가져갔다.

"맥주 좀 사왔는데, 마실래?"

"희찬이랑 계속 연락했었어?"

초롱이 그냥 넘어가지 않을 거라는 걸 알면서도 슬쩍 말을 돌리려던 지성은 그녀의 질문에 눈가를 찡그렸다. 맥주가 들어 있는 비닐봉지를 테이블 한쪽에 올려두고 그는 이마를 긁적였다.

"응. 경민이랑 용준이도 가끔 연락해."

"그래?"

"자주는 아니고 가끔."

"가끔 연락하는 친구한테는 아버지 이야기하고, 매일 보는 나한테는 한마디도 안 했네."

"초롱아."

"희찬이가 전해달래. 이기성이 아버지 일 손쓴 거 맞다고. 더 알아볼 거 있으면 연락 달라더라. 이기성도 아는 거 보니, 희찬이는 친가 쪽 상황 다 아는 것 같던데. 그런데 지금 무슨 일 있나 봐?"

류희찬이 알고 있는 그 일이 무엇인지 물어보는 게 아니다. 백퍼센트 비꼬는 말이었다. 지성은 초롱이 화내는 걸 보다가 한숨을 흘렸다.

"아버지가 이모부한테 연락하셨더라고. 무슨 일인가 알아본 것뿐이야. 희찬이 집안 알잖아. 그쪽이 빠를 것 같아서 부탁한 거야."

"어쨌든 류희찬은 다 아는 거잖아."

"초롱아."

"너는…… 그랬어. 예전에도 그랬고, 지금도 그래. 넌 힘든 일이든 뭐든 다 이야기 안 해."

"좋은 일도 아니니까. 나도 신경 안 쓸 건데 왜 이야기해. 이번 건 정말 그냥 알아두기만 하려고 한 거야."

"이번 일 말고도! 미국 다녀와서 힘들었을 때도 넌 아무 말 안 했어. 그리고 갑자기 집을 나올 때도 그 어떠한 이야기도 안 했다고. 그동안 그 집에서 너한테 연락했었던 거 모르는 줄 알아? 아빠가 넌지시 너 떠보라고 시켰던 적이 한두 번인 줄 알아? 아저씨가 너 돌아오기를 기다리고 있다는 거 안다고!"

"돌아가지 않을 거니까 말 안 했어."

"어쨌든 연락이 왔잖아. 그런데 넌 친가와는 어떠한 연락도 하지 않는 것처럼 굴었잖아. 나는 네가 이야기해 주기를 기다렸어."

"미안해. 몰랐어."

"왜 나는 모르는 것투성이야? 너는 나에 대해 전부 다 아는데, 왜 나는 너에 대해서 몰라? 네가 나한테 숨기는 게 많다는 거 느낀다고! 우리가 사귄 시간이 얼만데!"

"숨긴다니."

지성이 그러는 거 아니라고 초롱을 달래려 했지만 그녀는 뒤로 물러났다.

"너한테 난 어떤 존재야?"

"그야 가장 소중한 존재지. 알잖아. 내가 너 많이 아끼는 거. 나 자신보다 아껴."

"그런데 왜 숨기는 건데. 왜 다 알려주지 않는 건데. 내가 이렇게 화내도 넌 이야기해 주지 않을 거잖아. 내가 알고 싶다는데도. 내가 화내든 속상하든 상관없는 거 아니고? 아, 아니면 사랑하지 않으니까 다 털어놓지는 못하겠니?"

"……하아. 초롱아."

이야기가 가장 하기 싫은 주제까지 튀었다. 지성은 사랑이라는 단어가 나오자 입을 꾹 다물었다. 어떻게 말을 해야 할지 몰랐다. 이럴 때는 초롱을 달래지 못했다. 언제부턴가 이 주제가 나오면 그녀를 달래는 데 실패했고, 끝이 안 좋았다.

한참 침묵이 흘렀다. 초롱이 씁쓸한 미소를 지은 뒤 먼저 입을 열었다.

"다른 말은 다 잘하면서 왜 사랑한다는 말은 안 해? 내가 듣고 싶어하는 거 알잖아."

"그 말이 그렇게 중요해? 난 네가 내 곁에 있는 게 중요해. 너랑 같이 시간을 보내는 게 중요해. 네가 중요해. 다른 건 다 필요 없어."

"그러니까 나 사랑하냐고. 지금 그 말로 날 달랠 수 있다는 거 알잖아. 다른 어떤 말보다 사랑한다는 말이 듣고 싶어. 왜 늘 너는 내가 듣고 싶은 이야기는 하나도 안 해주는 건데!"

"……."

"결국엔 사랑은 아니란 거잖아. 그럼 아무것도 아닌 거지! 도대체 우리가 그동안 한 건 뭐야? 난 사랑이었는데, 넌?"

"……그거 하나만 봐? 아무것도 아니라니. 내가 그동안 너한테…… 널……."

자신이 얼마나 노력했는지, 잘했는지 알아달라고 떼쓰는 것 같아 지성은 말을 잇지 못했다. 무슨 보상을 받겠다고 초롱에게 그렇게 제 모든 걸 내어줄 듯 행동한 건 아니었다. 모두 진심으로 한 행동이었으니 그걸로 거들먹거리고 싶지 않았다.

"내가 그렇게 어려운 걸 바라는 거야? 남들은 연인에게 다 듣는 그 말 듣고 싶다는 것뿐이야. 그게 잘못된 거야?"

"아니. 내가 잘못했어. 내가 더 잘할게. 노력할게."

결국엔 다시 처음으로 돌아왔다. 더 잘해달라고 하는 게 아닌데, 더 노력해 달라고 하는 게 아닌데 지성은 제 정성이 부족한 탓이라고 결론 내렸다. 그 모습을 보면 초롱은 그가 자신을 얼마나 소중하게 여기는지 느껴져서 더는 화낼 수가 없었다. 늘 져주고 반성하는 남자에게 계속 화를 내는 건 무의미했다.

"초롱아. 난 너 말고는 다른 여자 생각조차 해본 적이 없어. 나한테는 너뿐이야. 내 인생은 오로지 너로만 가득 찼으면 좋겠어."

"지금 그런 말, 하지 마. 네 얼굴 볼 수가 없단 말이야."

지성은 얼굴을 가리는 초롱에게 다가갔다. 가녀린 두 손목을 잡아 조심스럽게 내렸다. 그는 고개를 숙여 초롱의 귓가에 계속 달콤하게 속삭였다.

"실은 오늘 너랑 다시 시작하자고 말하려고 했어. 난 아직 너랑 같이하고 싶은 게 많아. 지금까지 함께했던 것도 더 하고 싶어."

초롱은 이대로 넘어가면 또 언젠가는 같은 이유로 싸울 거라는 걸, 그땐 정말 지칠지도 모른다는 걸 느꼈다. 하지만 지성의 속삭임을 무시하기에는 너무 달콤했다.

지성은 고개를 움직여 초롱의 볼에 입술을 댔다. 경건하게 볼에 입을 맞춘 그가 그녀의 입술을 찾았다. 막 입술이 닿으려던 찰나 초롱이 고개를 돌렸다.

입술이 스치고 서글픔이 남았다. 제 마음을 다 드러내지 못하고 거절당한 지성의 서글픔과 그의 마음을 다 알지 못하고 거절한 초롱의 서글픔이.

"그만 갈게. 혼자 있고 싶어."

초롱은 제 손목을 놓는 그의 손을 응시했다. 그의 팔이 아래로 뚝 힘없이 떨어지는 걸 보고 걸음을 옮겼다.

❖

독현은 험악한 얼굴로 제 앞에 선 남녀를 노려봤다. 제게 달려드는 남자와 그 남자를 말리는 여자. 여자가 말리니 남자는 더 화가 나는 듯했다.

"글쎄, 아니라니까요! 여보!"

"그런데 왜 둘이 같이 있었냐고! 너, 내 아내한테 무슨 짓 했어!"

"아무 짓도. 먼저 인사한 쪽은 그쪽 아내인데. 난 분명 알은체하지 말자고 했었어."

지리멸렬한 눈으로 인주를 쏘아본 독현은 혈압이 올라 뻐근해지는 목을 한 바퀴 돌렸다. 그러던 중 그는 멀리서 복도를 가로지르고 오고 있는 여자를 발견했다.

"연 비…… 초롱아."

그는 제법 다정하게 초롱을 불렀다. 그의 부름에 놀라 얼어붙은 초롱은 한 발 뒤로 물러났다. 당장 뒤돌아 도망갈 기세를 읽은 독현이 눈을 부라리고 손을 까딱였다.

"저기 오네. 내 애인이."

독현의 말에 승강이를 벌이던 인주와 그녀의 남편이 고개를 돌렸다. 초롱은 자신에게로 쏟아지는 세 사람의 시선에 한 발 더 뒤로 물러났다. 독현의 눈이 날카롭게 뜨였다. 당장 앞으로 걸음을 옮기지 않으면 가만두지 않겠다는 시선에 초롱이 머뭇거리다가 걸어갔다.

"이쪽이 내 애인. 그러니까 그쯤하고 좀 가지?"

제 사정거리 안에 들어오자 독현은 초롱의 손목을 잡아 곁에 세웠다.

"애인?"

"여보, 제가 말했잖아요. 독현 씨, 결혼할 여자 있다고요."

"하, 이것들이 보자 보자 하니까. 저 새끼가 당신 사랑한다고 지랄하던 거 안 잊었어, 내가!"

남자의 말에 독현의 얼굴이 삽시간에 굳었다. 그는 입매를 비틀어 조소했다.

"그 지랄하던 새끼 죽고 없거든? 이봐. 내가 사랑하는 여자는 여기라고."

독현은 초롱의 손목을 잡고 있던 손을 들어 흔들었다. 초롱의 손이 좌우로 까딱까딱 흔들렸다. 독현이 사랑하는 여자는 바로 접니다, 라고 말이라도 하듯이.

초롱은 경악이 서린 눈으로 독현을 돌아봤다. 그리고는 물었다.

"네, 네?"

독현이 입 다물라는 시선을 한 뒤 남자에게 서슬이 퍼런 얼굴로 말했다.

"내가 사랑하는 여자는 이쪽이라고. 내 여자가 오해할 말은 좀 삼가지? 언제 적 이야기를 아직도 거론하는데? 애 둘 난 아줌마를 누가 쳐다본다고. 거저 줘도 안 가져."

독현의 신랄한 말에 인주와 그녀의 남편의 얼굴이 붉으락푸르락해졌다.

"그리고 앞으로는 마주치더라도 그냥 스쳐 지나가게. 이렇게 얼굴 마주하는 거 짜증나거든?"

불쾌감을 감추지 않은 표정으로 그는 제 룸 앞으로 걸어갔다. 그는 룸 키로 문을 연 뒤에 초롱을 그 안으로 밀어 넣었다. 얼결에 독현의 룸에 발을 들인 초롱은 부서져라 문을 닫는 소리에 어깨를 움츠렸다.

"저는 제 룸으로 가보겠습니……."

"어딜 가. 밖에 아직 있을 텐데. 그리고 연인이라고 했는데 다른 방을 쓰면 뭐라 생각하겠어? 왜? 방금 일을 도루묵 만들고 싶어? 그래서 뭐 어쩌자고?"

일은 자신이 저질러 놓고 적반하장이었다. 초롱은 기가 막힌 얼굴로 독현을 보다가 틈을 노려 파고들었다. 문손잡이에 손을 올리는 걸 본 그가 거칠게 잡아 막았다.

"뭐 하자는 거야?"

"갈래요. 지금은 본부장님 사생활에 끼어들고 싶지 않네요."

지금 제 사생활이 복잡해서 남의 사생활까지 관여하고 싶지 않다는 말을 독현은 단번에 읽어냈다. 그는 초롱의 얼굴을 빤히 쳐다봤다.

"무슨 일 있었나? 뭐, 애인하고 싸웠어? 아님 차였나?"

초롱의 시선이 비뚜름해졌다.

"저한테 관심 갖지 말아주세요."

"관심이 아니라 호기심이겠지. 어제는 장단 잘 맞추더니 왜 이래?"

"어제는 사랑한다는 말 없었잖아요."

"뭐?"

"어떻게 사랑한다는 말이 쉽게 나와요? 그게 아무한테나 막 돼요? 하필 방금……. 사랑한다는 말을 본부장님께 듣고 싶지 않았단 말이에요."

"그럼 누구한테 듣고 싶었는데?"

독현의 질문에 초롱의 입술이 바들바들 떨렸다. 눈치가 빠른 그는 술을 권했다.

"술 한잔할래? 독한 것도 있어."

"……네. 주세요."

독현이 주는 술은 매우 독했다. 독한 알코올에 목이 타들어갈 것 같아 초롱은 인상을 쓰며 제 목을 손으로 감쌌다. 그 모습을 본 독현은 양주잔을 빼앗았다. 그는 냉장고에서 맥주를 꺼내 뚜껑을 따서 초롱의 앞에 놓아주었다.

"사랑한다는 말이 거슬렸다면 사과하지."

뜬금없는 사과에 초롱이 눈을 크게 떴다. 그녀는 얼떨떨한 표정으로 독현을 바라봤다.

"그 말이 연 비서 상처를 들쑤신 것 같아서. 미안하다고."

"아, 네. 사과까지는 안 하셔도 되는데요."

"잘못 인정 안 할 것같이 생겼는데 사과하니까 놀라워?"

독심술이라도 하는 걸까. 초롱은 그런 눈으로 독현을 보다가 시선을 내렸다.

"뭐. 얼마나 만났어?"

"별로 말하고 싶지 않은데요."

고개를 돌려 맥주를 마시는 초롱을 보던 독현이 피식, 웃었다. 그는 두 번째 잔을 비운 뒤 소파에 등을 기댔다.

"하기야. 우리가 뭐 얼마나 안다고 연애사를 털어놔. 더군다나

직장 상사와 부하 관계인데.”

“그렇죠.”

“그래도 궁금하네.”

“제가 본부장님과 조금 전 그분과의 이야기가 궁금하다고 하면 이야기해 주실 수 있어요?”

독현은 말 못할 거 없다는 듯 어깨를 으쓱였다. 그는 술을 채운 뒤 잔을 들고 빙빙 돌렸다. 얼음이 달그락거리는 소리와 함께 그의 목소리가 퍼졌다.

“사랑은 다 거기서 거기지. 뭐, 흔한 스토리야. 2년을 만났는데, 알고 봤더니 내가 별 볼일 없는 놈이라 버리고 바로 딴 놈이랑 결혼하겠다더군. 헤어질 때 사고가 있었어. 그게 죄책감이 남았겠지. 그런데 그 여자가 좀 이기적이라 그 죄책감마저 떨쳐 내고 싶어서 안달했어. 그래서 내 행복을 빌더군.”

초롱은 어제 있었던 일을 떠올리고는 고개를 끄덕였다. 이제야 사과할 수 있었다며 사과하고 홀가분해하던 여자의 얼굴도 떠올랐다.

독현은 제 사랑 이야기를 너무 아무렇지도 않게 이야기했다. 별로 알고 싶지 않았는데, 그가 말해서 듣게 된 초롱은 왠지 자신도 이야기해야 할 것 같은 압박감이 들었다. 독현이 ‘내가 이야기했으니, 너도 이야기해라’라는 말을 하지도, 그런 시선으로 보지도 않았는데 말이다.

괜히 찝찝한 마음에 맥주를 들이켰다. 혼자 쩔쩔매던 초롱은 나직이 한숨을 내쉬고 입술을 달싹였다.

“고3때부터 만났으니까 11년 됐어요.”

"연 비서, 나이가 서른이야?"

뜬금없는 데에서 놀란 독현은 대학 졸업하고 백수 생활하다가 겨우 여기에 취직이 된 거냐는 얄미운 말을 했다. 초롱은 그를 흘겨보고는 하다 만 이야기를 빠르게 끝냈다.

"만나고 헤어지는 걸 반복했어요. 다시 만나자는 이야기 듣고 왔는데…… 좀 그러네요."

"그 사람한테서 사랑한다는 말 듣고 싶었나 봐? 다시 만나자고 하면서 사랑한다는 말은 안 해?"

눈치는 더럽게 빨랐다. 너무 정확하게 파고들자 이야기하기가 무서워질 정도였다.

"그만 가보겠습니다."

더는 이야기하기 싫은지 초롱은 자리를 털고 일어났다. 독현에게 연애 상담을 받을 생각은 전혀 없었기에 그녀는 인사를 하고 걸음을 옮겼다. 독현은 그런 그녀를 잡지 않았다. 그도 연애 상담을 해줄 생각은 없었다. 그냥 궁금했을 뿐이었다.

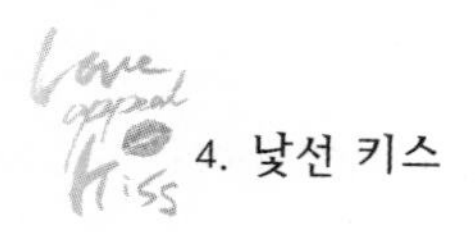

4. 낯선 키스

일상은 무료하게 흘러갔다. 지성과 이도 저도 못하고 있는 동안 시간은 잘도 흘렀다. 지성은 자신의 마음을 풀어주려고 애를 썼다. 그걸 보고 있으면 더 심란해졌다. 그래도 그 덕분에 어색했던 기류는 많이 가라앉았다.

"초롱아, 죽."

회사에서 에어컨을 계속 쐰 덕에 여름 감기에 걸린 초롱은 호되게 앓고 있었다. 감기 때문에 주말을 통째로 날린 것도 모자라 계획했던 여름휴가가 무산이 되었다. 해외로 휴가를 가기로 했던 터라 여행을 취소하자 손해액이 적지 않았다. 미안한 마음에 지성에게 혼자라도 다녀오라 했지만, 씨알도 안 먹혔다.

"고마워."

잔뜩 갈라진 목소리로 하는 인사에 지성은 미간을 찌푸렸다. 이렇게 더운 날 초롱은 이불을 꽁꽁 싸매고 땀을 흘리고 있었다. 그는 그녀의 이마에 난 땀을 손등으로 훔쳤다.

"죽이랑 약 먹고 한숨 자."

침대 헤드에 등을 기대고 앉은 초롱의 무릎 위로 쟁반이 올라왔다. 숟가락 들 힘도 없어하는 걸 보고 지성은 직접 죽을 떠먹였다. 초롱은 호호 불어서 식힌 죽이 입안 가득 들어오자 몇 번 우물거리다가 삼켰다.

"일단 난 휴가 반납하기는 했거든?"

"잘했어."

"넌 수요일까지 푹 쉬어."

"응. 콜록, 콜록."

초롱이 기침하자 지성은 재빨리 따뜻한 물이 담긴 잔을 입에 대어주었다. 물을 마시고 기침을 멈춘 초롱이 다시 고맙다고 했다. 그는 그게 마음에 들지 않은지 눈썹을 추켜올렸다.

"전화 온다."

벨 소리에 먼저 반응한 초롱의 말에 숟가락을 쟁반 위에 놓고 지성은 거실로 나가 휴대폰을 들고 왔다.

"네, 이모. 아니요. 지금 죽 먹고 있어요. 네, 어제 응급실 다녀왔어요. 그래도 어제보다는 열이 많이 떨어졌어요. 죄송해요. 제가 회사에서 더 신경 썼어야 했는데."

한쪽의 통화 내용을 들으면서 초롱은 엄마가 하고 있을 말을 대강 눈치챘다.

자신의 탓이라고 하는 지성에게 아니라고, 에어컨 바람 조심하라고 잔소리를 해도 들어먹지 않아서 벌 받는 거라는 엄마의 목소리가 들리지 않아도 들리는 것 같다. 비슷했는지 지성이 자신을 보고 너털웃음을 지었다.

"목소리가 잘 안 나와서요. 일단 바꿔 드릴게요."

지성이 건네준 휴대폰을 받은 초롱은 목을 가다듬고 겨우 한마디 뱉어냈다.

"엄마."

[지성이 아니었으면 어쩔 뻔했니.]

바로 하는 말이 이 말이라 초롱은 입술을 샐그러트렸다. 그 뒤로 지성에게 했을 말을, 이제는 잔소리로 쏟아냈다. 몸에 도는 열감에 눈앞이 아른거리고 눈물이 어룽져서 가련해 보이는 제 모습을 보면 잔소리는 하지 못했을 거라고 입술을 툭 내민 초롱은 다 죽어가는 목소리로 물었다.

"아빠는?"

[밖에 일 가셨다.]

"응. 엄마는 아픈 데 없고?"

초롱의 질문에 수저로 죽 그릇을 휘휘 저으며 식히고 있던 지성이 시선을 들었다. 내색하지 말라는 눈초리였다. 엄마가 한 번 쓰러졌던 걸 자신은 모르는 걸로 알고 있으니 조심하라는 시선에 초롱이 그냥 안부 질문이라고 눈빛으로 항변했다.

[아픈 데 없어. 넌 지성이한테 잘해. 너 아프다고 지극정성으로 또 죽 끓였겠지.]

"어떻게 알아?"

[그걸 몰라? 예전에 너 아프다고 전화해서 죽 끓이는 거 물어봤었어. 날이 더우면 덥다고, 날이 추워지면 춥다고 딱딱 맞춰서 보

약 지어오는 앤데, 지 애인한테는 오죽 잘하겠어. 지성이도 참. 네가 뭐 예쁘다고.]

"내가 뭐."

[내가 뭐? 넌 지성이 아플 때 그렇게 간호한 적 있어? 감기 옮으니까 오지 말라고 했다고 아픈 애 혼자 내버려 뒀었던 거 모르는 줄 알아?]

"갔었는데 쫓겨난 거였어."

지성이 무슨 이야기 중이냐고 눈으로 물었다. 초롱은 손을 내저은 뒤 엄마가 하는 말에 귀 기울였다.

[아프다고 지성이한테 투정 부리지 말고.]

"응, 콜록!"

기침을 하자 안 되겠는지 지성은 초롱의 손에서 휴대폰을 가져갔다. 초롱이 기침이 심해서 통화를 오래 못할 것 같다고, 나중에 연락드리겠다고 한 뒤 전화를 끊었다. 지성은 다시 죽을 떠서 먹여주었다. 약까지 챙겨 먹여준 그는 초롱을 욕실로 데려다주고 땀에 젖은 옷을 갈아입도록 했다. 그사이에 그는 침대 시트와 이불을 갈았다.

보들보들한 침대 위에 누우며 초롱은 조용하면서도 빠릿하게 움직이는 지성을 봤다. 지극정성인 간호를 받아서인지, 아니면 엄마와의 통화 때문인지 그녀는 그에게 서운했던 마음이 풀렸다.

유리문을 열고 들어선 독현은 자리에서 일어나 자신에게 묵례

하는 다예가 아닌, 비어 있는 자리를 흘끗 봤다. 수요일까지 휴가를 내서 비어 있는 초롱의 자리를 확인한 뒤에야 다예에게 시선을 주었다.

"연 비서가 지난주에 정리하고 퇴근했다던 그거 들고 와."

"네, 본부장님."

예상하고 있었는지 다예는 서류철을 들고 곧장 독현을 따라 그의 집무실로 들어갔다. 서류철을 받아 보강된 부분만 확인한 독현은 입꼬리를 올리고 고개를 끄덕였다.

"연 비서, 재무제표도 포함해서 메일로 보내. 아니, 문 비서가."

벌써 7월 말. 3주 가까이 하루 내내 연 비서를 불렀더니 입에 붙어버렸다. 독현은 서류철을 다시 받아 들고 나가는 문 비서의 뒷모습을 보고 고개를 저었다. 아침부터 간부회의가 잡혀 있어서 마지막으로 검토할 것들이 많았다. 책잡히지 않으려면 철저하게 준비를 하고 회의에 들어가야 하지만 그의 머릿속은 다른 생각으로 어지러웠다.

어제 호적상으로는 큰아버지이지만, 유전적으로는 친부인 자의 부름을 받아 갔었다. 사특한 여인이 자신을 보고 비릿한 웃음을 지었을 때 눈치챘다. 제게 예사롭지 않은 일이 발생했다는 것을. 그리고 그 불길한 예감은 바로 적중했다. 자신의 결혼 이야기였다.

두 사람이 토요일에 무슨 모임에 갔다가 소인주와 그녀의 남편을 만났나 보다. 자신에게 애인이 있다는 것과 그 애인이 비서라는 이야기를 그들에게 듣고 와 자신을 부른 것이었다.

큰아버지와 큰어머니는 초롱에게 아주 지대한 관심을 보였다.

그리고 빠른 시일 내에 결혼을 하라고 명령했다.

"망할 소인주."

그 입 싸게 놀리지 말라고 경고를 했음에도 기어코 이 지경으로 만들어놨다. 중국에서 남편과 싸운 게 원인이었을 거다. 빨리 자신이 결혼을 해서 가정을 꾸려야 남편의 눈치를 덜 받고 살 것 같으니 큰아버지 내외에게 다 지껄였을 거다.

"가만두나 봐라."

나중에 소인주와 그녀의 남편을 따로 손봐줄 생각을 하며 그는 이를 으득 갈았다.

"결혼. 결혼이라."

언젠가는 결혼을 하게 될 거라고 생각했다. 비싸게 팔리든, 싸게 팔리든 팔려가는 대로 결혼을 할 생각이었다. 그런데 이건 팔려가는 게 아니다. 아마도 큰어머니는 자신이 조금이라도 재력이 있는 집안에 가는 것보다 이편이 더 안전하다고 생각한 것 같다.

"연 비서. 연초롱."

11년을 한 남자와 사귀고 헤어지는 걸 반복하는 여자. 그런 여자와 결혼이라.

"가능하려나."

초롱과 결혼하라는 말을 듣자마자 턱도 없는 소리라고 일갈했다. 그런데 여동생을 거론해서 할 말 없게 만들었다. 반쪽짜리 오빠도 제 오빠라고 자신을 감싸고돌았던 착한 여동생. 그런 여동생의 인생을 망가트렸다. 그 죄책감을 쿡쿡 찌르며 결혼을 종용하는데 못 한다고, 싫다는 말이 나오지 못했다.

"일단 시도는 해봐야지."

결혼 상대자에 큰 기대가 없었으니 누구이든 크게 상관이 없다. 연 비서가 큰어머니처럼 사특한 여자도 아니고, 모난 곳도 없는 것 같고, 가끔 답답하기는 하지만 괜찮은 사람이다.

이 정도면 배우자로서 크게 결격사유가 없으니 한번 신중하게 생각은 해보자는 걸로 마무리 지은 그는 회의 준비에 들어갔다.

머리끝까지 짜증이 치미는 회의가 끝나고 돌아온 독현은 보지도 않고 사람을 찾았다.

"연 비서."

"연 비서는 지금 휴가 중입니다."

데스크 뒤에는 다예가, 앞에는 지성과 슬우가 있었다. 뒤따라오던 기우가 지시하실 일 있으면 말씀하라고 했지만, 독현의 시선은 텅 빈 초롱의 자리에 닿아 있었다.

제 입맛에 맞게 길들이겠다고 줄기차게 불러서 일을 시켰더니 진짜 입에 붙어버렸다. 그리고 자꾸 그녀가 휴가 중이라는 걸 잊었다. 그동안 계속 야근을 시켜가며 곁에 두었더니 그게 벌써 습관이 되어버렸나 보다.

독현은 눈에 보이는 자신의 비서들을 둘러봤다. 가장 오래 일한 기우와 다예에게 시선이 조금 더 머물렀다. 그의 미간이 좁혀 들어갔다. 그는 자신의 습관이 꽤 빠르게 만들어졌다는 것과 기우와 다예에게는 그러지 않았다는 걸 인지했다. 무턱대고 누군가를 찾는 것과 없는 사람을 자꾸 찾는 건 처음 있는 일이었다.

"미치겠네."

"네?"

독현의 짧은 중얼거림에 기우가 되물었다.

"됐어. 대전 다녀올 거니까 차 대기시켜 놔."

"시찰 다녀오시게요?"

"어. 황 실장은 박 이사 동태 좀 확인해 봐. 이 비서가 같이 가지."

독현은 지성에게 대전 지사에서 올라왔던 보고서를 전부 다 챙기라고 지시했다. 그는 제 집무실로 들어가 초롱이 작성했던 보고서를 다시 살폈다. 최근에 대전 지사에서 올라온 보고서에 오류가 확인이 됐다는 부분이었다. 자금의 일부가 불분명하게 쓰인 것 같다는 보고서를 보고 인상을 쓴 독현은 한숨을 내쉬었다.

"나한테 덤터기 씌울 생각이면 가만 안 둔다."

큰어머니의 오빠인 박 이사를 방금 회의 자리에서 찢어 죽이고 싶은 걸 꾹 참았다. 곧 내부 감사가 있을 거라는 소식을 들더니 박 이사가 갑자기 대전 지사에서 진행하는 사업 전체를 다 자신에게 돌리려고 하는 게 수상쩍었다. 그래서 일단 다른 일이 급해서 당장 못 한다고 발을 뺐다. 혹시나 해서 비서진들에게 미리 박 이사가 맡고 있는 사업을 유심히 지켜보라고 하기를 잘했다. 안 그랬으면 눈뜬장님이 될 뻔했다.

똑똑, 노크 뒤에 기우가 들어왔다. 지금 출발하시면 된다는 말에 독현이 고개를 끄덕였다.

"그런데 회의에서 무슨 일 있으셨어요?"

간부회의에는 비서가 참석하지 못하는 터라 상황을 알지 못하는 기우가 뒤늦게 물었다.

"박 이사는 나한테 무언가를 덮어씌우려고 하는 조짐이 보여.

돈 빼돌린 거 같으니까 확인해 봐. 그리고 우리 쪽에 뭐 손써둔 거 있나도 알아보고."

"예, 본부장님."

심각해지는 기우의 얼굴을 확인한 독현은 집무실을 나왔다. 기다리고 있는 지성에게 가자고 고갯짓을 한 그는 자신도 모르게 또 비어 있는 초롱의 자리를 흘끗 봤다.

감이 좋아서 흐름을 빨리 읽고 눈치가 빠른 사람이 있다. 지성이 바로 그런 사람이었다. 독현은 돈이 빠져나간 구석을 족족 잘 찾아내서 대전 지사의 관계자들을 압박하는 지성을 보고 눈을 가늘게 접었다.

싱글싱글 웃는 낯으로 매섭게 몰아붙이는데, 그 부드러운 카리스마에 눌려 다들 꿀 먹은 벙어리가 되어 있었다. 지성에게 반박 한 번 하지 못하고 희게 질린 얼굴들을 본 독현은 속으로 혀를 찼다.

이들 중 과반수 이상이 옷을 벗게 될 것이다. 박 이사가 모른다고 발뺌하면 결국 타격을 받는 이들은 지금 눈앞에 창백한 얼굴을 하고 있는 자들이다.

'그러게 썩은 동아줄을 잡지 말았어야지.'

"그만하도록 하지. 이들도 살 방도를 찾을 시간을 줘야지."

가망성은 없지만 박 이사에게 놀아난 게 불쌍하니 조금은 봐줄 의향이 있어 독현은 그만 나가보라고 손을 내저었다. 대전 지사 관계자들이 싹 빠져나간 회의실에 독현과 지성, 둘만이 남았다.

"이 비서, 수에 밝네?"

“돈 좋아합니다.”

눈웃음을 지으며 하는 말에 독현이 피식 웃었다.

저런 낯짝으로 무슨 말을 하든 다 호감을 살 것 같았다. 특히 여자들에게. 남자들에게는 안 먹힐 얼굴이지만, 성격이나 하는 걸 보면 쉽게 척을 질 사람이 아니다. 저런 성격을 갖기 쉽지 않은데.

독현은 지성의 그런 면모가 타고난 기질이 아니라는 걸 파악했다. 웃는 얼굴 뒤에는 뒤틀린 게 있다는 걸 알아봤다. 자신도 한때는 그렇게 살았던 터라 동질감도 들었다. 그래서 독현은 지성이 마음에 들었다.

“이만 서울로 올라가지.”

독현이 자리에서 일어나자 모든 서류를 가방 안에 모아 넣은 지성이 따라나섰다.

지하주차장에서 대기하고 있던 차를 타고 건물 밖으로 나오자 비가 쏟아지고 있었다. 습기로 찝찝해지자 운전기사가 에어컨을 더 세게 틀었다.

독현은 눈을 감고 있었다. 이대로 서울까지 눈을 뜨지 않을 가능성이 컸다. 대전으로 내려올 때에도 그랬었다.

지성은 고요하게 창을 응시했다. 뿌옇게 김이 서려 있어서 창밖이 뚜렷하게 보이지 않았다. 그는 툭툭, 무릎 위를 두드리던 손가락을 창문에 가져갔다.

연초롱. 초롱의 이름을 쓴 그는 입술을 말아 올린 뒤 손가락 등으로 쓱쓱 문질러 지워냈다.

여름휴가. 감기.

아쉬움을 담아 하는 낙서였다. 초롱의 마음을 풀어주려고 그동안 눈치를 봐가며 애를 썼다. 조금 풀어진 것 같지만 아직 응어리가 남아 있었다. 같이 휴가 가서 재미있게 놀고, 조금 더 제 마음을 보여주고 화해하려고 했는데 그게 무산돼 버렸다.

원래는 그냥 초롱을 간호하면서 푹 쉬려고 했는데, 그녀가 자신 때문에 여행을 취소한 것도 모자라 휴가까지 망칠 수는 없다고 했다. 다른 날로 다시 여름휴가를 잡으라고 했다. 싫다고, 같이 있겠다고 하자 그럼 자신도 여름휴가를 취소하고 당장 출근하겠다고 고집을 부렸다. 결국 그녀의 뜻에 따랐다.

'밥이랑 약은 먹었으려나.'

서른 살 아가씨가 아니라, 세 살배기 아기를 집에 두고 온 심정이었다. 지성은 초롱을 걱정하느라 독현이 눈을 뜨고 자신을 보고 있는 걸 알아차리지 못했다.

멀리서 구급차 사이렌이 울리는 소리에 무심코 눈을 떴다. 뿌연 창을 본 독현은 다시 눈을 감기 전 고개를 돌리다가 지성이 하고 있는 행동에 그를 빤히 주시했다. 그도 촉이 좋고 예민한 감을 가진 사람이다. 그래서 그는 지성이 하고 있는 행동만으로 초롱을 연결시켰다. 갑자기 초롱이 생각났고, 지성이 그녀와 관계가 있다는 촉이 왔다.

무언가를 적었다가 지운 흔적. 그리고 여름휴가, 감기.

독현은 여름휴가에서 입꼬리를 슬쩍 올렸다.

가만 생각해 보니 원래 지성은 수요일까지 여름휴가였었다. 그런데 부득이하게 여행 일정이 취소되었다고 휴가를 취소하고 오늘 출근했다. 연 비서는 수요일까지 여름휴가다. 두 사람의 휴가 날짜가 겹친다. 비록 지성이 휴가를 취소했을지라도.

'그 부득이한 이유가 감기인가.'

독현은 금요일 퇴근 전에 보았던 초롱을 떠올렸다. 그녀는 작게 기침을 하고 있었다.

'11년이라고 했던가.'

지성의 옆얼굴을 빤히 쳐다봤다. 독현의 시선을 뒤늦게 알아차린 지성이 고개를 돌렸다.

"이 비서, 애인 있나?"

갑작스러운 질문. 지성은 고개를 모로 기울였다가 옅게 웃었다.

"오랫동안 마음에 담은 여자가 있습니다."

"그 여자를 많이 사랑하나 보군."

독현은 지성의 눈이 어둡게 잠기는 걸 봤다. 그는 다시 만나자는 이야기 듣고 왔는데 좀 그러네요, 라고 말하던 초롱의 표정이 떠올랐다. 그리고 사랑한다는 말을 본부장님께 듣고 싶지 않았다고 말하는 목소리도.

눈을 뜨자 얼굴 앞으로 모아둔 제 손을 포근하게 덮고 있는 커다란 손이 보였다. 그 손이 잠시 사라졌다가 다시 자신의 손 위에 포개졌다.

초롱은 가물거리는 정신을 깨우려고 눈을 깜빡였다. 그녀는 큰 손이 움직이자 눈으로 좇았다. 한쪽 다리를 접어 그 위에 책을 받쳐 든 지성이 책장을 넘겼다. 그리고 다시 그 손을 내려 그녀의 손 위에 포갰다.

"언제 왔어?"

"깼어?"

고개를 작게 끄덕인 초롱이 몸을 일으키려고 하자 책을 사이드 테이블 위에 뒤집어놓은 지성이 그녀의 겨드랑이 아래로 손을 넣고 부축했다.

"몇 시야?"

"11시쯤. 저녁 먹고 약 먹고 잔 거야?"

"응. 약이 독한 것 같아. 계속 졸려."

"네가 강하게 지어달라고 했잖아. 내일 병원 가서 약 새로 타. 혼자 갈 수 있겠어?"

"응. 이젠 살 만해."

몸이 콕콕 쑤시던 통증도 사라졌고, 어지럼증도 없고, 아직은 거칠기는 하지만 목소리도 괜찮게 흘러나왔다. 작정하고 쉬면서 호되게 앓았더니 감기가 빠르게 낫고 있었다.

"대전 다녀왔다며."

"응."

"비 그쳤나 보네?"

비가 와서 닫아두었던 창문이 다 열려 있었다. 침대를 벗어나 거실로 나온 초롱은 시각을 확인한 뒤 소파에 나른하게 기대앉았다. 그녀의 옆으로 지성이 책을 가지고 와 앉았다.

"이번 주말에 이모랑 이모부 일본 온천 여행 가시는데, 우리도 갈까?"

"라희랑 미나 만나기로 했어. 넌 다녀와."

"너 안 가면 됐어, 나도. 라희는 오랜만에 보겠네?"

"응. 남편 출장이래. 아이는 친정 엄마에게 맡기고 나올 거래."

고개를 끄덕인 지성은 다시 책장을 넘겼다. 그리고는 그 손으로 초롱의 손을 찾았다. 손을 잡는 걸 좋아하는 초롱에게 맞춰 그는 늘 손을 잡아주었다. 그동안 의식하지 않았던 그의 행동이 새삼스레 눈에 들어오자 초롱은 그 손을 말끄러미 응시했다.

"그거 기억나?"

"뭐?"

"내가 커플링 잃어버렸던 거."

"아아. 기억나지. 그때 너 펑펑 울고 있다는 소리 듣고 무슨 사달 난 줄 알고 놀랬었어."

학과 MT를 갔을 때였다. 그때 커플링을 잃어버렸다. 아니, 정확하게는 도둑맞았었다.

지성을 짝사랑하는 선배가 있었다. 커플링을 맞추고 얼마 지나지 않은 시점부터 그 선배가 반지 칭찬을 많이 했다. 예쁘다고, 한 번 껴보게 줘보라고 몇 번 요구했었다. 커플링이니 껴보는 건 좀 그렇다고, 디자인을 따로 한 게 아니라서 학교 앞 금은방에 가면 볼 수 있으니 거기서 껴보라고 거절했었다. 몇 번 거절해도 계속 요구하는 게 이상했다. 그래서 절대 반지를 주지 않았다. 더군다나 지성을 좋아한다는 걸 노골적으로 표현하고 다녀서 더 께름칙했다.

MT 갔을 때 훈련을 받아야 했다. 혹시라도 반지에 상처가 날까 봐 빼서 가방 안에 잘 챙겨두고 훈련을 받았다. 그리고 돌아와 씻고 반지를 찾는데 보이지 않았다. 반지를 찾아다니는데 그 선배의 손가락에 끼워진 반지가 보였다. 손가락에 맞지도 않은 반지를 꾸역꾸역 낀 걸 보고 자신의 것이라는 걸 알아차렸다. 돌려달라고, 왜 반지를 가방에서 빼갔냐고 따졌더니 도리어 당했다.

시건방지게 선배에게 못 하는 말이 없다고, 잘난 남자친구 있으니 눈에 뵈는 게 없냐고, 이 반지 내 돈 주고 산 거라고 화를 냈다. 그 선배는 반지를 산 영수증을 지갑에서 찾아 꺼내 제 얼굴로 던졌다. 처음에는 자신의 편을 들어주던 동기들은 영수증을 보고 돌아섰다.

너무 억울해서 엉엉 울었다. 뒤늦게 소식을 들은 지성이 여자들 방으로 들어왔다. 그는 그 여자 선배의 손목을 강하게 쥐고 억지로 반지를 빼냈다. 선배가 아프다고 소리를 지르자 사람들이 말리려고 했는데 사나운 시선으로 제압하고 기어코 반지를 빼냈다. 그리고는 안쪽을 확인했다.

'초롱이 반지 맞잖아. 죽고 싶지, 너?'

자신은 몰랐지만, 안쪽에 작은 글씨로 이니셜이 새겨져 있었다. 하얗게 질리는 선배의 얼굴을 보면서 지성은 냉랭하게 얼굴을 굳혔다. 그러다 손을 들었다. 다들 설마 하며 놀라서 경악했다. 다행히도 그는 그 선배를 때리지 않았다. 대신 손에 들린 반지를 그 선배에게 거칠게 던졌다. 그리고 자신의 손가락에 끼워진 반지도 빼서 던졌다.

'앞으로는 도둑질할 거면 다른 걸 훔쳐 가. 남에게 의미 있는 물건 손대지 말고.'

늘 웃으며 모두에게 상냥하던 지성이 처음으로 살벌하게 화를 내자 다들 어쩔 줄 몰라 했다. 울음을 터트리는 선배를 달래주지도 못하고 분위기는 얼어붙었다. 그의 분노에 자신도 놀라서 울음이 뚝 그쳤었다. 지성은 그대로 자신의 손을 잡고 방을 빠져나갔다.

지성의 눈치를 보면서 반지 간수를 소홀해서 미안하다고 했더니 그는 자신의 손을 잡으며 달랬다.

반지보다는 내 손 잡는 게 더 중요하다고. 너도 이게 더 좋지 않냐고. 이렇게 손반지를 하고 다니자고 하면서 깍지 낀 손을 꽉 잡아주었었다.

그 이후로 커플링을 맞추지 않았다.

"그런데 그건 왜? 반지 맞추고 싶어?"

은근슬쩍 찔러보는 말에 초롱은 그를 흘겨본 뒤 자신의 손을 빼냈다.

초롱은 아직 자신이 열이 나나 싶었다. 열에 들떠서 정신이 흐릿한 건가, 그래서 헛소리를 들은 건가 하는 생각을 하며 되물었다.

"네? 방금 뭐라고 하셨어요?"

"나랑 만나볼 생각 없냐고."

"지금 그 말은…… 그러니까…… 네?"

"같은 말 반복하는 거 딱 질색이라니까는. 나랑 연애해 볼 생각 없냐고 물었어. 만나보고 정 싫은 게 아니면 결혼도 하자고."

만나보자는 말도 경악을 금치 못하겠는데, 결혼이라는 단어까지 나오자 초롱은 순간 현기증이 일었다.

"본부장님, 혹시 다른 여자분 앞에서 또 연기해 줄 사람이 필요한가요?"

"내 인생에 여자가 많지는 않았는데."

"그럼 왜……."

독현은 그걸 꼭 말로 해야 알겠냐는 시선을 했다. 사귀자고 말하면서, 심지어 결혼까지 생각하고 있다는 뉘앙스를 노골적으로 보이면서 표정은 설렘이나 긴장감 하나 없이 태연자약했다. 아니, 조금 답답한 표정이었다.

"저는 그때 말씀드렸다시피 11년을 만난 남자가 있는데요."

"그래. 사귀고 헤어지길 반복하는? 이번에 다시 사귀자고 하면서 사랑한다고 말하지 않은 남자? 벌써 다시 만나기로 했나?"

"……아니요, 아직."

"그럼 문제 될 거 없네."

"어, 음……."

"정리해. 내가 도와줄게. 나랑 만나면서 정리해. 사랑한다는 말도 못 들었으면서 왜 다시 만나려고 해? 연 비서가 뭐가 부족해서? 왜 그런 남자한테 연연하는데?"

"그런 거 아니에요. 저 11년 동안 그 사람한테 충분히 사랑받았어요. 말로만 못 들었을 뿐이에요."

"뭐야, 설마 11년간 못 들었었어?"

놀라는 독현을 보고 초롱은 입을 다물었다. 독현은 기가 찬 웃음을 흘렸다. 그리고는 낮게 한숨을 내쉬었다.

"내가 혐오스러운 게 아니면 만나보지?"

"갑자기 왜 이러시는 건데요?"

"호기심이 관심이 되었으니까."

"전혀 안 그래 보이시는데요."

독현은 자리에서 일어나 책상을 돌아 나왔다. 그는 책상에 엉덩이를 걸치고 앉아 초롱과 시선을 맞췄다.

"아닌데. 정말 관심이 생겼는데."

본인이 그렇다는데 뭐라 할 말이 없다.

독현은 진중한 눈길로 초롱을 훑어봤다. 찬찬히 담백하게 보고 난 뒤에 고개를 끄덕였다.

"뭐, 나도 관심이지 아직은 사랑은 아니니까."

"……뭐 하자는 거예요?"

"하나의 수였지. 연 비서가 사귀는 데 동의하면 사귀려고 했고, 아니면 다른 수를 두려고 했는데."

무슨 바둑을 두듯이 여러 수를 생각했다는 독현의 말에 초롱이 눈썹을 샐그러트렸다. 오랜만에 출근하자마자 아침부터 무슨 날벼락을 맞고 있는지, 제 신세가 한심했다. 그녀는 재빨리 묵례를 하고 돌아서려고 했다. 그런데 점쟁이가 된 독현의 말에 다시 그를 마주했다.

"아, 혹시 쉬는 동안 감기 걸렸었어? 그래서 여행 취소했어?"

"네? 그걸 어떻게 아셨어요?"

독현은 어깨를 으쓱이고 말았다. 초롱의 커다래진 눈을 보면서 그는 더 놀라운 이야기를 꺼냈다.

"이 비서가 다시 만나자고 한 말에 아직 답변 안 했으면, 그거 보류하고 나랑 만나보자고."

초롱의 눈이 화등잔만 해졌다. 그의 비서들 중에서 이 비서는 이지성 하나다. 독현이 어떻게 지성인 줄 알았는지 초롱은 기함했다.

"어, 어떻게……."

"내가 눈치가 좀 빨라. 우리 회사 사내 연애 안 되는데, 용케도 안 걸리고 했었네?"

한 부서 내에서 사내 연애를 하면 한 명이 다른 부서로 옮겨가야 한다. 때문에 초롱은 독현의 말이 지금 두 사람 중 한 사람을 다른 부서로 옮기겠다는 소리로 들렸다.

"이게 다른 수인가요? 협박이?"

"아니. 지금 내가 사내 연애하자고 하는 판국에."

독현은 입꼬리를 올리고는 책상에서 엉덩이를 떼고 다시 책상 뒤로 걸어갔다. 그는 서랍을 열더니 작은 액자 하나를 꺼냈다. 책상 위에 세우더니 사진을 한참 동안 응시했다. 그는 그 액자를 돌려서 초롱이 보게끔 했다.

"피가 절반이 섞인 여동생. 하는 짓이 귀여워서 꽤 예뻐해, 내가."

피가 절반이 섞였다는 말에 초롱의 눈동자가 도그르르 굴렀다. 자신이 모시는 상사에게 평범치 않은 가정사가 있다는 걸, 그걸 본인에게 듣는 기분은 참 묘했다. 그녀는 어쨌든 독현이 보여주는 액자를 바라봤다.

한눈에 봐도 여자는 아주 많이 아름답고 사랑스러웠다. 같은 여자가 봐도 참 부럽게 생겼다. 자세히 보니 독현과도 닮은 것 같다.

"예쁘시네요."

"응. 난 내 여동생을 한국으로 불러들이고 싶어."

"해외에 계세요?"

"쫓겨났지. 나 때문에."

초롱은 어째 점점 비밀에 접근해 가고 있는 기분이 들었다. 비밀이란 게 원래 호기심을 자극하는 거다. 감추면 엿보고 싶고, 숨기면 기어코 캐보고 싶은 그런 못된 호기심을 키워내는 비밀. 하지만 모든 비밀이 모든 사람에게 그런 호기심을 키우는 건 아니다. 초롱은 독현의 비밀을 알고 싶지 않았다. 하지만 그는 일방적으로 털어놓았다.

"지금 회사 사장님이 내 큰아버지시지. 내 친부이기도 하고."

"아……."

"몰랐나? 증권가 찌라시에 떠돌기도 해서 소문 좀 났는데."

"몰랐…… 습니다."

"내가 큰아버지의 혼외자라는 걸 안 소인주는 바로 날 버렸지. 내가 이 회사 후계자인 줄 알았는데, 겨우 꼭두각시에 불과했으니 실망이 많았을 거야. 그때 그래도 난 꽤 순정파였거든. 소인주의 배신을 믿지 않았어. 망가질 대로 망가졌지."

소인주에게 사랑은 부와 권력과 명예였다. 혼외자라는 불명예, 꼭두각시라는 무권력, 훗날 받을 유산도 없으니 부도 없는 자신을 쉽게 버렸다. 2년이나 사랑했는데도 말이다.

"소인주가 내 연락을 피했어. 여동생은 내가 많이 힘들어하는 걸 보고 나 대신 그녀의 마음을 돌려놓겠다고 소인주를 만나러 갔어. 그런데 소인주는 만나주지 않았어. 몇 번이나 찾아간 끝에 집을 나서는 그녀를 보게 된 거야. 여동생은 바로 소인주를 뒤따라갔지. 소인주는 그런 내 동생을 보고 도망갔고. 차에 올라 급히 자리를 뜨려고 했는데, 여동생이 바보같이 그 앞을 막았어. 소인주는 설마 안 피하겠나 싶어서 브레이크를 밟지 않았지."

전에 이야기했던 사고가 이 사고였다는 걸 초롱은 알아차렸다. 그녀는 소인주의 끔찍함에 오소소 소름이 돋았다.

"그 사고로 다리를 절게 됐어. 큰아버지와 큰어머니는 그런 여동생을 해외로 보내 버렸어. 완벽하고 고고한 그들은 장애인 딸을 인정할 수 없었던 거야. 난 여동생의 사고로 죄책감에 시달렸어. 여동생을 한국으로 불러들이고 싶으면 시키는 대로 하라고 하더군. 그래서 죽어라 꼭두각시놀이를 하고 있어. 아무것도 얻어가는 거 없이 미친 듯이 일만 하는 꼭두각시."

큰어머니는 대리모를 사서 기어코 아들을 얻어냈다. 아직은 어려서 해외에서 공부를 하고 있는 그 아들이 다 성장해서 한국으로 돌아오면 자신은 조용히 사라져야 한다. 그 아들이 올 때까지 그저 회사를 대신 맡아주고 있는 것뿐이다.

"소인주가 연 비서 이야기를 했나 보더군. 연 비서와 결혼하면 여동생을 한국으로 불러들이겠대."

"그래서 저에게 만나보자고 하신 건가요? 본부장님의 여동생 일은 딱하지만, 저까지 끌어들이시지 않으셨으면 좋겠습니다."

"이런. 솔직하게 다 털어놓는 수도 안 통하네. 좀 냉정한데?"

묵직한 이야기를 했으면서도 독현은 평소와 같았다. 순간 그가 이야기를 지어낸 건가, 의혹이 들었다. 하지만 그가 액자를 애틋한 손길로 매만지는 걸 보고 다 사실이라는 걸 느끼곤 의혹을 지워냈다.

"꼭 여동생 때문만은 아니고. 나, 진짜 연 비서한테 관심이 생겼거든."

"고작 관심에 제가 지성이 아닌 본부장님을 만나야 하나요?"

"내가 말했지. 아직은 사랑은 아니라고. 그 말은 사랑이 될 수 있다는 말이야. 난 연 비서 사랑하게 될 것 같아."

"궤변이고, 불확실성과 가능성에 의존한 말이네요."

"가만 보면 연 비서 참 똑똑한 것 같아. 어려운 단어도 곧잘 쓰고."

"이만 나가보겠습니다. 지금까지 들었던 이야기는 잊겠습니다."

"농담 아니야. 연 비서 없는 동안 생각 많이 났거든. 관심이 점점 커져."

초롱은 그의 관심을 뒤로하고 본부장실을 나섰다.

고백 같지도 않은 고백을 받고 초롱은 혼란스러울 틈이 없었다. 다시 몰아붙이기 시작하는 독현이 시킨 일을 하느라 정신이 없었다. 며칠 쉬어서인지, 아니면 감기를 호되게 앓은 여운 탓인지 손이 더뎌서 문서 작성에 시간이 꽤 걸렸다. 결국 늦게까지 야근을 하게 됐다.

"아, 또 졸려. 약 괜히 먹었다."

"졸리면 그만 퇴근해. 하품만 벌써 여섯 번째네."

갑자기 들리는 목소리에 초롱은 고개를 돌렸다. 팔꿈치까지 셔츠를 돌돌 말아 올린 독현이 집무실 문에 기대서 있었다. 언제부터 지켜보고 있었던 것인지 모르지만, 짧은 것 같지는 않았다.

"무슨 시키실 일이라도……."

"없어. 그냥 오늘 실컷 연 비서 불렀는데도 성에 안 차서."

"네?"

어제도 그랬고, 그제도 그랬다. 계속 연 비서만 찾아댔다. 실수도 정도껏 했어야 했는데 자꾸 없는 사람을 불렀다. 오죽했으면 기우가 휴가 간 연 비서에게 연락해 볼까요, 하고 물을 정도였다. 별것도 아닌 일이었다. 다예와 기우가 할 수 있는 일이었고. 그러니 초롱에게 전화하지 않아도 되는 거였다. 그런데 연락해 볼까요, 라고 묻는 기우의 말에 하지 말라는 말이 곧바로 나오지 않았다. 그 잠깐의 침묵에 기우가 당황했다. 그냥 한 번 해본 말이었는데, 정말 초롱에게 휴가 반납하고 출근하라는 연락을 해야 하나 기우는 깊은 고민에 빠졌다. 뒤늦게 무슨 연락이냐고 기우에게 타박을 놓고 집무실로 들어왔었다.

든 자리는 몰라도 난 자리는 안다고. 초롱의 빈자리가 유독 커 보였다. 그리고 어디서 뭘 하는지 궁금해졌다. 뭐 얼마나 아프기에 여행까지 취소를 했나, 이지성은 그 아픈 사람을 두고 출근을 했나, 계속 꼬리에 꼬리를 물고 생각은 초롱에게로 향했다.

주말에 큰집에서 초롱과 결혼하라는 말을 들어서 무의식적으로라도 생각을 하다 보니 자꾸 휴가 간 그녀를 찾는 거라고 여겼다. 그런데 그것부터가 잘못된 거였다. 무의식적으로 생각하는 것부터가 이상한 거였다. 계속 실수를 반복하면서 깨달았다. 큰집에서 초롱과 결혼하라는 말을 하지 않았더라도 자신은 휴가 간 연초롱을 계속 찾았을 거라는 걸.

고작 3주 만에 자신은 연초롱에게 관심을 갖게 된 거다. 진짜 여자로서 관심을.

11년을 한 남자와 사귀고 헤어지길 반복한 여자. 두 사람은 숱한 시간을 함께했을 거다. 그리고 초롱은 지성에게 여전히 마음이 있었다. 자신이 불리하다는 걸 본능적으로 알아차렸다. 그래서 다 털어놓았다, 쓸데없이. 불리함을 느끼게 되면 사람은 본능적으로 자기 연민을 드러낸다. 상대방이 자신을 불쌍히 여겨 이해하고 받아들여 주기를 바라며 주저리주저리 다 꺼낸다. 이런 짓을 자신도 하게 될 줄은 몰랐다. 치졸한 짓을 하고 나자 조금 낯부끄러워졌다. 만약 초롱이 자신의 이야기를 듣고 흔들리는 기색을 보였다면 더 부끄러웠을지도 모른다. 자기 연민으로 사람의 마음을 억지로 얻어내는 것에 신물이 났으면서 똑같이 하는 행동이 자신이 창피했다.

"하실 말씀 없으시면……."

"연 비서."

"네, 본부장님."

"그만 퇴근하자고. 데려다줄 테니 정리해."

괜찮다고, 혼자 갈 수 있다고 대답할 시간도 주지 않고 독현은 사무실로 들어가 버렸다. 어쨌든 퇴근이라는 기쁨에 초롱은 주섬주섬 짐을 챙겼다.

"다 챙겼으면 가지."

"아, 저는 혼자 가겠습니……."

말이 끝나기도 전에 독현이 불을 다 끄고 유리문을 열고 나갔다. 황당하게 그걸 보던 초롱은 다시 열리는 유리문에 정신을 차렸다.

"뭐 해, 안 나오고. 진짜 여기에 뼈를 묻을 생각이면 방 하나 내어줄게, 거기서 생활해."

"아니요, 가요."

초롱이 다가가자 독현이 유리문을 더 활짝 열었다. 빨리 나오라는 턱짓에 초롱은 그를 지나쳤다. 그녀의 걸음걸이에 맞춰 시선을 옮기던 독현은 초롱이 지나갈 때 제 가슴팍 정도밖에 오지 않는 키라는 걸 알아냈다. 그리고 그녀의 샴푸 향도.

엘리베이터 앞에 서서 버튼을 누른 초롱은 다시 기회를 엿보고 말했다.

"저 혼자 가겠습니다."

독현은 말이 없었다. 그에 무안해진 초롱은 먼저 엘리베이터에 오르는 그의 뒤에 대고 아랫입술을 쭉 내밀었다. 지하주차장과 1층 버튼으로 손이 동시에 뻗어졌다. 각각의 층에 불이 들어왔다. 그런데 1층의 불이 바로 꺼졌다. 독현이 초롱의 손이 사라지자마자 바로 버튼을 눌렀다.

"타고 가. 아픈 사람 늦게까지 일 시켜놓고 대중교통 이용하게 둘 정도로 개념 없는 새끼는 아니야."

거절하면 개념 없는 새끼로 만들어 버리는 상황이다. 초롱은 그가 은근히 사람을 죄의식 느끼게 만드는 말을 해서 휘두르는 걸 알아차리고는 혀를 내둘렀다. 결국 지하주차장까지 내려와 독현의 차에 올라탄 초롱은 두 번째 타는 그의 차를 제대로 둘러보았다.

"본부장님, 차가 몇 대 있으세요? 업무용이랑, 이 차랑……."

"이 차 한 대. 쓸데없이 차를 왜 더 사. 특히나 기름 한 방울도 나지 않는 국가에서. 하나만 잘 굴러가면 됐지. 왜, 차가 하나라 실망했어?"

"제가 왜 실망해요?"

"참고로 말하는데, 나 월급 받아먹고 사는 사람이라 돈 많이 없어. 뭐, 월급이 남들보다 많기는 하지. 여기저기 투자해서 불려놓기는 했으니, 노후 보장은 되어 있는 정도야."

"그걸 왜 저한테 말씀하세요."

"농담 아니라고 했잖아. 연 비서한테 관심 있다니까. 나에 대해서 알려주는 거지."

아침에 했던 이야기의 연장선에 초롱은 불편한 기색을 내비쳤다. 독현은 짧게 웃고는 차를 출발시켰다.

작게 틀어놓은 라디오에서 오래된 팝송이 흘러나왔다. 가사는 모르지만 멜로디는 잘 아는 노래였다. 가요보다는 팝송을 즐겨 듣는 지성이 가끔씩 흥얼거리던 노래였다. 유려한 발음으로 부르는 팝송이 듣기 좋아 불러달라고 요청한 적도 많았다. 그러고 보니 요즘 그의 노래를 듣지 못했다.

"이 비서랑 고등학교 때부터라면, 동창?"

갑자기 훅 들어온 질문에 초롱이 뒤늦게 입을 열었다.

"네. 소꿉친구예요."

"만난 건 11년이지만, 알고 지낸 건 꽤 되겠군. 진짜 내가 불리하네. 출발선이 달라도 너무 다른데."

"……정말 저에게 관심이 있으세요? 언제부터요?"

"뭐, 일 잘해서 예뻐 보이던 게 이렇게까지 발전했나. 그런 것 같은데. 그러니 아마도 3주 이내에?"

정말 농담이 아닌 것 같아서 초롱은 괜히 물었나 싶었다. 회사

생활이 제대로 꼬여가는 걸 느끼고는 눈앞이 깜깜해졌다.

"여동생분은 다른 방법으로 데리고 오시는 게 나을 것 같아요."

"여동생 일이 아니더라도 연 비서한테 관심 있다니까. 참 같은 말 여러 번 하게 만들어."

"그건 본부장님도 마찬가지이신데요."

작은 항변에 독현의 입꼬리가 올라갔다.

평소라면 이 정도의 반항은 콱 짓눌러 주는데, 초롱에게는 그러지 못했다. 아니, 오히려 즐거웠다. 꽤 녹록지 않은 상대를 만난 것 같다.

"여동생분 이야기는 그럼 왜 하셨어요? 솔직히 신경 안 쓰일 수가 없잖아요."

"연 비서니까 하고 싶었어. 뭐, 그건 신경 쓰지 마. 생각해 보니 내가 연 비서랑 결혼한다고 해서 그 사람들이 진짜 그 애를 한국으로 불러들일지는 미지수니까."

"여동생분은…… 어디 계세요?"

"프랑스. 결혼해서 잘살고 있어. 사랑하는 남자랑 행복하게."

"아, 다행이네요."

"다행이지. 그래도 한국을 그리워하고 있는 터라 많이 미안해. 나 때문에 사고 나서 부모님 눈 밖에 났으니까."

독현의 얼굴이 가라앉았다. 여동생의 사고를 평생 가슴에 담고 살아갈 그를 초롱은 안쓰러운 눈으로 바라봤다.

아파트에 도착할 때까지 두 사람 다 침묵했다. 단지 입구에 차를 세운 그가 안전벨트를 푸는 초롱에게 물었다.

"한번 생각해 봐, 나 만나는 거. 한 남자만 11년 만난 거 좀 아쉽지 않아?"

"나중에 한 여자랑 남은 여생 같이 사는 거 아쉬워하시겠어요?"

"말발 좀 늘었네. 받아치는 것 좀 봐. 뭐. 연 비서랑 살면 아쉬울 것 같지는 않은데. 점점 재미있어지거든."

"아시다시피 지성이가 다시 만나자고 했어요. 아직 답변을 안 했지만, 거의 예스예요."

"이번에는 노를 해봐. 아니면 조금 더 보류하라고. 나한테 기회 좀 줘봐. 점점 진심이 되어가고 있으니까. 그래서 포기하기 싫어."

뛰어난 미색을 가진 것도 아니고 평범해서 남들 눈에 띄지 않았다. 그러니 인기도 없었다. 지성 말고는 남자가 없었다. 그래서 남자에게 받는 고백에 익숙하지 않았다. 특히나 자신이 모시는 상사의 고백은. 거절하면 일에 지장이 있을 것 같고, 받아들일 마음은 없고. 복잡하다.

초롱의 고민을 눈치챈 독현은 그녀의 어깨를 쥐어 자신을 쳐다보게 했다.

"거절하고 싶지? 그런데 회사 생활 불편할 것 같고. 당장 거절하면 그럴지도."

"치사해요."

"그러니까 좀 지켜봐. 지켜보고 아니다 싶으면 그때 거절해. 그럼 깔끔하게 받아들일게. 물론 일에 지장도 없을 거고."

곰곰이 생각을 하던 초롱은 고개를 끄덕였다. 며칠 뒤에 조심스럽게 거절을 해야겠다고 생각한 그녀는 그만 차에서 내리려고 했다. 그런데 독현이 그녀의 어깨를 놓아주지 않았다.

"연초롱."

"……네?"

어깨를 쥐지 않은 독현의 다른 손이 반대쪽 어깨로 뻗었다. 초롱의 몸을 제 쪽으로 돌린 그는 머뭇거림 없이 입술을 가져갔다.

놀라서 벌어지는 입안으로 혀가 들어왔다. 가볍게 안을 훑고 나가는 인사이드 키스. 짧은 키스 후에 독현이 짓궂게 웃었다.

"가차 없이 나 차려 한 게 아무리 생각해도 괘씸해서 심술이 나네. 그리고 고이 보내주고 싶지도 않고."

뒤늦게 손등으로 입술을 가리고 저 멀리 피하는 초롱에게 독현은 억울하면 나중에 똑같이 되갚아주라는 말을 했다. 씩씩거리던 초롱은 문을 열고 차에서 내려 빠르게 도망쳤다. 독현도 차에서 내렸다. 도망치는 걸 보니 쫓아가고 싶은 심술이 돋았지만 그는 초롱이 열어놓고 간 차 문을 닫고 운전석에 올라 차를 출발했다.

집으로 돌아온 초롱은 곧장 욕실로 들어가 이부터 닦았다. 다른 남자와 키스를 처음 해본 그녀는 머릿속이 어지러웠다. 어땠는지, 좋았는지가 아니라 낯선 키스에 패닉에 빠졌다.

샤워까지 하고 나온 초롱은 휴대폰이 울리는 걸 듣고 가방에서 꺼냈다. 지성인 걸 확인한 그녀는 선뜻 전화를 받지 못했다.

오늘 지성은 혼자 대전 지사로 출장을 갔다. 문득 초롱은 독현이 오늘 일부러 지성을 멀리 보낸 건 아닌가 하는 의구심이 생겼다. 하지만 지금 대전 지사에 문제가 있다는 걸 확인했고, 처음 독현과 그곳에 가서 조사했던 사람이 지성이니 당연히 그를 보내는 게 맞다고 생각한 그녀는 의구심을 버렸다. 끊겼다가 다시 울리는 전화에 결국 통화 버튼에 손가락을 올렸다.

"여보세요."

[나야. 집이지? 잠깐 올라갈게.]

"아니, 피곤할 텐데 집에 가서 쉬어."

[네 얼굴 보고.]

초롱은 짧게 한숨을 내쉬었다. 곧 올라온다고 했으니 문이나 열어주자 싶어서 대기했다. 엘리베이터 문이 열리는 소리가 희미하게 나고 똑똑, 노크 소리가 들렸다. 문 앞에서 기다리는 걸 알고서는 초인종 대신 노크를 한 것이다.

"왔어?"

"응. 다녀왔어."

말을 하고 보니 묘했다. 초롱은 고개를 살짝 갸웃하는 자신을 보고 지성이 낮게 웃자 눈을 흘겼다.

"빨리 가서 쉬어."

오늘은 지성과 마주 볼 수가 없었다. 독현에게 키스를 당하고 곧바로 그의 얼굴을 보기에는 자신은 너무 소심하다.

초롱이 빨리 가라고 밀어내자 지성의 웃음이 사라졌다. 그는 얼굴을 보자마자 자신을 보내는 게 마음에 들지 않았는지 초롱의 뒷머리를 감싸고 제 품으로 꽉 껴안았다. 다른 팔은 옴짝달싹못하게 허리를 둘러 안았다.

"출장 때문에 아침에 같이 출근도 못했는데, 얼굴 보자마자 가라고?"

"……너 피곤할까 봐."

"그럼 피곤함 좀 풀어줘."

지성이 몸을 살짝 떼더니 고개를 숙였다. 이마부터 시작해 그의 입술이 곳곳에 닿았다. 키스를 하고 싶다는 알림에 초롱은 그의 팔뚝을 꽉 잡았다. 지금은 하지 말아야 할 것 같은데, 조금 전의 독현이 한 키스를 그가 지워줬으면 하기도 했다. 너무 낯설어서 지금 제 입술이 자신의 것이 아닌 것 같았다. 그게 이상하게 두려웠다.

지성의 입술이 제 입술 위로 포개지자 초롱은 스르륵 입술을 열었다. 먼저 그의 입안으로 혀를 집어넣어 그의 혀를 찾았다. 살짝 웃는 것 같은 그가 자신의 혀를 내어주었다. 독현이 한 인사이드 키스보다 더 깊은 프렌치 키스. 지성과의 키스에 낯설었던 것에 대한 두려움이 가라앉았다.

5. 키스를 훔쳐보다

잠을 설쳤다. 짧은 시간 사이에 두 남자와 키스를 했으니 잠이 잘 올 리가 없었다.

초롱은 부스스한 얼굴로 일어났다. 창문을 통해 비가 오는 걸 확인한 그녀는 욕실로 들어갔다. 출근 준비를 하는 내내 그녀는 머릿속이 복잡했다. 심란함에 계속 한숨이 나왔고, 지성을 생각하면 죄를 짓는 것 같아서 마음이 불편했다. 그의 얼굴을 볼 수 없어서 먼저 출근하려고 했는데, 왜 혼자 출근했냐고 물으면 할 말이 없었다.

피할 수도 없고, 아무 일 없었던 것처럼 뻔뻔하게 굴 수도 없고. 그래 솔직하게 이야기하자.

그 결심을 하고 우산을 챙겨 집을 나섰다. 지성의 집 앞에서 기다렸다가 바로 실토할 생각이었다. 하지만 용기가 나지 않아 1층에서 기다리겠다고 문자를 보내고 계단으로 내려왔다.

건물 문 앞에 선 초롱은 흐릿한 날씨를 확인했다. 먹구름이 낀 하늘에서는 비가 내리고 있었다. 초롱은 문을 나왔다. 빗소리가 더 선명하게 들렸다.

초롱은 건조한 얼굴로 무자비하게 바닥으로 떨어졌다가 사방으로 튀어 오르는 빗방울을 응시했다.

"어라? 비 오네."

초롱은 고개를 비스듬하게 올렸다. 눈이 마주치자 지성은 부드럽게 눈매를 휘어 웃었다.

"아가씨. 비 오는데 퇴근하고 막걸리 어때? 내가 특별히 자몽 막걸리 사준다."

"뭐. 원한다면 같이 먹어줄게."

지성은 초롱의 얼굴을 빤히 쳐다보며 물었다.

"뭔데. 말해봐."

"뭐를?"

"자수해서 광명 찾자. 이 오빠가 너른 아량으로 용서해 줄게."

"너한테 용서받을 일은 아니거든?"

"그래서 말 안 해?"

초롱의 입이 굳게 다물렸다. 지성은 어깨를 으쓱이고는 초롱의 손에 들린 우산을 빼 들어 펼쳤다.

"계속 혼자서 끙끙대라. 자, 그만 가자. 출근해야지."

초롱은 그를 흘겨봤다.

"안 가? 지각한다. 우리의 모범 비서님. 드디어 지각하는 날이 온 건가요."

지성의 어깨를 툭 때린 초롱이 걸음을 옮겼다. 지성은 재빨리 그녀의 머리 위로 우산을 씌워 비를 가렸다.

초롱을 먼저 차에 태우고 우산을 접어 뒷자리 바닥에 놓은 지성은 서둘러 운전석에 올라탔다. 금세 젖은 그의 머리칼을 초롱이 익숙한 손길로 탈탈 털었다.

"싫다. 갑자기 비라니. 가게 말고 포장해 와서 집에서 먹을까? 비 때문에 가게 바닥 더러울 테고, 습도도 장난 아닐 텐데."

초롱은 대답 없이 고개를 돌렸다. 한참을 가던 중 정차를 한 사이 고개를 돌렸다. 신호가 바뀌고 다시 차를 출발시키는 순간 초롱이 입을 달싹였다.

"고백받았어."

"응? 방금 뭐라고 했어?"

"고백받았다고."

"누구한테?"

"왜? 너는 늘 받는 그 고백, 나는 받으면 안 돼? 왜 그렇게 놀라?"

"그럼 안 놀라? 그런 기색 보이는 남자가 있다는 이야기 없었잖아."

지성의 얼굴에 서서히 불쾌감이 물들었다.

"누군데?"

"……본부장님."

"하, 우리 본부장님?"

우리를 유독 강조하면서 비꼬는 그의 말에 초롱이 얼굴을 찌푸렸다. 그녀는 지성을 노려본 뒤 팔을 앞으로 교차해 팔짱을 꼈다.

"키스도 했어."

"뭐?"

고백을 받았다는 말을 들었을 때보다 더 놀란 표정. 삽시간에 그의 얼굴이 딱딱하게 굳었다.

"모범 비서님이 아니라, 발라당 까진 비서님이셨네."

"꼭 그렇게 말해야 해?"

"그럼? 내가 '본부장님하고 키스했어? 잘했어' 라고 해야 해?"

"왜 화를 내?"

"그럼 화 안 나게 생겼어? 전……."

"그 이야기하지 마!"

자신의 말이 잘리자 지성이 입을 다물었다. 그 뒤로 회사에 도착할 때까지 두 사람은 말이 없었다. 평소보다 거칠게 주차를 한 지성은 안전벨트를 풀고 차에서 내리려고 잠금장치를 푸는 그녀의 팔을 잡아당겼다. 그는 초롱의 볼을 감싸 제 쪽으로 얼굴을 돌려 시선을 맞췄다.

"어떤 키스했어."

질문에 대한 대답이 돌아오지 않았다. 지성은 나직이 한숨을 내쉬었다. 그는 시선을 살짝 들어 올렸다가 천천히 내렸다. 이마, 눈, 코, 그리고 입술. 이렇게 흘러내려 가는 시선은 다음에 이어질 행동이 무엇인지 암시했다.

바로 키스.

키스의 전주곡을 연주하는 그의 시선.

초롱은 지성의 얼굴이 다가오자 천천히 눈을 감았다.

바로 입술이 닿을 줄 알았다. 그런데 한참이 지나도 닿는 게 없었다. 초롱의 속눈썹이 파르르 떨리고 눈이 살짝 뜨였다. 붉은 입술이 가까이 있었다. 그런데 미동이 없었다. 그녀는 눈을 더 떴다. 초점이 잘 잡히자 않았지만 차갑게 식은 시선이 자신을 내려다보고 있는 걸 알 수 있었다.

"지금처럼 눈 감았어?"

"……아니."

"언제 고백받았는데? 키스는 언제 했고?"

"……어제."

"하. 전날 본부장이랑 키스하고, 나랑도 했다 이거네?"

지성이 몸을 뒤로 물렸다. 그의 화난 모습에 초롱은 더 움츠러들었다.

솔직하게 말을 하는 게 아니었나 보다. 그냥 조금 더 시간이 지나고 독현에게 거절 의사를 밝혔어야 했나 보다. 그리고 아무 일 없었던 듯이 지내야 했나 보다.

이 생각을 하지 않았던 게 아니다. 그런데 지성에게 말을 한 건, 아마도 그에게 위기감을 주고 싶었기 때문일 거다. 네가 사랑을 말하지 않으면, 사랑을 이야기하는 다른 남자에게 가버릴지도 모른다는. 아마도 똑똑한 그는 바로 알아차렸을 거다.

"뭐라고 하면서 고백하던? 왜 사랑한대?"

역시나. 지성은 비꼬면서 물었다. 그것도 아주 시니컬하게.

"사랑까지는 아니지만, 곧 그렇게 될 것 같다고……."

"그래. 좋았겠네, 아주."

"그렇게 말하지 마."

"그럼? 아, 생각하니까 열 받네. 너 나한테 용서받을 일은 아니라고 했었지? 아, 지금은 사귀는 사이가 아니니까 누구랑 키스하든 나랑은 상관없다?"

자수해서 광명 찾자고, 오빠가 너른 마음으로 용서해 준다고 했을 때 찔려서 자신도 모르게 꽥 나간 말이었다.

"그런 거 아니야. 그건 그냥 한 말이야."

"그냥 한 말? 연초롱, 너 진짜!"

지성은 마른세수를 하면서 화를 삭였다.

"알잖아. 내가 왜 다 이야기하는지 알잖아."

"그래. 또 이렇게 흘러가지. 내가 더 어떻게 해야 해. 그 말보다 더 하잖아. 그 말과는 비교가 되지 않을 정도로 난 널……."

"그러니까 그게 사랑인 거잖아. 사랑이지? 그냥 고개를 끄덕이기라도 해."

지성의 고개는 움직이지 않았다.

"아끼는 건 사랑이 아니어도 할 수 있어. 넌 날 아끼는 것처럼 우리 부모님도 아끼잖아. 그게 전부였던 거야. 날 사랑하지 않는 거야. 우린 대체 그동안 뭘 한 거야, 정말? 나 혼자 짝사랑한 게 맞지?"

"초롱아."

"다시 만나자는 네 말 거절할게. 또 짝사랑하기 싫어. 나 본부장님께 기회 드릴 거야."

"이렇게 날 압박하지 마."

초롱은 고개를 저은 뒤 차에서 내렸다.

❖

어제 몇 번이고 사무실을 들락거렸다. 초롱이 자리에 있는지, 본부장이 그녀를 찾지 않는지 계속 신경이 쓰여 일이 손에 잡히지 않았다. 갑자기 툭 튀어나와 자신들의 관계에 끼어들려는 본부장이 심히 거슬렸다.

다른 남자라니. 그럼 나는 어떡하라고. 너 하나만 보고 살고 있는데.

지성은 초롱을 향한 자신의 집념이 크다는 걸 안다. 그리고 지금도 계속해서 커져 가고 있다는 걸. 그게 잘못된 방향으로 나아갈까 봐 늘 노심초사했다. 그런데 독현이 끼어들자 더 애가 탔다. 그는 자신을 진정시키려 했지만, 좀처럼 그게 되지 않아 초조해졌다.

초롱 하나로 정신이 없는데 석형에게서 계속 연락이 오자 지성은 한 번은 제대로 정리를 해야 할 것 같다고 생각해서 오랜만에 본가로 향했다.

이곳은 언제 와도 삭막했다. 어린 시절의 기억 때문인지 고3 때 약 1년을 살았어도 집에 대한 애착이 느껴지지 않았다.

"왔니."

새어머니인 소정이 그를 맞이했다. 지성은 인사를 한 뒤 안으로 들어섰다. 거실에는 임순영 여사와 석형, 그리고 기어코 성씨 개명을 해 이씨 성을 갖게 된 세민이 있었다.

"지성아, 어서 와라."

석형이 반갑게 맞이했다. 순영은 탁하게 흐려졌어도 매서움이 여전한 눈으로, 세민은 탐색하는 눈으로 지성을 바라봤다. 지성이 소파에 앉자 바로 순영이 본론을 꺼냈다.

"네 아버지가 오라고 한 지가 언젠데, 쯧쯧. 그래. 언제부터 일을 배울 거냐."

"안 배웁니다. 그 말씀드리려고 왔습니다."

단호한 지성의 말에 순영과 석형의 얼굴이 굳어졌다.

"소식 들었습니다. 밥그릇 싸움이 치열해졌다고요. 그렇게 아끼던 막내아들을 다른 두 아들에게서 지켜내지 못해 저를 찾으시는 거 보니 벌써 힘이 다하셨나 봅니다."

순영의 몸이 파르르 떨렸다. 형제가 우애가 틀어진 걸 교묘하게 꼬집어 비난하는 말이었다. 더불어 한 자식을 향한 삐뚤어진 애정까지. 그리고 뒷방 늙은이 취급까지 했다.

"네, 네 이놈! 이런 되바라진 놈!"

"제 어머니와 저에게 하셨던 행동 잊으셨습니까. 기억력 쪽에 문제가 있으십니까. 그게 아니라면 제가 순순히 이 집에 들어올 거라 생각하지 않으셨을 텐데요."

"지금 날 치매 걸린 노친네 취급하는 게냐? 이놈! 그래도 핏줄이라고 좀 쥐여줘 볼까 했더니!"

지성의 입술이 위로 올라갔다. 그깟 거 줘도 안 갖는다는 표정에 순영이 그를 향해 손가락질을 했다.

"이놈은 글러 먹었다! 나가! 당장 나가!"

"어머니! 지성아!"

석형이 미련 없이 자리에서 일어난 지성을 붙잡았다. 지성은 어느새 흰머리가 많이 난 늙은 제 부친을 무미건조한 얼굴로 내려보다가 다시 자리에 앉았다.

"알다시피 지금 좀 힘들다. 염치없지만, 네가 힘이 되어줬으면 좋겠구나."

"싫습니다. 그러니 이모부에게도 그만 연락하세요."

"지성아, 한 번만 도와다오. 혼자서는 벅차서 그런다."

"그 도와달라는 게 절 돈 많은 집안에 팔아넘기는 겁니까?"

"그게 무슨……."

석형이 당황한 얼굴로 지성을 쳐다봤다. 지성의 시선은 순영을 향해 있었다. 석형은 뭔가를 감지하고는 설마 하는 얼굴로 모친을 바라봤다.

"제가 그쪽 중매 시장에 나왔더군요. 아주 값비싸게."

"그저 좋은 짝을 지어주려고 한 것뿐이다."

"어머니!"

석형이 소리치자 순영이 늙은이 귀 안 먹었다며 목소리를 낮추라고 엄하게 말했다.

"초롱인가 뭔가 그 처자는 그만 정리해라. 인연 끊고 이 집으로 들어와. 네 아비가 이리도 바라니 내가 받아주마. 회사에 자리 만들어주고 좋은 혼처도 알아봐 주마."

아주 후한 인심을 쓰는 말투였다. 방금 전에는 나가라고 소리를 질러놓고 지금은 어린아이에게 사탕 하나 쥐어주고 살살 달래는 것처럼, 그리고 은근한 협박도 곁들이면서 회유하려고 하고 있었다. 이에 지성은 코웃음을 쳤다.

"뭔가 크게 착각하고 계시는 것 같습니다. 정리라니요. 저, 초롱이와 결혼할 겁니다."

"그건 안 된다."

"허락받을 생각 없습니다. 무슨 자격으로요."

"너, 너! 결혼? 그 보잘것없는 애와? 그게 가능할 것 같으냐!"

"전 아버지와 다릅니다. 제 여자한테 손끝 하나 대지 못하게 할 겁니다. 가만히 두고 보지만은 않을 겁니다."

"네가, 네가 뭘 할 수 있다는 거냐! 가진 것도 없는 네가 뭘!"

"시간은 제 편이죠. 언제까지 사실 것 같습니까? 지금 가진 게 많다고 생각하십니까? 두 아들에게 많은 걸 빼앗기셔서 힘이 없어 보이는데요. 그리고 저, 생각보다 가진 거 많습니다."

지성의 말에 충격을 받은 순영이 뒷목을 잡았다. 놀란 소정이 아주머니를 불러 물을 가져오라 했고, 세민은 할머니를 부축하며 지성을 노려봤다. 석형은 그런 제 모친을 보다가 지성이 일어나자 따라나섰다.

"지성아."

"모르셨다고 하시겠죠. 아버지는 늘 그러셨습니다. 몰랐다고. 할머니가 그러는 걸 몰랐다고 하시면서 엄마를 상처 주셨습니다. 이번에는 제 차례입니까."

"정말, 정말 몰랐다. 미안하다. 난 그저 네가 함께 일을 해주었으면 했다."

"싫습니다. 이 집과 관련이 된 거라면 그 어떠한 것이든 싫습니다. 이 얄팍한 부자 관계라도 유지하고 싶으시다면, 초롱에게 어떠한 해가 가지 않게 해주세요. 그러지 않으면 저도 어쩔 도리 없이 맞서 싸우는 수밖에 없습니다."

지성은 석형에게 인사를 한 뒤 대문을 나섰다. 차에 올라타려는데 닫힌 대문이 열리고 세민이 나왔다.

"진짜 안 돌아올 거야?"

"돌아간다는 말도 웃기는데."

"정말이지?"

"그래. 그러니 이기성한테 안심하라고 전해."

"……뭐?"

"이기성을 위해 이 집에 빌붙어서 모든 정보를 전해주는 거, 난 다 아는데."

"……."

"너네도 참 대단하네. 벌써 몇 년째야? 그런데 이제는 그만둬야 하지 않나? 넌 장세민이 아니라 이세민이잖아. 이기성과 사촌지간."

"무슨, 무슨 말이야?"

"이기성 약혼 소식 있던데."

"약혼이라니?"

"내가 아는데 임 여사라고 모를 줄 알았어? 나보다 더 먼저 이기성이 중매 시장에 나왔었어. 나보다 값은 싸더군. 그래서 빨리 팔렸나."

"그게 무슨 소리야. 할머니가…… 아신다고?"

"눈앞에 두고 감시하시는 거겠지. 이기성을 약혼시킨 후 넌 어떻게 처리하실까? 그러니까 이기성한테 가서 전해. 어떻게든 임 여사가 가진 남은 힘 다 빼앗으라고."

넋이 나간 세민을 두고 지성은 그곳을 벗어났다.

곧바로 집으로 온 지성은 초롱의 집 앞에 섰다. 초인종을 눌렀지만 대답이 없었다. 뒤늦게 그녀가 주말에 라희와 미나를 만난다고 했던 게 떠올랐다. 그는 한참 그녀의 집 앞을 서성였다.

탁탁. 테이블 위를 두드리는 소리에 초롱의 시선이 올라갔다. 미나가 인상을 쓰고 자신을 노려보고 있자 초롱이 미안한 듯 희미하게 웃었다.

“라희야, 얘 진짜 이상하지?”

“응. 벌써 한숨이 몇 번째니.”

“자, 무슨 일인지 털어놔 봐.”

“그래. 집에 무슨 일 있어?”

라희와 미나를 보던 초롱이 고개를 저었다. 그녀는 고심 끝에 슬쩍 운을 뗐다.

“고백받았어, 본부장님한테.”

“뭐?”

“복권 당첨됐구나. 그 복권 나 주지? 넌 지성이 있잖아.”

놀란 라희와 달리 미나는 눈을 반짝였다. 잘 만나고 있다던 남자와 헤어진 그녀는 새로운 만남을 기다리고 있었다. 초롱은 그녀를 흘겨봤다.

“왜 그렇게 봐? 설마 본부장님한테 흔들렸어? 그래서 지금 계속 이 상태인 거야?”

“미쳤나 봐. 야, 연초롱! 너, 지성이한테 그러면 안 되지! 걔가 너한테 얼마나 지극정성으로 잘했는데? 그런 애를 버리고 본부장님? 절대 안 돼!”

라희의 말에 동의한다는 듯 미나가 고개를 끄덕였다. 지성 같은 남자는 찾기 어렵다며 자신을 비난하려 드는 두 사람에게 초롱은 마음이 상했다. 그녀는 그동안 꽁꽁 감췄던 이별 이유를 툭 던졌다.

"이지성이 날 사랑 안 해."

라희와 미나가 얼토당토 않는 소리라는 표정을 지었다. 초롱은 한숨을 내쉬고 더 털어놨다. 초롱의 이야기를 들은 두 사람은 떨떠름한 표정을 지었다.

"말로만 안 했을 뿐이지, 지성이 너 사랑하는 거 맞는 거 같은데."

"말만 번지르르하는 것보다 행동으로 보여주는 게 좋지. 지성이가 널 사랑하지 않으면 절대 그렇게 못하지."

"유독 사랑한다는 말에 야박한 사람이 있대. 1년에 한 번 할까 말까 하기도 한다던데."

"그렇지. 그런 사람 꼭 있지."

"지성인 단 한 번도 안 했는데. 됐다. 말을 말자."

제 고민에 전혀 공감해 주지 않는 두 사람에게 초롱은 더 말할 의욕을 잃었다. 기운이 빠진 그녀의 모습을 보고 뒤늦게 라희와 미나가 말을 보탰다.

"했을 거야. 다른 식으로 마음을 표현했을 거야. 사랑 표현 방식이 다를 수도 있잖아."

"그래. 다른 말로 한다든가. 아니면 몸으로…… 이건 아니구나."

초롱은 됐다고, 다른 이야기를 하자고 했다. 두 사람은 본부장님이 어떤 사람인지 궁금해서 이야기를 더 하고 싶어하는 거 같았으나, 지성에 대한 의리 때문에 화제를 돌렸다.

점심 무렵에 만나 저녁까지 폭풍 수다 후에 헤어졌다. 아파트에 도착한 초롱은 주차장에서 지성의 차를 발견했다. 자신이 외출할 때와 주차된 위치가 다른 걸 보고 고개를 갸웃했다.

엘리베이터에서 내린 초롱은 현관문에 기대서 있는 지성을 발견했다. 어딜 다녀온 것인지 그는 정장 차림이었다.

"여기서 뭐 해?"

"기다렸어."

"얼마나?"

지친 얼굴이 꽤 오래 기다린 듯해 물었더니 그저 엷게 웃는다. 초롱은 인상을 쓰고 그에게 비키라고 손짓했다.

"할 말 있으면 빨리 말하고 가. 씻고 잘 거야."

"본부장님 이야기 좀 하자."

"싫어."

"정말 만날 거야?"

"이야기하기 싫다고."

초롱의 짜증에 지성이 포기한 표정을 지었다. 본부장님에 대해 관여하지 말라는 경고를 받아들이기로 했다. 이 이상 그녀를 화나게 했다가 더 엇나갈지도 모르기에 물러났다. 대신 다른 이야기를 꺼냈다.

"오늘 본가에 다녀왔어."

도어락 비밀번호를 꾹꾹 누르던 손이 멈췄다. 더 들어보겠다는 그녀의 행동에 지성은 그동안 하지 않았던 이야기를 꺼내놓았다.

"내가 아버지 뒤를 이었으면 하시더라. 사업을 물려주는 대신 조건이 있었어. 날 중매 시장에 내 놨더라. 그게 조건이었어."

"중매 시장?"

"정략결혼인 셈이지. 당연히 싫다고 했어. 나한테는 너밖에 없다고 했어. 그리고 아버지 뒤를 이을 생각도 없다고 말하고 왔어."

집에서 지성을 원한다는 말에 반기던 초롱은 뒤이은 이야기에 표정이 흐려졌다. 그가 집에 들어가는 건 정말 좋은 일이었다. 너무 늦기는 했지만, 그를 필요로 한다니 기뻤다. 그런데 그에게 정략결혼을 강요했다는 말에 다른 건 다 생각할 수 없을 만큼 많이 화가 났다.

"어떻게 그래? 어떻게 아저씨가 그래?"

"아버지는 모르셨어. 할머니가. 아버지는 정말 내가 회사를 이어주기만을 바라셨어."

"그럼 정략결혼 안 하고 회사만 잇는 건 안 돼?"

"그게 가능할까. 그게 아니더라도 난 진짜 집안 사업에 관심 없어. 그 집에 들어가기도 싫고. 힘들게 뻔하잖아."

지성이 그 집에서 인정을 받았으면 좋겠다. 그도 그 집의 가족이니까 주어진 걸 누렸으면 좋겠다. 그리고 아버지와 관계가 개선이 되었으면 좋겠다. 그런데 그가 그 집으로 가면…….

지성의 친모, 우희가 힘들었던 것처럼 힘들 거다.

순간 초롱은 자신이 그의 아내가 되어 생각했다는 걸 깨닫고는 입술을 깨물었다. 머릿속이 복잡해졌다.

"초롱아. 난 너 두고 어디 안 가. 그리고 너 포기 못해. 어떻게 내가 널 놔. 그러니까 본부장님도 딱 단정 짓지 마. 아직 나 끝난 거 아니야."

지성은 복잡한 표정을 하는 초롱을 집념이 가득한 눈으로 내려다봤다.

갑자기 날아온 공고에 다들 짜증을 냈다. 하기야 그럴 법도 했다. 이 무더운 여름날에 갑자기 야유회라니. 무더운 여름 축축 처지는 사원들의 체력을 길러주겠다고 야유회 겸 체육대회를 한다는 공문이 날아왔다. 참 배려심이 깊은 회사 덕분에 야유회 참석을 위해 급한 일을 처리하느라 더 정신없이 일을 해야만 했다.

덕분에 번잡한 생각을 할 틈이 없었고 시간은 쏜살같이 지나갔다. 그리고 제발 오지 않았으면 했던 야유회 날이 되었다.

"연 비서는 내 차 타지."

회사에서 대절한 버스가 있지만, 몇몇 상부들은 자차를 가지고 이동하려 했다. 독현이 그중 하나였다. 그는 운전석에 오르기 전 초롱을 찾았다.

"아, 버스 타고 가도 괜찮습니다."

다른 비서들의 시선에, 특히 지성의 시선에 초롱은 정중하게 거절을 했다. 그러자 독현이 헛숨을 흘리고는 기가 찬 얼굴을 했다.

"내가 안 괜찮아. 중국 건 계약서 수정해야 하니까 뒷자리에 있는 내 노트북 들고 타. 지금 야유회가 중요해?"

'그런 거였으면 미리 말씀 좀 해주시지' 하는 표정으로 민망함을 감추지 못한 초롱은 독현의 뒷자리에 있는 노트북을 빼 조수석

앞에 섰다.

"본부장님, 저도 같이 타겠습니다."

"됐어. 일은 한 사람만 해도 충분해."

독현은 야유회 장소에서 보자고 말하고 운전석에 올랐다. 초롱은 지성을 제외한 남은 비서들에게 고생하라는 시선을 받고 조수석에 올랐다. 독현의 차가 먼저 출발했다. 그는 사이드미러로 뒤를 확인했다. 지성이 멀어지는 차에 시선을 떼지 못하는 걸 보고 입꼬리를 올렸다.

"노트북 지금 켤까요?"

"아니. 뒤로 던져."

"네?"

"노트북 뒷좌석에 놔두라고."

"계약서 수정하신다고 하셨잖아요."

"이제 와서 무슨 수정."

초롱은 황당함을 감추지 못했다. 그러니까 독현은 지금 그녀와 같이 차를 타고 가고 싶어서 일 핑계를 댄 것이었다. 그가 이런 행동까지 할 줄은 생각지 못한 초롱은 독현이 직접 노트북을 빼앗아 뒷좌석에 던지는 걸 망연하게 보기만 했다.

"왜 그렇게 봐? 그동안 바빠서 데이트 신청도 못했는데 이런 기회라도 잡아야지."

"데이트 신청이요?"

"시간 달라고 해놓고 가만히 있을 줄 알았어? 이제 바쁜 거 다 지나갔으니까 밥도 먹고 차도 마시고 영화도 보자."

"데이트를 하자고요?"

"좋아하는 음식, 좋아하는 장르 미리 말해. 식당 예약이랑 표 예매해 둘 테니까. 내일 주말이니까 내일 보면 되겠군."

이건 데이트 신청이 아니라 일방적인 데이트 확정이었다. 초롱은 저돌적으로 나오는 독현의 옆얼굴을 보다가 입술을 삐죽였다.

"전, 데이트까지는 생각 안 했는데요."

"그래. 회사 생활 참 편해지겠다, 그지?"

데이트 신청 거절하기만 해봐라, 하는 투였다. 초롱은 기회를 달라 했던 그가 왜 가만히 있을 거라고 생각했는지, 제 둔한 머리를 탓했다. 그러다 이건 이지성 말고는 다른 남자를 만난 적도 썸탄 적도 없어서 긴 연애 경력에 비해 자신이 숙맥이기 때문이라고 자기 위안을 했다.

"내일, 알았어요."

"그래. 예쁘게 하고 나와. 혹시나 해서 하는 말인데, 내 호감을 뚝 떨어트리려고 이상한 복장으로 나오거나 데이트 내내 성의 없이 굴 생각 하지 마."

"그 생각까지는 못 했는데요. 좋은 팁 감사합니다."

"삐뚤게 나오기는. 귀엽게."

초롱의 어깨가 흠칫했다. 방금 자신에게 귀엽다고 했나, 이 사람 어디 아픈가 하는 시선으로 독현의 옆얼굴을 봤다. 그런 말 전혀 안 하게 생겨놓고 너무 아무렇지도 않게 툭 내뱉으니 실감도 나지 않았다.

"왜. 놀랐어? 앞으로는 더 놀라게 될걸. 내가 생각보다 로맨틱해서."

"좀 닭살 돋는데요."

지성은 이보다 더 달달한 말을 많이 했다. 그가 하는 말은 듣기 좋았는데, 독현이 하는 말은 불편했다. 초롱은 그 로맨틱한 면은 부디 자신에게 보여주지 않았으면 하는 마음으로 정면을 주시했다. 지금 독현의 옆얼굴을 보는 것도 닭살이 돋아서.

참 날씨가 좋았다. 보기에는. 직접 그 날씨를 접하기에는 살인적인 온도였다. 사람 수가 많다 보니 부서별로, 거기서 또 야외와 실내로도 나뉘어서 몇 개의 게임이 진행되었다. 초롱이 속한 비서부는 먼저 야외에서 진행되는 게임에 참여해야 했다. 이 더위가 참을 만한 건 아니었지만, 어쨌든 야유회도 일이니 다들 적극적으로 참여를 해야 했다.

이들이 그나마 열의를 보이는 데에는 게임에 걸린 상품들과 다른 비서실과의 경쟁심 때문이었다. 특히나 박 이사의 비서들과 은근한 기 싸움이 있었다. 본부장인 독현을 포함해 이사진들, 사장님까지 자신들의 비서들이 게임을 잘하는지 지켜보겠다는 듯 그늘막 아래에 앉아 있었다. 덕분에 게임에 더 열의가 있는 척하게 되니 제법 치열한 양상을 띠었다.

단체 줄넘기를 포함해 밖에서 진행하는 게임 몇 개를 했더니 몸이 땀으로 젖었다. 지쳐 쓰러질 것 같은데 그늘막 아래에서 지켜보는 상사 때문에 다들 정신력으로 버티고 있었다.

"물 마셔요, 초롱 씨."

"아, 감사합니다."

초롱은 지성이 생수 뚜껑을 터서 주자 급히 얼음물을 마셨다. 얼마 녹지 않은 물을 다 마시고 나자 안에 있는 얼음이 먹고 싶어졌다. 이 얼음을 먹으면 당장 죽어도 여한이 없을 것 같다는 표정을 본 지성이 눈매를 접어 웃은 뒤 그녀의 손에서 생수병을 가져갔다.

"얼음 깨줄까요?"

"네."

지성은 따라오라는 턱짓을 하고는 앞서 걸어갔다. 잠깐 쉬는 타임이라 초롱은 그를 따라 땡볕을 벗어났다. 인적이 드문 곳을 찾아들어 온 지성은 생수 뚜껑을 닫고 주위를 두리번거렸다. 단단한 곳을 찾은 그는 그곳을 가차 없이 생수병으로 때렸다. 탕탕, 소리가 나면서 생수병 안의 얼음이 깨지기 시작했다. 어느 정도 얼음이 깨지자 뚜껑을 열어 초롱에게 건넸다.

"입구가 작아서 안 나와."

물 몇 방울만 떨어지고 얼음 조각은 나오지 않았다. 고개를 뒤로 젖히고 애를 쓰는 걸 보던 지성이 생수병을 빼앗았다. 그가 생수병을 옆을 눌러 깨지지 않은 커다란 얼음을 잡고 툭툭 흔들자 밑에 깔려 있던 얼음 조각이 우수수 떨어졌다. 입안 가득 얼음을 머금게 된 초롱은 만족스러운 얼굴로 고개를 바로 세웠다. 지성은 뚜껑을 닫고 다시 얼음을 깼다.

"너무 덥다."

와작 얼음을 깨먹으면서 하는 말에 지성이 동의로 고개를 끄덕였다. 그는 차가운 생수병을 초롱의 뒷목에 대어주었다.

"오면서 일 다 했어?"

"으응?"

"본부장님 그렇게 안 봤는데, 그거 직권남용 아닌가?"

“뭐가?”

“일 핑계대고 너 빼돌렸잖아. 그거 알아? 요즘 들어 내가 참 힘이 없구나, 하는 생각이 들어. 그래서 무기력해져.”

“지성아?”

“바보같이 네가 본부장님하고 가는 걸 보기만 해야 했어. 네가 본부장님하고의 일에 관여하지 말라고 했지만, 신경이 안 쓰일 수는 없잖아.”

어쩌다가 자신이 두 남자를 손에 쥐고 저울질을 하는 양상이 되어버렸는지 모르겠다. 마음은 분명 지성에게 있는데 상황이 이렇게 흘렀다. 초롱은 마음이 무거워져 시선을 내렸다.

지성은 자신을 신경 쓰는 초롱의 모습에서 위안을 얻고 얼굴에 미소를 걸었다. 그는 다정스러운 손길로 그녀의 이마로 흘러나온 잔머리를 넘겨주고 눈매를 휘었다.

“그만 가자.”

“응. 이제 한 게임 남았지? 오늘 자외선 너무 받아서 피부 상하겠다. 늙겠네, 아주.”

“이런. 그러면 안 되지.”

지성은 초롱의 팔목을 잡아 더 으쓱한 곳으로 향했다. 그는 생수병으로 초롱의 턱을 들어 올렸다. 고개가 들리자 목덜미가 들어났다. 지성은 차가운 생수병으로 그 목덜미를 쓱 그어 내렸다.

“확실히 20대보다는 피부가 처진 것 같다.”

“뭐? 죽을래?”

“노화 방지에 뭐가 좋다고?”

“……키스.”

얼굴 부위에서 입술과 혀에 가장 많은 신경이 분포되어 있다. 지성은 또 키스로 노화 방지를 하자고 꼬드기고 있었다.

지성은 은은하게 웃은 뒤에 고개를 내렸다. 그의 입술이 슬쩍 초롱의 입술을 훔쳤다. 초롱이 이게 다냐는 시선을 하자 그가 낮게 웃었다. 몇 번 가볍게 입술을 훔치던 그가 조금 더 고개를 기울였다. 뜨거운 입술이 제 입술을 빨아들이고 호흡이 섞여 들어가자 초롱은 눈을 감았다.

둘이서 다정하게 어디를 가는 건가 싶어 따라왔다. 얼음을 깨먹는 걸 보고 제 손에 들린 종이컵을 봤다. 너무 더워하는 것 같아서 초롱에게 줄 얼음을 챙겼었다. 이걸 주려고 했는데, 그녀가 지성과 어딘가로 향하자 따라오게 된 것이었다.

독현은 돌아가려는지 걸음을 옮기는 두 사람을 보고 슬쩍 몸을 숨겼다. 그런데 딱 걸렸다. 지성과 눈이 마주쳤다. 그가 갑자기 초롱의 손목을 잡고 보이지 않는 곳으로 가버렸다.

그냥 돌아가야 하는 게 맞다. 이렇게 뒤를 밟는 건 졸렬한 짓이다. 그런데 발은 제 의지대로 움직여 주지 않았다. 결국 그 장면을 보게 되었다.

키스를 하는 두 사람을 보고 독현은 종이컵에 든 얼음을 입에 넣고 와작 깨물었다. 그는 이 나이에 남의 키스를 훔쳐보게 될 줄은 몰랐다.

독현은 지성에게 초롱이 가볍지 않다는 걸 확인했다. 저렇게 제 것이라고 소유권 주장을 하고 있는데 못 알아챌 리가.

"그럼 꽉 쥐고 있었어야지. 내가 욕심내기 전에."

다른 남자의 키스를 받고 있는 여자가 왜 욕심이 나는 것인지. 독현은 키스 후에 지성이 초롱을 다정하게 안아주는 모습을 보고 몸을 돌렸다.

6. 키스를 세어보다

야외의 마지막 게임이 된 쌍쌍피구를 앞두고 초롱은 언제 또 자신이 이런 인기를 누려보는 날이 있을까, 하는 생각을 했다. 성비의 비율상 남녀커플보다 남남커플이 더 많은 게임이다. 남남커플을 피하려고 다들 초롱에게 구애 아닌 구애를 하고 있었다. 다예는 이미 오랜 동료의 의리로 기우와 짝을 이루었다. 슬우, 기범, 현석이 초롱에게 같이 짝을 하자고 달라붙더니 그녀의 선택을 기다리고 있었다. 이 와중에 지성은 여유로운 자세로 서 있었다. 마치 자신이 선택받을 거라는 듯이. 그게 초롱은 얄미웠다.

"음, 슬우 씨랑 할게요."

지성은 옅게 웃고 말았다. 막상 선택받은 슬우가 놀란 눈초리로 지성의 눈치를 봤다. 그사이 지성은 발 빠르게 옆에 서 있던 현석의 손목을 잡았다.

"우리 커플하죠."

"……그러죠."

홀로 남은 기범은 같은 팀이지만, 다른 비서실에 있는 사람과 짝을 해야 했다. 곰 같은 체구의 건실한 남자와.

상대편에 박 이사의 비서들이 있었다. 상사가 사이가 좋지 않다 보니 비서들도 좋은 관계는 아니었다. 노골적으로 서로를 공격하기 시작했다.

"엄마야!"

이건 게임을 빙자한 싸움이고 전투이고 전쟁이었다. 팔에 온 힘을 다 실어 던지는 공은 그 어떠한 무기보다 강력했다. 앞에서 공을 대신 맞거나 받아내는 사람들은 아주 죽어나가는 중이었다. 물론 예외도 있었다. 자신보다 큰 체구의 남자의 허리춤을 잡고 그가 움직이는 방향대로 끌려 다니느라 고생 중인 기범이 그 예외다.

보호해야 하는 상대가 여자인 커플이 더 공격당하는 횟수가 많았다. 여자들이 빠르게 피하지 못하니 공격하기가 더 수월했다. 그만큼 앞에서 보호하는 사람은 더 죽을 맛이었다.

초롱은 또 자신에게로 던져지는 공을 피했다. 슬우가 그녀를 자신의 뒤로 감추고 공을 대신 맞았다.

"어떡해. 아프지 않아요?"

"괜찮아요. 이거 살벌한데요."

초롱이 슬우를 걱정하는 사이 근처에서 환호성이 터졌다. 지성이 상대편이 패스하는 공을 가로챈 것이었다. 그는 지체하지 않고 조금 전 초롱에게 공을 던진 사람에게 던졌다. 봐주는 거 없이 던

지는 공에 상대방이 움찔하더니 몸을 피해 버렸다. 그 덕에 뒤에 숨어 있던 사람이 공을 맞아버렸다.

"아웃!"

슬우가 신이 나서 지성에게 손을 올렸다. 하이파이브를 한 지성은 뒤에 있는 초롱에게도 한 팔을 내밀었다.

"잘하시네요. 그런데 너무 센 거 아니에요?"

"누가 맞을 뻔한 걸 보니 화가 나서요."

작은 목소리로 조심하라고 말하고는 떨어지는 지성에게 초롱은 새침한 미소를 지었다.

첫 판이 드디어 끝났다. 아슬아슬하게 초롱과 지성이 있는 팀이 이겼다. 박 이사의 비서들이 구시렁거리며 빨리 다음 판을 시작하자고 성화를 부렸다.

"위치 바꿉니다! 이번에는 여자들이 남자들을 보호하세요!"

갑자기 바뀐 룰에 다들 눈치를 봤다. 이렇게 되면 여자들이 공을 맞게 되는데 그럼 위험하지 않냐는 말이 나왔다. 그래도 강행되는 게임에 룰대로 위치를 바꿨다.

처음 남자들끼리, 여자들끼리만 공격을 하던 게 한두 커플이 탈락하자 마구잡이로 공격하기 시작했다. 초롱과 슬우는 공이 오면 무조건 피하고 봤다. 초롱이 잡을 수 없을 것 같았고, 맞으면 꽤 아플 것 같아서 피하기로 합의를 봤다.

"어, 어!"

상대편이 삼각형으로 빠르게 공을 주고받았다. 그 속도에 이리저리 움직이다가 결국 발이 꼬였다. 잠깐 멈칫하는 사이 공이 초롱과 슬우에게 던져졌다.

초롱은 이 공은 맞겠다는 위기감에 눈을 질끈 감았다.

"꺅!"

통증은 느껴지지 않았고, 자신은 소리를 지르지도 않았다. 그럼 저 소리는 누가 지른 것인가.

눈을 슬쩍 뜬 초롱은 제 앞을 가로막고 있는 단단한 등을 확인했다. 바로 지성이었다. 그가 날렵하게 초롱의 앞을 막으면서 공을 받아냈다.

"아웃!"

아웃 선언을 받은 지성에게 현석이 터덜터덜 걸어왔다. 제 뒤에 숨어 있어야 할 지성이 공을 받아낸 게 황당한 현석이 물었다.

"뭐 했어요?"

"아, 순간적으로 착각했어요."

전 게임에서 계속 공을 받아냈던 것 때문에 착각했다고 민망한 얼굴로 말하고는 그는 공을 초롱에게 주었다.

"에이. 초롱 씨 지킨 거 아니고요? 너무 멋지게 지킨 거 아니에요? 상대팀 여 비서들이 더 난리 났네."

초롱의 뒤에 있던 슬우가 빙글빙글 웃으며 나는 다 알고 있다는 표정으로 말했다. 지성은 머쓱한 얼굴로 뒷목을 매만졌다. 그는 초롱에게 몰래 눈을 찡긋하고는 선 밖으로 나갔다.

두 번째 게임은 아쉽게도 상대편의 승리였다. 점심시간이 다가와 게임은 무승부로 끝이 났다.

점심식사 후에 실내로 모인 사람들은 이곳이 천국이라는 생각을 동시에 했다. 실내는 에어컨이 가동되고 있었다. 그리고 게임도 비교적 간단하고 힘보다는 재미를 추구하는 게임이었다. 팔씨름에서도 재능을 보인 지성 덕분에 상품도 탔다.

"자, 이번 게임은 참가자 말고는 편하게 구경하시면서 응원만 하시면 됩니다. '우리 공주님은 가볍습니다' 게임에 참가하고 싶으신 분들은 앞으로 나와주세요. 자자, 남녀도 괜찮고 남남은 더 환영입니다."

파트너를 일명 공주님 안기로 안아 들어서 오랫동안 버티는 게임이었다. 상품이 꽤 고가였다. 최신형 노트북과 태블릿 PC가 1등에게 전부 준다는 소리에 갑자기 참가자들이 속출했다.

"우리 팀은 아무도 안 나가나?"

언제 온 것인지 독현이 제 비서들에게 물었다. 오전에 밖에서 힘을 다 뺐던 터라 남자들 전부 참가 의사가 없었다. 독현은 고개를 젓는 남자 비서들을 둘러본 뒤 지성과 시선을 맞췄다. 독현은 지성을 보면서 말했다.

"그럼 내가 나가지. 연 비서, 가지."

"……네? 저요?"

"우리 비서실에 연 비서가 또 있나?"

"저는 안 나가고 싶은데요."

이번에도 초롱의 의사는 묵살당했다. 독현은 그녀를 데리고 중앙으로 나갔다. 본부장님의 깜짝 등장에 환호가 쏟아졌다.

"본부장님, 노트북 있으시잖아요. 태블릿 PC도요."

"어. 1등 하게 되면 연 비서 다 가져."

"저, 필요 없는데요."

"그래? 그래도 연 비서 가져. 팔아먹든가 찜 쪄 먹든가 알아서 해."
"왜 참여를 하시려는 건지……."
독현은 휘슬이 울리자 초롱을 갑자기 안아 들었다. 몸이 허공으로 붕 뜨자 놀란 초롱은 반사적으로 그의 어깨를 잡았다.
"목에 팔 감아."
"그건 좀……."
"떨어질 것 같은데. 다쳐도 상관없다면야, 뭐."
떨어질 것 같으면 난 손을 놓아버릴 거다. 다쳐도 나중에 딴말하지 말라는 눈초리에 초롱이 그의 목에 팔을 둘렀다. 그러자 아슬아슬 안고 있던 걸 고쳐 안고 그가 입매를 늘였다.
날렵한 턱선이 바로 눈앞에 있었다. 초롱은 그에게 바짝 안겨 있는 게 불편해 꼼지락거렸다. 그럴 때마다 독현이 더 꽉 안아 들자 얌전히 몸을 맡기기로 했다. 어서 빨리 탈락하기를 바라며 고개를 돌리다가 지성과 눈이 딱 마주쳤다.
아무런 감정도 없는 건조한 얼굴. 하지만 눈매가 찡그러져 있어 그의 심기가 좋지 않다는 걸 알아차릴 수 있었다. 그는 메마른 얼굴로 자신과 독현을 눈 깜빡이지 않고 보고 있었다.
"저기, 본부장님. 이제 그만할까요?"
"본부장 체면이 있지. 벌써?"
독현은 턱도 없는 소리라는 듯 그녀를 퉁겨 안았다. 5분이 지나고 10분이 지나고 20분이 지났다. 오전의 게임으로 지친 덕에 탈락자들이 빠르게 속출했다.
"자, 앉았다 일어서기 시작합니다!"
난이도를 높이겠다는 말에 초롱이 다시 그만 포기할 것을 권했다. 그런데 독현은 쑥 앉았다가 일어났다. 진행자의 구령에 맞춰 앉았다가 일어나기를 반복했다. 독현의 이마에 맺힌 땀이 또르르 굴러 턱에 맺혔다. 그의 몸에서 열기가 흘러나오고 있었다. 에어컨이 틀어진 게 무색하게 땀을 흘리는 모습을 보던 초롱은 마음이 불편해서 어쩔 줄을 몰랐다.

"본부장님, 이제 진짜 그만해요."

"말, 걸지, 마."

힘들어서 호흡도 뚝뚝 끊기는데 독현은 고집을 부렸다. 다시 앉았다가 일어서는 독현에게서 신음이 흘러나왔다. 그가 코와 입으로 내쉬는 숨을 고스란히 맞으며 초롱은 안절부절못했다.

제발 빨리 게임이 끝나기를 바라고 있었다. 이제 딱 3팀이 남았다. 그런데 아무도 포기할 기색을 내비치지 않았다.

"자, 난이도를 더 높여볼까요? 여자분 등을 감싼 팔을 내립니다! 여자분이 파트너의 목을 잘 감싸 안고 버티셔야 합니다!"

독현에게서 낮은 욕설이 흘러나왔다. 그는 진행자를 강하게 노려보고는 초롱의 등을 감싼 손을 치웠다. 놀란 초롱이 그의 목을 꽉 감싸 안으며 달라붙었다. 험악했던 독현의 얼굴이 조금 풀렸다.

"떨어질 것 같아요."

"그러니까, 꽉, 잡아."

"그만해요. 이 정도면 체면 다 차리신 것 같은데요."

"말, 하지, 마. 힘들어."

이제는 초롱도 힘들었다. 그녀도 독현에게 매달리느라 팔이 뻐근해졌다. 그 상태로 다시 앉았다 일어서기를 시작했다. 겨우 3번

만에 한 팀이 탈락했다. 그리고 7번째에서 독현과 초롱만이 살아남았다.

"본부장님 1등!"

환호성이 터져 나왔다. 독현은 초롱을 땅에 내려놓고 숨을 몰아쉬었다. 진행자는 쉴 틈을 주지 않고 선물을 품에 안기더니 게임장 밖으로 내쫓았다.

"괜찮으세요?"

"아니."

"그러니까 포기하자고 했잖아요."

"포기 안 해. 포기하기엔 아쉬워."

독현은 다가온 지성을 보며 말했다. 그가 한 말의 뜻을 알아차리지 못한 초롱은 생수를 가지고 오겠다며 어디론가 쪼르르 달려갔다.

"아쉽네. 더 안고 있고 싶었는데. 아담해서 안고 있기 좋던데."

독현의 도발에 지성의 눈썹이 일그러졌다. 지성은 멀리서 얼린 생수를 받아가지고 오고 있는 초롱을 눈에 담았다.

"꽤 힘들게 안아보셨네요."

자신은 게임 핑계를 대지 않아도 언제든 초롱을 안을 수 있다는 말이었다. 그러면서 은근히 치사한 방법을 쓴 걸 비꼬고 있었다. 독현이 그 말에 낮게 웃었다.

"한 방 먹었군. 힘들어도 땀 흘려가며 안은 보람은 있던데."

"땀 흘리면서 안는 거, 사람 없을 때가 더 보람차죠. 특히나 혼자가 아니라 둘 다 지칠 때까지는 보람 그 이상이죠."

음탕한 말을 이렇게 웃으면서 부드럽게 하는 건 또 처음 봤다.

독현은 둘 다 땀을 흘려가며 지칠 때까지 몸을 나누고 밤을 보냈다는 말을 돌려 하는 지성에게 얼굴을 굳혔다.

"연 비서 사랑하나? 연 비서가 그러던데. 사랑한다는 말 들어본 적이 없다고. 난 그 말 많이 해줄 의향이 있거든."

"……그 이야기를 초롱이가 했습니까?"

"그게 아니라면 내가 어떻게 알겠나. 연 비서 사랑하는 거 아니라면 그만 놓지?"

"남한테 줄 바에야 망가트릴 겁니다."

무서운 말을 하고도 지성은 초연했다. 독현은 그의 지독함을 엿봤다. 그리고 그 순간 자신에게는 승산이 없다는 걸 느꼈다. 한때 사랑을 해본 경험이 있는 그는, 그 지독함을 잘 알기 때문이다.

"본부장님, 여기 물…… 이요."

생수를 들고 온 초롱은 두 남자의 이상한 기류를 읽고 멈칫했다. 지성은 그녀가 들고 온 생수를 빼앗아 독현에게 던졌다. 건방진 그의 행동에 독현은 입꼬리를 비스듬하게 올렸다. 초롱이 자신의 물을 챙겨주는 것도 지성이 마뜩잖아 하고 있다는 걸 독현은 알아차렸다.

야유회가 끝나고 돌아가는 길에도 초롱은 독현에게 붙들려 그의 차에 탔다. 돌아가는 차 안은 기묘한 기류가 흘렀다. 숨이 막힐 것 같은 분위기에 초롱은 죄 없는 안전벨트만 늘였다, 줄이기를 반복했다.

"단도직입적으로 묻지. 이 비서 다시 만날 건가?"

"……죄송합니다."

"이유가 뭐지?"

"사랑하니까요."

"이 비서는 사랑이 아니라 해도?"

"괜찮아요. 제가 지성이를 놓을 수가 없어요. 정말 헤어지겠다고 독하게 마음먹은 적이 있어요. 며칠 전에도 지성에게 그런 말을 했어요. 그런데 돌아서는 순간 후회해요."

"똑똑한 줄 알았더니 아니군."

"저, 그래서 말인데요. 내일 데이트는 없던 일로 해주시면 안 될까요?"

그리고 이왕이면 자신을 향한 그 관심도 거둬주었으면 했다.

"그건 안 되겠는데. 오늘 좀 짜증 났었거든."

"제가 뭘 잘못했나요?"

"연 비서 말고. 내일 데이트는 예정대로."

"시간 낭비 딱 질색하실 것 같은데요."

"시간 낭비라 생각 안 하는데."

그렇게 말하니 할 말이 없어졌다. 자신이 지성과 다시 만날 생각이라도 해도 요지부동인 독현이 무슨 생각하는 것인지 가늠이 되지 않았다.

"전화 오는 거 아닌가?"

독현의 말에 초롱은 휴대폰을 찾아 꺼냈다. 전화를 받겠다는 양해를 구하자 독현은 그러라고 손짓했다.

"엄마?"

[어디니?]

"지금 집에 가는 길인데. 무슨 일 있어?"

[내일 출근 안 하지? 그럼 지금 집으로 좀 올래?]
"내일 주말이라 출근 안 해. 지금 갈게."
민영의 심상치 않은 목소리에 초롱은 곧장 가겠다고 했다. 옆에서 통화 내용을 들은 독현은 어떻게 가야 빨리 갈 수 있을지 고민하는 그녀에게 데려다주겠다고 위치를 물어봤다. 고속도로 위라 근처에 버스터미널은 없었고, 서울로 갔다가 가기에는 시간이 많이 지체될 것 같았다. 초롱은 독현의 호의를 감사히 받아들였다. 내비게이션에 목적지를 설정한 그녀는 집에 일이 생기면 늘 지성과 상의를 했었기 때문에 그가 가장 먼저 떠올라 문자를 보냈다.
독현은 대문 바로 앞까지 데려다주었다.
"데려다주셔서 감사합니다."
"뭘. 혹시 모르니 기다릴까?"
"아니요. 아, 내일 약속은……."
"안 될 것 같으면 연락해. 빨리 들어가 봐."
감사하다고 다시 한 번 인사를 한 초롱은 문을 열려다가 깜짝 놀랐다. 차 소리를 들은 것인지 상진이 나와 있었다.
"아빠?"
아빠를 부르며 차에서 내리자 독현도 그녀를 따라 내렸다.
"누구신지?"
상진은 초롱의 옆에 서서 자신에게 깍듯이 인사하는 독현이 누구인지 물었다.
"지독현입니다. 처음 뵙겠습니다."
"아빠, 본부장님이셔."
"아, 어이구. 어떻게 여기까지 다……."

상진은 딸의 상사라는 말에 허리를 숙였다. 어르신이 허리를 숙이자 독현은 더 깊숙이 허리를 숙여 인사했다.

"들어가서 설명할게요, 아빠. 데려다주셔서 감사했습니다. 서울 가면 시간이 늦어지실 것 같아요. 어서 가보세요."

"다음에 다시 인사드리겠습니다. 내일 연락해."

직장 상사와 부하 직원이라고 하기에는 오가는 대화가 평범하지 않았다. 아니, 독현이 제 딸에게 하는 말이 심상치 않아 상진이 초롱을 빤히 쳐다봤다. 제 눈치를 보는 딸의 모습에 그는 속으로 끙, 앓았다.

독현이 운전석에 오르고 그의 차가 멀어졌다.

"상사가 여기까지 데려다줘? 그냥 상사가 아닌 것 같은데. 지성이랑 무슨 일 있니?"

"그런 거 아니에요. 그런데 무슨 일 있어요?"

"들어가서 이야기하자."

상진의 얼굴이 굳어졌다. 초롱은 혹시 엄마의 건강에 이상이 생긴 건가 싶어 하얗게 질렸다. 집 안으로 들어온 그녀는 곧장 민영을 찾았다.

"엄마!"

"왔니?"

민영의 옆에 앉아 안색을 살피는 초롱에게 상진이 네 엄마는 건강하다고 일러주었다. 안도하는 초롱을 본 그는 부른 이유를 밝혔다.

"오늘 지성이 할머니가 왔다 가셨다."

"……네?"

"지성이를 집으로 데려가겠다고 하시더구나. 그리고 좋은 집안의 자제와 결혼시키겠다고……."

갑자기 찾아와 지성을 돌려달라고 했다. 그리곤 제 딸을 탐탁지 않다고, 지성은 이미 다른 집안의 여식과 결혼이 약속되어 있다고 했다. 그 말에 말문이 막혀 버렸다. 11년을 만난 애들을 갈라놓으려 하는 이야기를 듣고 억장이 무너졌다. 그럴 수는 없다고, 그렇다면 지성일 보낼 수 없다고 했다. 그랬더니 가족의 품으로 돌아오는 건 당연한 거 아니겠냐고, 그리고 무엇이 지성에게 좋은 것인지 잘 생각해 보라고 했다.

이건 아내와 둘이 결정할 문제가 아니라 초롱을 먼저 불렀다. 놀라지 않게 이야기를 해주고 지성일 불러 다 함께 의논을 하려고 했다. 그런데 이야기를 들은 초롱은 크게 놀라는 기색을 보이지 않았고, 방금 전 다른 남자의 차를 타고 왔다. 직장 상사라고 했지만, 그 남자가 딸을 보는 눈빛은 부하 직원으로 보는 게 아니었다.

상진은 설마 하는 생각이 들었다.

"알고 있었니?"

"네."

"혹시, 이 일로 지성이와 헤어진 거니?"

"……아니요. 그전에 헤어졌었어요."

당연히 두 아이가 결혼할 줄 알았던 상진과 민영은 놀랐다. 한참 세 사람은 말이 없었다.

"방금 데려다준 상사와 만나는 거냐, 그럼? 언제부터?"

"상사라니요?"

"본부장이라는 사람이 애를 데려다주더군."

민영이 초롱을 심문하는 눈초리로 바라봤다. 초롱은 그런 거 아니라고 고개를 저었다. 그런데 상진이 날카롭게 지적했다.

"그런데 왜 그 사람이 내일 연락하라고 해."

"그게 일 때문에……."

"내일 너 쉰다며."

민영까지 가세하자 초롱은 당황해 아무 말을 못했다. 자신이 좋다고 기회를 달라고 했다고, 지금 이 말을 해도 크게 달라질 게 없어 보였다.

"지성이 돌려보내요, 그럼."

"엄마?"

"우리가 무슨 이유로 데리고 있어요. 돌려보내요."

"엄마! 지성이 우리 가족이야! 엄마 아빠 아들이잖아! 그런데 돌려보내다니! 돌려보내면? 정략결혼 하게 될지도 모른다는데?"

"손자인데 이상한 집에 보내겠니."

"엄마!"

갑자기 말도 안 되는 이야기를 하는 엄마에게 초롱이 목소리를 높였다. 상진은 그런 아내를 보고 한숨을 내쉬었다. 지금 민영은 화가 나서 저러는 것이었다. 갑자기 두 아이가 헤어진 것이 안타까워서, 실망해서 저러는 것이었다.

초롱이 안 된다고 방방 뛰는데 지성의 목소리가 들렸다.

"이모, 이모부!"

급하게 달려왔는지 거친 숨을 몰아쉬며 방으로 들어온 지성은 초롱이 그랬던 것처럼 민영부터 살폈다.

"왔으면 앉아라."

그런 지성에게 상진은 자리를 권했다. 초롱의 옆자리에 앉으며 지성은 무겁게 가라앉은 분위기를 읽었다.

"오늘 네 할머니가 왔다 가셨다."

상진의 말에 지성의 얼굴이 삽시간에 굳어졌다. 상진은 초롱에게 했던 이야기보다 더 자세하게 말했다. 이야기가 끝나자 지성은 죄송한 얼굴로 고개를 숙였다. 그는 상진이 이야기를 걸러서 했다는 걸 눈치챘다. 조모가 더한 말로 상진과 민영에게 모욕감을 줬을 거라는 걸 알았다. 지성은 여기까지 찾아오게 만들어서 죄송하다고 사과했다.

"집으로 들어가라."

"엄마!"

"이모?"

집으로 들어갈 생각이 없다고 말씀드리려던 찰나, 민영이 가라고 하자 지성은 당황했다.

"네 아버지도 널 필요로 한다며. 가. 그게 맞아. 가족이랑 있어야지."

"이모. 제 가족은 이모부랑 이모, 그리고 초롱이에요. 저 안 갑니다."

"진짜 가족은 아니잖니."

단호한 민영의 말에 지성의 얼굴에 핏기가 가셨다. 그는 마른침을 삼키고 억지로 미소를 만들어냈다.

"본가 일은 제가 알아서 할게요. 죄송합니다. 다시는 이런 일 없도록 할 테니까……."

"가. 가서 좋은 여자 만나서 결혼하고."

"좋은 여자라니요. 저한테는 초롱이가 있잖아요."

"너희들 헤어졌다며. 보니까 초롱인 벌써 다른 남자 만나는 것 같던데. 여기까지 데려다줬더라."

민영은 지성에게 고자질을 하는 마음으로 말했다. 초롱이 왜 다른 남자를 만나게 만들었냐는 속상함에 다 이야기했다. 그 이야기를 들은 지성의 손에 힘이 들어갔다. 그는 순간적으로 상진과 민영이 있다는 걸 잊을 정도로 화가 치솟았다.

"연초롱. 너, 그 인간을 여기까지 데려왔어? 이곳에?"

이곳은 자신의 가족이 있는 곳이다. 오로지 상진, 민영, 초롱, 그리고 자신만 드나드는 집이어야 한다. 자신이 이 가족을 가지려고 얼마나 애를 썼는데, 지키려고 얼마나 아등바등했는데. 그런데 이곳에 다른 남자를 데리고 왔다니.

너무 빠르게 독현이 침투하고 있었다. 지성은 자신의 자리를 그에게 빼앗길지도 모른다는 두려움이 일었다. 아니, 벌써 빼앗기고 있었다. 민영이 진짜 가족이 아니라고, 네 가족에게 돌아가라고 밀어내고 있었다. 그리고 독현은 초롱의 새로운 남자로 여겨지고 있었다.

"데려다주신 것뿐이야."

"너, 나랑 이야기 좀 해. 이모부, 이모 죄송합니다. 초롱이랑 이야기 좀 하고 돌아올게요. 그리고 이모부, 차 좀 빌릴게요. 너, 따라나와."

지성은 거칠게 초롱의 팔을 잡아 일으켰다. 그는 상진의 차 키를 찾아 들었다. 상진과 민영은 두 아이를 잡지 않았다. 지성이 자신들의 딸을 해칠 리가 없었고, 둘이 시간이 필요해 보였기에 그냥 가게 내버려 두었다.

지성이 차를 세운 곳은 시내에 있는 작은 호텔이었다. 그의 분노에 짓눌려 숨도 제대로 쉬지 못하고 끌려온 초롱은 눈만 굴려가며 눈치를 살폈다. 그를 따라 내려 체크인을 하고 룸으로 들어갔다. 룸 안에 들어선 초롱은 그의 노염 가득한 시선을 마주하고 긴장했다.

"저기, 지성아."

"본부장이 사랑한다고 속삭이든? 그래서 넘어갔어?"

"아니! 벌써부터 무슨 사랑이야."

"그럼?"

"네가 오해한 게 있는 것 같은데, 아니야. 나, 본부장님이랑…… 아니야. 정말이야. 나, 본부장님께 말씀드렸어. 널 사랑한다고."

고개를 흔들면서 필사적으로 아니라고 부정하는 초롱을 보고 지성은 한숨을 내쉬었다. 사랑을 믿지 않으면서도 사랑한다는 말에 화가 다 풀려 버리는 그 아이러니함에 그는 제 자신을 종잡을 수 없었다. 지성은 그녀에게 다가가 작은 손을 잡았다.

"초롱아. 나한테는 너밖에 없어."

"알아. 나도 그래. 실은 네 할머니가 며칠 전에 나한테 먼저 연락하셨어."

차갑게 식는 지성의 얼굴에 초롱은 그의 손을 꽉 쥐었다. 초롱은 며칠 전 받았던 연락을 떠올렸다. 복잡한 심경에 그 전화를 받고 그녀는 결정을 내렸다.

"뭐라고 하셨어? 왜 말 안 했어?"

"똑같지, 뭐. 널 다른 여자와 결혼시킨다고 하셔서 싫다고 했어. 너한테 그 집으로 가라는 말 못 한다고 할머니께 그렇게 말씀드렸어. 말 안 한 건…… 이런 내가 너무 못됐잖아. 넌 그 집에 가면 분명 많은 걸 누릴 수 있을 텐데, 널 보내기 싫다 하는 내가 못됐잖아."

지성은 일그러진 얼굴로 초롱의 손을 두 손으로 감쌌다. 그 잡은 손에 제 얼굴을 묻었다.

전혀 못되지 않았다. 오히려 자신이 그렇다. 사랑한다는 말 하나 못 해준 자신이, 그녀가 바라는 걸 끝내 들어주지 않은, 들어주지 않을 자신이 못됐다. 그녀를 가질 자격도 없으면서 욕심내는 자신이 더…….

지켜주자는 마음이 욕심이 되고, 소유욕이 되었다. 그래서 입을 닫았다. 제 추악한 면을 보면, 결여된 걸 알면 달아날까 봐. 그런데 이대로 계속 입을 다물면 되풀이될 거라는 걸 안다.

지성은 그동안 숱하게 고민했던 걸 털어놓기로 결심했다.

"다……. 다 이야기할게. 그래도 네가 날 싫어하지 않는다면, 우리 결혼하자."

"무슨 이야기인데 내가 널 싫어해?"

"난…… 사랑이 싫어. 나에겐 사랑이 없어, 초롱아."

충격적인 말에 초롱의 동공이 요동쳤다. 지성은 차분하게 이야기를 시작했다.

❖

낯선 나라의 생활은 녹록지 않았다. 일단 말부터가 통하지 않았다. 한인 타운에서 살았다면 그나마 나았을 텐데, 엄마는 시내 중심지에 터를 잡았다. 자신의 교육을 생각하면 그게 더 나을 거라고 생각을 했었다. 적응을 하기 전부터 학교에 나갔고, 한국과 다른 체계에 시작부터 겉돌게 되었다. 더군다나 동양인을 향한 적대감도 있었다. 이는 어린아이들일수록 더 심했다. 도를 모르는 아이들은 잔악하기 그지없었다. 그리고 어른들은 동양인의 아이와 얽히는 걸 꺼려했다. 그때 당시, 한 동양인이 사회적으로 큰 사건을 일으켰었다. 그래서 동양인이라는 이유만으로 더 배척당했다.

동급생들에게 맞으면서 학교를 다녔다. 지나가는 모든 아이들이 툭툭 건드렸다. 자기들은 한 번씩 건드리는 거지만, 당하는 자신은 수없이 맞는 거였다. 하지만 엄마에게 말하지 못했다. 말할 수가 없었다. 너무 지쳐 있던 엄마에게 자신까지 더할 수는 없었다.

힘든 생활을 이어가던 중 엄마가 한 남자를 만났다.

"인사 하렴. 조지 아저씨야."

『안녕, 지성.』

첫인상은 상당히 말끔했다. 엄마의 호감을 얻어내려고 자신에게 아주 잘해주었다. 기댈 곳이 필요했던 엄마는 그 남자에게 빠르게 마음을 열었다. 그리고 결혼도 금방 했다. 그 결혼에 아빠의 재혼이 크게 작용했다는 걸 알았지만, 조지가 좋은 사람이니 괜찮을 거라 생각했다.

그는 정말 좋은 사람이었다. 다만 그게 엄마에게 한정되었다.

결혼 후에 그는 변했다. 엄마 앞에서는 그러지 않았지만, 뒤에서는 자신에게 폭언과 폭력을 행사했다. 이것도 엄마에게 말하지 못했다. 엄마가 조지 때문에 너무 행복하게 웃어서.

제대로 영어를 가르쳐 주는 사람이 없어서 배우는 게 더뎠다. 그래서 조지는 더 거침없었다. 어디에 도움을 구하지 못하고 혼자 끙끙 앓았다. 결국에는 집에서도 겉돌았고 조지를 피해 밖으로 나돌았다. 혼자 동네를 하염없이 걸어 다니다가 집으로 돌아갔다.

엄마는 조지와의 생활에 푹 빠져서 자신에게 관심이 줄어들기 시작했다. 겉도는 걸 알아차렸을 때에는 조지가 사춘기라 그러는 거라고 이럴 땐 남자들끼리 시간을 보내는 게 좋다고, 알아서 잘 타이르겠다고 하자 엄마는 자신을 그에게 맡겼다.

그러던 어느 날, 조지와 엄마가 여행을 가게 됐다.

"2주 정도 걸릴 거야. 돌봐줄 사람 온다고 했으니까 너무 걱정하지 마."

"응, 엄마."

"그런데 정말 같이 안 갈 거야? 가족 첫 여행인데?"

"안 갈래. 숙제가 많아."

"가서 해도 되잖아."

"싫어."

조지와 함께 있지 않아도 되는데, 왜 따라가겠는가. 그리고 따라간다고 하면 조지가 가만두지 않을 눈초리였다. 그렇게 두 사람은 여행을 떠났다.

돌봐주러 온다던 사람은 연락이 없었다. 그때 알아차렸다. 조지가 일부러 그랬음을.

13일. 13일을 버텼다. 일주일은 집에 먹을 게 있어서 그럭저럭 지낼 만했다. 그런데 그 뒤로는 먹을 게 다 떨어졌다. 사먹으면 되지만, 조지가 돈 한 푼을 남겨놓지 않았다. 어떻게 알았는지 모아두었던 용돈도 다 사라졌다. 6일을 거의 쫄쫄 굶었다. 냉장고에 남은 건 유통기한이 지난 소시지 하나였다. 고민을 하다가 굶어 죽을 것 같아서 먹었다. 그리고 탈이 났다. 정신을 잃기 직전에 911에 전화해 헬프미만 외쳤다.

정신을 차렸을 때 엄마와 조지가 있었다. 그리고 낯선 아줌마도. 그녀는 그동안 자신을 돌봤던 도우미라고 했다. 분명 혼자 지냈었다. 얼떨떨한 상태에서 엄마에게 혼이 났다. 왜 아줌마 말을 안 듣고, 주는 밥도 안 먹고, 어디서 이상한 걸 먹어서 탈이 나 아줌마를 기함하게 했냐고 혼났다. 조지는 뒤에서 웃고 있었다.

그 일이 있은 후부터 더 집에 있기 싫어졌다.

15살이 되면서부터 갑자기 키가 훌쩍 컸다. 서양인들이 보기에는 동양인치고는 빠르게 성장하는 거였다. 외모가 제법 봐줄 만해지자 여자들이 자신을 보는 눈도 달라졌다. 그냥 웃기만 하면 됐었다. 그럼 여자들의 호감을 살 수 있었다. 여자들의 호감을 사자 삶이 조금 편해졌다. 남자애들이 제게 시비를 걸 때 여자들이 나서서 쉴드를 쳐주었다.

조금 괜찮아지나 싶었다. 그런데 조지는 자신이 웃는 꼴을 못 봤다. 그는 이상하리만치 제 불행을 바랐다. 그는 몰래 약을 탄 음료를 제게 먹였다. 그리고 자신을 골로 보내 버렸다.

그 뒤로 삶은 엉망이 되었다. 집에 들어가기 싫어 여자들을 유혹했다. 어차피 한 번 버린 몸뚱이라 굴리는 건 어렵지 않았다. 내면이 텅 비어버려서 껍데기는 중요치 않았다. 자신에게 호감을 보이는 여자들을 유혹해서 그녀들이 주는 음식과 잠자리로 생활했다. 여자들이 원하는 걸 주고 자신은 안락함을 받았다.

그렇게 자신이 망가진 걸, 엄마는 너무 늦게 알아버렸다. 조지는 엄마에게 사랑한다고 매달렸다.

❖

"엄마를 사랑해서 내가 미웠대. 엄마가 한때는 사랑했던 남자와의 자식인 내가 너무 미웠대. 이게 다 사랑해서 그랬대."

"……지성아."

"엄마는 조지의 사랑한다는 말 때문에 쉽게 못 떠나더라. 난 망가졌는데. 결국 떠나기는 했지만, 엄마의 망설임이 더 크게 상처가 됐던 것 같아."

지성은 자신에게 다가오려는 초롱을 손으로 막았다.

"추악하게 살았어. 이런 내가……."

스스로를 놓아버리고 막 굴리며 살았다. 지성은 초롱을 볼 낯이 없어 고개를 떨궜다. 그런 그를 초롱은 품에 안았다. 자신보다 더 큰 남자를 품에 안았다.

"괜찮아. 괜찮아, 지성아."

괜찮다는 말에 지성은 무너졌다. 그는 털썩 주저앉았다. 초롱은 그 앞에 다리를 접고 앉았다.

"괜찮다고 하면 어떡해. 욕을 해야지. 손가락질을 해야지. 그래야 내가 덜 부끄럽잖아. 미안해. 이런 몸으로 널 안아서 미안해."

초롱은 지성이 너무 안타까워 가슴이 저려왔다. 그녀는 그에게 가까이 다가가 볼에 입을 맞췄다. 그를 위로하는 키스를 셀 수 없이 얼굴 곳곳에 했다. 이마, 볼, 미간, 눈가, 코, 입술, 콧등, 턱 모든 곳에 초롱의 입술이 닿았다. 그러는 사이 지성은 남은 이야기를 털어놨다.

엄마가 로든을 만나 재혼을 한 것. 그곳에서도 자신을 탐탁지 않게 여겨 서울로 오게 된 것. 그리고 로든의 바람과 엄마의 죽음까지. 다시 또 등장한 조지까지.

"사랑이 난 진절머리가 나. 다들 사랑하니까 모든 게 용인이 된다는 투였어. 난 이렇게 죽어가는데, 그들은 사랑만 찾았어. 엄마도 날 사랑한다면서 결국엔 버렸어."

버림받은 게 아니라고 생각하려 했지만, 결국엔 버림받은 거였다. 엄마의 사랑만은 믿었는데, 그녀에게서 버려졌다. 아니, 로든을 선택하고 자신을 서울로 보낼 때 이미 버려졌었던 거다. 아니, 그전에 조지를 떠나는 걸 망설였을 때 버림받았던 거다.

"내가 아는 사랑은 이래. 그래서 난 사랑이 싫어. 사랑하지 않겠다고 결심했어. 사랑이 죽기보다 싫어. 나한테는 사랑이 없어. 너한테 사랑한다는 말을 하기 싫어. 내가 널 생각하는 마음은 그들과 달라. 그들처럼 추악하고 싶지 않아. 너에 대한 것만큼은. 그런데 점점 내가 그들을 닮아가는 것 같아. 싫어. 초롱아, 난 싫어. 두렵다. 사랑이라는 것이 무서워."

지성이 자라면서 보아온 사랑은 다 퀴퀴하고 구질구질했다. 그래서 사랑에 환멸감을 느꼈다. 그에게는 사랑이 없다는 말을 초롱은 이해했다.

"그럼 내가 하는 사랑은? 내 사랑도 그래? 그래 보여?"

"……아니. 넌 달라. 네가 하는 건…… 벅차."

"……그럼 됐어. 미안해."

미안하다는 말에 지성의 얼굴이 일그러졌다. 결국 또 버림받는구나, 절망에 빠졌다. 그런 그에게 초롱은 손을 내밀었다.

"미안해. 내가 힘들게 했었네. 몰랐어. 말하기 힘들었을 텐데, 이야기해 줘서 고마워. 난 이거면 충분해. 결혼하자, 지성아."

"아아……."

안도인지, 울음인지, 신음인지, 아니면 전부 다인지. 초롱은 제 가슴으로 무너지는 지성을 품에 안았다. 어깨를 들썩거리며 흐느끼는 그를 안아주었다.

그의 눈물이 그녀의 옷을 적셨다. 그리고 그녀의 눈물이 그의 몸을 적셨다.

7. Love appeal kiss

몸을 움직일 때마다 신음이 절로 나왔다. 정신은 흐릿한데, 몸은 열기와 쾌감에 들떠 있었다. 따끔거리는 피부와 저릿하는 다리 사이. 그리고 기분 좋은 피로감. 혼몽한 정신에도 입가에 미소가 걸렸다.

"일어났어?"

밤새 자신을 끊임없이 품었던 지성이 다시 제 몸 위로 올라오더니 다리 사이를 갈랐다. 곧바로 묵직하게 몸 안으로 밀고 들어왔다. 자신이 일어나기만을 기다렸던 것 같다.

"으응……."

지성의 등을 감싼 초롱이 허리를 휘며 신음했다. 두 손으로 그녀의 몸을 매만지던 지성이 크게 몸을 움직였다. 꽉 억눌린 신음이 귓가에 토해지자 초롱이 나른한 한숨을 내쉬었다.

어제 수없이 미안하다고 사과하면서 지성은 정성껏 초롱을 안았다. 염치없지만 갖겠다고, 대신 자신이 더 노력하겠다고, 행복하게 해주겠다고 속삭였다. 그의 품에서 몇 번이고 쾌락에 도달했던 초롱은 다 가져가라고 온전하게 자신을 내던졌다.

목덜미와 어깨를 지분거리는 입술이 또 사과를 흘렸다. 초롱은 그의 머리카락 안으로 손을 찔러 넣으며 그를 꽉 껴안았다.

오랜만에 긴 시간 나누는 몸정에 두 사람은 빠져들어 헤어 나오지를 못했다. 지성이 초롱의 몸에서 내려가면 다음에는 그녀가 그의 몸을 타고 올랐다. 밤새 해도 부족했던 행위를 해가 중천에 뜰 때까지 이어갔다.

"아아, 앙! 으흣……."

몸을 비틀면서 신음하는 초롱을 내려다보며 허리를 움직이던 지성은 뒤늦게 벨 소리를 감지했다. 그가 잠시 움직임을 멈추자 초롱도 열락에서 빠져나와 의식이 깨어났다.

두 사람의 휴대폰이 동시에 울리고 있었다. 지성은 아쉬움이 뚝뚝 묻어나는 얼굴로 그녀의 몸에서 벗어났다. 실오라기 하나 걸치지 않은 상태로 벗어 던진 옷을 주워 휴대폰 2개를 찾아냈다. 그 사이 초롱은 이불로 몸을 감싸고 일어나 앉았다.

"누구야?"

"……난 이모부, 넌 이모."

"……죽었다, 우린."

어제 그렇게 나오고 난 뒤에 연락을 하지 않았다. 분명 걱정했을 텐데 두 사람은 서로를 취하느라 상진과 민영을 잊었다.

지성에게 휴대폰을 받아 든 초롱이 그와 눈을 맞췄다. 고개를 끄덕인 뒤 동시에 전화를 받았다.

"이모부, 접니다."

"엄마, 나야."

잔뜩 쉬어버린 목소리로 전화를 받는 두 사람에게 당장 집으로 오라는 명령이 떨어졌다.

상진과 민영 앞에 다짜고짜 무릎을 꿇은 지성은 전투적으로 말했다.

"이제 진짜 가족 시켜주세요. 초롱이 남편 되는 걸 허락해 주세요. 이 집 사위가 되고 싶습니다."

두 사람을 야단치려던 상진과 민영은 먼저 지성이 폭탄을 터트리자 말문이 막혔다. 그의 옆으로 딸이 다소곳하게 무릎을 꿇고 고개를 숙이자 두 사람은 헛웃음을 흘렸다.

말끔하게 단장을 하고 온 것 같다. 그런데 퉁퉁 부은 얼굴이며 피곤하면서도 뭔가 충만한 표정이며 묘한 분위기가 그 말끔함을 흐리게 만들었다. 이야기를 하고 오겠다던 애들이 밤새 연락 하나 없더니 다음 날 느지막하게 와서 하는 말이 결혼을 허락해 달란다.

"그래. 그런데, 지성아."

허락이 떨어지자 눈매를 휘던 지성은 뒤에 뜸을 들이는 상진에게 의아한 표정을 했다.

"네, 이모부. 아니, 아버님."

"어젯밤 내 딸 데리고 뭐 했냐?"

"……네?"

두 사람이 사귄 기간이 있으니 깊은 사이일 거라고 짐작은 했다. 하지만 눈에 보이는 건 달랐다. 상진은 갑자기 혈압이 확 치솟았다. 민영은 전에 목욕탕 갔다가 본 게 있어놔서 충격받은 게 없었지만, 상진은 달랐다. 그는 제 딸의 목덜미에 새겨진 자국을 보고 폭발했다.

아무리 사위로 점찍어뒀다고 한들, 귀하게 키운 제 딸을 홀라당 벗겨먹은 남자가 예뻐 보일 리가 없었다. 지성은 처음으로 장인어른의 무서움을 경험했다.

다시는 오지 않기를 바랐는데, 결국 오게 되었다. 초롱을 건드리지 않게 해달라고 부탁했었다. 그러지 않으면 맞서 싸우겠다고 했다. 솔직히 석형이 순영을 말릴 수 있을 거라는 기대는 하지 않았다. 그게 가능했으면 애초에 엄마와 이혼할 일도 없었을 거다.

집 안으로 들어선 그는 한 사람이 없는 걸 확인하고 바람 빠지는 웃음을 지었다. 예상대로 이미 세민은 튀고 없었다. 소파에 앉은 그는 바로 본론을 꺼냈다.

"분명 말씀드렸습니다. 초롱일 건드리지 말아달라고요. 그런데 초롱이 말고도 그녀의 부모님을 찾아가셨더군요."

석형이 제 모친을 보고 질린 표정을 지었다. 막내아들의 그런 시선에도 순영은 태연했다.

"아직은 아무것도 안 했다. 그저 이야기만 했을 뿐이다."

아직은. 제 말을 듣지 않으면 무언가를 하겠다는 경고였다. 지성은 그 경고를 웃어넘겼다. 그는 가지고 온 서류 봉투를 그들의 앞에 놓아두며 물었다.

"세민이는 어디 갔습니까."

"친구들과 여행 갔는데, 우리 세민이는 왜……."

"친구라. 이걸 보시죠."

지성은 봉투를 소정의 앞으로 밀었다. 그녀는 왜 이걸 자신에게 주는 것이냐는 시선을 했다가 조심스럽게 집어 들었다. 확인해 보라는 시어머니의 시선에 그녀는 봉투를 열었다.

안에는 사진 몇 장이 적혀 있었다. 그리고 세민이 한 일이 적힌 문서도.

"이, 이게……."

"당신, 괜찮아?"

하얗게 질리는 아내의 얼굴에 석형이 그녀가 들고 있는 걸 가져가 봤다. 그걸 본 그도 창백하게 질렸다.

"이게 무슨……."

석형은 세민과 기성이 함께 찍힌 사진과 자신이 회사 자금을 빼돌려 비자금을 만들었다는 내용이 적힌 문서를 들고 부르르 떨었다.

"장세민이, 아니, 이세민이죠. 이세민이 그동안 이기성과 내통한 증거입니다. 두 사람은 오랫동안 연인 사이였고, 세민이는 기성의 지시를 받아 아버지의 등에 칼을 꽂을 준비를 하고 있었습니다."

"그게 무슨 소리냐! 세민이가 어째? 그 착한 아이가?"

순영이 호통을 쳤다. 그녀는 제 손녀딸이 그럴 리 없다고 항변했다. 피가 섞이지 않았지만 하는 행동이 어여뻐 친손녀로 받아들였다. 그리고 친손녀처럼 예뻐했다. 손자들 중 가장 예뻐했었다. 그런 세민이 자신들을 배신했다는 말에 순영은 머릿속이 백지장이 되었다.

세민에게는 순영이 알고 있다고 했지만, 순영은 아무것도 모르고 있었다. 지성은 일부러 세민에게 순영이 알고 있다고 말했다. 그래야 겁을 먹은 두 사람이 일을 서두르느라 실수를 할 테니까. 다행히도 세민과 기성은 그의 예상대로 움직였다.

"도와달라고 하셨죠. 도와드리겠습니다. 대신 다시는 절 찾지 마세요."

이대로 가다가는 석형은 다 빼앗기고 무너지게 생겼다. 패닉에 빠져 어떻게 해야 할지 모르는 그들에게 지성은 살아날 방도를 가르쳐 주겠다고 했다. 지성은 다른 서류 봉투를 주고 앞으로 해야 할 일을 차근차근 일러주었다. 참담한 얼굴로 듣던 석형은 회한이 가득한 얼굴로 눈을 감아버렸다. 반면 순영은 지성이 가지고 있는 정보에 놀라 기함했다.

"말씀드렸죠. 저, 생각보다 가진 거 많다고. 다시 한 번 제 가족을 건드리면 가진 거 다 총동원해서 이 집 나락으로 떨어트릴 겁니다."

정말 마지막 경고를 남긴 지성은 다시는 오지 않을 그 집을 홀가분하게 떠났다. 그는 자신을 기다리고 있는 연인의 품으로 달려갔다.

❖

주말 내내 지성과 달콤한 시간을 보내느라 초롱은 독현의 존재를 잊고 있었다. 월요일 아침, 지성의 품에서 눈을 뜨고 출근해야 한다는 걸 깨닫고 나서야 독현을 떠올렸다.

"용케 출근할 생각을 했네?"

"……."

"집에 생긴 일이 심각해서 연락 없는 건 줄 알았는데, 이 비서랑 나란히 출근했다며?"

"……."

"주말 내내 연 비서 걱정한 난 뭐가 되나?"

"……죄송합니다."

"죄송할 짓을 왜 해, 또."

"정말 죄송합니다."

들고 있던 볼펜으로 톡톡, 책상 위를 두드리던 독현이 자리에서 일어났다. 그는 책상을 돌아 나와 초롱의 앞에 섰다.

"평소에 내가 엄청 싫었나 봐? 그렇게 나 바람맞히고 싶었어?"

"아니요! 싫어하지 않아요! 바람맞히다니요! 전혀 그럴 의도는 없었어요!"

"당연히 그랬겠지. 아예 날 잊은 것 같은데, 의도라니. 그지?"

"할 말 없네요. 정말 죄송합니다."

허리를 숙여 사죄하는 초롱을 내려다보던 그는 이걸 어떻게 더 숨통을 조여볼까, 하는 표정을 지었다.

"됐다. 이미 결론 난 것 같은데 말해서 뭐 해. 입만 아프지."

"죄송합니다."

"가만, 생각해 보니 나 연 비서 아버지께 뭐 한 거야? 아아, 쪽

팔려라.”

“……입 안 아프세요?”

콱 밟아주려다 귀여워서 독현은 피식, 웃었다. 그는 잠시 아쉬운 눈으로 초롱을 봤다.

그 짧은 주말 사이에 완전 K.O패를 당했다. 지성이 가만있지 않겠다 싶었는데 이렇게 빠를 줄은 몰랐다.

“그래, 사랑한다는 말은 들었나?”

“네, 뭐, 비슷하게요.”

“좋단다.”

그렇게 비아냥거릴 거면 묻지를 말든가. 초롱은 당분간 독현의 앞에서 몸 사려야겠다는 생각을 했다.

“사내 커플은 찢어놓는 게 회사 방침인데. 그래서 누가 박 이사 비서실로 갈래? 연 비서가 가지? 가서 스파이 노릇 좀 해.”

“아, 어, 음……. 결혼한 부부는 괜찮지 않나요?”

“누가 그래? 얼씨구, 결혼하게? 내 앞에서 결혼 소리가 나와? 왜 아예 내 심장에 칼을 꽂지 그래?”

누가 들으면 자신을 아주 절절하게 사랑한 줄 알겠다.

초롱은 그냥 빨리 자신을 잘라줬으면 하는 생각이 들었다. 아니, 사표를 쓸까 하는 생각을 했다. 당연히 그녀의 생각을 독현이 읽어냈다.

“됐어. 둘 다 그냥 다녀.”

“그래도 되나요?”

“내 비서, 내가 알아서 한다는데 뭐.”

“감사합니다.”

가만 생각해 보니 이 회사에 취직하기 많이 힘들었다. 이제 와서 다시 구직 생활을 하려니 암담해진 초롱은 넙죽 독현에게 허리를 숙였다.

"망가지지 말고 잘살아."

"……네?"

"이 비서가 그러던데. 연 비서 달라고 하니까 남 줄 바에는 망가트려 버리겠다고. 이 비서 은근 잔인하네."

"……네에?"

독현은 그만 나가보라고 손을 내저었다.

훗날 초롱은 지성에게 정말 본부장님한테 그런 말을 했냐고 물었다. 지성은 순순히 고개를 끄덕였다. 사실 확인을 받고 조금 놀라 하는 그녀에게 지성은 야릇하게 웃으며 말했다.

'그거 침대에서 일어나지도 못하게 만들겠다는 뜻이었는데. 다른 남자한테 가지 못하게 엉망으로 만들겠다는 거였는데.'

음탕한 말을 음탕한 말 같지 않게 하는 지성을 초롱은 새초롬하니 보다가 슬쩍 물었다. 어떻게 엉망으로 만드는 거냐고. 다음 날 초롱은 침대 밖을 벗어나지 못했다.

평상에 앉아 선글라스를 쓰고 불을 피우고 있는 지성을 보던 초롱이 그의 옆으로 갔다.

"연기 매우니까 저리 가. 재도 날려."

"싫어."

입매를 늘여 웃은 그는 선글라스를 벗어 초롱에게 씌워주었다. 그리고는 초롱의 입술을 빠르게 훔쳐 갔다. 근처에서 바닥에 배를 깔고 있던 강아지가 그 모습을 보고 앙앙 짖고는 몸을 돌렸다.

"덥지?"

"조금."

"땀 흘리는 것 좀 봐."

"그러게. 침대에서 흘리고 싶다."

초롱이 얼굴을 붉히며 그의 어깨를 툭툭 때렸다.

"둘이 뭐 하냐."

감시자가 나타났다. 초롱은 지성에게서 한 걸음 떨어졌다. 상진이 지켜보고 있다는 눈으로 경고를 한 뒤에 방 안으로 들어갔다.

주말마다 지성은 상진의 부름을 받아 이곳으로 와야만 했다. 당연히 초롱이도 따라나섰다. 데이트 한 번 하지 못하게 아빠가 방해해서 초롱은 엄마에게 좀 말려달라고 우는 소리를 했다. 민영이 그만하라고 했는데도 상진은 지성을 불러 모든 잡일을 시켰다. 목적은 하나였다. 힘을 빼놓겠다는. 민영은 보다 보다 너무한 것 같아서 남들은 사위 몸보신 시킨다고 백숙이며 장어를 사다 먹이는데, 왜 그러냐고 물었다. 상진은 결혼 전엔 내 딸이니 내가 지켜야 하는 거 아니냐며 깊은 한숨을 내쉬었다. 딸을 시집보내는 아비의 복잡한 마음이라는 걸 알아차린 민영은 그 뒤로 그냥 내버려 두었다.

"지성아, 불은 왜 피우고 있니?"

상진보다 늦게 대문을 열고 들어온 민영이 고개를 갸웃거리며 물었다.

“아빠가 시켰는데? 이 가마솥에 뭐 해야 한다고.”

“뭐를?”

“그냥 뭘 해야 한다고만 했는데.”

민영은 고개를 절레절레 저었다. 시킬 일이 없으니 괜한 걸 하라고 시킨 것 같았다.

“엄마가 아빠한테 드라이브 다녀오자고 할 거니까 그사이 너희들 데이트 좀 하고 와.”

“정말?”

“역시 장모님밖에 없어요.”

반색하는 초롱과 지성을 보고 민영은 즐거운 웃음을 터트렸다. 민영이 약속대로 상진과 집을 나서자 두 사람은 딱 5분 뒤에 빠르게 움직였다.

작은 호텔방 안은 열기로 공기가 후덥지근했다. 침대에서 땀을 흘리고 싶다던 지성은 자신의 바람을 실현시키고 있었다.

초롱의 몸을 타고 아래로 내려간 지성은 그녀의 발가락을 깨물었다. 이 발가락이 자신이 안으로 들어갈까 곱아들어 가는데, 그걸 볼 때마다 귀여워 미칠 것 같았다. 초롱의 몸 구석구석이 다 예뻐서 그는 한참 애무에 열중했다.

“그만……. 힘들어.”

힘들다고 하면서 허벅지 사이로 들어오는 손에 초롱은 다리에 힘을 뺐다. 한쪽 다리가 위로 들어 올려졌다. 지성이 제 어깨에 그녀의 다리를 올리고 허리를 낮췄다.

"초롱아."

달콤하게 부르며 그가 천천히 들어갔다. 다시 열리는 그곳에 자신을 묻은 그가 가슴이 들썩일 정도로 크게 숨을 들이마시고 내쉬었다.

"아으응……."

"초롱아."

"응."

"연초롱."

"왜에."

지성은 고개를 숙여 초롱의 입술을 찾았다. 무슨 말을 하고 싶은데 무슨 말을 해야 할지 모르는 것 같았다. 그럴 때면 그는 이렇게 키스를 했다. 초롱은 이게 그의 사랑한다는 말이라는 걸 안다. 그는 사랑을 키스로 표현한다. 사랑이 없다고 했지만, 그는 넘쳐날 정도로 그녀를 사랑하고 있었다.

키스와 동시에 몸을 움직이는 그의 목에 팔을 두르며 초롱은 같은 속도로 몸을 움직였다.

민영이 보낸 집으로 돌아간다는 문자를 늦게 확인했다. 서둘러 씻고 옷을 입은 두 사람은 아슬아슬하게 상진과 민영보다 먼저 집에 도착했다.

"어? 엄마 어디 아파?"

멀쩡하게 나갔던 민영이 한쪽 볼을 손으로 감싸며 대문을 들어왔다. 지성도 놀라 걱정스러운 눈으로 민영을 살폈다.

"요즘 이가 아파서 나간 김에 치과에 좀 들렀어."

"그래? 뭐래?"

"충치. 치료하고 왔는데 좀 시리네. 너희들 치과 검진 언제 받았니?"

"저희는 봄에 받았었어요."

정기검진이나 독감 예방주사를 포함한 각종 예방주사나 이러한 것들을 다 지성이 챙겼다. 그러지 않아도 그가 조만간 스켈링을 받으러 가자고 했었다.

"그래? 너희들 충치 조심해. 이거 치료하는 데 돈 많이 들어가더라."

"저희는 충치 예방하고 있어요."

싱긋 웃으며 지성이 하는 말에 초롱은 사례가 들려 기침을 했다. 그가 말하는 충치 예방이 키스이기 때문이다. 키스가 충치나 구강질환을 예방한다, 키스는 감염성 박테리아에 대항하는 화학물질을 만들어 면역 체계를 향상시킨다, 등의 키스의 장점을 이야기하면서 키스를 자주 했었다. 지금도 마찬가지이고.

"충치 예방? 그게 뭐니?"

민영이 좋은 방법 있으면 알려달라는 얼굴로 물었다. 눈매를 휘며 고아한 미소를 짓는 지성을 불안한 눈으로 보던 초롱이 재빨리 대답했다.

"뭐긴 뭐야! 단 거 적게 먹고, 하루에 3번 양치질하는 거지. 기본이 가장 중요한 거 몰라? 우리는 기본을 잘 지켜, 엄마."

다행히도 민영이 잘하고 있다고 칭찬한 뒤 방으로 들어갔다. 지성은 안도하는 초롱의 뒷머리를 쓰다듬으며 웃음을 삼켰다.

❖

독현은 제 앞에 놓아진 봉투를 노려보다가 시선을 올렸다. 그는 사표를 쓴 제 비서에게 얼굴을 구겼다.

"사내 연애 허락한다니까."

"결혼 준비할 시간이 없어서요."

"그래서 시위하는 거야?"

"비서실 인원 보충해 주세요."

"연 비서, 아주 건방져진 거 알아?"

"아 참, 미나가 본부장님께 전화했는데 안 받았다고……."

"공고 띄워. 비서 뽑는다고. 그리고 나 당분간 해외 출장 간 걸로 하지."

초롱은 독현 몰래 씩, 웃었다.

얼마 전, 외부에 미팅이 있던 독현을 따라 외근을 나갔었다. 미팅이 끝나고 점심 먹고 들어가자는 그의 말에 식당으로 향했다. 그곳에서 우연히 미나를 만났다. 바로 옆 테이블에 앉았는데, 미나는 제 친구를 좋아했던 본부장님께 지대한 관심을 갖고 이것저것 물었다. 독현은 미나에게 흥미를 보였다. 아마도 질문이 인상 깊었기 때문일 거다. 너무 인상 깊었던 질문이라 떠올리고 싶지가 않다.

그날 이후 두 사람이 몇 번 따로 만난 것 같았다. 그런데 무슨 이유에서인지 독현이 미나를 피하기 시작했다. 미나에게 무슨 일이 있었냐고 물었더니 독현이 귀여운 실수를 했다고 했다.

'6년 만이라더니.'

미나가 흘린 말을 들은 초롱은 깊게 파고들면 좋은 꼴 못 볼 거라는 걸 예감했다. 여튼 초롱은 요 며칠 사이 미나를 들먹거려 원하는 바를 얻어내고 있었다.

똑똑똑.

초롱이 사표를 다시 가져가는데 노크 소리가 들렸다. 독현이 목소리를 높여 들어오라고 했다. 나가려던 초롱은 독현이 대기하고 있으라고 해서 한쪽으로 자리를 옮겼다. 문을 열고 들어온 사람은 지성이었다.

"뭐야?"

지성은 초롱을 흘끗 본 뒤에 독현의 앞에 섰다. 그리고는 봉투를 책상 위에 올려두었다.

"……둘이 뭐 하자는 건데? 이 비서는 왜 사표를 써?"

자신이 일을 시키면 얼마나 시킨다고, 더러워서 결혼 준비할 시간 주고 말지, 하는 얼굴로 지성을 노려보았다.

"다른 회사에 스카우트돼서 퇴사하려고 합니다."

이미 알고 있던 내용이라 초롱은 입술을 말아 물었다. 그런데 독현의 사나운 시선이 제게로 꽂히자 고개를 돌려 외면했다. 그녀는 속으로 내가 사표 쓴 것도 아닌데, 왜 저를 노려보는 거냐고 궁얼거렸다.

"어디로?"

"외국 계열 회사입니다."

"왜. 돈 많이 준대?"

"네. 제가 돈을 좋아합니다."

예전에 했던 말을 다시 들은 독현은 헛숨을 흘렸다. 그는 초롱에게 했던 것과 달리 깔끔하게 지성의 사표를 받아 들였다.

"아무한테나 인수인계하고 나가. 연 비서, 2명 뽑는다고 공고 내."

지긋지긋한 커플 안 보면 자신만 좋지, 하며 독현은 둘 다 나가 보라고 손을 내저었다. 할 말 있으니 남으라고 했던 거 아니냐고 말한 초롱은 그가 오냐, 잘 걸렸다는 시선을 하자 재빨리 나갔다.

독현의 사무실을 나온 두 사람은 자기들끼리 회사 내의 연애 장소로 정한 탕비실로 갔다.

"그 회사에서는 언제부터 출근하래? 오늘 연락 온다며."

"아직 안 왔어. 곧 연락 오겠지."

말이 끝나기가 무섭게 휴대폰이 울렸다.

『이지성입니다.』

[이거 내가 이렇게 가져도 되는 거야?]

『이걸로 10년 전의 은혜는 다 갚은 겁니다, 카일.』

[크큭, 그래. 그런데 이 회사 그쪽 가족이 경영하던 거라며.]

『피를 나누었다고 해서 다 가족인 건 아니죠.』

[그렇기야 하지. 그런데 이거 망해가던데 괜찮을라나 몰라.]

『기반은 튼튼한 회사니 잘 살리면 기대 이상일 겁니다.』

[뭐, 지성이 잘 살리겠지. 나 돌아가기 전에 한 번 보자고. 내가 묵는 호텔 알지?]

『내일 뵙죠, 그럼.』

[오케이. 그럼 내일 고용계약서도 도장 찍자고.]

통화를 마친 지성은 조만간 그곳으로 출근을 할 것 같다고 말했다.

10년 전, 엄마가 돌아가시고 방황할 때 도움을 주었던 남자, 카일. 그가 줬던 연락처는 가짜였었다. 꼭 은혜를 갚으라고 하며 적어줬기에 가짜일 거라고는 상상도 못했다. 거의 잊고 있었는데, 2년 전 우연히 이곳 서울에서 카일을 다시 만나게 되었다.

카일이 오늘 인수를 마친 회사는 작은아버지와 기성의 회사였다. 석형을 무너트리려다가 역으로 당한 두 사람은 지금 수배 중에 있다. 망해가는 회사를 카일이 인수했고, 지성은 카일에게 스카우트 제안을 받았다. 본가에 복수를 하겠다거나 그런 게 아니었다. 지성은 카일에게 10년 전의 은혜를 갚으려고 그의 제안을 받아들였다. 그는 개의치 않는 10년의 이자와 최근의 일에 큰 도움을 줬던 걸 다 포함해서 그를 위해 일을 하는 걸로 갚기로 했다.

"아 참, 우리 내일 드레스 보러 가는 거 잊지 않았지?"

"물론."

"사랑해, 지성아."

사랑한다는 말을 키스로 되돌리는 걸 초롱은 이제 역으로 이용했다. 키스를 받고 싶으면 사랑한다는 말을 하고는 했다. 지성은 그녀를 그윽하게 보고는 얼굴을 숙였다.

독현은 환하게 웃고 있는 제 비서를 노려보았다. 어제 급한 일이 있어 전화를 했더니 마사지 받느라 바쁘다고 뚝 전화를 끊어버린 되바라진 비서를 보고 이를 갈았다.

"연 비서."

"본부장님!"

하지만 환하게 웃으면서 사진을 찍자고 하는 초롱을 보자 화가 풀렸다. 이 좋은 날 화를 내서 뭐 하겠나 싶어 그는 나중에 출근하면 보자고 속으로 중얼거렸다.

"이 비서는 살이 좀 쪘던데."

사표 쓰고 나가는 지성에게 다른 곳에서 고생깨나 하라고 덕담을 했는데, 살이 잘 올라 있었다.

"직장 옮기고 고생하는 거 보고 요즘 엄마가 이것저것 많이 해서 먹여서 그래요."

그 자식은 무슨 복인지 장모님도 잘 만났다.

"연초롱!"

낯익은 목소리에 독현의 어깨가 움찔했다. 그는 반대편으로 몸을 돌려 신부대기실을 빠져나가려고 했다.

"잠깐만, 사진 이따가 찍자. 지독현 씨!"

"……고미나 씨."

미나는 독현을 보고 씩 웃었다. 오싹한 미소를 지으며 그녀가 하는 말에 독현은 마른침을 삼켰다.

"어떻게, 만회할 기회 드려요?"

독현은 어리바리한 초롱에게 어떻게 이런 구미호 같은 친구가 있는 것인지 신기해하는 게 아니라 한탄했다. 그는 목을 가다듬고 겨우 대답을 했다.

"이번에는 술은 마시지 말죠, 그럼."

미나는 상관없다는 듯 어깨를 으쓱였다.

상진의 손을 잡고 버진로드를 걸을 때 초롱은 가슴이 뭉클했다. 지성이 다가와 손을 내밀었을 때 저도 모르게 아빠의 손을 꽉 쥐었다. 상진은 그 손등을 토닥거린 뒤 지성에게 넘겼다. 두 사람은 천천히 앞으로 걸어나갔다.

결혼식은 간소했다. 딱 한 가지씩 선서를 했다.

"매일 사랑한다는 말을 하겠습니다."

초롱이 하는 사랑한다는 말은 언제 들어도 차원이 달랐다. 가슴이 벅차오르는 그 감동에 지성은 눈을 지그시 감았다가 떴다. 그는 세상에서 가장 소중한 여자를 보며 말했다.

"매일 키스를 하겠습니다."

그의 말에 홀 안이 조금 소란스러워졌다. 그에 보란 듯이 지성은 고개를 숙여 초롱에게 키스했다.

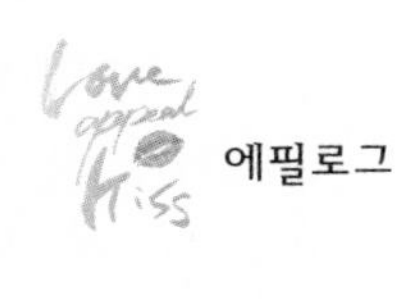

에필로그

어떻게 이렇게 작은 게 숨을 쉴까. 어떻게 이렇게 작은 게 눈을 깜빡일까. 어떻게 이렇게 작은 게 입술을 옹알거릴까. 어떻게 이렇게 작은 게 제 손가락을 쥘까.

지성은 자신의 새끼손가락을 쥐고 팔과 다리를 움직이며 방긋방긋 웃는 제 딸아이를 눈에 가득 담았다.

"지연아, 아빠야."

지성의 부드러운 음성에 지연이 손을 뻗었다. 얼굴을 만져 보겠다는 딸의 행동에 그는 기꺼이 허리를 깊숙이 숙였다. 작은 손이 볼을 툭툭 두드리고, 눈을 쿡 찔러보고, 이마에 흘러내린 머리카락을 잡아당겼다. 그리고는 또 방실방실 웃는다.

"아빠 좋아?"

지성은 딸에게 물으면서 조심스럽게 안아 들었다. 팔이 접히는 부분에 딸의 머리를 올리고 팔뚝과 품에 딸의 몸을 가두었다. 다른 손은 떨어지지 않게 딸의 몸 아래를 받쳤다.

"지연아."

'별아' 라고 태명을 부르다가 최근에는 이름을 불러주기 시작했다. 뭐라 부르든 너무 예쁜 딸에게 지성은 눈을 떼지 못했다. 그래서 아내가 문 앞에 서서 지켜보고 있는 걸 알아차리지 못했다.

"지연아, 아빠가……."

지성은 말을 잇지 못했다. 하고 싶은 말이 있는데, 딱 맞는 단어가 없었다. 아니, 있는데 그 단어가 목에 콱 막혀서 나오지 않았다.

"지연아, 아빠가……."

같은 말을 반복하던 지성은 딸아이의 작은 가슴에 얼굴을 묻었다.

"지연아, 아빠가…… 많이 사랑해."

몰래 훔쳐보고 있던 초롱은 재빨리 손으로 제 입을 틀어막았다. 그녀는 소리 죽여 눈물을 흘렸다.

"아빠가 사랑해."

다시 나오는 그 단어가 잘게 떨렸다. 그 말이 많이 복받치는지 지성의 어깨가 들썩거렸다. 그의 어린 딸이 머리카락을 쥐고 흔들었다. 꽉 안아버렸는지 어린 딸이 칭얼거렸다. 지성은 재빨리 힘을 뺐다.

"미안, 아빠가 미안."

사과를 한 그는 어린 딸의 이마에 입술을 댔다. 이번에는 어린 딸이 소리 내어 웃었다. 그 소리를 듣고 지성은 저도 모르게 말이

나왔다.

"사랑해."

이번에는 떨림 없이 목소리가 나왔다. 초롱은 천천히 남편과 딸에게 다가갔다. 그녀의 발소리를 들은 지성이 고개를 돌려 아내를 내려다봤다.

"지성아."

"사랑해. 사랑해, 초롱아."

너무나 듣고 싶었던 그 말. 초롱은 그의 팔에 얼굴을 묻었다. 이 말이 이렇게 감동적이라는 걸 처음으로 느꼈다.

"사랑해, 지성아."

"사랑해."

사랑이 없다던 남자는 소중한 존재를 만나고 사랑을 인정하게 되었다. 아름다운 빛깔로 가득한 사랑이 있다는 걸 깨닫게 되었다.

— THE END —